Gallmeister

LES PÉCHÉS DES PÈRES

Henning Ahrens

les péchés
des pères

Roman

*Traduit de l'allemand
par Carole Fily*

Gallmeister

FICTION

Titre original: MITGIFT

Copyright © 2021 by Klett-Cotta – J. G. Cotta'sche Buchhandlung Nachfolger GmbH, Stuttgart
Alle Rechte vorbehalten

This edition is published by arrangement with Michael Gaeb Literary Agency, Berlin, in conjunction with its duly appointed agent Books And More, Paris, France.

All rights reserved

© Éditions Gallmeister, 2023, pour la traduction française

ISBN 978-2-35178-303-0
ISSN 1956-0982

Photo de l'auteur © Gabrielle Strijewski
Illustration de couverture © Aurélie Bert
Conception graphique: Aurélie Bert

Pour mon père
Heinrich Ahrens (1931-1989)

AOÛT 1962

LA DAME AUX MORTS

À L'HEURE où Gerda Derking emporte son petit déjeuner sur la terrasse, le jardin est encore dans l'ombre de la maison. Mais tout au fond, devant le poulailler, l'herbe humide de rosée brille dans le soleil du matin, les roses scintillent.

Gerda pose sur la toile cirée le plateau avec deux *Kaffeestreifen* – des biscottes nappées de sucre glace – et la cafetière cachée sous une housse en coton matelassé, puis elle s'installe à la table, se sert du café. La tasse, un des rares objets qu'elle a reçu en héritage, elle, fille d'immigrés, fait partie d'un service Rosenthal dont sa mère avait acquis les pièces une à une. Son père était lamineur, sa famille n'avait jamais roulé sur l'or ; tout achat d'un produit de luxe, tel ce service, ne s'était jamais fait sans remords. Gerda trempe une biscotte dans la tasse en regardant le glaçage au sucre se dissoudre, puis elle laisse fondre sur sa langue cette première bouchée douce-amère. Elle commence chacune de ses journées par ce rituel ; et chaque fois elle déplore que les *Kaffeestreifen* ne soient nappées que d'un côté.

Un bruit lui fait tendre l'oreille. Son chat, le vieux briscard gris tigré, s'étire en émettant un bâillement rauque.
Elle l'a baptisé Heini, du nom de son fiancé tombé en 1918;
depuis le décès de ses parents, il est seul à partager la maison
avec elle, la dépassant d'ailleurs en âge du haut de ses quinze
années de chat. Gerda est née avec le siècle.

Elle prend une gorgée, trempe de nouveau sa biscotte.

— Heini, fait-elle, tu saurais m'expliquer, toi, pourquoi
il n'y a pas de glaçage sur les deux faces? Le goût n'en serait
que meilleur, le café encore plus sucré. Chaque fois j'oublie
de demander au boulanger. Tu crois que je suis en train de
perdre la mémoire?

Heini va nonchalamment s'installer sur la pelouse et
commence sa toilette. Le jardin de Gerda, qui n'est guère
plus large que trois draps de lin mis bout à bout, est flanqué
à droite de la grange de la ferme des Haarstick et, à gauche,
de la maison de la ferme des Leeb, dont fait aussi partie son
petit terrain à elle. Wilhelm Leeb senior lui a garanti un
droit de jouissance à vie et elle sait qu'il tiendra parole,
là-dessus il est réglo. Si elle avait pu apporter une dot, sans
doute l'aurait-il prise pour femme à l'époque, il y a plus de
trente ans. Il était son second amour, mais elle était fille
d'ouvrier, et donc pas du même rang, et quand il a finalement épousé Käthe, l'héritière de la ferme, Gerda a décidé
de rester seule – seule mais autonome. Elle n'a jamais
regretté ce choix. L'être humain ne peut endurer qu'une certaine dose de déceptions.

Tout comme il ne peut endurer l'excès de quoi que ce
soit. Les tâches qu'elle effectue chez les Leeb ainsi que chez
un ou deux autres cultivateurs sont devenues plus pénibles
avec l'âge, mais elles restent supportables. Quant à son autre

activité, elle ne se sent plus en mesure de l'exercer : elle est la dame aux morts, c'est le titre qu'on lui a donné au village. Quand quelqu'un meurt, c'est à elle qu'on fait appel ; il n'est guère de famille qui ne soit venue frapper à sa porte, il n'est guère de maison dont elle n'ait franchi le seuil, et elle les a tous vus, jeunes comme vieux, dans leur lit mortuaire ou bien là où leur vie avait pris fin, dans leur salon, dans l'entrée de la maison, à l'étable. Les défunts, elle les a lavés, coiffés, manucurés et habillés selon les volontés de leurs proches, et elle a entendu bien des choses, de la souffrance et des plaintes, de la colère même.

Eh oui, elle les a tous vus, elle en a vu trop, cela suffit. Elle va sur ses soixante-deux ans, sa propre fin approche, pourquoi continuer à s'occuper de cadavres ? Autrefois, presque personne n'avait le téléphone, on se déplaçait en calèche, à bicyclette ou à pied, et si on faisait venir la dame aux morts, c'était pour s'épargner un trajet jusqu'au chef-lieu du district, là où se trouvaient les pompes funèbres. Maintenant, il y a de plus en plus de voitures, elles circulent jour et nuit dans le village, et nul besoin d'être un magnat de la betterave sucrière pour en posséder une, non, même les ouvriers sont très souvent motorisés.

C'est pour cela que Gerda a décidé de rendre son tablier. Un sourire se dessine sur ses lèvres tandis qu'elle croque dans sa biscotte. Désormais, c'est aux vivants qu'elle va se consacrer, en particulier à ses amies avec qui elle aime passer du temps à cette table. Et puis elle lira encore plus qu'avant.

— Heini, dit-elle à son chat couché dans l'herbe en train d'observer le jardin. N'est-ce pas merveilleux ?

En guise de réponse, il fait onduler sa queue ; à vrai dire, il a repéré un écureuil qui virevolte dans les branches du noisetier. Au cours de son existence de chat, il a capturé d'innombrables souris et aussi, hélas, beaucoup d'oiseaux, mais jamais d'écureuil, ces petites bêtes agiles sont au-dessus de lui.

Derrière le poulailler de Gerda, on voit les arbres du verger des Haarstick. Les quetsches et les reines-claudes sont presque mûres, tout comme les pommes et les poires. Annemarie Haarstick, sa voisine, les met en bocaux, en fait des confitures et de la compote, et prépare d'excellentes soupes froides qu'elle offre parfois à Gerda en les lui tendant par-dessus la clôture; elle aussi est souvent assise à cette table. Mais pour l'heure, la seule compagnie de Gerda se résume à Heini, à un merle perché sur un piquet et à quelques mésanges charbonnières qui se chicanent dans les lilas. L'écureuil a disparu.

Son café terminé, elle se lève, va dans la buanderie chercher le sac de nourriture pour les poules et troque ses pantoufles contre les chaussures de cuir à coque en acier que son père portait dans son usine de laminage. Elle a hérité de sa pointure, 42, un inconvénient car elle a du mal à se chausser; par ailleurs, contrairement à Annemarie, elle ne met jamais de souliers fins, se contentant de ce qu'il y a de plus fonctionnel.

Tout en marchant, son sac à la main, sur la longue et étroite pelouse, elle passe en revue les massifs de fleurs et les plates-bandes qui en garnissent les deux côtés. Ses roses trémières sont fripées, en revanche, dans le carré de légumes qu'elle a aménagé devant le poulailler, tout vient, et bientôt elle pourra ramasser les pommes de terre dont les fanes commencent à flétrir. Au moment où elle ouvre la petite porte percée dans le grillage, les poules se précipitent vers elle en caquetant, sept Rhode-Island rouges et un coq. L'odeur, à laquelle elle s'est attachée, mélange de renfermé, de poussière et de fiente, lui monte au nez.

— Petit, petit, petit, petit, fait-elle en plongeant la main dans le sac et en éparpillant l'avoine d'un geste vigoureux, telle une semeuse chevronnée.

Heini cherche à s'introduire dans l'enclos, mais elle referme la porte d'un coup de pied.

— Toi, tu restes dehors. Tu n'as rien à faire parmi ces volatiles, tu ne ferais que des bêtises.

Tandis que ses poules picotent les grains, Gerda entre dans le poulailler pour voir s'il y a des œufs.

Pour finir, elle en rapporte cinq, blottis dans la poche de sa blouse. Elle change de chaussures, prend le plateau et va à la cuisine, obscure comme toutes les pièces de sa maison ombragée par deux fermes. Elle est en train de rincer la tasse quand la sonnette retentit. Avant d'aller ouvrir, elle s'essuie les mains avec le torchon.

À sa grande surprise, c'est Wilhelm Leeb senior qui se tient sur le pas de la porte, en bottes, culotte de cheval et veste de travail. Ses cheveux, d'un blond grisonnant, sont en bataille, sa bouche, d'ordinaire fine comme un crayon, est un trait flou. Il a ôté son chapeau et le triture des deux mains.

— Gerda…, dit-il en l'implorant du regard.

Sa surprise ne fait que croître : ce n'est pas le genre de Wilhelm Leeb, cet homme fier, souvent hautain ; ce n'est plus le "Général", comme on le surnomme férocement au village à cause de son caractère vaniteux, non, c'est le soldat d'une armée vaincue.

— Qu'est-ce qu'il y a, Wilhelm ? demande-t-elle. Tu as une de ces têtes. Tu veux un café ?

Wilhelm Leeb, un homme aguerri, se met à bafouiller, ce qui ne lui ressemble pas non plus, et même il se dérobe à son regard.

Derrière lui, de l'autre côté de la rue, il y a la mère Siedentopp qui épie à travers ses rideaux, alors Gerda dit :

— Mais entre donc.

Leeb senior secoue la tête.

— Non, merci.

Il a la voix cassée.

— Gerda…, répète-t-il, on a besoin de toi.

Devinant de quoi il est forcément question, elle se fige. Après une hésitation, elle déclare :

— Je ne fais plus cela, Wilhelm. Tu ferais mieux d'appeler les pompes funèbres de Peine.

Tout en prononçant ces mots, elle se demande qui a bien pu mourir – sans doute Magda, la mère de Wilhelm, âgée de quatre-vingt-cinq ans, ce qui expliquerait son attitude ; il l'avait toujours vénérée.

— Gerda, dit-il, toi seule peux le faire. Je ne veux pas d'étrangers chez moi. Et ça rappellerait le bon vieux temps, non ? Je t'en supplie.

Quelque chose l'intrigue : c'est la première fois qu'elle le voit aussi mal à l'aise, et elle commence à comprendre qu'il ne s'agit pas de Magda.

— Mais que s'est-il passé ? demande-t-elle de nouveau. Un accident ? (Et, dans son inquiétude, elle ajoute sèchement :) Quel bon vieux temps ? Ce qui nous unissait, tu l'as envoyé valser – comme ça, du jour au lendemain.

Wilhelm Leeb s'éclaircit la voix ; dans son regard s'éveille son antique orgueil et il répond :

— Ça remonte à très loin, Gerda, il y a prescription, non ? Tu vas m'aider ou pas ?

Elle reste abasourdie quelques instants puis elle lui claque la porte au nez. Dans l'obscurité du couloir elle tente de retrouver son sang-froid. Elle prend une grande inspiration, se regarde machinalement dans le miroir de la garde-robe : une femme décatie lui fait face, ses cheveux gris noués en chignon. Wilhelm a raison, finit-elle par se dire, tout ça remonte à très loin. Nous étions jeunes et frais à l'époque... Après un instant de réflexion, elle change d'avis : elle ne le laissera pas tomber maintenant, ce serait mesquin. Elle peut bien encore lui rendre ce service d'ami. Une dernière fois. Après quoi, la dame aux morts ne sera plus que de l'histoire ancienne.

Lorsqu'elle rouvre la porte, Wilhelm Leeb senior est toujours là. Il agite une main fébrile en manière d'excuse, la regardant en silence.

— D'accord, dit Gerda, j'arrive. Mais qu'est-ce qui s'est passé, à la fin ?

Elle devient livide à mesure qu'elle l'écoute balbutier une brève explication. Puis il ajoute :

— Le moment venu, j'enverrai quelqu'un te chercher.

Et avant de tourner les talons :

— Merci, Gerda.

Puis il s'éloigne, la tête baissée, les mains dans le dos.

Gerda retourne dans le couloir et referme la porte.

AVRIL 1945

ÇA SENT LA MERDE

Ils ont le téléphone car la maison abrite le bureau de la SA, autrefois dirigé par le *Reitersturmführer** et jeune fermier Ernst August Martin Wilhelm Leeb, président, jusqu'en 1933, du club d'équitation local et de la Ligue de la jeunesse de Basse-Saxe "Holt Fast", désormais *Sonderführer*** doté du grade de sous-lieutenant ou bien redevenu simple soldat, allez savoir, il faut dire que tout part à vau-l'eau, et puis on ne reçoit plus de courrier venant du front.

Ils ont donc le téléphone, mais, en cette grise matinée du 9 avril, la ligne est coupée et personne ne sait exactement ce qui se passe. Les Américains arrivent, ça au moins c'est clair, car à l'aube, alors que Käthe Leeb, la fermière, déposait ses bidons de lait devant le portail, Vornefett, le chiffonnier, est venu faire un tour au village sur sa charrette

---

* Grade paramilitaire de la SS, créé en 1934. (Toutes les notes sont de la traductrice.)

** Littéralement: guide spécial. Le *Sonderführer* était une fonction de spécialiste introduite dans la Wehrmacht en 1937 sous l'Allemagne nazie, en cas de mobilisation de l'armée allemande. Ainsi des compétences d'experts civils pouvaient être exploitées à des fins militaires.

brinquebalante, faisant avancer à coups de cravache et de jurons son bourrin dont même l'armée n'avait pas voulu, et il avait crié à Käthe que les Amerlots étaient là, que leurs chars étaient pile à l'entrée de Peine, qu'il vaudrait mieux les bloquer car l'ennemi, il n'irait pas par quatre chemins, il raffolait de tout ce qui brille, et son schnaps et sa gnôle, elle devrait les lui confier à lui pour pas que les "Aillés" sifflent tout, ce serait quand même dommage.

— Femme, va te planquer, avait lancé Vornefett en remarquant qu'il n'y avait que du lait à prendre, sinon tu peux dire adieu à ta petite culotte blanche!

Là-dessus, il avait remonté la rue pavée. Par des appels stridents, il avait également alerté Albrecht Kühne, le forgeron, et lui avait proposé de lui garder ses objets de valeur et sa gnôle, mais Kühne s'était contenté de rire.

Käthe avait suivi la charrette des yeux jusqu'à ce qu'elle disparaisse au sommet de la côte. Elle avait mal aux bras d'avoir traîné sa pesante charge, et lorsqu'elle avait posé son regard sur les bidons, elle s'était demandé si on viendrait vraiment lui prendre son lait. En face, dans la ferme des Siedentopp, une porte avait claqué, et Liselotte, la voisine, s'était mise à aboyer après son mari qui avait perdu une jambe en Russie. Quelques lopins de terre, la ferme, et Liselotte, cette chipoteuse qui passait son temps à médire de tout le monde; ainsi Käthe se bornait-elle en général à un salut de la tête.

Elle était revenue à la ferme par le petit jardin, longeant les arbres fruitiers encore blancs de la chaux dont on les avait enduits en automne, puis elle avait franchi la porte de la maison à colombages, ôté bottes et manteau. Dans l'entrée flottait une odeur de chicorée, du jus de chaussette, mais le café en grains n'était plus qu'un vieux souvenir. Quel bonheur d'avoir une ferme par les temps qui couraient, au moins on avait de quoi manger et, bien sûr, on abattait aussi en cachette. La viande passait avant la patrie, et personne ne pipait mot car chacun recevait sa ration de saucisson et de bouillon.

À présent, elle avance dans le couloir en traînant ses pantoufles. La lumière de la cuisine tombe sur le sol en pierre, et au moment où elle entre, elle voit sa mère âgée de soixante-quatorze ans, Herta Kruse, assise à la table en robe de chambre. Bien qu'elle ne soit plus très stable sur ses jambes, c'est toujours elle qui prépare le petit déjeuner, elle a déjà mis le couvert pour toute la famille, y compris les coquetiers.

— C'était qui dans la rue ?

— Vornefett.

Käthe prend la cafetière en émail posée sur le fourneau dans lequel rougeoient les boulets de charbon, et se sert.

— Ah bon ? Et qu'est-ce qu'il voulait ?

— De la gnôle.

— Eh bien, ça c'est... ! Et quoi d'autre ?

Käthe Leeb boit une petite gorgée de son ersatz de café. Elle va garder la nouvelle pour elle en attendant que les autres arrivent.

— Il en a demandé aussi à Kühne, se contente-t-elle de dire.

— Ces hommes, marmonne sa mère. C'est toujours pareil avec eux.

— Ça oui, fait Käthe Leeb en s'asseyant.

Par la fenêtre, elle voit des arbustes à baies qui refont des bourgeons, ah, ces fruits, quel boulot. Certes, il y a

Josef, le valet, mais les tâches féminines ne sont pas dignes de lui, et puis il y a Martin, le Français, et Pawel, le Polonais, qui du jour au lendemain s'étaient retrouvés enfermés dans l'auberge du village avec les autres prisonniers de guerre. Ils sont obligés de travailler mais eux non plus n'aiment pas s'occuper du jardin, et en plus ils se disputent souvent. Son vieux père est alité et son fils Wilhelm est encore jeune ; elle sait qu'il a trop de responsabilités, mais que faire ? Le père de Wilhelm est reparti au front après la campagne de France : la reconnaissance et le prestige, c'est important pour lui. Il a de l'ambition et c'est pour cela qu'elle l'admire, et elle était toujours fière aussi lorsqu'il faisait un discours ou quand, avec la Ligue de la jeunesse de Basse-Saxe, il mettait en scène une pièce de théâtre à l'auberge. Les maris de ses sœurs et de ses amies ne lui arrivent pas à la cheville. Des braves gars, certes, mais des andouilles, comme se plaisait à dire son Wilhelm, une fois la langue déliée par quelques tournées. Cela la faisait rire, et elle le prenait dans ses bras. Mais maintenant... Elle aurait dû prêter attention à ce que sa sœur avait écrit avant les fiançailles : *Ton prétendant serait un homme bien si l'on savait qu'il resterait fidèle à la promesse qu'il t'a faite. Mais il faudra attendre pour le vérifier, chère Käthe, vérifie, vérifie, je te dis. C'est le sang léger qui coule dans ses veines, il faut donc être très vigilant.*

"Le sang léger" – une allusion à son beau-père et au père de celui-ci, tous deux des séducteurs, du moins dans leur jeunesse.

— Ah, Willem, dit sa mère. Bonjour, mon garçon.

C'est l'aîné de Käthe, blond et maigre, le front proéminent, comme son père à elle, le vieux Kruse. Il porte un peignoir par-dessus sa chemise de nuit, ses longs pieds sont fourrés dans des chaussettes en laine et des pantoufles, ses yeux bleus sont brouillés de sommeil. Käthe se lève et lui sert de la chicorée, puis elle va prendre dans le placard le pot de confiture de quetsches qu'elle lui a gardé.

— Mais assieds-toi donc, Willem, et mange quelque chose, dit-elle.

— Toujours aussi maigre, ce garçon. Il faut manger, Willem, tu veux devenir grand et fort, non? l'avertit la grand-mère.

— Mais je suis fort, objecte Wilhelm.

— Oui, encore heureux que tu puisses nous aider, avec ton père qui doit se battre Dieu sait où contre les Russes.

Wilhelm, qui a très peu vu son père au cours des six dernières années, hoche la tête.

— Nous vaincrons, déclare-t-il la bouche pleine. Les bombes du Führer vont détruire nos ennemis, il attend juste le bon moment pour les larguer, c'est Otto qui l'a dit.

Et les Américains qui sont aux portes de Peine, songe Käthe, sans toutefois le dire à voix haute. Otto Grotewohl, l'ami de Wilhelm aux Jeunesses hitlériennes, aime faire l'intéressant. Elle ne l'apprécie pas; il a balancé son père pour avoir traité le Führer de caporal de Bohême, et maintenant Grotewohl senior est à la prison de Wolfenbüttel. Comment peut-on laisser enfermer son propre père? Son Wilhelm à elle n'est pas comme ça, lui, il ne ferait pas une chose pareille, mais Otto lui en impose, et maintenant ils passent encore plus de temps ensemble puisqu'ils sont en "Kohleferien". "Vacances du charbon", drôle de nom, se dit Käthe, car on pourrait croire que c'est le charbon qui a pris des vacances ou bien qu'on a eu des congés exprès pour aller en pelleter ou en rapporter. En fait, les combustibles sont devenus une denrée rare et, dans les écoles, il fait trop froid pour étudier.

— Tu sais, Willem, rétorque-t-elle avec une sécheresse peu commune. On va avoir une drôle de surprise si les armes miracles arrivent.

C'est alors que des voix s'élèvent dans le couloir, sa belle-mère, Magda Leeb, approche, suivie des deux Ukrainiennes que le maître des lieux a ramenées de sa dernière permission parce qu'il voulait les savoir en sécurité. Käthe est incapable de contenir sa jalousie lorsqu'elle voit ces deux filles, jeunes et potelées, les joues rouges : *le sang léger*. Mais elles au moins, elles mettent la main à la pâte. Sa belle-mère, vêtue de noir comme d'habitude, ses lunettes à verres ronds fichées sur son nez, ébouriffe les cheveux de Willem et salue la tablée, jette un coup d'œil au feu et charge une des Ukrainiennes de remettre du charbon. Elle est comme ça, cette femme de soixante-huit ans, c'est elle qui commande, c'était la même chose dans son couple, car Willi, son défunt mari, n'était pas le plus zélé des cultivateurs et, en prime, il était gêné par une blessure qu'il avait reçue en 1916 lors de la bataille du lac Narotch. À l'époque, les Russes avaient encore lancé une offensive pour changer la donne.

— Vornefett et son canasson sont passés dans le village en faisant un de ces boucans, raconte Magda Leeb, on aurait dit qu'il avait le diable à ses trousses, il n'arrêtait pas de crier des âneries. Devait être encore beurré, ce bon à rien.

— Käthe nous l'a déjà dit. Quelle honte de se laisser aller de la sorte, peste Herta Kruse. Heureusement que mon mari n'est pas comme ça.

Magda Leeb plisse ses lèvres minces car elle a des réserves à l'égard de la famille Kruse. Cette pinailleuse d'Herta n'a jamais donné un coup de main et puis elle se lamente trop, et ça, ça ne se fait pas, non, il faut serrer les dents et aller de l'avant, elle n'a qu'à se plaindre auprès du bon Dieu. Et Gustav, son mari, cloué au lit par la grippe, lui non plus n'a jamais remué le petit doigt. Comment devenir quelqu'un dans ces conditions ? Sa bru, par contre, est brave et travailleuse, mais elle tient quelque chose de sa mère – quelque chose de mou, d'inconsistant. Magda Leeb s'installe à table et se sert de la chicorée. Ses verres ronds se mettent à briller lorsqu'elle balaie du regard les quatre femmes et son petit-fils qui engloutit une tartine de confiture.

Comme si elle cherchait à désamorcer les réserves de sa belle-mère, Käthe déclare alors d'un ton à la fois brusque et ferme :

— Les Amerlots arrivent. Ils sont à l'entrée de Peine.

— Qui raconte ça ? s'indigne Magda Leeb.

— Vornefett.

Sa belle-mère renâcle de mépris.

— Quelle grande goule, ce type, c'est juste pour se donner de l'importance !

— Pourquoi ferait-il ça ? On sait tous que c'est bientôt la fin.

— Peuh !

— Quand les Américains seront là, insiste Käthe, et qu'ils trouveront les fusils de chasse de Wilhelm, peut-être que ça va mal finir.

— Ils vont tous nous coller au mur ! se lamente sa mère.

— N'en rajoute pas, Herta, réplique Magda Leeb. Ils ne nous colleront pas au mur comme ça. Et les fusils de mon fils, ils ne partiront pas, ça, il en est hors de question, il va en avoir besoin à son retour.

— Avant la guerre, déjà, Wilhelm n'allait plus à la chasse. Il faut qu'ils disparaissent, ces fusils. Les pistolets aussi. Tout le bazar qu'il y a dans le bureau de la SA...

Käthe Leeb se montre intraitable car elle tremble pour ses enfants, Wilhelm, quatorze ans, Grete, dix ans, et Bruno, six ans. Elle va prendre dans le placard la bouteille d'esprit de mélisse *Klosterfrau*, en verse quelques gouttes sur le morceau de sucre qu'elle a posé en équilibre sur le bout de sa cuillère et fait glisser celui-ci dans sa bouche. Elle pousse un soupir puis répète :

— Tout doit disparaître. Par sécurité. Pensez aux enfants.

Irritée, Magda Leeb prend une petite gorgée de chicorée. Les affaires de son fils ? Tout ce qu'il a de plus cher, ses armes, ses dossiers, ses tableaux ? Les albums de photos, y compris celui du congrès de Nuremberg ? Il serait hors de lui, non, c'est impossible, alors elle répond :

— C'est inconcevable, Käthe. Ce sont les affaires de Wilhelm, personne n'a le droit d'y toucher.

— Vous cacher affaires. (La proposition vient de Larissa, une des Ukrainiennes qui ont suivi la conversation en silence.) Enterrer dans jardin.

— Ils les trouveront, rétorque Käthe. Et après ce serait encore pire. Non, tout doit disparaître.

Le jeune Wilhelm regarde sa mère.

— C'est vrai que les Amerlots sont là ? demande-t-il tout bas.

— Oui, Willem, dit-elle. C'est vrai.

— Mieux vaut les Amerlots que les Russes, marmonne Herta Kruse.

Les femmes dans la cuisine et le garçon de quatorze ans se murent dans le silence. On est déjà en avril, songe Käthe

Leeb. Eh oui, les années se suivent et se ressemblent, et cela depuis la nuit des temps, et elles sont toujours rythmées par les mêmes tâches, qu'on accomplit envers et contre tout. La guerre était loin et c'est à peine si on l'avait sentie jusque-là. L'industrie locale – l'aciérie de Peine et la forge d'Ilsede – n'a pas été détruite, seules les prairies derrière la ferme ont été touchées par les bombes, allez savoir pourquoi. Personne n'a été blessé et, par la suite, les enfants ont ramassé les shrapnells comme si c'étaient des fossiles de bélemnites, rien de plus.

Et il faudrait que tout cela change ? C'est difficile à concevoir, l'imagination s'y refuse. Pourtant, Larissa et Tania, les Ukrainiennes, se doutent bien de ce qui les attend si on les renvoie chez elles, et elles sont pétries de peur et d'angoisse.

L'horloge du grand salon sonne sept heures.

"Non, non", murmure Magda Leeb. Puis posant son regard sur son petit-fils qui semble avoir perdu l'appétit, elle se dit : Mon Dieu, les enfants... Et dire que tout ça a l'air tellement robuste, le carrelage marron-rouge, la table où l'on mange depuis des générations et, dans le coin, la chaise en bois rustique portant l'inscription Anno 1751 sur son dossier, celui-ci orné d'un cœur gravé aux initiales de l'arrière-arrière-arrière-grand-mère de son petit-fils ; et là, le buffet avec la vaisselle de tous les jours, là, le fourneau et, au-dessus, les étagères avec les casseroles et les plats, les boulets de charbon qui rougeoient, c'est une chance qu'ils en aient encore assez. Tout est comme d'habitude, mais que va-t-il se passer maintenant ? Elle sent l'inquiétude dans le regard de sa bru. Käthe semble espérer que ce soit elle qui prenne les choses en main, ce qui la flatte car il faut bien reconnaître qu'elle ne fait ni une ni deux, elle, contrairement à Herta, et puis son côté pragmatique reprend le dessus. Pour clore ses réflexions, elle tapote de l'index sur la table et déclare :

— Bon, eh bien... si les Amerlots sont vraiment là comme le prétend ce poivrot de Vornefett... il va falloir qu'on fasse du ménage. Les Amerlots sont nos ennemis, et avant de nous attirer des ennuis, débarrassons-nous de tout ce fourbi.

— Là, tout de suite ? demande Herta Kruse, l'air hébétée.

— À quel autre moment veux-tu qu'on le fasse ? Quand les chars se mettront à tirer dans ton salon ?

— Mais on va mettre ça où, Magda ?

Magda Leeb réfléchit quelques instants. Puis elle dit :

— La fosse à purin. Tout ira dans la fosse à purin.

— Wilhelm l'a vidangée l'an dernier, en avril, pendant sa permission, fait remarquer sa bru. Elle est suffisamment pleine ?

— Les bêtes, ça bouffe et ça chie, répond Magda Leeb. S'il y a une chose à laquelle on peut se fier, c'est bien ça. Ce bazar, on va le mettre dans la fosse à purin. Qui ira regarder à cet endroit ?

Son petit-fils semble à deux doigts de fondre en larmes. Mais la décision est prise.

On va chercher Pawel et Martin à l'étable, Josef, le valet, est obligé d'interrompre le pansage des chevaux, et une fois que tout le monde est réuni dans le couloir, Magda Leeb se plante devant la famille et les ouvriers agricoles.

— Écoutez-moi tous, dit-elle. L'ennemi approche et il faut qu'on fasse table rase ici, car qui sait ce qui se passe dans la tête de ces soldats étrangers. Il peut y avoir des malentendus, et puis nous sommes en guerre, et pendant la guerre, comme vous le savez, il y a des coups de feu. Et vous deux... (de son index rhumatisant elle désigne le Français et le Polonais) n'allez pas me faire de bêtises ! Il faut que nous soyons tous solidaires. Bref, Martin et Pawel, vous allez ouvrir le couvercle de la fosse. Toi, Josef, tu vas faire le guet devant le portail, et dès que les Amerlots arrivent, tu nous préviens, compris ?

Josef opine du chef bien qu'il ne sache pas à quoi ils ressemblent, les Amerlots, car de sa vie il n'a jamais mis les pieds hors de la petite bourgade de Peine, il ne connaît pas le reste du monde, et le reste du monde est très grand. Alors il demande :

— Et je les reconnais comment, ces Américains ?

La question n'est pas simple, même pour Magda Leeb.

— Leurs chars portent des étoiles, explique son petit-fils d'une voix tremblante. Et certains soldats sont noirs comme du charbon.

— Ceux qui ont des étoiles, gémit grand-mère Kruse, c'est les bolcheviques, voyons.

— Les Amerlots aussi ont des étoiles, précise Wilhelm. Mais au lieu d'être rouges, elles sont blanches.

— Allez comprendre !

Magda Leeb pointe son regard sur Josef et lui demande :

— C'est pigé ? Une étoile blanche, des soldats noirs.

— Oui, patronne, fait Josef qui n'a jamais vu de Noirs à part sur les vignettes offertes dans les paquets de cigarettes. Je vais me mettre devant le portail. Avec une fourche.

— Pour quoi faire ?

— Il faut bien que je puisse me défendre, non ?

— Personne ne va se défendre, sinon là, pour le coup, on se fera tous fusiller ! Laisse la fourche dans l'étable, veux-tu ! Tu n'as qu'à prendre un canif.

Josef hoche la tête. Il a toujours un couteau dans sa poche.

— Les autres, poursuit Magda Leeb, rassemblez ce qui doit disparaître. Moi, je vais chercher les fusils de Wilhelm.

— Et les pistolets ? demande Käthe.

— Oui, ça aussi. Où est la clé qui ouvre l'armoire du bureau de la SA ?

— Ici. (Käthe désigne le support à clés fixé près de la porte de la cuisine.) Vous voulez que je le fasse ?

— Non. Toi, tu fais le tour de la maison avec les deux filles, vous rassemblez tout ce qui porte une croix gammée, y compris les portraits du Führer. Quand les Amerlots arriveront, il faut qu'ils aient l'impression qu'il n'y a jamais eu ça ici.

Le jeune Wilhelm lève les yeux.

— Mais moi, je veux garder le ceinturon, dit-il d'un ton implorant. On ne peut pas jeter ça dans la fosse.

— Ça aussi, faut que ça disparaisse, aboie sa grand-mère.

— On pourrait peut-être enlever l'emblème sur la boucle, suggère sa mère.

— Ça, les babioles des Jeunesses hitlériennes, on jette. Tant qu'on y est, autant faire les choses jusqu'au bout. Ton grand-père, dit Magda Leeb en se tournant vers son petit-fils, il n'a jamais aimé le Führer. Willem, il serait fier que tu jettes ces machins-là.

— Père disait souvent que grand-père était vieux jeu, murmure Willem en baissant la tête.

Sa grand-mère renâcle ; puis elle frappe dans ses mains en criant :

— Maintenant, filez ! Au travail !

Tout le monde s'exécute. Quant à elle, elle prend la clé de l'armoire sur le support et va dans le bureau de la SA, logé dans l'une des chambres qui bordent le grand couloir central. On y fait rarement le ménage, les classeurs et le meuble à volet coulissant sont couverts de poussière, tout comme le bureau où sont posés des papiers, soigneusement rangés par son fils, et sur les sabots du cheval de bronze cabré, à côté de l'encrier et du plumier, des araignées ont tissé leur toile. Elle découvre une caisse vide qu'elle place devant le placard à fusils et ouvre la porte. Les voilà, les fusils de chasse, et il y a aussi des boîtes de cartouches à grenaille et de balles de pistolet, et même des projectiles de carabine, et les deux pistolets, graissés, enveloppés dans des chiffons. Au moment de passer à l'action, elle est prise d'une hésitation. Que va dire son fils à son retour ? Il va être fou de rage, c'est sûr, mais les Amerlots approchent, et elle sent que ce monde est en plein naufrage, et que va-t-il en rester ? Ce qui compte, c'est de sauver sa peau, et pour ça, chacun doit faire des sacrifices, y compris son orgueilleux de fils.

Elle pose les fusils contre le mur, couche avec soin les munitions dans la caisse en bois et met un pistolet à côté. Pour le deuxième toutefois, elle hésite et se dit : on peut en garder un, le cacher, et puis les Amerlots, ils ne vont sans doute pas retourner toute la maison, voyons, ils ne seront pas aussi méticuleux. Lui vient alors une idée : il y a cette niche dans la cloison du cellier, derrière le garde-manger, personne ne la connaît.

Et ainsi, alors que sa bru et les Ukrainiennes collectent tout ce qui pourrait être compromettant aux yeux de

l'ennemi, Magda Leeb va cacher dans la niche non seulement le pistolet avec son étui et son chargeur plein, mais
aussi la dague d'officier et la dague de SA de son fils, l'al-
bum contenant les photos du congrès de Nuremberg et
diverses autres choses. Käthe Leeb, quant à elle, tente de
faire plaisir à son fils en priant Martin de retirer l'emblème
qui orne la boucle du ceinturon des Jeunesses hitlériennes,
et le Français exauce sa demande de bon gré, un vrai jeu
d'enfant : un coup de tenailles et le tour est joué. Le jeune
Willem n'est pas content mais, au moins, il pourra porter le
ceinturon. Et tandis que Josef, debout devant le portail en
train de fumer et tripotant nerveusement son canif, se
demande de quel côté les soldats noirs à l'étoile blanche
vont bien pouvoir arriver, si c'est de la direction de Peine,
c'est-à-dire par la gauche, ou bien de celle de Groß Ilsede,
c'est-à-dire par la droite, on traîne tout ce qu'il y a à jeter
sous le long porche qui mène à la fosse à purin. Enfin, une
fois tous les objets réunis et la maisonnée au complet,
Magda Leeb ordonne :
— On met tout ça là-dedans !
Et pour commencer, elle laisse tomber les fusils de
chasse. Un bruit sourd, quelques oscillations à la surface,
puis les armes dont se servait son fils pour abattre lièvres et
chevreuils s'enfoncent dans la masse épaisse et puante. Tout
le monde est plongé dans un silence angoissé, Pawel est le
seul à ne pouvoir cacher sa satisfaction lorsque les portraits
de Hitler, lestés du buste du Führer retiré du bureau de la
SA, se noient dans la merde et la pisse. Il émet un petit ricanement et marmonne quelque chose en polonais, tant
mieux si personne ne le comprend, pas même les Ukrainiennes qui, étonnamment, ont les larmes aux yeux. Quant

à Martin, il est trop poli pour laisser transparaître quoi que ce soit, il lève la tête vers le ciel gris, laisse ensuite son regard errer le long des arbres du verger.

— Les drapeaux, on va les brûler, dit Magda Leeb une fois que tout a été englouti. Si vous trouvez encore quelque chose, vous jetez.

C'est avec un sentiment de honte mêlé de triomphe qu'elle repense à sa cachette derrière la cloison. Avec le temps, elle oubliera ces affaires car il se passe beaucoup de choses, et ils ne savent plus où donner de la tête, et puis ses pensées seront la plupart du temps tournées vers son fils prisonnier en Pologne, depuis quatre ans.

Le couvercle de la fosse se referme.

En cette grise journée du 9 avril, les Américains demeurent absents. La ville de Peine, située à trois kilomètres au nord, ne se rendra que le lendemain, sans opposer de résistance ni subir de destruction, ceci en raison du courage et de la sagesse des responsables municipaux, mais aussi grâce à un soupçon de chance, car le matin du 10 avril il y aura du brouillard, si bien qu'une unité de blindés allemands arrivant par l'autoroute échappera aux avions de reconnaissance alliés ; on parviendra à convaincre leur commandant de faire demi-tour.

Ce n'est que les jours suivants que les Américains entreront dans le village de Klein Ilsede, à la grande surprise de Bruno, le frère de Willem, qui a l'habitude non seulement de promener une chevrette en laisse, mais encore de faire ses besoins sur le tas de fumier, la narine flattée par des senteurs chaudes et épicées. Lorsqu'un midi, il ressent une envie pressante – il vient de rentrer après avoir passé quelque temps chez sa tante avec sa sœur –, il attache sa chèvre à la roue d'une charrue au fond de la ferme et grimpe au sommet du tas de fumier pour s'y soulager, avec vue sur le verger, les voies ferrées, les prairies et, bien entendu, sur sa biquette qui bêle à côté de la charrue. Perdu dans ses pensées, il se tient là, accroupi, les coudes sur les genoux, le visage appuyé sur ses mains, quand du bruit se fait entendre devant la ferme, des cris et des vrombissements de moteur, mais le petit Bruno est très concentré, il fait abstraction du monde entier, et c'est ainsi qu'il manque de dégringoler du tas de fumier lorsqu'une voiture arrive en trombe au fond de la cour en décrivant une courbe. La biquette se réfugie sous la charrue, puis la jeep avec l'étoile blanche sur le capot s'arrête, un visage clair et un visage sombre, couronnés de casques d'acier couleur olive, portent leur regard vers le petit gars dont l'attitude ne prête à aucune équivoque, même pour des hommes venus d'un autre continent. Les deux soldats éclatent de rire, lui lancent des mots qu'il ne comprend pas, agitent même leur fusil et leur mitraillette. Le genre de frayeur à vous filer directement la chiasse, mais le travail est déjà fait, et le petit Bruno, blond comme les blés, glisse du tas de fumier en tenant son pantalon des deux mains et se retrouve face à la voiture et aux deux hommes qui, toujours morts de rire, lui tendent quelque chose, mais on a rabâché à Bruno qu'il ne faut rien accepter de la part d'inconnus. Aussi doit-il attendre l'arrivée de son grand frère, qui lui rajuste ses bretelles et prend le cadeau des soldats étrangers, des bonbons et du chocolat. Puis ceux-ci repartent, passant devant la fosse à purin sans lui accorder un seul regard, ni se douter de ce qui se cache dans ses profondeurs brunes.

MARS 1944

L'ENNEMI APPROCHE

De terribles rafales de neige, ça fait un mois que ça dure. Tout déplacement en véhicule est risqué, de hautes congères partout, un spectacle de désolation, comme au front. Toujours est-il que ce temps a permis de déjouer les plans des aviateurs russes. La voiture, une berline ZIS*, avance tout doucement. Dieu merci, les pneus sont équipés de chaînes, les essuie-glaces raclent frénétiquement le pare-brise, et Alex, le chauffeur ukrainien, pousse des jurons tout en se cramponnant au volant parce qu'il a du mal à distinguer la chaussée, balayée par les bourrasques. Pourvu que le véhicule ne tombe pas encore en carafe ; sinon, il faudrait qu'ils se fassent remorquer par des chevaux, ce qui, par ce temps, ne serait sûrement pas une mince affaire.

Wilhelm Leeb, nommé à la tête de la coopérative de sucre en tant que *Landwirtschaftsführer**, est souvent en déplacement. Il effectue des visites de contrôle, inspecte les

* Voiture soviétique produite par l'usine ZIS (Zavod Imeni Stalina).
** Littéralement : responsable de l'agriculture.

usines et rend visite aux cultivateurs du territoire occupé, surtout ceux des environs de Khmelnytskyï, ville d'Ukraine située au nord-est de Czernowitz, sur les rives du Boug méridional. Malgré son manteau et ses gants, il est saisi par le froid glacial, le vent s'engouffre en sifflant dans les interstices de la voiture, civile comme Leeb lui-même. Certes, il détient le grade de sous-lieutenant et porte l'uniforme qui va avec, mais dès qu'il aura terminé sa mission, il sera obligé de l'enlever, et cela pourrait arriver plus vite qu'il ne le souhaite car l'ennemi approche. Il y a trois jours, il a vu des gens se répartir les bêtes d'un kolkhoze pour les mettre à l'abri des Russes.

C'est déjà la deuxième fois qu'il est confronté à cette situation. Sa première étape, la ville de Pyriatyn, dans l'oblast de Poltava, avait été conquise par les Russes à l'automne dernier. Jamais il n'aurait pensé que les choses se passeraient ainsi lorsqu'en avril 1942 il était parti de la maison et avait parcouru près de deux mille cinq cents kilomètres dans le sillage des troupes de combat afin de prendre son poste de *Landwirtschaftsführer*, et en certaines occasions, comme dans cet enfer de neige, il s'était demandé ce qui lui avait pris de laisser sa femme et ses trois enfants, ses parents et ses beaux-parents, sans compter qu'après la campagne de France, il avait été démobilisé et aurait pu rester chez lui à s'occuper de la ferme. Mais il croyait dur comme fer que l'Allemagne remporterait également la victoire à l'Est; il voulait y apporter sa pierre, en récolter quelques fruits après la guerre, si possible de beaux arpents de bonne terre ukrainienne. Durant son tout premier voyage vers l'Est, il s'était senti euphorique. Que ce soient les villes bombardées, les villages réduits en cendres, les carcasses de blindés ou les cadavres, rien n'avait réussi à plomber son moral car il se considérait comme partie prenante d'un événement historique d'une ampleur colossale – la Wehrmacht lui préparait le terrain, elle refoulait l'ennemi et l'encerclait, elle se vengeait des Soviétiques et de leurs sbires allemands, ces salauds de communistes, qui en 1924, à son retour du *Deutscher Tag** qui s'était tenu à Hanovre, l'avaient battu comme plâtre et lui avaient volé son drapeau. On ne fait pas d'omelette sans casser des œufs ni de guerre sans casser des hommes, c'est comme ça, et lui aussi avait vu des camarades tomber, quand il était artilleur en Belgique et en France. On fait ce qu'il y a à faire, et eux, il faut qu'ils obtiennent la victoire car ce serait terrible d'avoir fait tout cela pour rien.

Dehors, des silhouettes d'arbres, lourdement chargés de neige. Ils viennent de faire une halte à Kamianets-Podilskyï, où Leeb s'est procuré vingt litres de vodka et renseigné sur la situation. "Délicate", lui avait-on répondu. Vinnytsia, cent vingt kilomètres plus à l'est, une ville dans laquelle il est souvent allé, a été prise quelques jours plus tôt, et les Russes continuent de gagner du terrain, ce sont eux maintenant qui repoussent les troupes allemandes. Tout porte à croire que celles-ci vont bientôt devoir lever le camp.

— On arrive, mon lieutenant, dit Alex par-dessus son épaule lorsque apparaissent les premiers panneaux de signalisation militaires et, enfin, les maisons de Khmelnytskyï.

Il parle un allemand approximatif, mais c'est un homme de confiance et un mécanicien émérite, ce garçon avec sa chapka enfoncée sur son visage malicieux, et voilà un

---

* Littéralement : Journée allemande. Désigne, au sens strict, des rassemblements annuels majeurs qui se sont tenus au début des années 1920, sous la république de Weimar.

autre souci qui vient tourmenter Leeb : que vont devenir ses fidèles compagnons s'il part ? Ils seront fusillés pour avoir collaboré. Il devrait emmener Alex avec lui, songe-t-il, tout comme Larissa, son interprète. La chance va bientôt de nouveau tourner en faveur de la Wehrmacht, et il aura alors besoin d'eux ; en cas de nécessité, il pourrait les héberger dans sa ferme, vu qu'on y manque de bras. Dans ses lettres, Käthe ne cesse de se plaindre qu'elle est submergée de travail.

Quand ils arrivent au centre de Khmelnytskyï, la tempête de neige s'est un peu calmée, une pénombre grise perce la couverture de nuages. Pas un seul civil dans les rues bien qu'on soit en début d'après-midi. Rien que des troupiers qui surveillent les chars et les véhicules échoués dans la ville, ainsi que d'autres militaires. Aucune bombe n'a encore été larguée. Les décombres visibles datent de juin 1941, époque à laquelle la ville a été prise par la Wehrmacht. Leeb dit à Alex de s'arrêter devant la Kommandantur, installée dans la maison d'un commerçant juif. Les Juifs ont tous disparu ; Leeb sait très bien ce qui leur est arrivé. Il a entendu des récits de camarades, assisté à des exécutions et des déportations au cours de ses déplacements, mais il n'y pense pas une seule seconde car il y a d'autres choses qui le préoccupent, l'état de la situation notamment, et c'est pour cela qu'il se rend à la Kommandantur. Dans les bureaux, on a déjà commencé à empaqueter ou à détruire les dossiers, tout le monde s'agite dans tous les sens, mais il n'empêche qu'un caporal, portant casque et carabine, se met en travers de son passage et lui demande le mot de passe.

— Aucune idée, dit Leeb. Je voudrais juste dire deux mots au major Bunzlau.

— Le mot de passe, insiste le caporal, un petit gars trapu.

À cet instant, le major sort de son bureau, les bras chargés de documents et une mitraillette dans le dos. En voyant Leeb, il s'exclame :

— On a reçu l'ordre de partir. Les Russes avancent en arc de cercle sur Czernowitz et nous empêchent d'aller vers l'ouest. Il faut qu'on s'en aille.

Devant la porte, il laisse tomber les documents dans une poubelle en fer-blanc où brûlent déjà des papiers, puis y jette également sa cigarette.

— Très bien, répond Leeb, toujours soucieux de faire bonne contenance, en exécutant le salut militaire.

— Eh oui, Leeb, la fête est finie, dit le major en tirant une cigarette de son paquet. On va se rabattre vers le sud, en Roumanie. Là-bas, c'est calme. Ici, les Russes se déversent comme une chiasse d'oie gavée. C'est le chaos total.

Wilhelm se dépêche de regagner la voiture. À peine assis, il dit à son chauffeur :

— Nous partons, Alex. Je vous emmène avec moi, Larissa et toi. Allez prendre vos affaires puis revenez me chercher chez moi avec la voiture.

Alex acquiesce d'un signe de tête, soulagé. Il dépose son chef devant son logement puis reprend la route pour aller prévenir Larissa.

Les affaires sont rapidement rangées dans la malle en bois, un exercice auquel Leeb est désormais rodé. Il est méticuleux mais pas maniaque, aime établir des listes où figurent les vêtements et les quelques babioles qu'il possède, et couche nombre de choses par écrit. Il s'installe alors à sa table, sort son calendrier, "Édition spéciale pour les territoires de l'Est occupés", écrit sous la date du jour quelques

phrases au crayon – son stylo-plume est cassé. Ensuite, il lit
un livre en fumant cigarette sur cigarette et, comme Alex et
Larissa se font attendre, s'octroie un verre de vodka.

Sa piaule est pleine de crasse, mais il a logé dans des
gourbis bien pires, après la retraite de Pyriatyn, en septembre dernier, il a souvent été obligé de dormir dans sa
voiture ou à même le sol ; trois mois, puis les choses sont
enfin revenues à la normale. Ici, à Khmelnytskyï, le bruit
s'intensifie à présent, on charge des véhicules et on les
prépare à partir ; malgré les sifflements du vent, il perçoit
des appels et des cris à travers la fenêtre, de temps à autre
on démarre un moteur pour vérifier qu'il est en bon état,
le grondement des blindés est reconnaissable entre tous
les bruits. On n'entend pas le front, il ne tombe aucune
bombe, un grand merci à ce temps minable. Si ça reste
comme ça, songe Leeb, ils ont une réelle possibilité
d'échapper aux Russes.

Il arpente la pièce de long en large, le temps presse. Que
font Alex et Larissa ? Il tend alors l'oreille, croyant avoir
entendu une détonation, mais quand il se met à la fenêtre, il
ne voit rien ; la neige lui gêne la vue et le blanc qui recouvre
tout transforme la ville, pas vraiment petite mais triste, en…
un lieu féerique, comme se dit Leeb, un royaume loin de la
guerre. Il se rappelle les parties de chasse dans les environs
de Pyriatyn, les lièvres, chevreuils et sangliers alignés, morts,
sur le manteau neigeux. Il y a passé seize mois, à l'époque
tout semblait stable, immuable. Il avait installé une cou-
veuse artificielle pouvant contenir 60 000 œufs, développé la
culture de légumes à grande échelle, fait venir de Kiev
175 000 alevins pour ses étangs et, qui plus est, il supervisait
la culture des céréales sur 80 000 hectares. Et puis, il y avait

aussi des plantations d'arbres fruitiers et un élevage de bestiaux, et même un haras de trotteurs Orlov, c'était son rêve, car les chevaux, c'est ce qu'il aime le plus au monde. C'étaient des dimensions d'une ampleur que même les junkers de l'est de l'Elbe n'avaient jamais connue – lui non plus d'ailleurs, puisque chez lui il n'exploite que soixante arpents – et, malgré plusieurs revers de fortune, les choses avançaient : il arrivait à remplir sa mission, approvisionner sa patrie et la Wehrmacht.

Tout ça, c'est fini. Dieu sait ce qui va se passer maintenant. Mais Leeb n'est pas du genre à broyer du noir, pas encore, il est juste nostalgique du temps où tout allait bien. Il avait la belle vie à l'époque, faisait souvent la fête avec ses camarades de Pyriatyn. Ça picolait et ça riait, de jeunes Ukrainiennes dansaient à moitié nues sur la table – pas tout à fait de leur plein gré, certes, elles auraient eu sans doute moins d'entrain sans la mitraillette braquée sur elles, mais quand même : quel régal ! Tout cela est désormais en péril, abondance, succès, pouvoir, et puis il y a cette crainte, mêlée de honte, de finir vaincu. Wilhelm se sent rongé de l'intérieur, quelque chose le tourmente, peut-être la mise en question de ce en quoi il a cru, peut-être les visions d'horreur qu'il renferme en lui : les exécutions, la chasse aux partisans, les cadavres, les innombrables cadavres, les civils fauchés sans raison et, maintenant, le revoilà pris dans le chaos d'un repli précipité. Il y aurait de quoi désespérer, mais ça – il écrase énergiquement sa cigarette dans le cendrier –, ça, il ne se le permettra jamais. Jamais de la vie. Quoi qu'il arrive, il gardera la tête haute.

Vers le soir, la nuit tombe déjà et, dehors, on entend toujours le bruit des préparatifs de départ, Alex arrive enfin. Il dit que Larissa veut emmener une amie, Tania, est-ce possible ? Celle-ci a travaillé pour un autre *Sonderführer*, un ingénieur qui a décampé sans demander son reste.

Leeb hésite un instant, puis accepte. Il demande si les troupes se sont déjà retirées et Alex répond : Non, pas encore, mais on lui a dit qu'elles n'allaient pas tarder à le faire, en colonne. Et puis maintenant, on entend des coups de feu, on lui a raconté que la cavalerie et les chars russes approchaient. Il fait tourner sa chapka dans ses mains, il semble avoir peur, et Wilhelm sent lui aussi une légère appréhension monter en lui, mais il se fie à sa bonne étoile qui jusque-là ne lui a jamais fait faux bond. Il se lève, tire une dernière fois sur sa cigarette, l'écrase en disant :

— Bon. On va déjà monter dans la voiture. On a assez de carburant ?

Alex fait oui de la tête. Il a réussi à dégoter quelques autres bidons d'essence, pour ça il est doué, ce filou. Ils portent la malle couleur olive jusqu'au bas de l'escalier et Leeb fait ses adieux à sa logeuse, une Ukrainienne grisonnante qui enserre sa main de ses mains moites.

— Ah, mon lieutenant, qu'est-ce qu'on va devenir ? demande-t-elle dans un allemand approximatif.

— Tout est dans les mains de Dieu, répond Leeb qui, bien qu'il ne soit pas croyant, parvient à donner un ton convaincant à sa voix et se raidit même au garde-à-vous.

Les yeux embués de larmes, sa logeuse opine du chef tout en se signant puis elle regarde son hôte qui, aidé d'Alex, charge la malle dans le coffre de la voiture contenant déjà les bagages des jeunes femmes ainsi que deux bidons de secours et, bien sûr, la vodka.

Il neige encore, les rues ne sont pas éclairées et les véhicules, qui tentent de se ranger en colonne, roulent en lanternes. On s'efforce d'organiser cette pagaille, les ordres hurlés couvrent même le bruit des moteurs, ça dégénère parfois en bagarres car tout le monde a les nerfs à vif, et il se passe une éternité avant que les premiers véhicules se mettent en branle. Alex démarre et ils s'engouffrent dans l'obscurité balayée par la neige, les deux hommes et les deux femmes, coincés entre un blindé et un camion.

Khmelnytskyï est évacuée. On est le 23 mars, il est 20 h 30.

AOÛT 1962

LA DAME AUX MORTS

WILHELM est reparti, il attend la police et le médecin de Peine, le docteur Fröbe. Assise à la table de sa cuisine, Gerda Derking tente de se remettre de son choc. Ce n'est pas la première fois qu'elle est confrontée à ce genre d'événements, mais peut-on s'habituer à des choses pareilles ? Il faudrait être de pierre, se dit-elle, et si on est de pierre, c'est qu'on est déjà mort, une espèce de cadavre qui marche et qui parle. La cuisine est sombre, elle est toujours sombre quelle que soit l'intensité du soleil, la maison des Leeb lui prenant toute sa lumière.

Gerda n'avait fréquenté que l'école du village, c'était comme ça car il fallait travailler ou participer aux tâches ménagères, se préparer à devenir une bonne épouse. Combien de fois son père lui avait-il répété que l'intelligence n'était pas une question de rang ou de statut social et que l'argent ne rendait pas plus malin ? Le plus important, ne cessait-il de répéter, c'était l'intelligence du cœur, et quand il disait cela, il passait son bras autour de la taille de sa femme en la regardant avec tendresse, et la mère de Gerda disait: "Arrête ton char, Herbert", et pourtant elle ne pouvait s'empêcher de sourire.

Et puis Gerda lit, ça aussi, elle le tient de ses parents. Elle s'y adonne en cachette car, au village, lire est chose suspecte. Si vous lisez, c'est, d'une part, que vous n'avez rien de mieux à faire, que vous êtes un fainéant, et, d'autre part, que vous vous croyez au-dessus des autres, c'est ce que Gerda a souvent entendu, dans son oreille résonnent encore les renâclements indignés, et ça la faisait rire en secret, car c'est exactement ce à quoi tout le monde ici aspire : être supérieur aux autres, mais gare à celui qui en aurait la prétention ! Lire, seul l'instituteur en a le droit, il en a même l'obligation, et le pasteur, bien sûr, lui aussi doit lire, tous les autres sont priés de s'abstenir, qu'ils aillent épandre du fumier ou lessiver le plancher, ça leur évitera de faire des bêtises ou de prendre la grosse tête.

Gerda lit, malgré tout. Quand elle est à Peine, elle se rend à la bibliothèque de la Werderstraße. Le bibliothécaire, M. Mattenroth, la connaît maintenant, et chaque fois il lui dit : "Mademoiselle Derking, j'ai quelque chose pour vous !", puis il lui recommande un livre, et elle l'emprunte. M. Mattenroth a fait la guerre, il a fini sur le front Ouest, et quand ils sont seuls, il se met à vitupérer contre les nazis, les yeux parfois embués de larmes.

— Vous n'avez pas idée de tout ce que j'ai enduré, mademoiselle Derking, dit-il d'une voix étranglée, toute cette sauvagerie et cette brutalité et, surtout, toute cette bêtise. On avait tous des yeux mais personne ne les ouvrait, et même quand cela arrivait, on ne voyait pas plus loin que le prochain repas. Il y avait vraiment de quoi perdre toute foi en l'humanité.

Gerda hoche la tête avec compréhension, et il la regarde avec gratitude, elle, la demoiselle grisonnante avec son foulard et sa robe-tablier, ses grosses chaussures en cuir et son sac en toile dans lequel elle glisse le livre.

— C'est bien que nous puissions parler aussi franchement, dit-elle avec une joie sincère.

Et le bibliothécaire de répondre :

— Oui, je trouve aussi. (Il rajuste ses lunettes.) Et puis c'est bien qu'il y ait des lectrices comme vous, ajoute-t-il en lui tendant la main. Et des gens comme vous, mademoiselle Derking.

Une fois rentrée chez elle, elle se met à lire. Le dernier livre était court, c'est un pasteur qui l'a écrit, un dénommé Albrecht Goes, il s'appelle *Jusqu'à l'aube*. "Il faut absolument que vous lisiez ça, mademoiselle Derking, avait dit M. Mattenroth, c'est un type bien !" Bon, les pasteurs, ce n'est pas sa tasse de thé, mais peu importe.

C'est vrai que le langage du personnage principal, aumônier militaire pendant la guerre, sur le front Est, elle le trouve souvent trop ampoulé. Mais elle a quand même apprécié le livre ; elle a ressenti de la compassion pour le jeune soldat qui se retrouve condamné à mort alors qu'il ne cherchait qu'amour et chaleur humaine ; on se faisait fusiller pour ce genre de choses, dans une gravière, debout devant un poteau, les mains ligotées et les yeux bandés. Le seul qui comprenne ce pauvre bougre, c'est l'aumônier, mais il ne peut rien faire pour lui à part lui témoigner de l'empathie et lui prodiguer de bonnes paroles, et il n'a plus d'autre choix que de regarder le garçon se faire cribler de balles.

Mais il y avait dans ce livre une autre chose qui avait attiré son attention, un nom : Khmelnytskyï. Wilhelm Leeb citait parfois ce nom quand il parlait de l'époque où il était

Sonderführer, se vantant d'avoir administré un territoire
"trois fois plus grand que la Basse-Saxe". Il n'en avait jamais
révélé plus, préférant se plaindre de sa captivité pendant
laquelle il avait souffert de tant de privations qu'en rentrant
de la corvée des champs, il cachait des tranches de pommes
de terre entre ses fesses pour les faire frire dans son logis.

Bien sûr que c'était affreux, s'était dit Gerda, mais pourquoi s'était-il commis avec les nazis et pourquoi était-il, en
plus, allé faire la guerre? Il s'était mis dans le pétrin tout
seul, le gars, et après il avait osé se lamenter? Non, mais
voyons! Puis elle avait repris sa lecture, c'était une
réflexion de l'aumônier: "Depuis qu'on s'était mis à appli-
quer sans scrupules la politique d'exploitation forcée des
terres, depuis que les discours vantant la libération du sol
russe s'étaient révélés n'être que mensonges et phrases
creuses, il y avait des partisans*." Cette phrase, elle l'avait
méditée, assise dans le fauteuil de son séjour, en regardant
son chat dormir. Au bout d'un moment, elle avait eu une
illumination: c'était ça qu'il avait fait, Wilhelm, il avait
exploité les terres de cette contrée jusqu'à ce que ses habitants en viennent à prendre les armes pour se défendre.
Wilhelm se plaisait à dire qu'il n'avait fait de mal à personne, mais l'exploitation, c'était aussi une forme de violence. Il avait fait du mal à tous ceux dont il avait pris les
champs et les vivres, c'était évident.

Quel vieux faux jeton, s'était-elle dit.

Puis elle s'était levée et était allée à la cuisine pour ouvrir
un pot de confiture de quetsches.

---

* Albrecht Goes, *Jusqu'à l'aube* traduit par Pierre Bertaux, Albin Michel, 1953.

Peut-être, avait-elle songé en prenant une cuillérée de confiture dont elle avait savouré le goût doux-amer, peut-être est-ce une très bonne chose qu'il ait épousé Käthe, et pas moi. Nous aurions vécu en chien et chat.

C'est dans cette même cuisine qu'elle est assise à présent, les bras croisés sur la table, les yeux rivés sur le mur de la maison des Leeb, essayant néanmoins de faire abstraction de ce qui se passe derrière : une tragédie dont elle ignore les tenants et les aboutissants.

Leeb senior, ça, au moins, elle en est sûre, a été dévoré par l'amour ardent que sa mère lui porte. Bien qu'âgée de quatre-vingt-cinq ans, celle-ci, Magda Leeb, a encore bon pied bon œil et se fait régulièrement conduire en charrette dans les champs afin de vérifier l'état des betteraves à sucre et le blé. Dans la famille, on la surnomme respectueusement "l'adjudant". La vieille Magda et son fils étaient insé-parables, déjà pendant la Première Guerre, lorsque le père était au front, mais après aussi, vu que le vieux Willi ne pouvait plus vraiment travailler à cause de sa blessure. C'est plutôt qu'il n'en avait plus envie, comme se dit Gerda avec un sourire, elle qui se souvient de l'avoir sur-pris à plusieurs reprises plongé dans la lecture d'un livre – à part ses parents, il était le seul qui l'encourageait à lire –, mais malgré cela, il était apprécié dans le village car, contrairement à son fils, avec qui il se chicanait souvent, c'était un homme d'une grande simplicité.

Se tordant les mains sur la nappe rouge et blanc, elle ressent de la joie au moment où Heini entre dans la cuisine en miaulant. Il est encore en vie, le vieux briscard, et il a de l'appétit, il peut s'estimer heureux, et elle aussi peut s'estimer heureuse de l'avoir encore, une âme vivante dans sa petite maison, si l'on excepte les mouches en été et les souris en automne.

Gerda donne au chat un bol de lait. Jamais elle n'aurait cru devoir reprendre du service, mais c'est pourtant le cas : elle ne peut pas faire faux bond à Wilhelm. Lâchant un soupir, elle enfile ses chaussures pour aller chercher Lisbeth Bohlweg, qui lui a souvent donné un coup de main. Les cadavres, Gerda le sait de sa très longue expérience, ça pèse lourd.

MAI 1940

L'ENFANT DANS LA CRÈCHE

DANS la chambre, le petit Wilhelm Leeb, neuf ans, que sa mère et sa grand-mère appellent Willem parce que c'est plus doux et plus facile à prononcer, entend les cris. Sa sœur Grete, de quatre ans sa cadette, joue avec ses poupées, assise dans un coin. Elle porte une petite robe dont le devant et les manches sont brodés tour à tour de cercles et de losanges, les premiers avec une croix chrétienne à l'intérieur, les seconds, une croix gammée. Les braillements qui proviennent de la cuisine ne semblent pas la déranger, alors que son grand frère, lui, fait une grimace, se bouche les oreilles en s'exclamant avec colère :

— Je n'en peux plus ! Il faut que ça s'arrête ! Stop !

Il pleut à seaux en cette journée de mai, les gouttes forment des bulles en s'écrasant sur les pavés, l'eau s'écoule bruyamment du toit des voisins parce que la gouttière est toute rouillée, et crépite sur l'étroite bande d'herbe qui sépare les deux terrains, sur les buissons d'ortie et de sureau. Cela fait souvent enrager le père de Wilhelm. Ça irrite les yeux, peste-t-il, c'est honteux d'avoir si peu d'ordre, et il fait bien sentir son mépris aux voisins, mais les Derking restent courtois et continuent de le saluer. Le père de Wilhelm dit aussi que le vieux Derking est un communiste, mais il ne l'a jamais dénoncé.

Il pleut, en effet, Wilhelm ne peut donc pas aller jouer dehors, et dans la maison règne un vacarme insupportable. À l'instant où il ouvre la porte de la chambre et dresse l'oreille, il entend sa mère et grand-mère Kruse, elles roucoulent, susurrent, gazouillent et il trouve cela encore plus horrible que le bruit que fait son petit frère.

— Il a un bobo, dit la petite Grete en posant son regard gris sur son frère. Quand on a un bobo, on pleure. Moi aussi je pleure quand j'ai un bobo. Pas toi?

— Bien sûr que non, rétorque Wilhelm, agacé. Je ne suis pas une chochotte, moi.

Il se bouche les oreilles.

— Moi non plus, je suis pas une chochotte, proteste Grete. Mais les bobos, ça fait mal.

— Eh ben, va le consoler, beugle Wilhelm en fourrant ses mains dans ses poches.

Ses doigts jouent avec le canif, car, selon son père, il y a trois choses qu'on doit toujours avoir sur soi : un couteau, de la ficelle, des allumettes. Wilhelm a les deux premières, mais pas la troisième, car le feu ce n'est pas pour les jeunes enfants (mais les ciseaux et les couteaux, si). Le ciel est maintenant d'un noir d'encre, au loin gronde un orage et, en bas, dans la cuisine, il y a Bruno, son petit frère d'un an, qui pleure, chouine et crie. On fait tout un plat de ce nabot tout blond, à croire qu'il est le centre du monde et même du Reich allemand qui devient de plus en plus grand. L'autre jour, le facteur a apporté une enveloppe frappée de caractères rouges et de l'aigle impérial : l'*Appel sous les drapeaux*.

Cela, comme on l'a expliqué à Wilhelm, signifiait que son père allait se battre pour le Führer en tant que soldat, une pensée qui l'a empli de fierté. Dans deux ans, il entrera aux Jeunesses hitlériennes et il portera un uniforme ; il a hâte, mais il ressent aussi un certain malaise.

Un éclair déchire le ciel et, juste après, un craquement retentit au loin. La pluie continue de s'écouler du toit des Derking, les orties sont déjà tout aplaties.

— Je vais voir maman, dit Grete, puis elle prend une poupée et sort furtivement de la chambre.

Comme elle a laissé la porte ouverte, Wilhelm entend de nouveau les deux femmes qui s'agitent autour du petit telles des guêpes autour d'une pâtisserie. Il s'avance à grands pas vers la porte et la ferme violemment, puis il s'assied sur son lit en plaquant ses mains sur ses oreilles. Quelque chose le remue intérieurement, et il dit tout bas :

— Je ne suis pas une chochotte !

Mais il ne peut empêcher une larme de rouler sur sa joue, puis une autre et encore une autre. Tout à coup, il se sent seul au monde, là-haut, dans sa chambre.

Si je mourais, maman et les grands-mères auraient sûrement du chagrin, se dit-il brusquement. Il ne parvient pas à pousser la réflexion plus loin, mais cette pensée le réconforte, elle déclenche une douleur bienfaisante, et, dans cette douleur, il est au plus près de lui-même, loin de son piaillard de petit frère qui accapare sa mère, loin de sa sœur qui tire sans arrêt sur le pan de sa chemise, loin de son père qui est parti prendre sa rasade matinale au Moulin de Ilsede et rentrera de mauvaise humeur parce qu'il se sera encore énervé après quelqu'un, et c'est pour cela que Wilhelm s'allonge sur son lit et se recroqueville sur lui-même, comme s'il voulait presser cette sensation contre lui. Dehors, un coup de tonnerre éclate à en faire trembler les vitres. Et après, on n'entend plus que le crépitement de la pluie, et Wilhelm met quelque temps pour constater que ce brailleur de Bruno s'est enfin tu.

De fait, Bruno est assis sur sa chaise haute devant la table de la cuisine, immobile comme s'il avait été frappé par la foudre. Son regard part dans tous les sens et, au moment où un éclair jaillit, il se remet à pleurer, de peur cette fois, et il n'est pas le seul à avoir peur. Il crie tellement qu'il manque de s'étouffer, et c'est alors que Magda Leeb surgit dans la cuisine, blanche comme un linge, les yeux papillotant derrière ses verres ronds.

— Oh, mon Dieu! s'écrie la femme, d'ordinaire imperturbable. Oh, mon Dieu, un orage!

Son père disait plutôt: "Rien ne vainc la terre, ni le feu ni la guerre", et c'est sans doute vrai, mais là, il s'agit d'une maison, ancienne de surcroît, et si la foudre s'abattait sur le toit ou mettait le feu à la grange, ou à l'étable avec le bétail à l'intérieur – elle préfère ne pas y penser, sinon son crâne va exploser et tout le monde sait ce qui va se passer, qu'on le veuille ou non, car sa peur est contagieuse, alors on lui obéit quand elle ordonne d'une voix stridente:

— Allez tous dans le grand vestibule. Et que ça saute!

Vite, on retire Bruno de sa chaise, et Käthe Leeb grimpe l'escalier quatre à quatre pour aller chercher Willem, en pleurs sur son lit, elle saisit sa fille au collet, puis toute la maisonnée, les trois enfants, la mère, les deux grands-mères et les deux grands-pères, Willi Leeb et Gustav Kruse, ainsi que Josef, le valet, sortent de la cuisine, longent le couloir et vont se mettre dans le grand vestibule. Celui-ci est plongé dans la pénombre car il n'y a qu'une loupiote, qui vacille à chaque coup de tonnerre. Le sol n'est pas très propre, et pourtant tout le monde se met à genoux, formant un cercle autour de la vieille Magda. Celle-ci se tient accroupie, dans sa robe-tablier noire, et, tandis que des craquements retentissent au-dessus d'eux, elle baisse la tête et se met à prier :

— Seigneur, épargne cette maison et ses habitants. Fais que cet orage passe, que la foudre tombe sur les arbres sans qu'il n'arrive rien à personne. Viens-nous en aide, Seigneur, je t'en supplie, tends ta main protectrice sur notre toit, nous n'avons rien fait de mal, nos péchés sont véniels...

Käthe Leeb reste interdite. Elle se demande de quels "péchés" sa belle-mère veut parler, mais à cet instant, ça craque de nouveau, à en faire ruisseler la poussière des solives, les chevaux, dans l'écurie, se mettent à hennir. Plus le tonnerre se déchaîne et plus les éclairs sont éblouissants, plus la prière de Magda Leeb redouble de ferveur, elle répète certaines formules, se tord les mains, son front touchant presque le sol. Accompagnées du bruit de l'orage, ses requêtes murmurées à des puissances supérieures bercent Bruno et, au bout d'un moment, il s'endort d'un sommeil très profond, le petiot.

Tous demeurent agenouillés, immobiles, tandis que l'orage bat son plein et que la pluie cingle la maison, la ferme et le village, et au bout d'un certain temps, ils commencent à se sentir mal. Les grands-pères, même eux, cèdent à la panique – pas un seul éclair n'a mis le feu à la maison, à l'étable ou à la grange, mais les étincelles que lance la femme agenouillée au centre du cercle déclenchent en chacun un flamboiement de crainte, tout le monde reste sans bouger, qu'on souffre ou non d'arthrite aux genoux, les mains jointes, priant pour que la colère du ciel se dissipe rapidement.

Wilhelm jette de temps à autre des regards dans la direction de son frère assoupi dans les bras de sa mère, et fait une grimace de dépit pour se rappeler, au craquement suivant, qu'une terrible menace pèse sur leurs têtes.

Au bout d'un moment, l'orage semble se calmer, mais sait-on jamais. L'humidité accentue l'odeur du grand vestibule, l'odeur du foin et des vieilles poutres et, bien sûr, l'odeur des chevaux dans l'écurie attenante, qui hennissent, inquiets, donnant des coups de sabot contre le bois de l'enclos. Wilhelm prête attentivement l'oreille car même s'il n'a que neuf ans, il sait que ces bêtes ont du flair; si elles se calment, c'est que l'orage s'éloigne. Il entend Bubi, le gris pommelé, s'ébrouer et renâcler, et il pense alors aux deux bœufs dans la grande étable – s'ils prenaient peur et perdaient les nerfs... Ils ont une force colossale, tractent de pleines charretées de céréales et de betteraves, ils pourraient à coup sûr enfoncer la porte de l'étable et s'échapper sur la route. Cette pensée a quelque chose de terrifiant, et Wilhelm s'imagine les deux bœufs puissants en train de saccager les jardins des villageois, de laminer les clôtures ou de briser les portes, si bien que les gens, affolés, s'enfuiraient de leurs maisons, et peut-être qu'ils piétineraient même les enfants, surtout les plus petits. Il jette un regard vers son frère, et de nouveau il se sent gagné par la douleur bienfaisante: si la foudre tombait maintenant et transperçait le toit, ils seraient tous morts sur le coup, et même son père, qui rit rarement et ne pleure jamais, verserait sans doute une larme.

À cet instant, celui-ci entre justement dans le bâtiment, éméché et dégoulinant de pluie, et les dévisage tour à tour.

Son regard se pose sur sa mère, et on peut lire sur son visage que c'est pour elle qu'il se contient ; n'osant jamais lui faire la moindre critique, il dirige sa colère et son mépris contre son père. Celui-ci, un septuagénaire trapu et moustachu, aux cheveux gris acier soigneusement peignés et séparés par une raie de côté, n'accepte pas les temps nouveaux et, encore à ce jour, vénère les Welf, bien que le royaume de Hanovre ait disparu sans tambour ni trompette lors de la bataille de Langensalza, il y a de cela sept décennies, alors qu'il n'était pas encore né. Le fils et le père se disputent souvent, d'autant plus que maintenant, ce dernier préfère lire des livres plutôt que d'aller aux champs, mais quand il lui arrive néanmoins d'y aller, il sort des plaisanteries qui font tellement rire les femmes qu'elles en oublient d'effectuer leurs tâches, à savoir éclaircir les betteraves ou ramasser les pommes de terre.

— Père, qu'est-ce que tu fais là, à genoux ? aboie Wilhelm Leeb. Quel manque de dignité, un homme ne fait pas ça. C'est juste un orage, bon sang, et on a un paratonnerre, vous avez oublié ?

Semblant sortir de sa transe, sa vieille mère jette un regard réprobateur à son fils. Peut-être qu'un éclair égaré va encore frapper, qui sait ?

Josef se relève, l'air gêné, et dit dans un murmure qu'il va voir comment vont les chevaux.

Agacé par le regard de sa mère et irrité que ce matin, à l'auberge, ce péquenot de Heinrich Haarstick lui ait demandé de manière insidieuse pourquoi il ne s'était pas engagé volontairement dans la Wehrmacht mais avait eu besoin d'une invitation pour le faire, ce qui avait provoqué l'hilarité des autres clients, ces petits paysans qui ne possèdent pas de bœufs, et même pas de chevaux, mais attellent des vaches pour cultiver leurs quelques lopins de terre, Wilhelm Leeb, rempli de colère, s'approche d'un pas pesant de son fils aîné, le soulève d'un geste brusque en lui criant :

— Qu'est-ce que tu fais à genoux, Willem, c'est quoi, ces conneries ? Tu n'as pas mieux à faire que de prier comme les bonnes femmes ? Dieu, il nous aidera pas, il faut qu'on se débrouille par nous-mêmes !

Le père domine de toute sa hauteur son fils qui rentre la tête dans les épaules comme s'il s'attendait à recevoir une gifle. Celle-ci ne vient pas. À la place, le père grogne ces mots :

— Tu es un Leeb, voyons, alors ressaisis-toi ! Qu'est-ce que tu feras quand tu seras aux Jeunesses hitlériennes ? C'est pas des tendres, là-bas. Tu crois que tu vas pouvoir te cacher éternellement sous des jupons ? Juste pour des éclairs et quelques coups de tonnerre, tu cours te mettre à genoux les mains jointes ? Elles sont faites pour bosser, ces mains, pas pour prier.

Il hurle si fort que le petit Bruno se réveille et se remet à brailler, et Wilhelm reste planté là, tout penaud, les yeux embués de larmes, ne sachant pas ce qui lui arrive. Il n'a pas peur du tonnerre ni des éclairs ! Grand-mère Leeb fait toujours ça quand il y a de l'orage, et lui se sent obligé de l'imiter. Son père, qui interprète son silence comme de l'obstination, lui fait la leçon, mais ses paroles parviennent à ses oreilles comme à travers du coton ; il voit que sa mère cherche à s'interposer, mais elle se fait vertement rabrouer par le père ; il voit grand-mère Kruse entrer dans la maison, avec, dans ses bras, Bruno qui hurle. Pourquoi personne ne dit à son père qu'il est un garçon courageux qui ne pleure jamais quand il se fait une entaille ou s'écorche un genou ? Et pourquoi est-ce contre lui que son père s'est fâché, alors que c'est tout le monde qui s'est précipité dans le grand vestibule, y compris les adultes ?

Ceux-là mêmes qui, à présent, se sauvent sans demander leur reste. Grand-père Leeb caresse les cheveux de son petit-fils en lui disant quelques mots. Ce à quoi Wilhelm Leeb réagit en se mettant à aboyer sur son propre père qui se contente de hausser les épaules en faisant un clin d'œil à son petit-fils avant de disparaître à son tour.

— Tu m'as compris ? crie le père.

Son fils hoche la tête bien qu'il n'ait rien saisi du tout.

Son père tire sur le bas de sa veste, lance un dernier regard noir à Willem, puis le laisse seul.

Le bruit de l'orage s'atténue, celui-ci est passé sans causer de dégâts. Josef rassure les chevaux, peut-être est-il en train de leur donner de l'avoine ; il n'y a plus ni pommes ni carottes, il va falloir attendre la prochaine récolte. Le jeune Wilhelm émet un reniflement puis s'éloigne en traînant les pieds. Il sort du vestibule par le côté opposé, par la petite porte percée dans la grande, puis, marchant lentement sous la pluie, il traverse la cour jusqu'à l'étable, le regard baissé sur ses genoux sales, furieux contre son père injuste. Je préférerais être mort, songe-t-il, comme ça je ne serais plus une source de chagrin et de contrariété pour mes parents. Cette pensée lui fait monter les larmes aux yeux.

En ouvrant la porte de l'étable, il est enveloppé par l'odeur aigrelette du lait. Il entend des mouches bourdonner, les premières hirondelles passent par les trous d'aération pour regagner leurs nids accrochés aux solives. Les vaches sont calmes, nombre d'entre elles sont couchées dans la paille, en train de ruminer. De leurs grands yeux ronds, elles regardent le garçon passer furtivement. Elles le connaissent et savent que c'est un bambin inoffensif.

Willem file tout droit vers l'enclos attenant, celui où se trouvent les bœufs que grand-père Leeb a baptisés Castor et Pollux. Il s'arrête devant le râtelier pour regarder les deux bêtes puissantes qui frétillent des oreilles et donnent des coups de queue pour chasser les mouches ; elles ont toutes les deux une robe marron clair et les yeux cerclés de blanc, et elles ont l'air gentilles, juge Wilhelm, mais puisqu'il veut être mort, elles n'ont qu'à le dévorer jusqu'à la dernière miette. Cela ne leur sera sûrement pas difficile car elles ont de grands mufles et de grandes dents et de grosses panses dans lesquelles il peut entrer sans problème. Ses parents vont se demander où il est passé, ils vont partir à sa recherche, ils vont pleurer, s'arracher les cheveux en implorant qu'on leur rende leur bon fils, sauf que celui-ci sera depuis longtemps dans le ventre d'un bœuf, tel Jonas dans celui de la baleine.

Aussi s'allonge-t-il dans la mangeoire semi-circulaire en faïence sombre, parmi le foin et les résidus d'ensilage. Au début, il ne se passe rien. Il reste immobile, comme figé, étendu de tout son long, les paupières closes. À présent, il entend distinctement les bruits de l'étable : les trissements d'hirondelles, de temps à autre le soupir d'une vache, les poules qui caquettent dans le poulailler voisin ; Wilhelm commence à avoir sommeil, mais lorsqu'une haleine fétide et chaude vient lui fouetter le visage, il ouvre grand les yeux. Juste au-dessus de lui se tient un énorme museau rose qui le flaire, alors il ferme de nouveau les yeux, très fort, car ça y est, son heure est arrivée. Le bœuf – c'est Castor, celui qui a des poils bouclés entre les cornes – plaque ses naseaux humides et mous contre le visage de Wilhelm, il faut bien qu'il vérifie que ce qu'il y a à l'intérieur de la mangeoire a bon goût, puis le garçon sent une langue humide et râpeuse sur son front et ses joues. Il serre les dents, ses mains posées sur sa poitrine se crispent et il commence à paniquer, pourvu que ça ne fasse pas mal, mais tout vaut mieux que d'entendre les cris de son petit frère et de son père, et puis sa mère, de toute façon, elle ne s'intéresse pas à lui. Se résignant ainsi à son sort, il attend que la gueule le dévore.

Rien ne se passe. Wilhelm sent le souffle de Castor, mais soudain, celui-ci se détourne en renâclant doucement, ses sabots crissent sur la paille, et Pollux, son compagnon, est manifestement repu car il ne s'approche pas d'un pouce de la mangeoire. Wilhelm est triste, il est à deux doigts de se remettre à pleurer : dehors, la pluie tombe dru dans l'arrière-cour et sur le tas de fumier, et Castor et Pollux sont couchés, immobiles, leurs yeux stupides perdus dans le vide. Le petit garçon chasse de la main une mouche qui se délecte de la bave qui couvre son visage, puis il ressent à l'intérieur de lui une pesanteur qui le tire vers le sommeil et, tandis qu'il somnole dans la mangeoire, il arrive qu'un des bœufs se lève, péniblement, et s'avance vers lui, comme pour vérifier l'état du petit être humain.

On le cherche, en effet, et lorsqu'on le découvre, pendant le nourrissage du soir, on lui fait un fort bel accueil : grand-père Leeb est plié en deux, grand-mère Leeb le traite de vaurien, son père le fusille du regard et sa mère lui demande de ne plus jamais refaire une farce pareille. Quand il finit par sortir de l'étable, Wilhelm se sent offensé, les autres s'acharnant après lui comme s'il s'était comporté comme un imbécile. Est-ce sa faute si les bœufs n'avaient pas envie de le manger? Ils n'ont aucune idée, ces adultes, à quel point il était sérieux.

La nuit tombe. Dans les dernières lueurs du soleil se découpent quelques nuages dispersés, reliquats de l'orage. En entrant dans le grand vestibule, Wilhelm se dit: la prochaine fois, je me mettrai dans l'auge des cochons. Les cochons, c'est plus intelligent que les bœufs. Là, ça devrait marcher. Et sa main serre le couteau dans sa poche.

AVRIL 1944

CENT CINQUANTE CIGOGNES

Ils venaient juste de réussir à franchir le Dniestr, jusqu'ici ils n'avaient pu rouler qu'au pas. Peu après, les Russes firent sauter le pont. Leeb n'avait jamais vu un tel chaos sur la rive sud, même lors de la retraite de Pyriatyn : civils et militaires affolés, lancés dans une fuite éperdue. Terrifiées, Larissa et Tania se serraient l'une contre l'autre sur la banquette arrière, tandis qu'Alex cherchait un endroit où se faufiler avec la ZIS ; la voiture russe, qui avait souvent flanché, avait parfaitement roulé jusqu'à présent, et comme ils étaient parvenus à troquer quelques bouteilles de vodka contre deux bidons d'essence, ils étaient bien pourvus en carburant.

Une fois arrivés en territoire roumain, ils purent accélérer, Dieu merci. Au loin, au-dessus de Czernowitz, flottait une lueur rougeâtre, la ville, victime d'une attaque, avait manifestement pris feu. Ils poussèrent vers le sud, jusqu'à Bacău, puis, de là, gagnèrent Adjud, tirés en remorque sur les derniers kilomètres, l'embrayage ayant lâché. Leeb décida de faire une halte dans cette petite ville, une erreur car la ZIS fut immédiatement réquisitionnée par l'armée roumaine, et ils se retrouvèrent enfermés dans un logement plein de courants d'air, tandis que dehors, l'hiver continuait de faire rage. Au bout d'un moment, ils furent même envahis de poux.

Puis arriva le dégel; on était au tout début d'avril. Leeb alla faire un tour dans la petite ville d'Adjud où avaient échoué un nombre incalculable d'unités, la plupart dispersées, décimées et complètement déboussolées. Leeb avait ciré ses bottes et fixé des éperons, son uniforme avait été lavé et repassé, la visière de sa casquette d'officier brillait au soleil quand celui-ci perçait à travers les nuages. Il marchait d'un bon pas, l'étui de son pistolet accroché à son ceinturon, ne détachant ses mains croisées dans son dos que pour ôter sa cigarette et souffler la fumée dans l'air froid : un modèle de méticulosité, ce dont il prit conscience, à sa grande satisfaction, lorsqu'il vit les autres soldats, mal rasés, sales et accoutrés comme des francs-tireurs, leurs yeux rougis marqués de cernes, avachis contre leurs véhicules, un spectacle qui le fit pincer les lèvres de mépris. Avoir de la tenue et tenir le coup, ça allait de pair. On devait garder sa fierté même si l'on était dans la merde jusqu'au cou, et ils avaient eu de la chance d'avoir échappé aux Russes. Les sourires moqueurs qui lui étaient destinés, il y prêta tout aussi peu d'attention qu'à la remarque – "sale planqué !" – que lui lança un sergent mal luné.

Ils avaient trouvé à se loger dans une cabane de bois et Leeb était sorti afin de dégoter un moyen de transport. Il comptait rejoindre le Gouvernement général en passant par les Carpates, alors il prit la direction de la petite gare où se trouvait la Kommandantur, installée à la hâte.

À quelques pas de son but, quelque chose attira son attention, et, regardant autour de lui, il vit un vol d'oiseaux :

des cigognes blanches qui migraient vers le nord, parallèlement aux Carpates, un tableau majestueux. Il se mit à compter les oiseaux, oubliant tout le reste, sortit même son calepin et son crayon afin de les dénombrer à la manière des Romains; des blocs de cinq bâtons les uns à la suite des autres, il arriva à un total de cent cinquante.

Fabuleux, se dit-il en suivant des yeux les cigognes faisant route vers ces contrées que la Wehrmacht avait évacuées en catastrophe. Difficile de dire où elles nichaient, peut-être en Ukraine ou en Biélorussie, mais elle était comme ça, la nature, il était bien placé pour le savoir, lui qui était cultivateur, elle poursuivait son cycle, malgré la guerre : les oiseaux partaient d'Afrique et traversaient le Levant, la Turquie et la Grèce pour gagner leurs nichoirs.

"Ah!" laissa-t-il échapper en rangeant son carnet dans sa poche et, jetant un dernier regard vers les sommets des Carpates, il entra dans la Kommandantur, d'un pas ferme, raide comme un piquet, déterminé à trouver une solution pour que ses gars et lui-même puissent quitter ce patelin de Roumanie infesté de poux. Le garde posté à l'entrée ne savait plus où donner de la tête, dans la gare régnait un gigantesque fouillis de soldats de tous grades, complètement désorientés, qui espéraient recevoir des instructions et des ordres ou de la nourriture. De la fumée de cigarette flottait comme une brume dans le hall, ça puait la saleté, la sueur et l'impatience.

Ici, dans l'un des postes de commandement de l'armée, il réussit néanmoins, grâce à sa prestance et à son uniforme de sous-lieutenant, à faire forte impression, d'autant qu'on prêtait rarement attention aux détails qui permettaient de l'identifier comme *Sonderführer*. Le sous-officier assis dans l'antichambre fut ravi de se trouver face à Leeb, il poussa même un gros soupir de soulagement en constatant qu'il n'avait pas affaire une fois de plus à un braillard excité, mais à une personne calme et digne.

— Hélas, mon lieutenant, dit-il en tapotant sur son bureau avec son crayon, le capitaine ne peut pas vous recevoir car il est en réunion. Vous êtes au courant de la situation, c'est le bazar complet, mais bon… je vais voir ce qu'on peut faire. Un train doit partir vers le nord dans les jours qui viennent, direction Cracovie.

— Il faut aussi que j'emmène mes gars, dit Leeb d'un ton calme mais résolu. Ils me sont indispensables dans mon travail.

— Des Allemands ?

— Non, trois Ukrainiens.

— Hmm. (Le sous-officier fronça les sourcils.) Compliqué.

Il empila quelques documents.

— Quatre places en tout ? Ah, zut, comment faire ? Le train est plein à craquer, je ne peux pas vous faire de traitement de faveur.

— Ce sont des personnes compétentes. Convictions irréprochables. Nous formons une bonne équipe, et sachez que… (Leeb se pencha en avant, les mains dans le dos) j'ai pour mission d'approvisionner le pays et l'armée en denrées alimentaires de base, c'est-à-dire de maintenir la combativité et le moral des troupes. Il s'agit d'une tâche aussi essentielle qu'ambitieuse que je ne saurais accomplir sans un soutien de qualité, celui que m'apportent mes gars.

Leeb se redressa et planta son regard dans celui du sous-officier, d'une vingtaine d'années son cadet.

— Je m'attends à être immédiatement réintégré dans le Gouvernement général.

Il se garda pour l'instant de lui révéler que deux de ses gars étaient des femmes.

— Cigarette ? fit-il en lui présentant le paquet.

Ils fumèrent en silence. Quelqu'un se mit à tambouriner à la porte en hurlant, et le sous-officier s'écria :

— La ferme ! C'est chacun son tour, bordel !

Il saisit un formulaire et commença à le remplir.

— Vous êtes un homme sensé, vous, dit-il à Leeb. Ici, on a affaire à des abrutis, vous pouvez pas imaginer, ils sont tellement cons que je leur casserais bien la gueule. Et c'est ça, la fringante Wehrmacht ! (Il renâcla.) Je vais vous les donner, vos quatre laissez-passer, mon lieutenant. Mais ils vont devoir se tasser, vos gars, c'est pas l'express pour se rendre en villégiature d'été. Vous partez après-demain, c'est-à-dire le 8, le départ est prévu pour 21 h 30. Ils s'appellent comment, vos associés ?

Leeb dit les noms. Au moment de tamponner les formulaires, le sous-officier lâcha avec un petit sourire :

— En galante compagnie ! Quelle chance, et puis avouons qu'elles sont pas mal, les femmes des prétendus sous-hommes.

Il s'interrompit et leva un regard effrayé. Cette fois, ce fut Leeb qui sourit, car après une bourde pareille, il était sûr à cent pour cent d'obtenir ses billets.

— C'est tout à fait mon avis, dit-il et, pour signaler qu'il ne tenait pas compte de ces propos, il ajouta : Une autre cigarette ?

On cogna de nouveau à la porte. Leeb prit les documents dûment remplis et tamponnés.

— Je vous remercie, dit-il.

— De rien. Si vous voulez me rendre un service, quand vous sortirez, lâchez un bon coup de pied dans les tibias du connard qui tambourine à la porte.

Durant les dix jours de trajet qui les menèrent à Cracovie en leur faisant traverser les Carpates, le nord-est de la Hongrie et la Slovaquie, Leeb se délecta de l'impression de suivre les cigognes. Pour la fête de Pâques, Larissa peignit des motifs ukrainiens sur des œufs, sous les regards insistants de soldats qui lui faisaient des avances ; Leeb fut alors obligé de jouer au sous-lieutenant, Alex faillit se battre avec un caporal bavarois qui avait importuné Tania. Certes, ce voyage ne fut pas une partie de plaisir, mais, se dit Leeb, incliné dans son siège, ses jambes bottées jetées l'une sur l'autre, il avait tout de même permis aux deux jeunes femmes d'échapper à la vindicte des Russes. Quel camarade aurait fait cela ? Ils avaient tous pris le large. Alors que lui… Leeb sourit, hautement satisfait de lui-même. Quant à ces chiens en rut, ma foi… Larissa était en effet très agréable à regarder, avec ses tresses blondes et ses formes généreuses. On ne pouvait quand même pas jeter ça en pâture aux Russes ! Non, il avait agi comme il fallait, c'était très bien de sa part, oui, vraiment bien, chevaleresque même.

À Cracovie, où il retrouva les signes tactiques de toutes les unités qui avaient stationné auparavant à Poltava, il apprit qu'on n'avait pas encore besoin de lui, ce qui lui donna l'occasion de mettre Alex, Tania et Larissa en sécurité. On ne faisait appel à Leeb qu'en cas de nécessité ; il agissait sur commande sans être pour autant sous les ordres de l'armée, et c'était à lui de se débrouiller pour percevoir sa solde, une entreprise laborieuse car l'administration militaire était un monstre bureaucratique, ce qu'il endurait à présent pour la énième fois, tandis qu'il essayait de se procurer les documents, dont des laissez-passer et un titre de transport officiel de la Wehrmacht.

Au terme d'une éprouvante odyssée de plusieurs milliers de kilomètres à travers quatre pays, sans compter l'Ukraine et le Reich, il arrive enfin chez lui, le 25 avril, quatre bonnes semaines après sa fuite de Khmelnytskyï. Comme toujours, lorsqu'il rentre chez lui, il est envahi de sentiments contradictoires : de joie et de stupeur et d'un certain mécontentement car, ici, tout est petit et étroit, y compris la vieille maison devant laquelle la famille fait la haie pour l'accueillir, tous en habit du dimanche bien qu'on soit un jour ordinaire. Les enfants ont grandi, surtout son aîné, Wilhelm, né en 1931, en des temps économiquement difficiles. Ce garçon est grand pour son âge et, comme son père le constate à regret, il tient de son grand-père maternel, Gustav Kruse : une grosse caboche toute blonde et un front haut ; ce garçon a en effet le physique d'un Kruse, une famille qu'il méprise secrètement car personne n'arrive à la cheville des Leeb. Mais bon, il n'empêche que pour marquer le coup, le garçon a enfilé son uniforme des Jeunesses hitlériennes.

Il serre la main de Gustav Kruse en lui disant, malgré toutes ces réserves : "Content de te revoir, beau-papa." Il donne un baiser à sa femme, radieuse, caresse la tête de Grete et de Wilhelm puis prend le petit Bruno âgé de cinq ans dans ses bras. Tout cela a des allures de réception officielle, et ensuite, tout le monde se dirige vers le grand salon.

Tandis que les femmes s'affairent autour de lui, il prend place en tête de la table recouverte d'une nappe de lin fine et richement brodée; les assiettes du dimanche et les couverts en argent, ça fleure bon le vrai café en grains, une denrée rare, et l'on sert des tartes à la crème et des brioches parce qu'il faut rassasier tout le monde, y compris les trois visiteurs ukrainiens qui restent sans bouger, timides. Le poêle de faïence est allumé, il fait presque trop chaud, et on remplit les assiettes et les verres, Leeb mange et boit sous les regards fiers de sa vieille mère. Les enfants se montrent bien élevés; Bruno, assis sur les genoux de Käthe Leeb, fixe son père d'un air étonné comme si celui-ci était Saint-Nicolas, dont lui avait parlé son grand frère et qui venait de débarquer avec sa verge et ses cadeaux. Entre chaque bouchée, le maître des lieux raconte sa fuite et son voyage, en regardant à plusieurs reprises ses trois compagnons qui approuvent de la tête; Alex et Tania qui, contrairement à Larissa, ne parlent pas bien allemand, jettent des coups d'œil furtifs partout dans le salon.

— Ça n'augure rien de bon, tout ça, dit le vieux Gustav Kruse. C'est la deuxième fois que tu es obligé de fuir. Est-ce que ça va s'arranger, à l'Est...

— Bien sûr que oui, répond son gendre. On n'est pas encore cuits, on est juste en train de nous repositionner. Et après, on renversera la situation. D'ici la fin de l'année, j'aurai réintégré mon poste à Pyriatyn, c'est juste une question de temps.

Sa belle-mère le regarde d'un air chagrin.

— Tu devrais rester, Wilhelm, tu as quand même une ferme et une famille ici. Ce petit, là... (elle fait un signe de tête en direction de Bruno qui tripatouille un bout de tarte avec sa cuillère) il a besoin d'un père, non? Il ne te connaît pas, Wilhelm, il te regarde comme un étranger, et ta femme, elle aussi a besoin de toi.

Ces propos irritent son gendre qui ne supporte pas la critique, et le regard de chien battu de sa belle-mère réveille le mépris qu'il ressent pour elle et son mari. Il passe sa main sur le devant de son uniforme orné de l'insigne des blessés et de la Croix du mérite de guerre, et rétorque :

— Tu oublies que nous sommes en guerre, belle-maman, et moi, je dois remplir mon devoir. Je suis soldat et je vais retourner au front.

— Hé, doucement, mon garçon, intervient son père, Willi Leeb, qui n'a pas ouvert la bouche jusqu'ici. Tu es à l'arrière, toi. Sur le front, ce sont d'autres qui se battent. À l'époque, pendant la Grande Guerre, quand j'étais en Biélorussie avec mon artillerie...

— Toi, tais-toi ! s'agace Wilhelm Leeb.

Son père souffle la fumée de sa cigarette ; il n'est pas du genre à se laisser facilement démonter, même par le regard désapprobateur que lui lance sa femme.

— C'est un fait, lâche-t-il, du haut de sa grande expérience. Ça fait des années que tu n'as pas été au front, fiston. Et Herta a raison de dire qu'on a besoin de toi ici. Et puis de toute façon, à l'Est, tout va bientôt s'écrouler, et tu le sais. Pourquoi aurais-tu emmené tes gars, sinon ?

Il fait tomber la cendre dans la douille d'obus en laiton, un souvenir de l'époque où il était artilleur à pied.

— Le lien est très facile à faire, fiston. (Et il ajoute, en dialecte :) À moins que ce soit à cause de ces deux femmes, qui sont très jolies ?

Son fils sent ses oreilles rougir.

— Larissa est mon interprète, explique-t-il, Tania a travaillé pour un autre *Sonderführer* qui s'est sauvé comme un lâche, et Alex, c'est mon chauffeur. Les Russes les auraient fusillés. Je ne vais quand même pas… (il se cambre sur sa chaise) laisser tomber des gens qui m'ont servi avec dévouement, ce serait un manque de décence.

— Hmm… (Le vieux Leeb lisse sa moustache entre son pouce et son index.) La décence, un bien grand mot, ma foi. Notre premier empereur en avait, peut-être aussi son fils, Frédéric, mais qui d'autre, sinon? Il n'y a personne qui me vient à l'esprit.

Silence interloqué dans le salon, même les enfants, les deux aînés, se taisent. Tout le monde sait que ce ne sont pas des choses à dire, plus d'un a déjà disparu pour moins que ça, pour ne jamais resurgir.

Larissa, Alex et Tania, qui n'ont pas saisi ces sous-entendus, ont perdu toute timidité et mangent comme des goinfres, levant de temps à autre le nez de leur assiette, tout sourire, car ils ont compris qu'ils sont à l'abri et auront suffisamment à manger, le sous-lieutenant est manifestement riche: une grande table magnifique, garnie d'une nappe de lin d'une grande valeur; la porcelaine fine et les couverts en argent; le tapis et le papier peint richement décoré; un guéridon de fumeur couvert d'un plateau en laiton, entouré de fauteuils – tout cela reluisant de propreté, ils ne pouvaient pas mieux tomber. Larissa saisit instinctivement la main gauche de son bienfaiteur.

— Vous nous avez sauvés, *barine**, dit-elle d'une voix émue. Vous êtes un homme bon. *Spassiba***.

Alex hoche la tête, la bouche pleine, et Tania aussi, bien qu'elle ne comprenne pas grand-chose.

---

* Maître.
** Merci.

Wilhelm Leeb, qui a remarqué le regard jaloux de sa femme, retire sa main, mais répond néanmoins :

— Cela va de soi, c'est la moindre des choses, non ? (Il toise son père d'un air triomphant.) Quelle chance que nous soyons arrivés sains et saufs après ce long voyage.

Le vieux Leeb hausse les sourcils puis expire une bouffée de fumée, les yeux tournés vers le plafond. Il trouve son fils parfois inquiétant ; ce garçon ne doute jamais de rien, ce qui n'est sûrement pas une mauvaise chose, mais ça met des œillères, ça peut même rendre aveugle, et cette guerre, il le sent dans ses vieux os, elle va mal finir. Son fils, membre du Parti, refuse de l'admettre, et lui, pour sa part, il a soixante-quatorze ans et, comme il l'avoue lui-même, il n'est plus dans l'air du temps. Quant à sa femme – il regarde dans la direction de Magda –, elle soutient son fils corps et âme, ces deux-là sont liés comme les chevaux d'un même attelage. Combien de fois a-t-il essuyé leurs critiques et leurs reproches. Ils l'appellent "le latiniste" ; la note de sarcasme qui perce dans leur voix ne lui aura pas échappé, mais bon, ça ne lui fait ni chaud ni froid, il a la conscience tranquille. S'il avait eu le choix, il ne serait pas devenu fermier, mais il fallait qu'il suive la trace de ses ancêtres, c'était ainsi. Toutefois, le service militaire et la guerre lui avaient permis de changer de décor, il avait alors pas mal roulé sa bosse, que ce soit en Prusse orientale, en Pologne, dans les pays baltes ou encore en Biélorussie. Toute chose a du bon.

— Wilhelm, si tu dois retourner à la guerre, dit Magda Leeb avec autant de fierté que de fermeté dans la voix, alors fais ton devoir. Il y a plus important que les champs et le jardin. On se débrouillera, même s'il y en a certains qui préfèrent rester les bras croisés.

Elle jette un regard froid à son mari.

— Tu as sans doute raison, ajoute son fils en tripotant sa Croix du mérite de guerre. Et toi, père, tu n'as aucune raison de la ramener.

Il se renverse sur sa chaise, tenant négligemment sa cigarette entre le majeur et l'index.

— Ce n'est pas toi qui nous as tirés du pétrin. C'est maman et moi, on a trimé comme des chiens pour rembourser les dettes de la ferme. Toi, tu te tournais les pouces.

Le vieux Leeb l'arrête d'un geste de la main. Ces propos, il les a tellement entendus qu'ils lui passent complètement au-dessus. De plus, après avoir été grièvement blessé, il a reçu la Croix de Fer de seconde classe, alors que son fils, lui, ne porte qu'un bout de ferraille sur la poitrine et se fait balader par son chauffeur dans la zone arrière, on aura tout vu ! Mais il se garde de dire quoi que ce soit, car faire des comparaisons, ça n'a jamais apporté grand-chose. D'un air amusé, il regarde son fils se délecter de l'amour de sa mère et de sa propre gloire – si cela lui permet de mieux dormir, il lui laisse volontiers le dernier mot.

Gustav Kruse, toujours soucieux d'arrondir les angles, lève les mains pour calmer le jeu.

— Wilhelm est rentré, sain et sauf, il y a tout de même lieu de se réjouir, non ? On va fêter ça.

— Tout à fait, approuve sa femme. Et moi, je pense qu'il devrait rester.

— C'est pas vrai que grand-père se tournait les pouces, objecte Wilhelm, treize ans, qui n'a rien dit jusqu'ici. Il m'aide à faire mes devoirs et puis il donne à manger aux poules, et puis…

— Toi, tu te tais ! le rabroue son père. Tu n'as pas à ouvrir la bouche quand les adultes parlent, compris ?

Son fils rougit et baisse les yeux.

— Mais Wilhelm…, dit sa femme.

— Il n'y a pas de "mais" qui tienne! Je ne supporte pas qu'on me contredise. Ici, on obéit! (Wilhelm Leeb détaille sa femme de la tête aux pieds.) Et toi, Käthe, achète-toi une robe neuve, celle-ci est trop ringarde, on ne porte plus ça de nos jours, ça fait plouc.

Käthe baisse son regard sur sa robe sombre à ramages garnie d'un col montant en dentelle. C'est la plus belle qu'elle possède, elle l'a mise exprès pour l'occasion, et elle ressent de l'amertume : c'est tout de même elle qui dirige la ferme depuis des années pendant que son mari traîne ses guêtres à l'Est, flanqué de ces deux traînées. Elle espère du fond du cœur que cette épouvantable guerre va bientôt finir.

— Dès qu'il y aura de nouveau de la marchandise, tu auras une robe neuve, élégante, dit la mère de Käthe. Tu… (elle regarde son gendre avec reproche) tu l'auras bien mérité, ma fille.

— Je vais montrer la ferme à mes gars.

Wilhelm Leeb vide sa tasse de café et la repose brutalement, faisant tinter la soucoupe. Puis il se lève, la cigarette aux lèvres, et sort du salon, suivi de ses compagnons ukrainiens.

Une fois la porte refermée, sa femme reste sans bouger, silencieuse.

— Il va où, Saint-Nicolas? demande le petit Bruno, toujours assis sur les genoux de sa mère, la bouche barbouillée de crème fouettée.

Grete rit.

— C'est pas Saint-Nicolas, gros bêta, c'est notre père, répond son frère. Saint-Nicolas, c'est pas pour tout de suite.

Bruno le regarde avec de grands yeux puis se remet à manger.

— Si mon fils doit retourner à la guerre, c'est qu'il doit retourner à la guerre, répète Magda Leeb. Nous, on se débrouillera.

Elle serre ses lèvres minces, pointe le menton vers l'avant.

— Tout à fait, confirme son mari, on va y arriver. Mais cette guerre, elle ne va pas bien se terminer.

Il regarde le vieux Gustav Kruse.

— Je suis d'accord avec toi.

— Tu ne peux pas dire ça, grand-père, le réprimande son petit-fils. C'est défaitiste.

Le vieux Leeb tire sur sa cigarette avec un sourire.

— Oh, oh! marmonne-t-il dans la fumée. *Défaitiste.* C'est aux Jeunesses hitlériennes que vous apprenez des mots pareils?

Il passe sa main dans les cheveux du jeune garçon.

— Bon, conclut-il, on verra bien.

Sans dire un mot, les beaux-parents, Gustav et Herta Kruse, se lèvent de la petite table où ils ont pris le café, puis sortent. Käthe, qui se lève à son tour en posant Bruno sur la chaise, va prendre dans le buffet la bouteille d'esprit de mélisse *Klosterfrau* et en verse quelques gouttes sur un morceau de sucre qu'elle a posé sur le bout de sa petite cuillère pour le faire glisser dans sa bouche. "C'est bon pour les nerfs", murmure-t-elle en manière d'excuse, comme si on allait la réprimander. Et de fait, elle se sent tout de suite plus légère. Elle pose la bouteille sur la grande table, s'essuie les lèvres et commence à débarrasser: la belle porcelaine, les couverts en argent gravés du monogramme de son mari, les serviettes de lin ornées de ses initiales à elle ainsi que la nappe qu'elle a elle-même brodée, jolie, quoique d'une facture un peu maladroite ; en effet, elle n'est pas très habile avec une aiguille et du fil, elle a ses défauts, elle le sait, mais est-ce que cela justifie la méchanceté de son mari ? Tandis que Magda Leeb disparaît dans la cuisine avec la cafetière et sa housse, elle s'octroie un deuxième morceau de sucre, cette fois arrosé d'une bonne dose d'esprit de mélisse.

— Moi aussi, dit Bruno dont le nez dépasse tout juste du rebord de la table.

Elle lui tend un morceau de sucre.

— Maman doit débarrasser, Bruno. Reste assis, je reviens tout de suite.

Au moment où elle va pour sortir avec le plateau, son beau-père lui passe la main dans le dos en disant :

— Ne te mets pas dans des états pareils, Käthe, tu connais Wilhelm, il aboie pour un rien.

Elle se retourne vers lui, ses yeux embués de larmes qu'elle ne peut essuyer parce qu'elle a les mains pleines.

Wilhelm, en cravate, ceinturon, culotte courte et, comme l'exige le règlement, les chaussettes roulées sur les chevilles, se faufile derrière son père qui fait visiter la ferme aux trois visiteurs venus de l'Est. Il reste sans cesse à couvert, comme il l'a appris lors des exercices militaires, tandis qu'il suit le groupe qui passe par les granges et les étables pour finir dans l'arrière-cour, là où se trouve la fosse à purin. Son père désigne le poteau portant les initiales W.L. et l'année de construction, 1937, et les femmes et l'homme au drôle de bonnet pointu hochent la tête avec révérence, ce dispositif destiné à évacuer le fumier représentant un sacré progrès.

Ensuite, son père décrit ce qu'il envisage de construire après la guerre, en tout premier lieu une porcherie moderne, et après un crochet par les jardins, il les emmène voir ses chevaux adorés ; il guide la femme blonde en posant une main sur ses fesses. *"Kouniouchnia"*, dit-il, et elle part d'un rire étrangement aigu.

Cela incite le jeune Wilhelm à rester à la lisière du jardin. Accroupi derrière les groseilliers à maquereau, le parfum de la terre humide lui chatouillant les narines, il s'efforce de maîtriser son agitation intérieure : il a un vague pressentiment que quelque chose ne tourne pas rond ; ce geste – la main de son père posée sur le derrière de la dame – lui semble déplacé. Il reste sans bouger, tandis que les feuilles devant son nez ploient sous les gouttes de pluie ; près de lui, un merle sautille dans l'herbe et des perce-oreilles rampent sur ses chaussures. Grand-père Leeb raconte parfois des trucs bizarres, c'est vrai, mais Wilhelm ne comprend pas pourquoi son père est souvent aussi désagréable, même avec sa mère. Après l'arrivée du télégramme annonçant l'heure de son retour, les femmes ont passé des heures dans la cuisine. Quant à lui, muni du petit chariot où l'on avait posé, sur des planches, les gâteaux préparés, il s'était rendu chez Kricke, le boulanger, qui avait mis le tout à cuire dans son grand four. Toute la famille était excitée, même Bruno, qui appelle ses grands-pères "père" et prend leur père pour Saint-Nicolas.

Le père fait visiter la ferme aux trois étrangers, alors que Wilhelm aimerait lui montrer les fusils de bois qu'il est en train de fabriquer sur l'établi. Mais ce n'est visiblement pas le

* Écurie.

bon moment, et son père ne lui a pas non plus posé de questions, pas une seule, et il n'a pas non plus fait cas de Grete ni de Bruno. Wilhelm en a gros sur le cœur. Il vaudrait mieux que je ne sois plus là, se dit-il soudain, et il ressent de nouveau cette douleur bienfaisante qui, des années plus tôt, l'avait poussé à aller s'allonger dans la mangeoire des bœufs. Il a bien sûr passé l'âge de faire ce genre de bêtises, mais quand même : son père s'occupe de ces étrangers, maintenant ils doivent être dans le grand vestibule auprès des chevaux, mais ses enfants, il s'en fiche. Wilhelm a le sentiment d'être abandonné de tous, y compris de sa mère, et même de ses grands-parents. Toujours accroupi dans le jardin, il aperçoit le nid de cigogne que grand-père Leeb a fait poser il y a quelques années sur le pignon de la grange : une roue de charrue bordée d'entrelacs en osier. Pas une seule cigogne ne s'y est encore installée, mais peut-être y en aura-t-il cette année, peut-être y en aura-t-il une qui viendra couver ses œufs dans leur ferme puis élèvera ses petits en claquant du bec. Cette pensée le fait sourire, c'est toujours ça. D'un bond, il se lève, sort de derrière le groseillier et regagne la maison d'un pas modéré afin d'enlever son uniforme.

Huit jours plus tard, Larissa, Alex et Tania étant désormais officiellement embauchés et hébergés à la ferme, le père prend la route pour Cracovie. Il rentrera une dernière fois, fin septembre, lorsque son père, le vieux Willi Leeb, sera en train de mourir. Ensuite, il s'écoulera cinq années avant qu'il remette les pieds dans sa ferme, et pendant ce temps-là, le jeune Wilhelm espérera chaque printemps que des cigognes viennent enfin nicher sur la grange.

Mais les échassiers aux couleurs du Reich ne viendront jamais.

AOÛT 1962

LA DAME AUX MORTS

GERDA Derking prend sa bicyclette, car Lisbeth, son assistante et amie de longue date, vit dans le lotissement situé à l'extrémité est du village, dans la Königsberger Straße, et n'a pas le téléphone. Il y a encore quelques années, les propriétés portaient toutes un numéro. Plus celui-ci était petit, plus la propriété était ancienne, mais comme le village s'était beaucoup agrandi avec l'arrivée des réfugiés, il avait fallu nommer les rues et, bien entendu, Leeb senior avait eu son mot à dire puisqu'il siégeait au conseil municipal. Il avait également vendu des terres pour construire le lotissement et, plutôt que de dilapider la somme ainsi récoltée, il avait, chose fort louable aux yeux de Gerda, investi dans de nouvelles terres arables ; et dans une moissonneuse-batteuse, la première du village. C'était un progrès, certes, mais pas une bonne idée pour toutes ces femmes qui travaillaient aux champs pour améliorer les revenus du ménage, argent que leurs maris leur octroyaient, car plus il y aurait de machines, moins on aurait besoin de bras.

Cela fait près de vingt ans que Gerda se sert de cette bicyclette noire équipée d'un filet pare-jupe vert de chaque côté de la roue arrière, sauf que maintenant, elle n'a plus de pneus pleins, mais des pneus gonflables. Elle couine et grince à chaque coup de pédale, la chaîne mériterait un bon graissage. Gerda lance des regards vers la maison des Leeb, des regards timides, comme si cela était déplacé, mais rien ne bouge à l'intérieur, les rideaux sont tirés, la maison est plongée dans le silence, comme abandonnée et inaccessible telle une forteresse.

Son foulard flotte au vent tandis qu'elle roule sur la grand-route, quel plaisir de pédaler même si sa hanche gauche se plaint, mais ça va passer, l'exercice vaut mieux que tous les cachets et pommades que lui a prescrits le docteur Fröbe. Gerda longe plusieurs fermes puis tourne à droite, en direction du lotissement. Un ciel dégagé, un doux soleil de fin d'été, et cette odeur de terre et de champs moissonnés qui, déjà, laisse entrevoir l'approche de l'automne. Brusquement, elle se rappelle pourquoi elle est là, pédalant sur la grand-route, et elle sent une boule se former dans sa gorge. La mort a frappé à une porte et Gerda a besoin de soutien pour venir à bout de ce qu'elle a laissé sur son passage.

Le petit chariot que Lisbeth tire jusqu'à la blanchisserie où elle travaille deux jours par semaine se trouve devant le perron de sa maisonnette, elle est donc chez elle. Gerda pose sa bicyclette contre la haie de troènes. Il n'y a que des constructions neuves dans cette rue, baptisée du nom d'une ville qui ne fait plus partie de l'Allemagne. C'est n'importe quoi, songe Gerda, exactement comme les armoiries des territoires de l'Est accrochées dans le hall d'entrée de la nouvelle école primaire : ce qui est perdu est perdu et le passé, c'est le passé. Si, à l'époque, on n'avait pas acclamé les criminels nazis, on n'aurait jamais perdu ces territoires, et

puis qu'est-ce que ça veut dire, "territoires de l'Est perdus"?
Ceux-ci seraient-ils tombés de la charrette au cours de leur
fuite, puis auraient roulé dans le fossé? Mais attention, ça, il
ne faut pas le dire tout haut, surtout pas devant Lisbeth, qui
vient de Prusse occidentale.

La porte s'ouvre, face à elle se tient son amie, petite et
forte, ses cheveux gris noués en chignon, en tablier à fleurs
et lunettes sur le nez.

— Gerda, dit-elle. Entre. Trude et Mlle Bernhard sont
là aussi.

Comme à sa vieille habitude, sa visiteuse essuie ses chaussures même si elles ne sont pas sales, puis elle suit Lisbeth
dans le couloir qui mène au séjour. C'est petit, mais Lisbeth
est méticuleuse, et elle sait rendre un intérieur agréable : des
napperons au crochet confectionnés par ses soins et des
figurines en porcelaine, des chevaux pour la plupart, au mur
une photo de son mari en uniforme et une autre montrant
leur ferme en Prusse occidentale, avec un portail en fer forgé
et une grande maison ; même Wilhelm Leeb et Heinrich
Haarstick, les plus grands fermiers du coin, font piètre
figure à côté.

Trude Bajonzak et Mlle Bernhard sont installées à table,
en train de se délecter de café et de *Streusel*. Trude est originaire de Mazurie ; elle est bien en chair, cette bonne
dame, et elle a toujours les joues rouges. Elle aussi vient
d'une ferme, mais celle-ci était minuscule et son sol couvert
de sable. Mlle Bernhard – elle tient à ce qu'on l'appelle ainsi
et qu'on la vouvoie – est tout le contraire : petite, frêle et

---

* Gâteau garni d'une préparation grumeleuse à base de farine, de sucre et de
beurre.

habillée comme une citadine. Elle a grandi à Stettin, où son père tenait la meilleure maison de confection de la ville. Elle ne parvient pas à se remettre de la perte de tout ce que possédait sa famille, parle souvent de la villa, des domestiques et de la grosse berline de son père. En plus, elle prétend que la nuit, des hommes cherchent à s'introduire chez elle, et n'arrive pas à fermer l'œil, à l'affût du moindre bruit suspect tellement elle a peur. Gerda a de la peine pour elle. Mlle Bernhard n'a jamais été mariée, et qui sait ce qui lui est arrivé à la fin de la guerre, en Poméranie ? Bref, ses angoisses sont profondes et elle s'arme d'élégance et de formalisme, considérant l'étiquette comme une amulette de protection. Par ailleurs, elle est la seule personne du village à qui Gerda peut parler de ses lectures, car elle aussi aime lire, elle a même été au lycée.

Les yeux de Mlle Bernhard se mettent à briller quand elle voit Gerda.

— Mademoiselle Derking ! s'écrie-t-elle. Ah, quel bonheur !

On sert du café et du gâteau à Gerda. Elle ne leur dévoile pas tout de suite sa requête, préférant faire la causette en attendant une occasion plus favorable. Comme celle-ci tarde à se présenter, elle dit d'un ton évasif :

— Lisbeth, j'ai besoin de ton aide. Je vais encore avoir du boulot.

— Oh là là ! (Trude gonfle les joues.) Mais on n'a pas entendu le glas. Qui c'est qui est mort ?

Mlle Bernhard se tient immobile, les mains sur les genoux, les yeux fixés sur Gerda. Elle porte sa chaîne en or, hormis la bague sertie d'une pierre de lune, c'est le seul objet qu'elle a réussi à emporter avec elle de Stettin. Elle trouve effrayant le fait que Gerda apprête des cadavres, malgré toute la sympathie qu'elle a pour elle, et elle pince ses lèvres ridées.

Attristée, Lisbeth pose son regard sur sa part de gâteau à moitié entamée.

— Et moi qui croyais que tout ça était enfin derrière nous, murmure-t-elle.

Des regards interrogateurs, et Gerda se sent obligée de donner une réponse.

— C'est Leeb, dit-elle avec hésitation. Wilhelm Leeb.

— Ah bon ? Ça lui faisait quel âge ? demande Trude. La soixantaine ? Mais bon, il fumait comme une locomotive. Eh bien, ajoute-t-elle, c'est Haarstick qui va être content.

— Non mais, vraiment, madame Bajonzak, s'offusque Mlle Bernhard, on ne dit pas des choses pareilles, c'est indécent.

— Arrêtez vos chichis, rétorque Trude. C'est la vérité crue. Ils ne se sont jamais fait de cadeaux, ces deux-là. Ils ne pouvaient pas s'encadrer.

Gerda Derking garde le silence. Laissons-les croire qu'il s'agit du senior.

— Ce que vous dites est inacceptable, madame Bajonzak, fulmine la demoiselle.

Elle se cambre et plante ses yeux dans le regard bleu de son amie de Mazurie.

— M. Leeb est quelqu'un de bien. Ce n'est pas pour rien qu'on l'a surnommé "le Général". Il est toujours bien mis et courtois, et il s'engage pour le bien commun. En tenant de tels propos, vous faites du tort à un homme bon, et en plus, ce n'est pas très chrétien. (Puis elle ajoute :) Et arrêtez d'être aussi vulgaire. La vérité crue... Laissez-moi rire.

Trude en reste bouche bée, c'est la première fois qu'elle voit la mère Bernhard se comporter ainsi.

— Eh bien... en fait..., répond-elle, moi je répète juste ce que tout le monde sait, c'est la... (Elle s'interrompt.) Leeb est un vantard, reprend-elle, allez donc demander au patron du Moulin! Tous les dimanches matin, dans son auberge, il entend Wilhelm Leeb, votre gentilhomme, traiter tous les autres d'andouilles. Vous n'êtes au courant de rien, mam'zelle, vous qui ne bougez jamais de chez vous, passez votre temps à faire de la dentelle ou à vous esquinter la vue à lire des livres.

Trude baisse son menton, qui se plisse en majestueux bourrelets de graisse.

Mlle Bernhard devient rouge comme une pivoine, puis blanche comme un linge.

— Vous... vous..., lâche-t-elle. Vous êtes une vipère, madame Bajonzak, une horrible vipère, une personne stupide et vulgaire, et vous savez quoi?

Elle se hisse de son fauteuil en saisissant d'une main sa chaîne en or.

— C'est la faute des imbéciles comme vous si ce pays a disparu. C'est à cause de gens comme vous que ma famille a tout perdu, et ça... c'est la vérité on ne peut plus crue.

Et, d'un pas digne mais un peu chancelant, elle se dirige vers la porte.

— Mesdames, je me retire, lance-t-elle par-dessus son épaule, puis elle sort.

Lisbeth la suit, mais revient bredouille.

— Franchement, Trude, dit-elle en s'asseyant, là tu as dépassé les bornes. Finis ton gâteau et rentre chez toi aussi. Il faut que je parle à Gerda.

Vexée, Trude s'empresse d'avaler son gâteau qu'elle fait descendre avec quelques gorgées de café.

— Bon, d'accord, dit-elle. Mais il y a une chose qu'elle devrait savoir, la mère Bernhard... (elle lève le menton) c'est que je n'y suis pour rien, moi, dans cette histoire. Moi aussi j'ai tout perdu, ma belle ferme à Ortelsbourg. Il ne me reste plus un seul meuble ni une seule pièce d'argenterie, plus une seule photo de famille, plus rien. Et c'est à cause de moi que tout a disparu ? Elle déraille, la mère Bernhard.

Gerda lance un regard à Lisbeth, un regard qui veut dire : N'insiste pas. Puis elle dit :

— Que veux-tu, Trude, chacun porte sa croix, c'est comme ça. N'en fais pas un drame, ce n'est sans doute pas ce qu'elle a voulu dire.

Trude répond par un grognement. En partant, elle déclare, cette fois d'un ton calme :

— Dès que j'ai fini mes magazines, je te les glisse dans ta boîte aux lettres, comme d'habitude.

— Merci, répond son hôtesse. Mais *Praline*, ce n'est pas nécessaire.

Sitôt qu'elles sont seules toutes les deux, Gerda demande à Lisbeth avec un sourire :

— Trude lit *Praline* ? Croustillant.

Lisbeth hausse les épaules.

— Peut-être que c'est son mari qui lit ce torchon. Ou bien son fils.

Elle sourit intérieurement tandis qu'elle ressert du café, mais elle reprend aussitôt son sérieux :

— Bon, maintenant dis-moi tout.

* Nom d'un magazine érotique paru entre 1954 et 2014.

Gerda jette encore un coup d'œil admiratif à la décoration de la pièce. Lisbeth a économisé pendant longtemps pour s'acheter tous ces beaux objets, elle y tient beaucoup. Gerda, elle, est plutôt de nature pragmatique. Elle n'a pas envie de s'encombrer de bibelots, car qui en hériterait ? Elle n'a pas eu d'enfants, après tout. Mais elle n'était pas une nonne pour autant, au contraire, elle s'amusait bien, et ces souvenirs, qu'elle ne partage même pas avec ses amies, elle s'en nourrit secrètement, assise dans son fauteuil, le chat lové sur ses genoux, un verre de liqueur de sureau posé sur la desserte, un livre sur l'accoudoir. Quand les lignes commencent à danser devant ses yeux, c'est là que se déploie l'espace de ses souvenirs, qu'elle égrène un à un ; sa mémoire ressemble alors à une maison remplie de pièces, elle se sent à son aise dans la plupart, Dieu merci, car qu'y a-t-il de pire que de se retourner sur son passé en ayant des remords ?

Elle chasse ces pensées.

— Oh, Lisbeth, dit-elle, je suis vraiment désolée de venir encore te déranger.

— Il est mort de quoi, Leeb ? D'un infarctus ?

— Le vieux Leeb se porte comme un charme, répond-elle, les yeux posés sur sa part de *Streusel*.

Lisbeth la regarde d'un air consterné.

— Oh… Mais dans quel monde on vit.

Elle ferme ses lèvres tremblantes.

— Il va falloir qu'on mette la main à la pâte. J'en ai fait la promesse au vieux Wilhelm.

— Mais comment… (Lisbeth ne la quitte pas des yeux.) C'était un accident ?

Gerda n'arrive pas à répondre, bien qu'elle ait préparé une multitude de défunts. La mort n'est pas la même pour tous, et les gens qui reposent dans leur cercueil n'ont pas tous l'air béat. Lâcher prise, c'est ce qu'il y a à faire, mais qui donc est prêt à laisser partir le monde entier ?

— Ah… Lisbeth, se contente-t-elle de murmurer.

Celle-ci semble avoir compris car sa tristesse se mue en terreur, et elle baisse le regard en secouant la tête.

— Je débarrasse la table, puis on y va, dit-elle.

Pendant que Lisbeth est dans la cuisine, Gerda finit son café. Puis elle prend son foulard et l'attache sous son menton en serrant le nœud si fort qu'elle ressent une douleur.

PRINTEMPS 1946

TERRE DE SANG

Le jeune Wilhelm Leeb a de grands pieds mais ses souliers, une denrée rare pendant la guerre, étaient toujours trop étroits, aussi, avec le temps, les deux orteils de son pied droit ont-ils fini par se souder. Maintenant, il va falloir les décoller et, pour cela, sa mère l'envoie à Peine, en habit du dimanche, chargé d'un sac contenant des casse-croûtes, de l'argent et une bouteille à bouchon mécanique remplie de jus de framboise.

— Fais bien attention à toi, ne cesse-t-elle de répéter à son garçon de quinze ans, il y a plein de voyous qui rôdent en ville. Ne te fais pas voler ton argent, Willem, et sois courageux chez le médecin.

Elle lui donne un baiser sur le front et une tape sur les fesses, et le voilà parti, il descend la rue, la gare n'est pas loin de la ferme, la voie ferrée sépare le village des prairies.

Bien qu'on soit en début d'après-midi, plusieurs personnes attendent sur le quai, principalement des réfugiés qui se rendent dans le chef-lieu pour régler de la paperasse ou se procurer vêtements et nourriture. Wilhelm ne les connaît que de vue. Il leur souhaite une bonne journée, comme on lui a appris, mais il reste à l'écart, son sac bien coincé sous le bras. De là, il aperçoit les toits de la ferme familiale, sur le toit de la grange, la girouette représentant le cheval de Basse-Saxe ainsi que le nid de cigogne – peut-être qu'un couple va enfin venir s'y installer, qui sait – mais il préférerait rentrer chez lui, car il ressent un certain malaise en pensant au médecin ; et puis, ce n'est pas si grave ce qu'il a aux orteils, ils lui font parfois mal quand il marche, c'est tout, mais sa mère a dit que c'est contre nature, l'être humain a cinq orteils, pas quatre, et grand-mère Leeb d'ajouter : "Willem, tu vas avoir quinze ans, ensuite tu vas faire ta confirmation et tu seras presque adulte. Il faut réparer tout ça. C'est quand même important que tu marches correctement, surtout pour le travail."

En imaginant le docteur Fröbe, un homme débonnaire affublé d'une bedaine et d'une calvitie partielle, en train de sortir un scalpel pour décoller ses orteils, Wilhelm sent son estomac se nouer, et il marmonne machinalement :

— Solide comme le cuir, dur comme l'acier Krupp.

— Ta gueule ! peste un homme tout maigre. Le cuir et l'acier... La bonne blague ! Qu'est-ce que ça nous a apporté, cette connerie ? Les temps ont changé, mon petit, arrête avec ces foutaises des Jeunesses hitlériennes.

Il regarde Wilhelm avec insistance.

— Tu es de la ferme là-bas, c'est ça ? dit-il au bout d'un moment. Ah ça, vous les paysans, vous vivez comme des coqs en pâte, c'était déjà comme ça pendant la guerre, vous aviez toujours l'estomac plein, alors que nous... (Il fait une grimace.) Des profiteurs de guerre, grogne-t-il, voilà ce que vous êtes. Vous faites des stocks de saucisses, de patates et de conserves pendant que nous, on n'a rien à se caler sous la dent.

À ces mots, il se détourne, sort une moitié de cigarette de sa poche de poitrine puis demande du feu à l'homme qui se tient à côté de lui.

— Sales crâneurs de paysans tout gras, lâche-t-il avec colère, et l'homme qui lui frotte une allumette part d'un rire mauvais.

Le garçon est dépité, mais il se ressaisit et lance non sans fierté :

— Mon père est en captivité.

— Tant mieux, bougonne l'homme sans se retourner. Qu'il y reste.

Wilhelm pose son regard sur le dos de l'inconnu. Il manque deux boutons à l'arrière de sa veste, son chapeau est couvert de crasse et ses chaussures semblent avoir été passées au laminoir ; jamais son père ne se baladerait dans un accoutrement pareil, ce serait en dessous de sa dignité. Espèce d'abruti, se dit-il. Mais c'est qui, ce type ? Juste un réfugié qui s'est niché comme un coucou dans l'une des fermes, un de ces sans-le-sou, comme les appelle grand-mère Leeb, qui aiment à jouer les pique-assiette. Et il ose insulter les paysans implantés depuis toujours dans ce village ? Son père lui aurait soufflé dans les bronches, à celui-là, mais il n'est pas là, son père, et sa mère, elle est trop gentille, ces gens-là, elle leur fournit des vivres, mais ce qu'elle aimerait encore mieux, c'est laver leur linge, et grand-mère Kruse est exactement pareille. Un jour, grand-père Kruse lui avait demandé : "Comment tu te sentirais, Willem, si tu avais tout perdu et avais dû prendre la fuite pour échapper à la mort et que tu t'étais retrouvé dans un endroit inconnu où personne ne veut de toi ? Imagine, ce serait affreux, non ?" Wilhelm était resté songeur. "Oui, avait-il répondu, ce serait terrible. " Mais, d'un autre côté, ce n'est pas le cas, et maintenant il doit passer sur le billard ; il se met à bouger les orteils – c'est un peu difficile avec les deux qui sont soudés, il a une drôle de sensation quand il les lève en même temps – et soudain, il a envie de pleurer. Son père lui manque, cela fait plus d'un an et demi qu'il ne l'a pas vu ; il ne se souvient plus de sa voix, et lorsqu'il essaie de se représenter son visage, c'est la photo dans le salon qui apparaît devant ses yeux. Bruno, son petit frère, ne sait plus du tout qui est son père, il croit que c'est l'oncle Heinrich, qui tient une ferme près de Salzgitter et adore parler de Tempête, le cheval qu'il montait pendant la Grande Guerre, quand il était hussard. Il sautait par-dessus les tranchées pour se retrouver au cœur de la mêlée, sabre au poing, et là : schlac-schlac ! Des histoires époustouflantes, ah ça, c'était une tête brûlée, l'oncle, et puis il ferait sans doute un bon père, mais ils en ont déjà un, sauf qu'en ce moment, celui-ci trime dans une usine sidérurgique polonaise en tant que prisonnier de guerre.

Au sud, Wilhelm aperçoit le transformateur électrique, la station de pompage ronde et, au loin, la tour d'extraction de la mine de fer, mais pas de train à l'horizon. En revanche, il découvre les premiers vanneaux qui zigzaguent au-dessus des prairies en faisant *piluit, piluit*.

Tous souhaitent que son père rentre bientôt, surtout sa mère. La guerre est terminée depuis un an et personne ne comprend pourquoi les hommes sont encore retenus prisonniers. Son père a travaillé à l'Est comme cultivateur, exactement comme ici, en tout cas c'est ce qu'il racontait, et à la fin, il était redevenu soldat. Pourquoi le punir pour ça ? Tout le monde était obligé de se battre, après tout.

— C'est n'importe quoi, marmonne Wilhelm à mi-voix, et l'homme qui se tient à côté de lui, celui à qui il manque des boutons à sa veste, l'attaque à nouveau.

— Tu vas la fermer, à la fin, sale petit bouseux? Qu'il crève et pourrisse, ton père, qui sait s'il a massacré des gens pendant la guerre, moi, je les connais, ces types-là, et tu sais quoi, p'tit? Ils méritent d'être enfermés, jusqu'à la fin de leurs jours, quand bien même ils n'auraient été que des suivistes.

Ces mots, il les éructe, la cigarette tremblant au coin de ses lèvres. Les gens autour le regardent, les uns avec stupéfaction, les autres avec reproche. L'homme qui lui a donné du feu pose sa main sur son épaule.

— Arrête, Werner, dit-il. C'est derrière nous, tout ça. Laisse tomber. Dès qu'on sera à Peine, on ira s'en jeter un.

Son compagnon lance son mégot sur la voie, le train approche enfin, plus exactement un tortillard, qui fait des allers et retours entre les deux localités.

— Bon sang, il est plein à craquer! s'écrie une dame.

De fait, il y a même des gens assis sur le toit, et comme il n'arrive pas à trouver de place, Wilhelm s'assoit à califourchon sur un des tampons du dernier wagon. Il s'agrippe fermement, regardant les rails et les traverses défiler sous lui. La ferme et le village restent en arrière et, lorsqu'aux abords du port du *Mittellandkanal*, le train prend un virage, ils disparaissent complètement, comme engloutis. À l'arrivée, c'est le scalpel qui l'attend, et Wilhelm a la sensation oppressante d'être lui-même un réfugié, de quitter sa maison pour toujours: quatre kilomètres de trajet en train, et déjà il a le mal du pays.

Deux semaines plus tard, à l'aube, il est dans un champ appelé "L'entrée du bois" parce qu'il se trouve juste devant la forêt du village. Il fait frais, le ciel est gris, alentour se déroulent des plaines, seulement exhaussées par les cent onze mètres du Lahberg, au sommet duquel trône la tour Bismarck. Tout autour on aperçoit des installations industrielles, étrangement intactes : au nord, l'aciérie de Peine, au sud la forge d'Ilsede et le puits Emilie, et au loin se dressent les cheminées des usines du Reich de Salzgitter, mais elles ne fument plus car le site a été démonté. Les lignes à haute tension, dont les pylônes parsèment la campagne, grincent dans l'air humide.

Un des deux chevaux renâcle, et Wilhelm se reconcentre sur sa tâche : il doit labourer. Ce serait trop fatigant pour sa mère, sans parler des grands-mères et de grand-père Kruse. Josef, le valet, est occupé à la ferme, et il y a un bon moment que Pawel et Martin sont rentrés chez eux, tout comme Alex, Larissa et Tania, quoique de mauvaise grâce. Sa mère avait bataillé pour qu'ils restent, mais les Britanniques n'avaient rien voulu savoir, et depuis, ils n'avaient plus jamais entendu parler de ces trois-là. Aussi le jeune Wilhelm est-il obligé de mettre la main à la pâte ; il saisit les mancherons de la charrue, fait claquer sa langue et lorsque les chevaux se mettent en branle, il enfonce le soc dans le sol jusqu'à ce que la terre s'ouvre, sombre et envahie des racines de l'orge de l'année précédente. Cela attire les corneilles et les mouettes qui survolent le champ en piaillant pour aller ensuite se poser en lieu sûr et picorer les vers dans la terre fraîchement retournée.

Grand-père Kruse, qui instruit son petit-fils en l'absence de son père, disait qu'on ne laboure pas par-dessous la jambe, et Wilhelm s'efforce de tracer un sillon bien droit. Arrivé devant l'orée de la forêt, couverte de hêtres et d'érables dénudés, il dirige les chevaux vers la gauche afin de labourer le bord du champ puis il fait demi-tour pour ensuite labourer dans l'autre sens. On procédait toujours ainsi, en faisant des cercles. Il s'appuie sur le soc et, malgré le froid, dégouline de sueur ; ce sont d'abord les bras qui font mal, puis le dos, mais il continue de travailler et, au bout d'un moment, il entre dans une espèce de transe : toutes ses pensées s'effilochent telle la fumée qui s'échappe des cheminées de l'aciérie et de la forge : son cerveau s'éteint, il n'est plus qu'un corps, il travaille comme un automate, tout en ayant l'œil partout. Les chevaux renâclent de temps à autre et, parfois, le soc heurte un des cailloux qui pointent à la surface, la terre ressemble à une mer : des vestiges de l'âge de glace qui a tout aplani et donné à la région son apparence actuelle.

Il y a quatre arpents, et au bout du premier il s'arrête pour reprendre haleine : les chevaux fument déjà. "Gentils", dit Wilhelm avec tendresse en flattant l'encolure de Bubi, celui à la robe gris pommelé, et en caressant les naseaux de Terek, celui à la robe noire, et tous deux le regardent de leurs yeux sombres, d'un air bienveillant, lui semble-t-il, mais qui sait ce qui se passe dans la tête d'un canasson, en fait, leurs yeux ne livrent rien. Il secoue les bras et se cambre, se baisse, touche à plusieurs reprises le bout de ses bottes avec la pointe de ses doigts, et ce n'est qu'au moment où il effectue cet exercice d'étirement qu'il s'aperçoit que ses orteils aussi lui font mal, la douleur remonte jusqu'à la cheville. Wilhelm respire entre ses dents serrées – c'est le pied droit, celui qui a été opéré. Quatre semaines de repos, avait recommandé le docteur Fröbe, mais c'est impossible car les travaux ne se font pas tout seuls, et il y a les semis du printemps qui vont bientôt commencer, il ne peut donc pas rester les bras croisés ou les pieds posés sur la table, il faut qu'il bosse. Il a même quitté prématurément l'école afin de pouvoir aider à la ferme.

Il s'affale sur ses fesses à la lisière du champ et retire sa botte. Le bout de sa chaussette est humide et il l'enlève également. Les pansements de gaze sont imbibés de sang qui s'écoule sur le coup de pied et des gouttes tombent sur le champ, s'infiltrent dans la terre et, soudain, la douleur devient atroce. Le regard de Wilhelm vacille et il étouffe un cri. Il bascule sur le dos et soulève sa jambe tendue, sent la fraîcheur de la brise sur ses plaies. Il a encore trois arpents à faire, il va donc en avoir pour un moment avant de pouvoir rentrer nourrir les chevaux et manger lui-même un morceau, sa montre n'indique que neuf heures et demie. Il tambourine des poings sur le sol puis il se secoue et se redresse, prend plusieurs inspirations profondes.

— Merdouille, maugrée-t-il.

Il fouille dans sa poche et en extrait le couteau à cran d'arrêt, sort son maillot de corps de son pantalon et y découpe une longue bande qu'il divise ensuite en plusieurs lamelles afin de panser chacun de ses orteils. Avec sa chaussette, il essuie le sang sur son pied puis remet ses bottes, un héritage de grand-père Leeb, vieilles et usées, mais garnies d'un embout large et confortable. Une fois debout, il a du mal à tenir en équilibre, essaie d'appuyer sur ses orteils. Il a mal, mais que faire ? "Tu es le paysan maintenant, lui a récemment dit grand-mère. Quand ton père rentrera de captivité, il sera fier de toi."

Oui, père sera fier de moi, songe Wilhelm. Cette pensée lui procure de la force et il retourne à sa charrue en clopinant.

— C'est reparti! dit-il en faisant claquer sa langue.

Terek et Bubi donnent un coup de collier, une secousse parcourt la charrue, et Wilhelm se met à pousser, se ployant vers l'avant, jusqu'à ce que la terre se fende de nouveau. De temps en temps, son pied droit glisse dans le sillon voisin et la douleur jaillit dans ses orteils, mais quelques instants plus tard, ses pensées et sensations s'émoussent et il est anesthésié par l'effort, tandis qu'il enchaîne les cercles – un garçon longiligne qui se dirige vers le village. Il avance, chancelant, trébuchant, et plus il s'éloigne de la forêt, plus il rapetisse, et bientôt on ne le reconnaîtra plus qu'à sa veste de treillis verte et à sa toison blonde en désordre, et au bout d'un moment, il aura la taille d'un moineau, et puis, pour finir, celle d'un ver de terre, une proie facile pour n'importe quel chasseur.

. . .

NOVEMBRE 1895

UNE HISTOIRE DE ROBE

APRÈS avoir astiqué l'aigle et vissé la boule sur le dessus, il range le casque d'artilleur dans l'armoire, le glissant sous l'uniforme bleu-gris, soigneusement suspendu à un cintre, à côté du ceinturon, des cartouchières, de la baïonnette. Tout cela aurait besoin d'une bonne couche de graisse pour cuir, et il meurt d'envie d'aller prendre dans la chambre la boîte de fer-blanc bleu et jaune, mais il a mieux à faire et, de plus, les femmes sur le dos, c'est-à-dire sa fiancée, la mère de celle-ci et la sienne. Elles courent partout dans la maison comme des poules effarouchées car, le 22 du mois, c'est jour de noces, Carl Wilhelm Leeb, également appelé Willi, épouse Magda, fille de Traugott Niebuhr, de sept ans sa cadette. Le vieux Traugott fait penser à une barrique de choucroute juchée sur des tubes de canon, mais il possède plus d'arpents que n'importe qui d'autre au village. Les terres, c'est bien entendu Albert, le fils de Traugott, qui en sera l'héritier, tandis que Magda, elle, pourra compter sur une dot généreuse : de l'argenterie, du lin, de la porcelaine, bref, des trucs de bonnes femmes, ainsi qu'une coquette somme d'argent.

.

Carl Wilhelm n'a que faire de tout cela, même s'ils doivent rembourser leurs dettes auprès de la Mission Hermannsburg* à laquelle son oncle a légué la ferme. Son père Ludwig disait qu'il n'y parviendrait pas de son vivant, et il ne se passe pas un jour sans qu'il ne maudisse son demi-frère. Il refuse de se rendre sur sa tombe, interdit même aux autres membres de la famille de l'entretenir, mais sa mère, elle, ne marche pas dans la combine car elle a peur des qu'en-dira-t-on. L'année prochaine, la sépulture va être rasée, comme ça l'affaire sera réglée, et ce sera comme si cette "punaise de sacristie", comme l'appelle son père, n'avait jamais existé.

Et voilà qu'il va se marier – ahurissant. Il préférerait jeter sa gourme, mais il doit passer devant l'autel, il n'a pas le choix. Lorsqu'il s'assied à la table de sa chambre, ouvre son cahier et prend sa plume, il repense avec nostalgie à l'époque où il était à Strasbourg et effectuait son service militaire qui s'est terminé un an plus tôt. Ce furent des années formidables et les petites Alsaciennes étaient sensationnelles. Il fréquentait Caroline, la fille d'un grand négociant en vins, et s'il s'était fiancé avec elle, il ne serait pas là, il serait devenu un habitant de Strasbourg, un citadin, un homme libre. Il prend la gourde accrochée au mur près de la table, un cadeau d'adieux de ses camarades, et en examine l'arrière, à l'intérieur du verre on voit la photographie d'une jeune beauté portant une robe à fleurs et un chapeau en forme de parasol. Ses lèvres sous sa moustache dessinent un baiser et il repose la gourde. Mais, finalement, il s'est laissé fléchir

---

* Nom d'une mission luthérienne fondée en Australie centrale en 1877 par deux missionnaires allemands (formés dans la ville d'Hermannsburg, située en Basse-Saxe).

par les lettres de sa mère : étant le seul fils de la famille – sa sœur est déjà mariée – c'est à lui de reprendre la ferme, que cela lui plaise ou non. Personne ne lui demande ce dont il a envie ni ce qui l'intéresse, surtout pas son père.

Willi Leeb regarde par la fenêtre le jardin automnal, un triste spectacle, le ciel est gris comme de la fumée. Son rêve serait de devenir professeur, volontiers de latin ; il est fasciné par la clarté des règles de cette langue depuis que Müller, l'instituteur du village, a torturé ses élèves de dernière année à coups de *De bello Gallico* de César. Ses camarades poussaient des gémissements, alors que pour lui, cette brève initiation à cet idiome qui ouvre le regard sur une époque lointaine avait été une révélation ; pour la première fois il avait pris conscience de l'immensité du monde et de l'étroitesse de son existence. C'est à Strasbourg que tout cela lui était apparu dans toute sa limpidité, et la langue française, quoique tabou, et donc rare à entendre, l'avait conquis elle aussi.

Il se reconcentre, trempe sa plume dans l'encrier et, sans aucune hésitation, écrit le titre :

La première heure d'instruction
Sergent Rumstig

Il va écrire une saynète, pour divertir ses amis et camarades avec qui il va célébrer samedi la fin de sa vie de célibataire. Tous n'ont pas servi comme lui dans le 10ᵉ régiment d'artillerie à pied de Basse-Saxe, mais la plupart d'entre eux sont réservistes, connaissent d'expérience ces sous-officiers bourrus qui briment les bleus, et c'est le genre d'individus dont il a envie de se payer la tête. Dès que sa plume effleure le papier, ses yeux se mettent à pétiller et, tandis qu'une charrette chargée de fanes de betteraves passe en cahotant sur les pavés, il enchaîne les phrases sans penser une seule seconde à la ferme ou à sa fiancée. La place d'armes de sa caserne lui revient en mémoire dès l'instant où il fait dire ces mots à son bougon de sergent Rumstig : *Les gars, mettez-vous ça une bonne fois pour toutes dans le crâne : jamais vous ne me serrerez la main, à moi qui trône au-dessus de vous tel le soleil tombant sur l'abat-jour de la vieille lampe que votre grand-mère avait dans sa chambre !* Ses amis vont se taper sur les cuisses quand il va leur lire cela. *Nom de nom, les gars,* continue-t-il, laissant filer sa plume, *moi, pendant deux heures, je me suis retrouvé sous le feu de tirs ininterrompus aux portes de Paris et je n'ai pas perdu mon sang-froid, mais là, je commence à perdre le fil. Demi-tour, bigre, sinon je vais l'écraser à la manière d'une soubrette qui écrabouille un cri-cri.* Tout d'un coup, il est de nouveau à Strasbourg, là où nichent les cigognes, dans le parc municipal, et il se revoit dans son uniforme chic assis dans un café au bord de l'Ill.

Sa plume vole sur les pages lignées du cahier, c'est comme si l'écriture lui permettait d'échapper à ce présent qu'il abhorre.

Deux mois plus tôt, en une journée tout aussi morose, il était allé récolter les betteraves fourragères avec son père. À la lisière de la forêt, parmi les arbres au feuillage jaunissant, flottait une brume matinale, des corneilles sautillaient dans le champ. Son père, âgé de soixante-quatre ans mais toujours vaillant, coupait les fanes des betteraves que Willi déterrait à l'aide de sa fourche à deux dents, l'une après l'autre, heure après heure. La charrette tirée par le bœuf, le collier de traction couvrant leur large front, attendait au bord du champ, prête à être chargée.

À un moment donné, ils faisaient une pause pour reprendre leur souffle, le père sortit une fiole émaillée de la poche de son veston, en ôta le bouchon mécanique et la tendit à Willi. Celui-ci renifla – une forte teneur en alcool – et but une gorgée. Son père en fit de même. Puis il dévisagea son fils de ses yeux bleu-gris.

— Carl Wilhelm, déclara-t-il, ta mère m'a demandé de te dire deux mots.

Wilhelm dressa l'oreille, intrigué, car cela n'augurait jamais rien de bon quand on l'appelait par ses deux prénoms. En faisant son service militaire, il avait montré qu'il était un homme, mais, face à ses parents, il redevenait sans cesse un enfant, c'était triste à pleurer, vraiment. Il reprit la fiole et but une autre gorgée, et cela non plus n'augurait rien de bon, car s'il avait besoin de se fortifier avant, c'est que ça allait chauffer. Il redonna la fiole à son père sans dire un mot. Celui-ci la remit dans sa poche avant de poursuivre :

— Dieu sait que je n'étais pas du genre à cracher sur les plaisirs, bien au contraire. Ton oncle, cette vieille punaise de sacristie, c'est pour ça qu'il me détestait, mais c'est sans doute parce qu'il était vieux garçon.

Willi eut un frisson car il se doutait de quoi il retournait.

— Ah bon ? demanda-t-il pour éluder le sujet. Et comment ça se fait ?

Son père souleva sa casquette pour se gratter le crâne.

— Ma foi, il voulait servir le bon Dieu. Bien sûr, il avait une bonne, Dorothée Thies, une veuve, et qui sait… Enfin, bref… (il s'éclaircit la voix et glissa le pouce de la main droite dans la poche de son veston où se trouvait sa montre) ta mère m'a demandé de te parler. À cause de Magda.

Machinalement, le regard de Willi balaya le champ. Des betteraves blafardes sur la terre sombre, des fanes vertes et des corneilles noires picorant le sol labouré. Ainsi s'annonçait l'automne, avant que les feuilles ne virent au rouge et à l'or. Il passa les doigts sur sa moustache et, envahi d'un malaise, se mit à danser d'un pied sur l'autre. À cet instant, il aurait préféré se retrouver face à n'importe quel sergent braillard plutôt que d'avoir affaire à son père avec son regard pénétrant et sa grosse ganache qui lui donnait toujours un air renfrogné.

Ludwig Leeb croisa le regard de son fils.

— Le plaisir aussi peut tirer à conséquence, lui rappela-t-il. Tu as un devoir, Carl Wilhelm. Que comptes-tu faire ?

Revenons quatre mois en arrière. Une radieuse journée de juin. Willi Leeb, de retour chez lui depuis au moins six mois, était encore tout vibrant de la période où il faisait son service militaire. Il marchait dans le village, droit comme un *i* : ses bottes étaient cirées, ses habits repassés et amidonnés, sa moustache soigneusement taillée. Les filles le regardaient passer, et lui leur lançait des œillades hardies, il tenait même une liste dans laquelle il classait la gent féminine locale par ordre de préférence. De vraies beautés, il n'y en avait pas beaucoup ici, contrairement à la cité alsacienne, mais il existait quand même de séduisantes créatures, à commencer par Hermine, mais elle était déjà promise, quel dommage, car ses charmes étaient difficiles à surpasser, et puis elle n'était pas bête non plus, il y en avait là-dedans, sous ses boucles brunes. Willi la dévorait du regard, mais son fiancé, un compagnon menuisier, tenait à elle comme à la prunelle de ses yeux. Il ne pouvait donc rien faire, mais il y avait la numéro 2, Magda Niebuhr, âgée de seulement dix-sept ans, mince, blonde et énergique, une fille aux yeux gris d'un éclat envoûtant. Willi était persuadé qu'elle avait jeté son dévolu sur sa personne, et comme la bienséance lui interdisait de faire des avances à Hermine, il avait dirigé sur Magda tout ce qu'il avait été capable de mobiliser en matière de séduction et d'humour. Il n'en attendait pas grand-chose ; il n'aurait même pas su dire s'il était amoureux. Après avoir passé toutes ces années en uniforme, il regorgeait d'assurance et connaissait quantité d'anecdotes susceptibles d'impressionner les jeunes femmes du village.

Ce fut le cas de Magda. La jeune femme succomba rapidement au charme de Willi. Elle l'écoutait avec ravissement parler des dames de Strasbourg, élégantes et mondaines, un officier à leur côté, ainsi que des bars à vin, des cafés et des bals. C'était un autre monde que celui de la campagne, où l'on portait des foulards et des blouses, où, à l'église, les hommes et les femmes étaient séparés de part et d'autre de l'allée centrale et où l'on travaillait dur chaque jour. Magda était suspendue à ses lèvres, et Willi, enflammé, attendait le moment de pouvoir passer à l'acte. Et, au village, on avait bien sûr remarqué qu'il faisait la cour à Magda. Ça chuchotait ferme, quoique gentiment, et lorsqu'ils eurent vent de l'histoire, leurs parents se gardèrent d'intervenir, confiants dans l'éducation qu'ils avaient prodiguée à leurs rejetons ; après tout, eux aussi avaient été jeunes, et puis il n'y aurait pas de mésalliance : la ferme des Niebuhr avait beau être plus grande, les deux familles étaient établies de longue date. On lâcha donc la bride aux enfants.

Bon, il faisait un temps magnifique en ce mois de juin 1895, les céréales poussaient bien, on espérait une récolte abondante. Un jour, en fin d'après-midi, on avait fait manger les bêtes et il restait encore du temps jusqu'au souper, Willi invita Magda à faire une promenade dans les prés. Elle courut jusqu'à la maison que son père avait fait construire trois ans plus tôt, une espèce de manoir en brique rouge, doté d'un perron imposant, d'un avant-corps donnant sur la rue et d'une tourelle coiffée d'une girouette, et troqua sa tenue de travail contre une sage robe de lin. Puis ils allèrent faire le tour du village, timides l'un comme l'autre, Willi, raide comme un cierge, les mains dans le dos, et chaque fois qu'ils croisaient quelqu'un, Magda baissait les yeux tandis que son chevalier servant faisait un salut engageant.

Au moment où ils traversèrent la voie ferrée, le feuillage des aulnes, des frênes et des saules scintillait dans la lumière dorée du soleil qui s'apprêtait à disparaître à l'ouest, derrière la ferme voisine. Des vaches ruminaient, couchées dans les prés, les hirondelles étaient en chasse ; une fois la nuit tombée, elles céderaient la place aux chauves-souris.

— Magnifique, n'est-ce pas ? dit Willi. Un spectacle de paix.

Il se sentait tellement bien que sa poitrine faillit exploser, et il jeta un bref regard en direction de Magda. Ses yeux se posèrent sur son profil, effleurèrent ses seins qui pointaient sous sa robe claire, puis ils s'arrêtèrent sur ses pieds. Ceux-ci étaient fourrés dans de gros souliers en cuir, mais elle avait cette démarche formidable, à la fois énergique et élégante.

À côté, même Hermine ne faisait pas le poids ; elle avait des formes plus généreuses, certes, mais une démarche pataude. Magda, en revanche, avait de l'abattage, chacun de ses mouvements en témoignait. Willi ne se lassait pas de la regarder. Était-il amoureux, finalement ?

— Grand-mère m'a dit de me méfier de toi, dit Magda. Les cailloux crissaient sous ses semelles, elle arracha distraitement une fleur de cerfeuil blanche.

— Allons donc ! Tu sais bien que je suis un grand timide, répondit Willi, et elle se mit à rire.

— Elle m'a raconté que ton père était un coquin dans le temps. Et qu'il...(elle rougit) et qu'il a semé des bâtards un peu partout.

— Je ne suis pas au courant, avoua Willi. Mon paternel appréciait sans doute les plaisirs de la chair, mais ça ne veut pas dire que j'ai des demi-sœurs et demi-frères aux quatre coins du royaume qui pourraient me disputer mon héritage.

Ils longèrent trois châtaigniers plantés au bord de la voie ferrée. Magda les pointa du doigt en disant :

— On dirait une famille. La mère, le père et l'enfant.

— Hmm, marmonna Willi.

Il eut brusquement chaud. Devant eux passa une locomotive à vapeur qui tractait jusqu'à l'aciérie de Peine une chaîne de wagons plats transportant des creusets remplis de fonte incandescente. Ils furent enveloppés dans un nuage de soufre qui leur laissa une sensation râpeuse sur la langue ; le conducteur se pencha par le hublot et, mettant ses deux doigts dans sa bouche, siffla Magda.

— Quel goujat ! grogna Willi.

Magda rit, puis ils poursuivirent leur chemin, traçant un carré à travers les prés. Leur conversation s'enlisait. Willi loucha à plusieurs reprises sur Magda qui marchait tête baissée, examina son profil – quelle noblesse…, se dit-il, brûlant du désir de la toucher. Le village était loin désormais ; le clocher, visible entre deux frênes, rougeoyait dans le soleil du soir et un tabac d'Espagne qui venait de passer devant eux, comme pour les guider, se posa sur une fleur de plantain. "Quel joli papillon."

Willi s'essuya le front. Ils se tenaient près du barrage d'un fossé de drainage qui longeait le chemin. Le vent bruissait dans le feuillage de deux aulnes dont l'ombre tombait sur le flanc d'un appentis pour le bétail ; le pâturage était dépouillé et couvert de bouses de vache sur lesquelles s'activaient des mouches vertes et bleues. Cela n'avait rien de romantique ; aucune comparaison possible avec les rendez-vous galants qu'il avait connus à Strasbourg – lui en uniforme, Caroline en jupe à volants et corsage, sa chevelure noire coiffée d'un chapeau à larges bords, ils flânaient ainsi le long de la rivière, s'attablaient dans les cafés chics. Avec Magda, il était au milieu des herbes et des excréments, cerné d'insectes, le soleil rougeoyait à l'ouest, et à cela s'ajoutait la crainte d'être vu par quelqu'un qui irait colporter ragots et cancans. Willi regarda autour de lui, mais les prairies étaient désertes. L'instant d'après, il sentit quelque chose le toucher et se retourna brusquement – Magda avait pris sa main droite et levait vers lui un regard hésitant.

— Si tu as envie, dit-elle, tu peux me donner un baiser.

— Vraiment ? fit-il, troublé, mais aussitôt il retrouva son aplomb, passa un bras autour de sa taille et l'embrassa tendrement.

Quand ils se détachèrent l'un de l'autre, les yeux gris de Magda étaient grands ouverts. Ils s'embrassèrent une fois, et encore une autre puis, étroitement enlacés, avancèrent en chancelant sur l'amas de traverses qui comblaient le fossé, et se retrouvèrent dans l'ombre des aulnes, puis dans l'appentis. Et là, dans la pénombre et loin du monde, les narines chatouillées par les effluves de bouse sèche, ils se donnèrent l'un à l'autre.

— Que comptes-tu faire ?

Willi fixa son regard sur son père qui portait son habituelle casquette sombre ; un homme trapu, grisonnant mais vigoureux. Son regard balaya le champ de betteraves blanches, la lisière de la forêt, la campagne environnée des cheminées fumantes des usines. Ce serait maintenant ça, son univers ! Jusqu'à la fin de ses jours. Son fricotage avec Magda Niebuhr était l'ultime clou dans la porte qui l'enfermait dans cette vie – il était condamné au travail de la terre, condamné au mariage, condamné à une vie qui ne serait pas mauvaise, certes, mais cela le révoltait : il était inacceptable qu'on ne lui laisse pas le choix ! Son paternel était parti du principe qu'il prendrait sa suite, comme si c'était une fatalité. Willi le fusilla du regard. Puis il lâcha :

— Je ne veux pas être un paysan. Moi, je veux être soldat ou professeur.

Ludwig Leeb garda son calme. Le pouce coincé dans la poche de son veston, il répondit :

— Tout ça, ce sont des chimères. Ta place est ici – dans cette ferme, dans ce village.

— Je veux devenir professeur de latin.

— Et tirer le diable par la queue ? N'oublie pas ta Madga !

— Pourquoi est-ce à moi de reprendre la ferme ? Peut-être que je ne serai pas un bon paysan.

— Notre famille cultive ces champs depuis des siècles, et moi, ça fait des décennies que je me décarcasse pour réparer la bêtise de ton oncle. Je le fais aussi pour toi. Pour qu'un jour, tu puisses dire que cette ferme t'appartient.

Le visage du père lui fit soudain l'effet d'avoir été taillé dans un morceau de bois.

— Je ne veux pas, insista Willi.

— Je me fiche de ce que tu veux. Tu as un devoir, et ton devoir, fiston, il finira par devenir une joie. De même que... (il lui lança un regard rusé) la joie deviendra un devoir, n'est-ce pas ?

Willi bouillait intérieurement. Il se sentait impuissant, maudissait ses batifolages avec Magda dans les prés.

— Tu n'es pas mieux que ton demi-frère ! hurla-t-il brusquement. Il était peut-être trop pieux, mais tu es aussi buté que lui, père. Aussi bouché et aussi vieux jeu.

Il saisit la fourche et s'éloigna d'un pas pesant, piétinant volontairement les fanes de betteraves. Il devinait le regard de son père dans son dos, et l'air qu'il avait – mi-contrarié, mi-réjoui. Le vieux était pétri de la certitude que son fils finirait par filer doux, et c'est la raison pour laquelle Willi le haïssait et se haïssait lui-même, car il se doutait qu'il plierait effectivement l'échine. Il faillit pleurer de colère ; il posa le pied sur l'ergot de la fourche et sortit les betteraves une à une de cette fichue terre qui collait à ses bottes telle une malédiction, tandis que son père, une cigarette aux lèvres, l'observait d'un air amusé.

— Allez tous vous faire foutre ! lâcha Willi avec colère, en plantant sa fourche dans le sol. J'étais à Strasbourg, moi !

Je suis réserviste. Et s'il y a une guerre, je prendrai mon casque, et *adieu*[*] !

Il jeta une autre betterave par-dessus son épaule.

— *Adieu*, tête de mule ! *Adieu*, femme et marmot ! *Adieu, adieu, adieu* !

Effrayées par les betteraves qui fusaient dans tous les sens, les corneilles s'envolèrent. Leurs cris ressemblaient à des rires enroués.

Les gars, c'est la dernière fois que je vous préviens, nasille le sergent Rumstig, sous la plume de Willi. *L'année a quatre saisons, la vie d'un homme a quatre âges, mais le soldat, lui, n'a que trois états : la vie, le tribunal et la mort. La vie, c'est avec le fusil, le tribunal, c'est au moindre délit, et la mort, c'est après le tribunal de guerre ou face à l'ennemi, dans l'honneur. Les malpropres resteront des malpropres, alors soyez toujours propres.* Tandis qu'il écrit ces lignes, un sourire se dessine sur ses lèvres, puis il pose sa plume pour regarder par la fenêtre. La charrette brinquebalante est en train de descendre la pente, le vieux Jordan est juché sur son siège, chapeau enfoncé sur le front, épaules remontées jusqu'aux oreilles ; il rachète du mobilier domestique, mais en cette journée maussade, sa plate-forme de chargement est vide, mis à part quelques chaises. Son cheval, le dos en lame de faucille, pose doucement ses sabots sur les pavés.

Propre, voilà comment il faut être, songe Willi. Qu'on soit soldat ou civil, et pourtant, en son for intérieur, il sait qu'il n'est pas fait pour être paysan, mais qu'il est condamné à le devenir. Dans un autre monde, à une autre époque,

[*] En français dans le texte.

peut-être pourrait-il briser le joug, mais pas ici ni maintenant, pas en ayant cette bourrique de paternel sur le dos.

— Willi! Descends!

Il pousse un gémissement agacé. C'est sa mère.

— Oui, oui, j'arrive, hurle-t-il.

Il se lève et enfile ses bottes – il ne porte jamais de
sabots –, dévale l'escalier avec fracas.

— Où êtes-vous? lance-t-il.

— Dans le salon.

C'est la voix de sa future belle-mère, Helene Niebuhr,
une femme gracile mais sévère, qui lui avait fait la leçon
après que sa fille lui avait confessé sa grossesse. Elle est originaire des environs d'Hildesheim, et là-bas, avait-elle pré-
cisé d'un ton sec, les bonshommes étaient "chevaleresques"
et assumaient leurs responsabilités.

"Moi aussi, je vais le faire", avait-il rétorqué d'un ton sec.

Et elle d'enchaîner: "Sans doute. Mais seulement si on te
donne un coup de pied là où je pense."

Il hésite avant d'ouvrir la porte du salon, prend une profonde inspiration pour se concentrer. Puis il entre. La mère
Niebuhr le fusille du regard; sa propre mère est à genoux
devant la fiancée qui essaie une robe de mariée. Magda
adresse un sourire timide à son futur, et Willi rougit – elle
est magnifique dans cette robe blanche à froufrous qui
tombe jusqu'à ses pieds, chaussés de pantoufles grises. Willi
en reste bouche bée. Puis il demande:

— Mais où sont tes chaussures?

— Ce n'est pas ça le problème, grogne la mère de la fiancée. C'est la robe. On n'a pas envie que les gens remarquent
son ventre qui, grâce à ton dévouement désintéressé, sera
bientôt gros comme une boule, Carl Wilhelm.

Elle détache les syllabes de son prénom avec une pointe de moquerie dans la voix.

— Bon, gémit sa mère en se relevant péniblement, ça va aller, Helene. La robe tombe parfaitement. On ne voit presque rien, n'est-ce pas ?

Elle recule d'un pas, les mains sur les hanches, et regarde Magda.

— Une si belle mariée, murmure-t-elle d'un air béat.

— *Parfaitement !* Helene Niebuhr bougonne. C'est la quatrième robe qu'elle essaie. Quand je pense à toutes les nuits que j'aurais pu m'offrir dans le plus bel hôtel de Bad Harzburg avec tout l'argent que j'ai dépensé.

— C'est sûr, dit la mère Leeb, mais rappelons que c'est toi qui trouves qu'aucune ne convient.

Elle se tourne vers la mère de la fiancée.

— Avec tout le respect que je te dois, Helene.

— Arrête avec ton respect, Elisabeth, répond-elle sèchement. Le respect, c'est ton fils qui aurait dû en avoir. On sait tous que cet enfant n'est pas arrivé par l'opération du Saint-Esprit.

Willi, évitant son regard, s'avance vers le poêle de faïence pour vérifier le feu. Il voit Magda lever les yeux au ciel puis lui faire un clin d'œil et, tandis qu'il remet du bois, il se sent le cœur plus léger. Pour gagner du temps, il remue les braises à l'aide du tisonnier, en écoutant les mères se disputer. Propre, il faut qu'il soit propre, comme il sied à tout homme et à tout réserviste ; il faut savoir garder son sang-froid, qu'il pleuve des balles et des obus ou bien des reproches et des critiques. Tant qu'à être condamné à être paysan, époux et père, qu'il puisse au moins tenir les rênes, se lamenter ne servira à rien.

— Pardon ?

Helene Niebuhr se tourne brusquement vers lui.

Willi sursaute – il a prononcé ses derniers mots à haute voix. Il se redresse, repose le tisonnier et répète :

— Il ne sert à rien de se lamenter, belle-maman.

Soudain, elle lui paraît minuscule, fragile comme un oisillon, mais un de ceux qui aiment toutefois donner des coups de bec.

— Ces vieux meubles, là, dit-il, pris de court par ses propres mots, car il ne sait pas lui-même comment il en est arrivé à parler du mobilier ; on les donnera à Jordan, et on en achètera enfin des neufs. Je veux que le salon soit beau quand l'enfant sera là. Demain, j'irai voir Jürries le menuisier.

— On n'a rien à fiche de ça en ce moment, ronchonne Helene Niebuhr. Il faut qu'on trouve une robe chaste.

Willi s'approche de sa fiancée et passe un bras autour de sa taille.

— Ce sera celle-ci, n'est-ce pas ? dit-il.

Il regarda Magda. Elle acquiesce de la tête.

— Très bien.

Il lui donne un baiser sur la joue et s'apprête à quitter le salon. Au moment de franchir la porte, il ajoute :

— Ce n'est pas une honte d'être enceinte. Réjouis-toi, belle-maman, c'est tout de même le premier de tes petits-enfants.

— Moi, j'en ai déjà deux de ma fille, marmonne sa mère avec une fierté mêlée de gêne.

Après un dernier regard à Magda, Willi ferme la porte et s'en va. L'affaire est réglée, il peut retourner à son texte pour son enterrement de vie de garçon : *toujours propres !* Il est presque arrivé en haut de l'escalier lorsque son père passe dans le couloir d'un pas traînant. Leurs regards se croisent. Les yeux du vieux luisent d'un éclat insondable et son fils monte furtivement les dernières marches, comme s'il avait fait une bêtise.

ÉTÉ 1944

REGAIN

Dans la pénombre du grand vestibule, dans l'angle formé par la porte et l'écurie, Wilhelm, treize ans, est penché sur son étau. Ici, dans cet espace vaste et haut, il fait une fraîcheur agréable ; de temps à autre, un cheval renâcle dans l'écurie, sinon c'est le silence, car presque tout le monde est aux prés.

Au-dessus de l'établi se trouvent des placards, abîmés et encadrés de toiles d'araignée, ils contiennent, pêle-mêle, vis, clous, marteaux, pinces et autres outils du même genre, tantôt rouillés, tantôt maculés de cambouis. Le frère de Wilhelm est le seul à mettre de l'ordre là-dedans : le petit garçon de cinq ans grimpe sur l'établi pour trier le contenu des placards, une activité à laquelle il s'adonne avec autant de concentration que lorsqu'il joue avec ses animaux de bois ou ses soldats de plomb, mais, en ce moment, il est chez la tante pour soulager sa mère, une chance, car il peut être infernal, ce marmot. Le sol en terre battue devant l'établi était lui aussi jonché d'un fatras d'objets, et Wilhelm a été obligé de prendre exemple sur son frère, et de tout ranger.

Il pose la plane puis recule afin d'évaluer son œuvre : un fusil à baguette en bois. C'est grand-père Kruse qui lui en avait parlé et celui-ci lui avait même montré une baïonnette ayant appartenu à son grand-père. Cette relique, munie de sa lame triangulaire et de sa douille à fixer au canon du fusil, Wilhelm l'avait prise dans ses mains avec un respect quasi religieux.

"La plupart étaient obligés de servir, beaucoup ont dû faire la guerre, en tout temps, à chaque génération, avait dit grand-père Kruse, couché sur le canapé du salon. N'écoute pas les sornettes qu'on te raconte aux Jeunesses hitlériennes, Willem. La guerre, ce n'est ni glorieux, ni héroïque, la guerre, c'est la peur et la mort, et les mutilations. Tout combattant est marqué à vie. C'est sans doute fascinant, une baïonnette, mais ça sert à tuer, n'oublie jamais ça." Il avait pris un air très grave, le vieil homme au grand front sous lequel luisaient des yeux d'un bleu pâle. Gustav Kruse, de nature renfermée, n'avait jamais fait la guerre et n'aimait pas l'armée ; il savait ce qu'il voulait mais l'imposait en silence, comme cela avait été le cas pour le contrat de bail à nourriture qu'il avait négocié avec son gendre, le père de Wilhelm – jusqu'à la dernière miette de saucisson qu'il leur revenait, à sa femme et à lui.

Son petit-fils avait hoché la tête. Sur quoi, il s'était mis à fabriquer un fusil à baguette dans une planche de bois. Il aurait bien aimé fixer la baïonnette dessus pour donner l'assaut pendant les exercices militaires, mais jamais grand-père Kruse n'accepterait. Grand-père Leeb est différent, il répète sans arrêt : "Chacun fait comme il lui plaît."

Wilhelm commence par poncer le canon du fusil pour éviter de s'enfoncer par la suite des échardes dans le doigt, et, ce faisant, il réfléchit à la façon dont il va fabriquer la gâchette : un clou et un crampillon feraient idéalement l'affaire. Il a repéré une boîte de crampillons mais peut-être est-elle vide ; ce serait jouer de malchance car nombre de choses sont devenues rares ou ont été rationnées, il est donc difficile de s'approvisionner. Il interrompt son travail pour aller voir dans le débarras, lorsqu'il entend sa mère.

— Wilhelm ! Où es-tu ?

Il longe le grand vestibule jusqu'à la porte et passe sa tête dans le couloir.

— Ici, maman. Je fabrique un fusil.

— Mets-toi quelque chose sur le dos, mon garçon, nous allons aux foins.

Sa voix résonne dans le petit salon.

Wilhelm soupire. Il n'a pas envie mais, contrairement à sa sœur, qui braille et fait la tête jusqu'à ce que tout le monde capitule de dépit, il ne peut pas dire non. Sa mère a déjà assez à faire et il ne veut pas lui rendre la vie plus difficile encore. Quant à Grete, qui refuse de donner le moindre coup de main, elle boude dans la chambre, comme d'habitude ; têtue comme elle est, elle a même réussi à imposer l'achat d'un piano parce qu'elle veut apprendre à en jouer. Les grands-parents avaient trouvé cela ahurissant. On ferait mieux de dépenser cet argent dans des choses utiles, avaient-ils dit, surtout par les temps qui couraient, mais sa sœur n'avait rien voulu savoir et, maintenant, le piano est là, dans le grand salon, à attendre que quelqu'un vienne lui tirer des sons.

Il introduit péniblement ses pieds dans ses chaussures étroites et enfile la chemise que sa mère lui a demandé de mettre. Avec la chaleur, un tricot de corps aurait certainement suffi mais il obtempère. Puis il se rend dans le petit salon, le grand étant réservé aux grandes occasions. Sa mère se tient devant le buffet en chêne foncé, la bouteille d'esprit de mélisse Klosterfrau à la main. Elle pose un morceau de sucre sur la cuillère, verse dessus quelques gouttes et fait rouler le tout en bouche. Au printemps, Wilhelm s'était glissé furtivement dans le salon afin de goûter à son tour, car le mot "esprit" à lui seul le fascinait, mais l'odeur qui s'échappait du goulot était si âcre qu'il n'avait finalement rien bu.

Sa mère baisse la tête.

— Mais pourquoi ton père est-il allé faire cette horrible guerre ? se lamente-t-elle. Il manque ici.

Comme à l'ordinaire, son exaspération cède aussitôt à la tristesse et elle lèche le dernier soupçon de liquide sur ses lèvres.

Le regard de son fils erre dans la pièce, balayant le guéridon posé devant le canapé, le poêle de faïence et les rideaux, la tapisserie à fleurs, la grande table, les chaises. Il est préoccupé par son fusil.

Sa mère ébouriffe sa toison blonde.

— Il faut qu'on y aille, mon garçon, dit-elle, puis elle sort de la pièce d'un pas traînant tout en nouant son foulard.

Wilhelm la suit ; aujourd'hui, le couloir au sol de pierre brunâtre lui semble étrangement étroit et sombre. Elle va chercher dans la cuisine le sac contenant le casse-croûte et le café, dehors chacun d'eux prend un râteau. Wilhelm donne la main à sa mère, puis ils quittent la ferme.

Des hirondelles sillonnent le ciel à toute vitesse, et au moment où ils traversent la voie ferrée, ils voient apparaître les saules marsault sur les rives de la Fuhse qui délimite la partie ouest du village. Wilhelm marche sur la bande d'herbe au centre du chemin, sa mère dans un sillon. À gauche comme à droite passent des fossés, parmi l'herbe et le cerfeuil se dressent des puits cylindriques car la forge d'Ilsede, non loin de là, prélève des eaux souterraines pour refroidir ses fourneaux. Au siècle dernier, avant l'exploitation du minerai de fer et le début de la sidérurgie, ces prairies étaient des marécages, on en extrayait de la tourbe, on y pêchait à la nasse et, comme racontait grand-père Leeb, on attrapait des anguilles à mains nues, une vision qui fascinait Wilhelm, sauf qu'il n'y a plus ni anguilles ni autres poissons : le cours de la Fuhse a été rectifié, son lit est rempli d'algues et son eau fume en hiver.

À l'instant même où ils atteignent la prairie, Martin descend de la faneuse. La mère de Wilhelm se dirige vers lui, ils s'entendent bien tous les deux. Ces prisonniers de guerre sont indispensables, sans eux il serait impossible d'exploiter la ferme ; il faut donc bien les traiter, et c'est ce que fait Käthe : ils mangent à table avec la famille et reçoivent la même nourriture. Certains paysans les font manger à part, lésinant d'ailleurs sur la viande bien que ce soit aux prisonniers que reviennent les tâches les plus rudes. Mais si sa mère à lui est pleine d'attentions pour eux, c'est aussi pour une autre raison : elle espère que son mari sera tout aussi bien nourri si jamais il se retrouve en captivité. Elle prend ses dispositions, au cas où, même s'il s'en est toujours tiré à bon compte.

À l'avant de la prairie se trouve la charrette à laquelle est attelée Castor, le bœuf ; il donne des coups de queue pour chasser les moustiques et les taons. Des fourches sont plantées dans le sol, les bicyclettes couchées à côté. On râtelle les foins sur toute la surface de la prairie. Les deux grands-mères sont là, en blouse et bavolet. Larissa et Tania apportent elles aussi leur contribution, tout comme Pawel et Josef, le valet, qui, en l'absence du chef, se plaît à jouer son remplaçant, ce qui n'est pas du goût des deux autres prisonniers. Martin se moque souvent de lui en l'appelant "le nain"*, ce qui, aux oreilles de Wilhelm, sonne comme le mot "Linnen", le lin.

Sa mère pose le sac de provisions sous la charrette et son fils saute par-dessus le tas de foin pour rejoindre son grand-père qui n'est jamais à court d'une anecdote.

— Bon sang, Wilhelm, vas-y doucement! s'écrie Gerda Derking, qui est venue prêter main-forte en échange de quelques sous. Ne va pas m'éparpiller tout mon foin!

— Mais non, répond Wilhelm, et le voilà auprès de son grand-père, qui le serre contre lui.

Grand-père Leeb sent le cigare, la sueur et le poulailler, une odeur pas très agréable, mais familière. Il est plus trapu que grand-père Kruse, qui s'active en haut de la prairie, sa figure est toute rouge autour de sa grosse moustache ; son aide n'est pas nécessaire, ils sont suffisamment nombreux, mais s'il est là, c'est pour une raison qu'il s'empresse de confier à son petit-fils.

— Alors, mon garçon? dit-il en essuyant la sueur qui perle à son front. Formidable, n'est-ce pas? Rien de tel que l'odeur du foin!

Il s'appuie sur son râteau afin de reprendre son souffle, dans ses rides s'est accumulée de la crasse.

— Tu connais le Cantique des cantiques? *De tes lèvres ruisselle le miel, ma fiancée. Sous ta langue il y a du miel et du*

---

* En français dans le texte.

lait, et l'odeur de tes vêtements est comme l'odeur du Liban.
Mais le foin, ajoute-t-il, ça sent encore meilleur, pas vrai,
Wilhelm ?

— Et le Liban, ça sent comment ?

Son petit-fils, qui n'ose pas avouer ne pas connaître ce
chant, se demande dans quel livre il se trouve ; certainement
pas dans la Bible car c'est un peu indécent.

Avec son râteau, grand-père Leeb rassemble quelques
fétus de paille.

— Le Liban est situé au-dessus de la Terre sainte, il doit
donc sentir le nectar et l'ambroisie, dit-il avec un clin d'œil.

Mais, l'instant d'après, il fait une grimace et se met à
haleter.

— Quelle chaleur. Quelle poussière.

Il prend plusieurs inspirations profondes en se frappant la
poitrine, et, au bout d'un moment, semble se ressaisir.

— Bon, fait-il, le foin doit être rentré aujourd'hui, il faut
qu'on cravache.

Et il continue de râteler nonchalamment.

Son petit-fils reste à ses côtés. Il est désormais ravi de
porter sa chemise, baisse même les manches afin de se protéger des moustiques et des taons, il a déjà été piqué aux
jambes. Au sommet de la prairie, là où s'activent les grands-
mères, le vent soulève une colonne de foin qui tourne sur
son axe puis s'effondre, les fétus volent dans toutes les directions. Le grand-père a raison, qu'est-ce qu'on est bien aux
foins, et puis Wilhelm adore ces prairies : quand le vent
souffle dans les peupliers blancs, leurs feuilles scintillent
comme des diamants, et la vue des saules au bord de la
rivière, avec leurs imposantes couronnes et leurs troncs
béants pouvant servir de cachette, lui procure un sentiment

de sécurité. Les hirondelles sont inlassablement en chasse, tout au fond des prairies il aperçoit des vanneaux. Les cigognes sont rares : parfois, quand tout est désert, on les voit se déplacer sur leurs jambes raides dans les prés fauchés, quant à leurs nids, ils se trouvent plus au nord, là où il n'y a pas d'industrie.

Wilhelm râtelle en essayant de ne pas oublier le moindre fétu ; il se réjouit déjà de la tape que grand-père Leeb va lui donner sur l'épaule en lui disant, comme il avait déjà pu le faire en d'autres occasions : "C'est du bon travail, mon garçon." Quand il lève les yeux, son grand-père est cramoisi, de la sueur brille sur son front. Grand-père Kruse, qui ratisse à la même cadence que Pawel, paraît plus alerte bien qu'il ait un an de plus.

Le soleil est à son point culminant lorsqu'ils terminent de mettre le foin en tas. Ils se rassemblent à l'ombre de la charrette ; Josef jette du foin au bœuf, et celui-ci s'empresse de manger en donnant contre la bassine en zinc un violent coup de corne qui en fait déborder l'eau. Käthe Leeb sort le sac qu'elle avait placé sous la charrette, distribue le casse-croûte et sert du café froid aux travailleurs. Ils mangent et boivent en silence. Entre chaque bouchée, grand-père Leeb, assis contre une roue de la charrette, tire sur un cigare dont la fumée semble vouloir disparaître au plus vite dans les airs.

— Encore un de ces vieux mégots, maugrée Magda, mais elle se contient car il met la main à la pâte.

Grand-père Kruse se tamponne le front avec son mouchoir, Martin, lui, utilise un pan de sa chemise, Pawel le fait avec une poignée de foin qu'il lance ensuite au bœuf, s'attirant un regard noir de la part de Josef. C'est Josef qui est chargé de s'occuper des bœufs et il en est fier, car sans bêtes de trait rien ne fonctionnerait, et si ce Polonais jette encore une fois du foin trempé de sueur au brave Castor, il n'aura qu'à porter la charretée sur son dos jusqu'à la ferme.

Comme pour faire une offrande aux esprits des pâtures et des prés, Magda Leeb verse sur le chaume le reste de café contenu dans son gobelet d'émail, puis déclare :

— Bon, nous voilà repus et contents, mais il faut encore tout charger, et pour ça nous n'avons pas besoin d'être aussi nombreux. De toute façon, certains… (elle lance un regard incisif à sa belle-fille) ont déjà réussi à se défiler.

Wilhelm remarque que sa mère est totalement prise au dépourvu par ce coup de griffe. Si la grand-mère savait à quel point Grete a été pénible, elle ne dirait pas des choses pareilles.

— Rentre à la maison, Herta, poursuit grand-mère Leeb, et toi aussi, Gustav, tu donneras à manger plus tard aux bêtes. Si tu veux, tu peux t'en aller aussi, Käthe, il faut bien que quelqu'un prépare le souper, tout le monde aura sûrement une faim de loup ce soir. On va charger.

Ils disparaissent donc tous les trois. Grand-père Kruse marche à côté de sa bicyclette afin de ne pas distancer sa femme et sa fille, c'est un galant homme.

— Bon, et toi, Wilhelm, tu as encore des forces ? demande grand-mère Leeb.

Son petit-fils hoche la tête.

— Tiens, mange ça.

Elle lui tend la dernière tartine, garnie de beurre, de sel et de ciboulette, et lui verse le reste de café. Grand-père Leeb écrase son cigare sur la roue de la charrette et se remet sur ses jambes en poussant un gémissement. Et dire qu'il est là, à son âge, en train de ramasser du foin dans ce pré, une pensée qui

le fait sourire. Il donne une tape dans le dos de son petit-fils
en disant :

— Au boulot, Willem. C'était pire à la guerre, crois-moi.
Lorsque ma position sur le lac Narotch s'est pris un obus lors
de l'offensive russe, tout a éclaté en lambeaux, oui, des lambeaux de tout…

— Tu as été blessé, grand-père ?

Wilhelm prend une fourche.

— Oui, j'ai été blessé. Du shrapnel dans le flan, mon
garçon, ça m'a fait un mal de chien et ça n'a jamais complètement guéri. (Il met sa main à l'endroit en question.) J'ai passé
des mois à l'hôpital militaire et, à la fin, j'étais à Berlin, et j'ai
manqué la confirmation de ton père. Il m'a écrit une lettre
dans laquelle il énumérait tous les cadeaux qu'il avait reçus.

Grand-père Leeb s'appuie lourdement sur son râteau ;
malgré la pause, sa rougeur ne s'est pas atténuée.

Wilhelm ne dit rien. Il n'arrive pas à s'imaginer son père
en confirmand, tout comme il ne peut se le représenter
enfant : les parents sont adultes et les grands-parents vieux,
c'est ainsi et cela le restera, et quand il se figure son grand-
père pendant la guerre, en sergent, c'est sous les traits d'un
homme aussi corpulent que maintenant, avec une grosse
moustache grise, des plis et des rides et quelques poils de
barbe argentés au menton.

Josef tire sur la corde du bœuf et Castor se met en mouvement. Les roues grincent lorsque la charrette prend le
virage et s'engage dans la prairie. Gerda Derking grimpe sur
la plate-forme où elle réceptionne le foin que les autres
lancent à la fourche, le dispose de telle sorte que rien ne
tombe, et grand-père Leeb râtelle ce que le vent a éparpillé.
On ne gaspille rien, cela vaut également pour la nourriture :

les restes sont réutilisés ou finissent, à la rigueur, dans l'auge des cochons.

Le soleil commence à décliner tandis que les femmes, désormais au nombre de quatre, et les cinq hommes hissent, l'un après l'autre, les tas de foin sur la charrette. Pawel essaie de flirter avec les Ukrainiennes ou bien se dispute avec Josef; Martin, originaire de Normandie, connaît le travail, il s'affaire en silence et de manière efficace, ne s'arrêtant que pour rajuster sa casquette sur son crâne étroit ou pour remonter une bretelle qui a glissé de son épaule. Tous portent la main à la nuque pour enlever des fétus, balaient ceux qui tombent sur leur visage, se frottent les yeux pour enlever la saleté. Wilhelm suit vaillamment le rythme; étant déjà très grand, il arrive bien à charger mais, à un moment donné, son dos lui fait mal et il a soif. Mais il sait qu'il n'a pas le droit de montrer de faiblesse, il doit au contraire faire preuve de vigueur et d'endurance, aussi, muni de sa fourche, lance-t-il à toute volée le foin vers la voisine Gerda, qui l'encourage d'un sourire. À la vue de ses grands-parents, qui donnent un coup de main malgré leur âge, et de celle de Pawel et Martin, contraints de travailler pour des étrangers alors qu'ils préféreraient sans doute être auprès de leur famille – Martin a une femme et trois enfants dont il parle parfois dans un allemand approximatif –, il ressent lui aussi de la colère, car son père est à la guerre au lieu de s'occuper de sa ferme et des siens, alors il se met à lancer le foin à une cadence redoublée. Comme pour sa mère, sa colère a tôt fait de virer à l'accablement; il se languit de son fusil en bois, de ses amis et du livre de Karl May dans lequel il se plonge tous les soirs.

Josef continue de tirer sur le bœuf. Wilhelm se met en branle, s'avance lentement vers le tas de foin suivant. La charrette démarre dans une forte secousse, Gerda bascule sur le dos dans le foin dont elle se relève en riant. Ah ça, c'est une bonne vivante, cette Gerda, même si c'est la dame aux morts. Wilhelm trouve cela sinistre, mais au village, on la respecte. En jetant un regard circulaire – Heinrich Haarstick charge lui aussi du foin, dans la grande prairie près du pont qui enjambe la Fuhse – il remarque que grand-père Leeb s'est de nouveau arrêté pour reprendre haleine, car il halète comme si de la fumée de tabac était restée coincée dans ses poumons ; il passe une main fébrile sur son front, et au moment de saisir son râteau, il manque son coup et manque de s'emmêler les pieds. Puis il lance un clin d'œil à son petit-fils, rit en faisant un geste désinvolte de la main – il n'y a pas de quoi fouetter un chat – et se remet à la tâche.

Wilhelm agite ses bras douloureux dans tous les sens, son dos lui fait à présent affreusement mal et les taons l'attaquent comme si son corps était un territoire ennemi. Entre la rivière et la voie ferrée, les prairies scintillent, les saules et les peupliers pointent vers le ciel, un spectacle magnifique, et pourtant le garçon de treize ans est à deux doigts de pleurer tant il est épuisé, mais il contient ses larmes car ce n'est pas le moment de craquer. Il entend Josef et Pawel brailler ; il voit Larissa, qui ratisse juste à côté de Martin, faire régulièrement des pauses pour passer ses mains dans sa chevelure blonde, faisant bomber sa poitrine entre ses bras pliés ; il remarque le regard qu'elle lance à la dérobée au Français ; il entend grand-mère Leeb qui geint et Gerda Derking qui rit. Ses jambes le démangent cruellement, mais il ne faut surtout pas gratter, sinon les piqûres vont suinter. La charge est bientôt pleine, mais le travail n'est pas encore terminé, la deuxième charrette est déjà prête.

Soudain, tout le monde se retourne car une dispute a éclaté entre Josef et Pawel. Le Polonais a osé dételer Castor pour l'attacher à la charrette suivante, ce qui est normalement la tâche de Josef, qui défend bec et ongles ses prérogatives sur les bœufs : pourquoi ces deux étrangers refusent-ils d'admettre qu'il est au-dessus d'eux ? Ils n'ont pas leur mot à dire. Il se met à crier après Pawel en dialecte, et celui-ci se met à hurler en polonais parce qu'il parle à peine l'allemand, et encore moins le dialecte, ils s'accrochent en se balançant des propos que l'autre ne comprend pas, mais le ton et le volume de leurs voix, leurs gestes et leurs mimiques en disent long. Pawel, un grand costaud au tempérament colérique, ne se laisse pas faire, il se met à menacer Josef de sa fourche. Josef l'imite, on dirait qu'ils vont s'embrocher l'un l'autre. Larissa et Tania ricanent discrètement tandis que Martin, occupé à calmer le bœuf, se tient prêt à aller séparer les deux opposants si besoin est. Reculant de peur, Wilhelm aperçoit du coin de l'œil grand-mère Leeb qui accourt sur le lieu du différend. Sa robe et sa blouse bouffent sous son pas énergique, son bavolet flotte au vent, ses lèvres sont encore plus minces que d'habitude. Elle enfonce sa fourche dans le sol, se plante entre les deux hommes en mettant les mains sur les hanches, ses yeux foudroient d'abord Josef, puis Pawel.

— Non, mais vous avez perdu la tête, vous deux ? grogne-t-elle. On a déjà bien assez d'une grande guerre, on n'a pas besoin d'en déclencher une petite ici. Maintenant, vous allez fermer vos gueules parce qu'ici, on bosse. Il y a le foin à rentrer, alors au travail, et plus vite que ça, et si j'entends encore un mot, peu importe dans quelle langue babylonienne, je préviens les autorités, pigé ?

Sur ces mots, elle regarde Pawel.

Debout à côté de Castor, Josef, le maître de la bête de trait et de la charrette, affiche un petit sourire car la hiérarchie est rétablie : la présence du Polonais ici est tout juste tolérée, il a intérêt de se tenir à carreau, sinon il va s'attirer des ennuis.

Bien qu'il bouillonne intérieurement, Pawel incline la tête en signe d'obéissance. Il a appris que les Alliés ont débarqué en France, le pays de Martin qui turbine docilement tout en faisant de la lèche à la chef. Encore un peu de temps, et les Britanniques et les Américains seront là, et les Allemands vont enfin payer, et lui, il se vengera d'eux, ils vont en voir des vertes et des pas mûres. Jusque-là il faut qu'il file doux. Alors il baisse sa fourche et sort une des cigarettes qu'il stocke jalousement. Tous ont les yeux rivés sur lui comme si c'était lui le responsable de la dispute ; pour se calmer, il aspire une profonde bouffée en faisant un haussement d'épaules qui semble vouloir dire : allez vous faire foutre.

Une fois Castor attelé à la deuxième charrette, Gerda Derking remonte sur la plate-forme de chargement.

— C'est reparti pour un tour, et cette fois sans bisbille ! s'écrie-t-elle en lançant un regard à la ronde.

Le soleil décline, sa clarté devient plus pesante. Il reste un bon tiers du foin dans la prairie, Wilhelm se cambre et regarde dans la direction de sa grand-mère avec l'espoir qu'elle lui dise de partir, mais pas du tout.

Soudain, Gerda Derking s'exclame :

— Oh, mon Dieu, Willi !

Wilhelm tourne brusquement la tête – il était tellement occupé par son travail et la scène qui vient de se produire qu'il en a complètement oublié son grand-père. Gerda saute de la charrette par l'autre côté et file à toute vitesse. Tous lui courent après sans savoir ce qui s'est passé, chacun habité d'un mauvais pressentiment. En faisant le tour de la charrette, Wilhelm aperçoit dans la prairie fauchée une masse sombre et il devine aussitôt : c'est le grand-père. Gerda est déjà agenouillée auprès de lui, lorsque grand-mère Leeb arrive derrière elle, tout essoufflée, elle dit :

— Il a perdu connaissance. Peut-être un infarctus, ou bien une attaque. Il faut l'emmener à la maison. Et il faut que quelqu'un appelle le médecin.

Elle prononce ces derniers mots en regardant Wilhelm, qui se contente d'un hochement de tête et part aussitôt en courant.

Tandis qu'il se hâte vers la maison, il se retourne à plusieurs reprises. On a poussé la charrette vide près du grand-père Leeb que Josef, Martin, Pawel et Gerda soulèvent pour l'allonger sur la surface de chargement. En arrivant au passage à niveau, Wilhelm voit Castor se diriger vers le chemin sous la conduite de Josef, puis il reprend sa course, les jambes en coton. Son cerveau est comme éteint et il ne cesse de se répéter tout bas : "Faites que grand-père ne meure pas... Grand-père ne doit pas mourir... Je vous en supplie."

AOÛT 1962

LA DAME AUX MORTS

— Surtout, n'oublions rien, dit Gerda en allant prendre dans la chambre la mallette médicale.

Elle l'a utilisée pour la dernière fois il y a deux mois, après le décès de Lise Becker qui, en descendant l'escalier pour aller à sa cave, avait trébuché sur un seau de pommes de terre et fait une mauvaise chute ; âgée de soixante-dix-huit ans, elle n'avait pas survécu. Les gens passent de vie à trépas des façons les plus insolites.

À vrai dire, Lisbeth, qui patiente dans la cuisine obscure, n'a plus envie de prêter main-forte à son amie mais, encore une fois, elle s'y est résolue, il s'agit des Leeb, après tout, chez qui elle est souvent allée donner un coup de main. La bande de papier adhésif accrochée à la lampe est couverte de mouches ; l'une d'elles est encore en vie, Lisbeth entend ses bourdonnements affolés. Elle ressent de la pitié même si, bien sûr, ces bestioles salissent tout de leurs déjections. Puis Gerda revient avec la mallette qu'elle ouvre sur la table de la cuisine pour vérifier que tout y est.

— Tu te souviens, chez les Ermling ? demande-t-elle. Les petits ciseaux émoussés et rouillés ? Ils doivent se tailler les ongles avec les dents, eux. Pour ceux des pieds, il faudrait un sacré talent de contorsionniste.

Lisbeth hoche la tête, elle n'est pas d'humeur à rire, et pendant que son amie fouille dans la mallette, elle écoute les bourdonnements de la mouche qui faiblissent de plus en plus.

— Affreux, dit-elle tout bas.

— À qui le dis-tu.

Gerda marque une pause, un poudrier à la main.

— C'est affreux, et quand on sera là-bas, ça le sera encore plus, mais il faut qu'on tienne le coup, Lisbeth.

Elle referme la mallette en cuir usée. Au bout d'un moment, elle demande :

— Une petite goutte ?

— Qu'est-ce que tu as ?

— De la liqueur de sureau. Je l'ai faite moi-même l'année dernière, avec une gnôle de très bonne qualité.

— J'ai l'impression d'avoir un poids dans le ventre.

— Dans ce cas, c'est ce qu'il te faut, dit Gerda en sortant la bouteille à bouchon mécanique de sous l'évier.

Elle sert deux verres.

— Santé, dit-elle en trinquant.

Les deux femmes ont un frisson en avalant le liquide.

— Allez. (Gerda remplit de nouveau les verres.) Un seul, ça ne suffit pas.

À présent, elles boivent à petites gorgées.

Lisbeth a troqué sa blouse à fleurs contre une tenue sombre et des chaussures noires. Elle lève les yeux vers Gerda qui la dépasse d'une tête et dit :

— Mon Dieu… Cette fois, j'ai vraiment la trouille.

— Moi non plus, je n'ai plus envie, répond Gerda. Plus j'approche de ma propre mort, plus j'ai peur.

— Oh..., gémit Lisbeth, ne dis pas des choses pareilles.

— Qu'est-ce que tu veux? On doit tous mourir un jour. Le mieux, c'est de se faire une raison.

Gerda prend une petite gorgée, la liqueur lui brûle la gorge.

— Tu sais ce qui est pire que la mort? L'insatisfaction. Moi, je veux pouvoir mourir en me disant que j'ai bien vécu, en n'ayant ni remords ni amertume. Sinon, ça signifierait que je n'ai vécu pour rien, et ça, ce serait abominable.

Lisbeth regarde fixement son verre.

— Tu es sérieuse?

— Des morts, j'en apprêtai une multitude. J'ai forcément appris des choses. Regarde Jürries, le menuisier. Jusqu'à son dernier souffle il s'est disputé avec tout le monde, y compris avec sa femme et ses enfants, il s'est pourri la vie tout comme il a pourri celle des autres. Tu veux finir comme ça, toi? Moi non. (Gerda vide son verre et prend son foulard.) On y va?

Son amie s'affaisse sur sa chaise.

— Ah... Gerda...

— Toute seule je n'y arriverai pas. J'ai besoin de toi.

— Dans d'autres circonstances... mais là...

Lisbeth a les yeux rivés sur ses mains croisées sur ses genoux.

Gerda regarde le chignon gris de sa bonne vieille assistante. Puis elle s'assied à son tour et prend la main de Lisbeth, couverte de taches de vieillesse.

— Tu crois que c'est simple pour moi? Mais je ne peux pas faire faux bond au vieux Wilhelm. Je t'en supplie... Viens avec moi.

— La mouche est morte.

— Quoi ?

— Et, en plus de ça, il fallait que ça tombe sur ton Wilhelm, lâche Lisbeth. Lui qui t'a mise au placard sans sourciller dès qu'il a réussi à pincer Käthe.

— Ce n'est pas "mon" Wilhelm, et puis j'ai fait la paix avec lui.

— Vraiment ?

Gerda ne répond pas, elle ressert de la liqueur.

— Autant que faire se peut, dit-elle. Trinquons encore. Un petit dernier et on y va, d'accord ?

Lisbeth semble hésiter puis son regard se raffermit et elle lève son verre.

— Dans les yeux, dit-elle.

— Dans les yeux, Lisbeth, répond Gerda.

L'une comme l'autre boit sa liqueur d'un trait.

Un battant du portail est ouvert et les deux femmes entrent dans la ferme des Leeb dont la taille surprend chaque fois Gerda. Au fond, l'immense vestibule, à gauche et à droite, les dépendances. Derrière l'aile d'habitation se dresse la nouvelle porcherie que Leeb senior a fait bâtir quatre ans après son retour de captivité en Pologne ; certains collègues cultivateurs sont venus la visiter à plusieurs reprises, il faut dire que les bêtes à soies sont logées dans un endroit tellement moderne.

— Mais où sont-ils tous passés ? chuchote Lisbeth, qui reste derrière Gerda.

Celle-ci jette un regard vers le long porche qui mène à l'arrière-cour où se trouvent le tas de fumier et la fosse à purin, mais là-bas non plus, rien ne bouge. Peut-être sont-elles arrivées trop tôt, peut-être auraient-elles mieux fait d'attendre qu'on vienne les chercher. Gerda hausse les épaules et continue de se diriger vers la maison dont la porte donne sur le jardin d'agrément. Au moment où elle s'apprête à pousser le portail du jardin, la porte de la maison s'ouvre. Lisbeth laisse échapper un halètement.

La vieille Magda Leeb se tient sur le seuil, appuyée sur une canne munie d'un embout en caoutchouc, les verres ronds de ses lunettes scintillent au soleil. Avec ses vêtements sombres et sa sempiternelle blouse, elle rappelle à Gerda ces vieillardes grecques qu'elle avait vues sur les photos d'un livre sur la Crète que M. Mattenroth lui avait recommandé. "Partez donc en voyage là-bas, sur les traces d'Erhart Kästner, avait-il dit. À moins que vous ne préfériez rester dans votre patelin jusqu'à la Saint-Glinglin?" Elle avait demandé: "Vous y êtes déjà allé, vous?" et il avait répondu avec un rire amer: "Mademoiselle Derking, j'ai passé quatre ans à sillonner l'Europe avec un casque, des bottes et une carabine."

Magda Leeb traverse le jardin pour rejoindre Gerda et Lisbeth. Malgré son âge, elle marche à grands pas fermes et assurés. Elle s'arrête juste devant le portail et se met à aboyer:

— Qu'est-ce que vous voulez?

Gerda reste bouche bée. Elle referme sa deuxième main sur la poignée de la mallette, remonte celle-ci vers son ventre.

— C'est Wilhelm qui m'a demandé de venir, dit-elle.

— Wilhelm?

— Ton fils, Magda, glisse Lisbeth, d'une voix timide.

— Des corneilles noires, voilà ce que vous êtes, grogne la vieille. Des pilleuses de cadavres. Vous n'avez rien à faire ici. Fichez le camp.

Elle pointe sa canne vers la porte. Son visage est figé comme un masque, ses lèvres minces, pincées.

— Fichez le camp! répète-t-elle.

Gerda est saisie d'une sensation d'irréalité – a-t-elle rêvé que Wilhelm est venu sonner à sa porte? Tout cela n'est-il que le fruit de son imagination? Peut-être y a-t-il un malentendu. Ce serait gênant, bien sûr, mais formidable. Son regard glisse sur les arbres et les plates-bandes fleuries du jardin, puis sur le colombage de la maison hourdé de briques rouges, tout cela sous un soleil radieux, puis elle aperçoit un chien blanc et noir qui guette au coin de la maison – un animal domestique dans cette ferme? Elle l'ignorait. Elle voit Lisbeth secouer la tête, et au moment où elle se tourne vers la vieille Magda qui, le menton et les lèvres tremblants, frappe avec impatience l'embout de sa canne noire sur le chemin, elle réalise qu'il n'y a aucun malentendu – la vie n'a pas eu le dessus, ç'aurait d'ailleurs été impossible, elle finit toujours par perdre. Au prix d'un effort sur elle, elle dit:

— Nous voulons juste vous aider, Madga. Vous avez besoin de nous.

La vieille femme de quatre-vingt-cinq ans ne bouge pas, comme pétrifiée sur place.

— On n'a pas besoin de vous, lâche-t-elle avec colère. Dégagez.

Les deux femmes échangent un regard.

— Magda, dit Gerda. Je me suis déjà occupée de la dépouille de ton mari. Je sais à quel point c'est douloureux et difficile, mais je t'en supplie, laisse-nous entrer.

— Tu ne sais rien, rétorque la vieille, rien du tout. Ces satanées guerres! Ces imbéciles d'hommes! Le monde se porterait mieux s'il était dirigé par nous, les femmes. Moi, ce que je souhaiterais… (Elle s'interrompt mais ne les laisse pas passer pour autant.) Sortez de ma ferme, reprend-elle d'un ton impérieux. Vous apportez le malheur dans chaque foyer!

Elle agite sa canne comme pour conjurer les esprits.

— Allez, du balai!

Lisbeth secoue de nouveau la tête, cette fois vexée – elle s'est résolue à apporter encore une fois son aide, et voilà le résultat. Elle tourne brusquement les talons et se dirige vers le portail d'un pas décidé.

— Attends… Attends, voyons, s'écrie Gerda dont le regard va et vient entre son amie et la vieille femme. Tu ne peux pas nous refouler comme des mendiantes, rétorque-t-elle à Magda Leeb. Tu sais tout le respect que j'ai pour les défunts…

Le regard de la vieille la réduit au silence. Elle connaît cette colère qui flamboie derrière les verres de ses lunettes. C'est la colère qui atténue le désespoir et rend la première étape du deuil plus supportable. Elle ressent l'envie soudaine de crier: "Mais je n'y suis pour rien, moi!", mais elle se retient.

— Bon, dit-elle à la place, dans ce cas, débrouillez-vous.

Elle reste quelques instants sans bouger, comme si Leeb senior pouvait surgir à la dernière seconde et leur dire d'entrer, mais il ne se montre pas, et Magda Leeb est toujours là, figée comme un roc devant la porte, les empêchant de passer. Gerda n'a pas d'autre choix que de suivre Lisbeth. Lorsque parvenue au portail, elle regarde par-dessus son épaule, la vieille Magda a disparu, la ferme est déserte; on n'entend même pas un bœuf meugler dans l'étable.

Une fois chez elle, Gerda jette la mallette sur son lit. Elle n'en revient pas: elle s'est fait chasser de la ferme! Elle éprouve un sentiment d'inutilité, un sentiment qui ne l'envahit que lorsqu'elle s'imagine comment ce serait si elle avait des enfants, mais elle n'a jamais eu cette chance. Ah ça, ces imbéciles d'hommes, ah ça, ces satanées guerres, Magda a parfaitement raison. À cet instant, son chat se faufile dans la cuisine, il se frotte contre le chambranle de la porte et Gerda s'avance vers le fourneau pour remplir l'écuelle de purée de pommes de terre froide. Tandis que Heini mange, elle lui caresse le flanc en chuchotant :

— Dieu merci, tu es encore là, toi, vieille canaille.

Il se retourne puis se remet à manger. Gerda ouvre le buffet et sort le paquet de cigarettes Juno qu'elle a acheté pour en offrir aux artisans ou à ses invités ; ensuite, elle prend les allumettes posées sur le fourneau et va dans son petit jardin.

Lisbeth est déjà installée à la table, les bras croisés sous la poitrine, la lèvre inférieure retroussée en une moue mi-butée, mi-vexée.

— Cette vieille sorcière, grogne-t-elle au moment où Gerda s'assied.

— Elle doit être en état de choc.

— Magda Leeb ? Penses-tu ! Ce n'est pas pour rien qu'on l'appelle l'adjudant, c'est elle qui donne les ordres.

Gerda allume une cigarette en silence.

— Tu fumes ? demande Lisbeth, horrifiée.

— De temps en temps, répond Gerda en tendant la jambe gauche car elle a mal à la hanche. C'est fini, l'époque où la "femme allemande" devait s'abstenir de tabac et de maquillage. Et puis, c'est quoi cette histoire d'"adjudant" ? ajoute-t-elle. Et aussi de "général" ? C'est une garnison, notre village ? Vous pensez donc encore en hiérarchie militaire ?

Lisbeth reste pantoise car Gerda parle rarement ainsi.

— Ne fais pas ta rabat-joie. Comme si on pouvait peser chaque mot qu'on va dire... Ce ne sont que des surnoms, Gerda.

Celle-ci souffle un nuage de fumée qui vacille dans l'air puis s'effiloche lentement. Il n'y a pas le moindre souffle de vent en cette journée d'août, et il fait chaud, des mouches dansent sur le gazon.

— Ce ne sont pas que des surnoms, Lisbeth, ce sont des qualificatifs qui expriment une pensée.

— Oh, Seigneur, marmonne Lisbeth en levant les yeux au ciel. Qui donc tourne sept fois sa langue dans sa bouche avant de parler ?

Gerda fume sans rien dire. Parfois elle désespère de ses semblables ; la seule personne avec qui elle arrive à discuter, c'est M. Mattenroth. Ici, au village, la plupart des gens n'ont pas la lumière à tous leurs étages et, en plus, ils n'aèrent jamais. Il faudrait qu'ils lisent, ces gens, car les livres sont des fenêtres ou des portes qui ouvrent sur le monde. L'instant d'après, Gerda a honte d'avoir eu de telles pensées. Elle jette un regard vers Lisbeth, qui, immobile et silencieuse, ses mains usées par le travail posées sur son giron, fait rouler sa mâchoire quasi édentée ; elle n'a pas les moyens de s'offrir un dentier. Gerda songe à lui présenter des excuses mais elle s'en abstient. Elle tapote sur sa cigarette pour faire tomber la cendre dans l'herbe et déclare :

— Magda m'agace tout autant que toi.

— Mon Hermann, dit Lisbeth, il lui aurait dit ses quatre vérités. (Elle regarde Gerda.) Tu crois qu'il peut encore revenir ?

— Hermann ne rentrera pas, Lisbeth. Pas au bout de dix-sept ans.

Lisbeth prend une profonde inspiration.

— Bon, il va sans doute falloir que je me fasse une raison, dit-elle. Mais tu n'as pas idée, toi, de ce que c'est de tout perdre. Si au moins je savais où il est enterré… je pourrais lui rendre visite.

Gerda allume une deuxième Juno. C'est le jour des vices et des mauvaises surprises.

— Mais qu'est-ce qu'ils ont, les Leeb ? interroge-t-elle alors. Ils le tiennent d'où, ce caractère dominateur ? Ils prennent les autres juste pour des larbins et des abrutis ?

— Ah, ça, dit Lisbeth.

Cela ressemble à une réponse affirmative mais peut-être n'a-t-elle écouté que d'une oreille.

— Ça vient d'où ?

Gerda change de position sur sa chaise en bois afin de soulager sa hanche.

— Nous, on n'est pas comme ça, hein ?

Lisbeth secoue la tête.

— Le vieux Willi, il était différent, lui. Mon Dieu… je me souviens quand il a fait son infarctus au milieu du foin. Son petit-fils a pleuré toutes les larmes de son corps parce que son grand-père était comme un père pour lui. Et maintenant…

— Les méfaits des pères se payent jusque dans la quatrième génération, explique Lisbeth. Les péchés des pères sont les péchés des enfants. C'est ce qui est écrit dans la Genèse.

Gerda ne connaît guère la Bible. Ses parents étaient anticléricaux et avaient toujours tenu leur fille à l'écart des curés.

— Tu es sérieuse ?

— Ce que font les pères, c'est aux enfants d'en payer les frais, répond son amie. Ça se transmet, c'est contagieux, pour ainsi dire. Comme la grippe.

— C'est valable aussi pour les mères ?

— Dans la Bible, il n'est question que des pères.

— Du coup, on s'en sort bien, nous, les femmes, conclut Gerda. On peut pécher comme bon nous semble.

Là, Lisbeth ne peut s'empêcher d'émettre un petit rire.

— La meilleure chose à faire, c'est d'attendre, peut-être que Magda va changer d'avis. Ils ont besoin de nous, après tout. (Gerda se lève.) Je vais préparer du café.

— Peut-être qu'ils vont appeler Grotewohl.

— Le type des pompes funèbres ? Non, j'en doute.

— Moi, ça ne me dérange pas d'attendre, dit Lisbeth en haussant les épaules. Les morts, ça ne peut pas s'enfuir.

Gerda va dans la cuisine mettre de l'eau à chauffer. Elle insère un filtre dans l'entonnoir en porcelaine et verse du café en poudre à l'intérieur, sans lésiner sur la quantité car la liqueur de sureau fait toujours son effet. Son chat s'est blotti près du fourneau.

— Heini, sacré vieux, dit Gerda, tu passes le restant de tes jours à dormir.

Elle hume l'odeur tout en versant l'eau bouillante dans le filtre. Un parfum délicieux, tant mieux qu'il y ait de nouveau du café en grains. Pour elle, le goût de la chicorée est lié au passé ; elle ne peut pas en boire sans se rappeler l'époque des bandits en chemise brune, les carnages qu'ils ont commis, tous les crimes qu'ils ont perpétrés. Le goût amer qu'ont laissé ces années, c'est celui de la chicorée. Gerda pose la cafetière, les tasses, les cuillères, la crème et le sucre sur un plateau et retourne dans le jardin.

— Tu sais, Lisbeth, dit-elle, comme une réflexion après-coup, en posant le plateau sur la table, si Dieu faisait payer aux enfants les méfaits de leurs pères, ce serait un tyran, comme Adolf la fureur.

Lisbeth a les yeux fixés sur le poulailler. Au bout d'un moment, elle se tourne vers la grange des Leeb qui jette son ombre sur le jardin. Difficile de dire si elle est offensée. Elle est croyante ; en tout cas, elle honore la foi protestante, car cela, selon son raisonnement, elle en est redevable aussi bien à sa famille et à ses ancêtres qu'à sa chère Prusse, que Gerda ne cesse d'attaquer. Mais là-dessus, Lisbeth fait la sourde oreille. Elle reste attachée à son pays natal, et il en sera ainsi jusqu'à ce qu'elle se retrouve entre quatre planches.

Quant à Gerda, elle a beau ne pas avoir vu du pays, elle se doute que tout est en mouvement perpétuel. Quelle famille est toujours restée au même endroit ? Avant de s'installer dans la région, son père trimait dans une mine de la Ruhr, ses ancêtres étaient originaires du Hunsrück : on migre dans le but de trouver un lieu où l'on puisse gagner son pain ou vivre sans être importuné.

— Quand on a versé du sang, annonce Lisbeth au bout d'un moment, il faut en faire verser aux autres.

— Comment ça ?

Gerda s'assied et sert le café.

— C'est rassurant de ne pas être le seul assassin.

— Hmm…

Gerda boit une petite gorgée de son café en grain.

— Possible. Mais tu sais, toi, si le vieux Wilhelm en a versé, du sang ?

— Il était à la guerre.

— Ton mari aussi.

— Oui, mais mon Hermann, il est brave et il connaît bien sa Bible, il serait incapable de tuer.

Gerda a des doutes là-dessus mais elle ne dit rien. Dans la plate-bande, il y a du plantain qui prolifère parmi les asters. Il faudrait l'enlever et il faudrait également tondre le gazon. Cette pensée la réjouit car elle adore le parfum de l'herbe fraîchement coupée.

— Oui, oui, dit-elle d'un air pensif. C'est bien possible.

Soudain, on tambourine à la porte. Les deux femmes sursautent, elles échangent un regard.

— J'y vais, dit Gerda.

Tandis qu'elle se lève pour rentrer dans la maison, Lisbeth reste pétrifiée sur sa chaise, les yeux rivés sur ses genoux. Dans le couloir, Gerda prend une profonde inspiration et, avant d'ouvrir, défroisse sa robe. Elle pense que c'est Wilhelm, et comme il est grand pour sa génération, elle lève le regard mais celui-ci se perd dans le vide. Elle hésite, la main sur la poignée, soupçonnant une farce d'enfants, quand, à cet instant, elle aperçoit Josef, le valet des Leeb, un homme proche de la soixantaine aux cheveux clairsemés. Il triture sa casquette, ses bottes en caoutchouc sont toutes crottées.

— Josef, dit Gerda. Qu'est-ce qu'il y a ?

— C'est le chef qui m'envoie. Il m'a demandé de te dire que le docteur est arrivé. Et qu'on doit encore attendre la police...

À ces mots, il se tortille comme s'il craignait qu'on vienne l'arrêter. Il ajoute :

— Je viendrai te chercher le moment venu.

Il reste planté là, tout penaud, ne sachant manifestement pas quoi dire d'autre.

— C'est bon, Josef. (Gerda sourit.) Merci de m'avoir prévenue. On t'attend.

Il hoche la tête, tourne les talons et s'éloigne en boitant, parce qu'il a été blessé au genou gauche par un bœuf qui avait décoché une ruade. Les bœufs ont maintenant été remplacés par un tracteur mais son genou est fichu.

Gerda referme la porte, et tandis qu'elle s'apprête à retourner dans le jardin, il règne un silence de mort dans la maison.

FÉVRIER 1755

AU SERVICE DE DIEU

Deux cents ans et six générations plus tôt, la neige qui couvre la ferme des Leeb a des reflets bleutés dans le crépuscule. Il fait un froid tellement glacial que le tas de fumier ne fume plus. En cette période d'accalmie qui succède à l'Épiphanie, le fermier Hans Wilhelm Leeb a pour seule tâche de nourrir ses vaches et les moutons qui passent l'hiver dans la bergerie; les corvées manuelles qu'il accomplit pour le comte ne reprendront que lorsque la coupe du bois aura commencé dans le Gräwig.

Hans Wilhelm Leeb a donc du temps libre, mais comme il n'aime pas rester les bras croisés, il a cherché une occupation dans le but de témoigner au Seigneur sa fidélité et sa foi. À sa femme Catharina Sophie, occupée dans la cuisine, il dit:

— Je retourne dans le salon.

— Oui, oui, va donc, répond celle-ci en passant sa main sur son ventre.

Elle attend son troisième enfant, pour son mari, de dix-sept ans son aîné, il s'agit déjà du septième car il l'a épousée en secondes noces. Anna Margarete, sa première femme, est morte en couches il y a des années, deux des quatre enfants ont eux aussi perdu la vie. Cela arrive souvent, on ne peut rien faire à part prier, comme faisaient ses ancêtres durant la longue guerre dont on parle aujourd'hui encore, lorsque régnait la disette et que les loups hurlaient à l'entrée du village et que les fourrageurs se ruaient sur les gens, tels des démons, pour leur prendre leur argent et leur bétail, piller leurs granges et leurs maisons, les violer et les tuer, une époque qui continue de marquer les esprits. Le grand-père de sa femme se plaisait à réciter des vers incantatoires que lui avait appris son père : *Que le sang du Christ nous donne le cran d'affronter tous les suppôts de Satan.*

Catharina Sophie caresse de nouveau son ventre qui tend le tissu de sa robe en lin et de sa blouse – pourvu que tout se passe bien. Et pourvu qu'après les deux filles qui dorment à l'étage, ce soit un garçon cette fois. Elle récure la marmite à l'aide d'une touffe de callune, ensuite elle filera la laine car l'enfant, qui doit naître en mars, aura besoin de vêtements chauds.

Son mari pénètre dans le salon, obscur. Un feu de tourbe brûle dans le poêle, et les poutres, taillées dans des troncs de chênes qu'ils ont abattus dans la forêt grâce à la permission de Monsieur le Chambellan August Wilhelm, comte impérial de Schwicheldt et maréchal héréditaire de la principauté de Hildesheim, exhalent encore leur âcre senteur. Hans Wilhelm Leeb a fait construire cette maison il y a deux ans, elle comporte une aile d'habitation et une aile agricole composée d'un grand vestibule bordé de stalles et de chambres. Le bâtiment d'origine, datant de la nuit des temps, était en piteux état ; lors de sa démolition, ils avaient constaté que plusieurs poteaux étaient presque pourris – en automne, lors de la prochaine tempête, la maison se serait effondrée sur leurs têtes.

Il prend un petit morceau de bois gras dans la hotte en osier posée à côté du poêle, ouvre le clapet de celui-ci et tend le bâton dans le foyer pour ensuite allumer les chandelles de suif sur la table. Leur lueur plonge la pièce dans la pénombre ; c'est ici que trône l'imposant buffet de chêne dans lequel il conserve argent et documents, un meuble qu'il a joliment orné : chacun des battants arbore une fleur dans un pot, symbole de chance et de prospérité. Son talent est connu dans tout le village et on lui demande souvent de venir décorer des meubles ou des murs. Il vient d'acheter de nouveaux pigments, dont le blanc de céruse et le bleu de Prusse.

Avant de se remettre à son travail, il incline la tête devant la croix accrochée au mur, joint les mains et récite une prière. Cette croix est un don du pasteur, car c'est dans cette pièce qu'ils se réunissent, prient, chantent, louent le Seigneur, confessent leur foi et leurs péchés et prient avec d'autant plus de ferveur pour les expier. Ici, au village, les gens sont dévots, plus dévots que dans les localités voisines, plus dévots qu'il ne convient à l'Église, la hiérarchie les a blâmés à plusieurs reprises. Une querelle a même éclaté il y a des années, nourrie de répliques et de contre-répliques, mais la patronne veillait d'une main protectrice sur le pasteur qu'elle avait institué. Celui-ci conservait les imprimés dans son presbytère et Hans Wilhelm Leeb, qui fait montre d'une profonde piété, les a lus. Il veut que ses enfants sachent lire à leur tour ; ils apprennent à l'école du village, auprès de Niebuhr, le sacristain, et lui, leur père, leur vient en aide quand il trouve le temps, se penchant avec eux sur la Bible et les catéchismes : *Quelle doit être la plus noble préoccupation de l'homme en cette vie ? La recherche de la félicité.*

Il s'installe à la table et ouvre le petit livre qu'il a justement commencé par ces mots, un manuel d'instruction chrétienne à destination de ses descendants, à commencer par les deux filles issues de son premier mariage, qui vont faire leur confirmation au printemps prochain. Il travaille avec de l'encre de trois couleurs différentes, rouge, vert et noir, dessinant les lettres plus qu'il ne les écrit et ornant les pages des motifs dont il se sert aussi pour peindre les meubles : feuilles, fleurs, sarments. Il insère certains versets dans des cadres, tantôt formés de colonnes, tantôt de plantes, et il s'absorbe dans son travail qu'il n'interrompt que pour tremper sa plume dans l'encrier ou pour penser à son Seigneur et Rédempteur. Il est très fier de cet abécédaire, les lettres sont si grandes qu'il ne peut en faire tenir que deux sur une page, et puis il les a garnies d'une multitude d'ornements, c'est vraiment beau à regarder. Les enfants adorent.

Il trempe sa plume, s'immobilise quelques instants pour prendre une profonde inspiration car, pour terminer, il veut dessiner ses filles, Eleonore, toute fine, et Caroline, replète, vêtues du costume qu'elles porteront quand ce sera le grand jour : un chemisier richement brodé à manches évasées tombant jusqu'aux coudes, une jupe cloche, elle aussi richement brodée, l'écharpe, les bottines à bout pointu ; et aussi le foulard avec la couronne de fleurs, les boucles d'oreilles. Chacune d'elles tient une fleur dans une main et, dans l'autre, un cœur avec un verset à l'intérieur, et sous leurs pieds il a écrit le mot "virgo", le terme latin signifiant "vierge", comme le lui a appris le pasteur Bevern. L'être humain, né dans un état d'innocence, commet des péchés, aussi s'emploie-t-il, avec toute la rigueur requise, à inculquer à ses enfants obéissance et piété.

Il prend sa plume fine pour dessiner deux campanules à l'intérieur du grand cœur qu'il a inséré entre les deux filles, et dedans il écrit : *Celui qui se confie en moi héritera le pays, Ésaïe 57:13,* un verset qui lui plaît beaucoup, vu qu'il est paysan. Les chandelles vacillent, une volute de fumée monte au plafond. Le bétail est calme, au village on n'entend même pas un chien aboyer et, avec ce froid, les coqs ont le bec gelé. Catharina doit être à son rouet. Il prie pour qu'elle donne naissance à un garçon qui lui succédera à la ferme, attendu que ses fils issus de son premier mariage sont morts, l'un à la naissance, l'autre à cinq ans à cause d'une fièvre que personne n'avait réussi à guérir ni à atténuer, pas même la vieille Siedentopp dont les cataplasmes font souvent des miracles. L'enfant avait dépéri à petit feu, avait littéralement fondu en sueur, et se trouvait déjà dans un autre monde alors que son cœur n'avait pas encore cessé de battre. C'était horrible à voir, surtout pour Anna Margareta, sa première épouse, mais aussi pour lui. *L'homme ne connaît pas non plus son heure, pareil aux poissons qui sont pris au filet fatal, et aux oiseaux qui sont pris au piège ; comme eux, les fils de l'homme sont enlacés au temps du malheur, lorsqu'il tombe sur eux tout à coup.* C'est ce qui est écrit dans l'Ancien Testament, Ecclésiaste 9:12, et il l'a recopié dans son manuel, sous le mot "mors", un crâne sur des os croisés, car qui sait quelle maladie frappera un jour ses enfants ou ses petits-enfants ; la mort est notre compagne de tous les instants, elle ressemble à l'ombre qu'on projette sous le soleil.

Il en est encore à achever sa campanule lorsque la porte du salon se met à grincer, et au moment où il se retourne, agacé d'avoir été dérangé, il découvre sa fille Eleonore en chemise de nuit, les cheveux lâchés. Quand elle entre, il lui dit d'un ton brusque :

— Qu'est-ce que tu fais en chemise de nuit ? Tu vas attraper froid et après tu auras de la fièvre comme ton frère, et tu sais ce qui lui est arrivé.

Eleonore le regarde droit dans les yeux. Cette enfant lui donne bien du fil à retordre. Non pas qu'elle soit paresseuse ou stupide, non, mais c'est qu'elle a la tête dure, et ça, ce n'est pas convenable, pas vis-à-vis de Dieu, et encore moins quand on est une femme. Et puis, elle est jolie, aussi, blonde et fine, les yeux bleu-gris, mais son père est en train d'endurcir son cœur car il faut qu'elle soit éduquée, elle doit apprendre à obéir, sinon elle va tomber dans le péché et, dans ce cas, on ne pourra pas la marier.

— Mais j'ai chaud, père, répond-elle bien qu'elle ait les bras croisés sur la poitrine et les mains posées sur les épaules. Je n'arrive pas à dormir. Je peux te regarder dessiner ?

Hans Wilhelm Leeb lui lance un regard noir. Il ne supporte pas l'indiscrétion, et puis il est soupe au lait, en tout cas, il l'était quand il était jeune. À présent, il arrive à se maîtriser, d'autant qu'il sait que c'est commettre un péché que de s'emporter contre autrui, mais, à la vue de sa fille, son sang se met à bouillir, car il doit interrompre une œuvre pieuse qu'il est, en prime, en train d'accomplir pour elle et ses sœurs ; par ailleurs, cela l'enquiquine que ce soient ses filles qui soient en vie, plutôt que les garçons. Dieu les a rappelés à lui, c'était sa volonté, ils sont dans le royaume des cieux, mais il aimerait malgré tout les avoir à ses côtés, ici, à la ferme, dans ce monde, aussi rude soit-il, et maintenant qu'elle est là, face à lui, sa fille belle et intelligente, et capable de dessiner presque aussi bien que lui, voilà qu'éclate cette douleur qui couvait depuis des années, et, peinant à contenir sa colère, il lui dit :

— Eleonore, tu retournes immédiatement te coucher !

— Mais j'arrive pas à dormir, insiste l'adolescente de quatorze ans, en se mettant à trépigner. Et puis j'ai envie de voir comment tu dessines, c'est tellement beau.

Son père grince des dents. Il pose sa plume, tire sur le bas de son gilet et, pour se concentrer, baisse les yeux sur ses sabots où est restée collée de la paille crottée de l'écurie. Sa fille l'implore du regard et il se dit : quel toupet, c'est incroyable, cette enfant doit obéir.

Quant à Eleonore, qui prétend ne pas avoir froid, elle commence à trembler lorsqu'elle croise le regard de son père. Pour avoir souvent vu des éclairs jaillir dans ses yeux gris, elle comprend qu'il se prépare une tempête, mais que faire ? Se réfugier auprès de sa belle-mère ? Elle l'apprécie mais ne l'aime pas comme elle aimait sa mère, qui l'a mise au monde, lui a donné le sein et chanté des berceuses pour l'endormir, mais ce serait lâche, et il serait encore plus lâche de fuir à l'étage, dans la chambre qu'elle partage avec ses sœurs. Alors elle ne bouge pas. Peut-être son père se montrera-t-il indulgent, car elle aussi adore dessiner, et puis elle lit la Bible avec plus d'ardeur que sa sœur Caroline, elle connaît d'ailleurs plus de choses par cœur.

— Cher père, dit-elle d'un ton déférent en pressant ses bras plus fort contre sa poitrine, je voudrais juste regarder pour apprendre. (Et d'ajouter :) S'il te plaît.

La flamme des chandelles vacille et produit de la suie, le poêle en fonte brûle, mais les dalles de pierre, témoins d'une aisance modeste – la plupart des maisons ont un sol en terre battue –, sont froides, et en dessous se cache une terre brune

comme celle où reposent sa mère et ses frères, et le froid
s'insinue à travers ses chaussettes de laine pour pénétrer
dans ses pieds et remonter jusqu'aux chevilles. Son père est
un homme bon et travailleur et elle l'aime, mais sa colère est
terrifiante, elle en a souvent fait l'expérience. Il se met alors
à tempêter, un jour il a même lancé une fourche sur le berger,
lui transperçant le mollet. Il lui avait donné de l'argent en
guise de dédommagement, car, après coup, il a toujours des
remords et implore le pardon du Seigneur. Eleonore est
convaincue que le bon Dieu le lui accorde, tout comme il lui
pardonnera à elle aussi si elle commet un péché, mais il y a
une question qu'elle se pose : un péché contre quoi ? Elle ne
comprend pas ce qui arrive à son père.

Soudain, celui-ci se lève, trapu comme il est, dans sa veste
en peau de mouton passée par-dessus son gilet rouge avec,
en dessous, sa chemise de lin blanche ; dans sa culotte claire
qui lui arrive juste au-dessus du mollet, ses chaussettes de
laine et ses sabots taillés par le vieux Burmann, l'ancien porcher du village. Son père fait un pas dans sa direction ; les
bougies sont dans son dos, son visage plongé dans l'obscurité, et il lui rappelle un de ces géants qui, tandis qu'ils sil-
lonnaient la campagne, avaient vidé le sable accumulé dans
leurs souliers, créant ainsi le Lahberg, le plus haut sommet
alentour, c'est du moins ce que le sacristain Niebuhr avait
raconté à l'école, après quoi, lui aussi avait eu droit à un
savon de la part du père d'Eleonore, qui désapprouvait "ces
sornettes de païen superstitieux qu'il infligeait aux enfants".
En effet, elle a l'impression d'avoir un géant face à elle.
Tremblant de plus belle, elle lève les épaules puis sa tête
bascule sur le côté, sa joue gauche commence à cuire et ses
yeux s'embuent de larmes.

— À genoux, ordonne son père. Les mains jointes.

Eleonore s'exécute. Elle est incapable de contenir ses sanglots, ses épaules tremblent. Surtout ne pas répondre, ça ne ferait qu'empirer les choses. Son père s'agenouille à son tour puis ils prient ensemble, leurs paroles se perdant dans la pénombre du salon. Ensuite, il se lève tandis qu'elle est obligée de rester à genoux sur le dallage froid, il s'approche de la table et prend l'épaisse Bible remplie de magnifiques illustrations, une édition datant de l'époque de la longue et lointaine guerre, et, dans son souci de lui faire entendre raison, lui récite certains passages de la Genèse : la Jardin d'Éden, Ève la pécheresse (*quelle sotte*, se dit souvent Eleonore, *moi je ne me serais pas fait avoir par le serpent*). Son père lit :

— "Et il dit à la femme : j'augmenterai la souffrance de tes grossesses, tu enfanteras dans la douleur, et tes désirs se porteront vers ton mari, mais il dominera sur toi."

Le blanc de ses yeux se met à briller lorsqu'il lance un regard avertisseur à sa fille, puis il referme la Bible et conclut par ses mots :

— Tu honoreras père et mère.

— Mais c'est ce que je fais, laisse-t-elle échapper à voix basse.

Sur quoi, son père la fait se relever en la tirant par l'oreille, les larmes lui montent de nouveau aux yeux.

— Sois pieuse et respecte fidèlement les commandements de Dieu, c'est le chemin qui mène à la félicité. Bientôt tu seras confirmée, pense à ce que cela représente !

Puis il lui dit de s'en aller, sans lui adresser un mot tendre, sans lui caresser la tête. Elle sort du salon en traînant les pieds, tête baissée, et referme la porte derrière elle.

Une fois dans le couloir, elle remarque que la cuisine est encore allumée, elle entend le cliquetis et le bourdonnement du rouet, sa belle-mère travaille dur, mais elle ne va pas la voir, car le sentiment d'avoir été injustement traitée a éveillé son côté rebelle. Dans l'escalier, elle murmure :

— Mais je n'ai rien fait du tout, moi.

Elle essuie les larmes qui roulent sur ses joues et se glisse dans le lit auprès de sa sœur.

Pendant ce temps, Hans Wilhelm Leeb reste planté devant la table. Sa colère se dissipe tandis qu'il contemple les portraits de ses deux filles. Oui, ce sera un garçon, se dit-il. Si Dieu lui prête vie, j'en ferai un paysan pieux et travailleur qui me succédera comme j'ai moi-même succédé à mon père.

Il se rassied, trempe sa plume et ajoute une dernière feuille à la campanule. Il la regarde longuement, avec la sensation qu'il ne peut rien mettre de plus, le manuel est achevé. Doit-il inscrire à la fin son nom et la date ? Il hésite, car cet ouvrage, il l'a composé non seulement pour édifier ses filles, mais aussi et surtout pour louer Dieu, aussi serait-il sans doute présomptueux, peut-être même sacrilège, de signer de son nom, pauvre pécheur qu'il est. Il se renverse sur sa chaise et pose délicatement la plume sur l'encrier. Une chandelle s'éteint, la flamme de l'autre lutte pour rester en vie quelques instants encore.

La maison et la ferme sont toujours plongées dans le silence. Leeb se remet à prier, cette fois pour que Dieu lui pardonne d'avoir châtié sa fille, mais les commandements des Saintes Écritures l'emportent sur tout le reste ; l'homme n'est qu'un ver, il rampe péniblement sur la terre, se fait assez souvent écraser et, pour sauver son âme, il doit manifester obéissance et amour envers Jésus-Christ qui a versé son sang pour racheter les hommes. Amen.

Lorsque la deuxième chandelle s'éteint à son tour, il ressent une profonde sérénité. La tourbe siffle dans le poêle en fonte, les fissures du clapet sont des traits incandescents. Qu'il est bon d'avoir un toit sur la tête, une femme brave qui file activement à son rouet et quatre enfants bien portants, même si ce sont des filles qui auront plus tard besoin d'une dot. Oui, cette fois ce sera un garçon, il en est certain. Il prend sa plume et, en dépit de son vœu d'humilité, conclut son livre par ces mots :

Hans Wilhelm Leeb, créature éternelle destinée à la félicité éternelle, fait à Klein Ilsede, le sept février 1755.

MAI 1945

DE LA CROTTE PLEIN LES CHAUSSURES

WILHELM Leeb s'est fait détrousser, il n'a même plus de cigarettes. Un de ces gredins lui a arraché son étui en argent 800, un autre ses bottes d'équitation, ses bagages ont été littéralement massacrés. Par chance, il a réussi à se procurer des souliers, trop petits, certes, mais une bénédiction, car dans les toilettes de l'école de la bourgade de Lomnitz, en Bohême septentrionale, là où on les a parqués, la merde s'entasse jusqu'aux chevilles.

Il est tapi dans une salle de classe parmi d'autres compagnons d'infortune, en partie des civils, dont des femmes et des jeunes filles qui poussent des plaintes, en partie des soldats, certains dans un piètre état car, pendant la marche jusqu'à l'arrivée dans l'école, ils se sont fait rouer de coups, un adjudant et un capitaine ont été passés par les armes juste après leur arrestation. Leeb sent qu'ils ne seront pas les derniers à mourir, lui aussi pourrait très bien y laisser sa peau.

Mercredi 9 mai, la nuit tombe. Depuis la fin de la matinée, lorsqu'on les a tirés, ses compagnons et lui, du camion garé sur la grand-place de Lomnitz, Leeb est prisonnier. Ses camarades et lui ont été obligés de se mettre en rang entre une fontaine et un monument à Jan Hus*, pieds nus, derrière eux, le camion surmonté d'un drapeau blanc, au milieu de bagages ouverts et de linge traînant dans la boue, cernés de francs-tireurs qui tiraient des coups de pistolets, de carabine et de mitraillette, en l'air, heureusement, et abreuvés d'insultes crachées par des haut-parleurs : "Vous avez tué des femmes et des enfants !" Un vacarme pire qu'au front. Leeb n'avait jamais eu autant la frousse, même pendant les retraites de Pyriatyn et de Khmelnytskyï, alors qu'ils avaient les Russes à leurs trousses.

Toujours est-il qu'il toisait ses persécuteurs avec une pointe de suffisance. C'est ici, se disait-il, que la lie de l'humanité avait vraiment pris le dessus : les partisans, parmi eux un grand nombre de femmes, arborant souvent l'étoile rouge, les nationalistes tchèques, d'anciens détenus et ainsi de suite, affublés de casques de pompiers, chapeaux, casquettes, combinaisons de cuir, culottes courtes, chemises de SA et autres pièces d'uniforme prises à l'ennemi ; on se serait cru à un lugubre bal masqué, à la seule différence qu'ils étaient tous armés et qu'on pouvait lire dans leur regard cette soif de tuer. Leeb lève le menton : lui, à titre tout personnel, il n'avait rien à se reprocher, tout comme les hommes entre lesquels il se tenait – il s'était placé exprès au milieu –, ainsi que les deux cadavres dont le sang formait des flaques sur la place.

Au bout d'un moment, on leur avait fait traverser la ville en pelotons, sous une pluie de coups de crosse, de moqueries et de sarcasmes, ils avaient même été passés à tabac par

---

* Réformateur et écrivain tchèque (1372-1415) devenu héros national.

les citoyens armés de longs bâtons. Puis on les avait rassemblés dans la cour de l'école et on avait choisi une douzaine d'entre eux, dont lui ; on lui avait arraché ses épaulettes, on l'avait roué une nouvelle fois de coups, et le chef de la meute lui avait fourré son peigne de poche dans la bouche en ordonnant : "Bouffe !"

Un enfer dont Wilhelm Leeb n'a pas encore réussi à s'extirper, puisque le voilà à présent assis au milieu de gens pétris d'angoisse dans cette salle de classe puant la sueur, la merde et la pisse ; le pain qu'on leur sert dégouline de pétrole et d'huile. Il passe sa langue sur sa dent ébranlée par un coup de crosse ; ce n'est pas le seul qu'il a reçu, dans la cour on lui a planté le canon d'une carabine dans la gorge ; il a un goût de fumée et de métal dans la bouche, sa salive est mêlée de sang. Il se sent étourdi et à deux doigts de perdre tout espoir. Les femmes se sont tues : un soupir de temps à autre, ou un gémissement, certaines ronflent, terrassées par la fatigue. Leeb demeure immobile, épuisé mais incapable de trouver le sommeil.

Soudain, la porte s'ouvre. De la lumière se déverse dans la pièce, et le chef des francs-tireurs entre accompagné de quelques hommes. Ils s'emparent de plusieurs hommes et femmes, y compris de Verweyen, le camarade de Leeb, puis la porte se referme. Silence absolu. Ténèbres. Dehors, des cris. Des hurlements assourdissants. Une décharge de mitraillette, puis une deuxième et une troisième, une quatrième et une cinquième. Des éclats de rire et des coups de feu. Leeb entend les femmes geindre et supplier. Il devine que son camarade s'est fait tuer tout comme il devine ce qui attend les femmes, mais il écarte ces pensées. Lui, en tout cas, a été épargné ; son heure n'a pas encore sonné. Il tourne

son alliance, que, bizarrement, on ne lui a pas prise, et tente
de se remémorer sa femme et ses enfants – en vain.

— Aujourd'hui, c'est l'Ascension, la montée du Christ
au ciel, murmure un sous-officier assis à côté de lui.

— Ça pourrait aussi être la nôtre, dit Leeb tout bas.

Il n'arrive toujours pas à réaliser qu'il est prisonnier.

La veille, le 8 mai, il faisait grand soleil sur le nord de la
Bohême. Les routes étaient bordées de cerisiers en fleurs,
c'était magnifique, et puis les sols étaient visiblement de
bonne qualité, on avait semé des semences fines, des betteraves fourragères et des légumes. Formidable, songea Leeb,
juché sur le siège d'un attelage à deux chevaux.

Parti de bon matin de la petite ville de Braunau, il avait
pris la direction de Trautenau, s'éloignant ainsi vers l'ouest
vu que les Russes avançaient sur Waldenbourg, dans le nord
du massif des monts des Géants. Ses bagages étaient à l'arrière de la calèche, comme à son habitude il avait fait la liste
de tout ce qu'il devait emporter : un sac à linge sale, un
porte-documents, trente-cinq kilos de sucre, trente-cinq
kilos de farine, vingt kilos de tabac bulgare en feuilles pressées, mille cigarettes, quarante cigares, deux paires de souliers neufs, des bottes d'équitation, des chaussures en poil de
chameau, des pantoufles en peau de poisson, quatre chemises propres, quatre saucissons secs, deux plaquettes de
beurre, du lard, du riz, des boîtes contenant des cubes de
bouillon et de la poudre pour entremets, du cuir, du fil, trois
machines à rouler les cigarettes ; et aussi un uniforme de
rechange avec une culotte d'équitation gansée de daim, le
tout fabriqué en Italie, de l'amidon, des cubes de cacao, une

demi-douzaine de bouteilles d'eau-de-vie, etc. Il s'était convenablement ravitaillé, pour le cas où. On disait que la guerre serait bientôt finie mais, en ce mardi, il n'en avait pas su davantage.

Les routes étaient étonnamment désertes en cette phase de retraite. Leeb fit claquer sa langue pour faire accélérer les chevaux et chercha à tâtons l'étui contenant le Sauer ; le pistolet-mitrailleur, un MAS-38 français chargé de deux cents cartouches, était à portée de main derrière son siège, cela le rassurait car la région était infestée de partisans, et maintenant que la fin semblait proche, ceux-ci avaient de plus en plus d'aplomb. Les cavaliers kalmouks qu'on avait embrigadés pour liquider ces bandits dans les forêts polonaises avaient disparu, ils combattaient désormais ailleurs, si tant est qu'ils ne se fussent pas déjà fracassés contre les chars russes.

À hauteur des rochers d'Adersbach, il fut doublé par un *Sonderführer* qui avait des chevaux plus puissants, et ils continuèrent la route ensemble, faisant une halte à Adersbach où ils apprirent à la radio que le cessez-le-feu entrerait en vigueur dès minuit. Les soldats agglutinés devant le poste, pour la plupart des sapeurs cantonnés sur place, étaient à la fois consternés et incrédules.

— C'est fini.

Le camarade *Sonderführer*, un type de Westphalie du nom de Verweyen, chargé de construire des routes, prit la parole.

— Il fallait bien que ça arrive. Le Führer, mort, Berlin, tombé. Dönitz, carapaté tout au nord. On est foutus, les gars.

Il découpa grossièrement un morceau de saucisson et le fourra dans sa bouche.

— J'espère qu'on va se faire pincer par les Amerlots, il paraît qu'ils sont à l'ouest, dit-il d'un ton enjoué en lançant un clin d'œil familier à Leeb.

Certes, celui-ci faisait ce qu'il fallait, agissant ainsi en pragmatique, mais, au fond de lui, il rejetait l'idée que l'armistice et, par conséquent, la défaite fussent considérés comme une affaire réglée : c'était tout simplement inconcevable. En Bohême, le groupe d'armées Centre avait stocké dans des bunkers d'énormes quantités de provisions, de matériel et d'armes, tout ça pour rien ? Mais il se contenta de dire :

— Moi aussi, je l'espère.

Ce fut plus tard dans la journée qu'il se retrouva confronté à la réalité. Ils avaient déjà dépassé Trautenau quand l'air fut déchiré par des détonations. Leeb réussit de justesse à maîtriser les chevaux effarouchés, à l'arrière ses bagages volaient dans tous les sens ; il était sur le point de dégainer son pistolet lorsqu'il se rendit compte qu'il ne s'agissait pas d'un combat, mais que c'était du matériel qu'on détruisait : des colonnes de fumée ondoyaient face aux sommets des monts des Géants et, au moment de faire prendre un virage à ses chevaux, Leeb vit des blindés, des semi-chenillés, des camions et des voitures en train de brûler et des convois de la Wehrmacht approcher dans sa direction. Bon, est-ce qu'ils…, se dit-il. Mais pourquoi avancent-ils vers l'est, ça n'a aucun sens ! La route était barrée ; il fut obligé de faire demi-tour et de retourner à Trautenau en compagnie de son camarade *Sonderführer*. Là-bas régnait l'habituel chaos engendré par toute retraite militaire, il circulait des rumeurs et des slogans absurdes, l'ambiance menaçait de virer à l'hystérie et Leeb comprit une bonne fois pour toutes que la seule chose qui comptait désormais était de sauver sa peau. Son cheval blanc gonfla ses naseaux comme s'il flairait la sueur froide que la panique et la peur faisaient suinter par tous ses pores, et il se mit à secouer la tête dans tous les sens en renâclant. Leeb lui flatta l'encolure.

— On ne peut pas continuer comme ça, dit-il à Verweyen. Il faudrait trouver une colonne et monter dans un camion, ce serait plus sûr.

Le soir même, vers vingt-trois heures, ils partirent en direction de Prague. La nuit était froide et brumeuse, et le camion n'avançait que très lentement car la route fut bloquée à maintes reprises par des soldats et des fuyards. La troupe hétéroclite qui s'entassait à l'arrière du véhicule manifestait une grande nervosité et Leeb eut l'impression que le conducteur était un abruti qui avait perdu tout sens de l'orientation. "Il s'est trompé de chemin, il faut qu'on s'agrège à des colonnes plus importantes, sinon on va finir derrière les barbelés", expliqua-t-il à la bande d'hommes dont l'haleine formait des nuées blanches dans l'obscurité. Leurs mains, enfoncées dans des moufles, étaient crispées sur le canon de leurs carabines, l'un d'eux portait un bonnet de fourrure à oreillettes, Leeb trouvait qu'il n'avait pas l'air très discipliné.

— C'est sûr, mais comment? rétorqua un simple soldat pas rasé. On n'a pas le choix. Prenez donc le volant si vous savez tout mieux que tout le monde.

Il se boucha une narine et expulsa un jet de morve sur la plate-forme du camion.

Leeb garda le silence. Il se baissa pour essuyer avec un gant la saleté sur sa botte. Le camion s'arrêta de nouveau et le bruit des pas d'une troupe assez imposante couvrit le ronflement du moteur, accompagné de cliquetis d'armes et de cris. Une unité marchant en sens inverse passa devant eux, des SS, comme Leeb crut le voir dans l'entrebâillement de la bâche, suivis de plusieurs voitures tout-terrain et d'engins de reconnaissance blindés.

Peu après, ils se retrouvèrent au milieu d'une colonne de réfugiés, ils ne purent donc guère avancer et, à l'aube, les premiers francs-tireurs apparurent dans la pénombre vaporeuse. Leeb, assis à l'avant de la plate-forme, sursauta à leur vue. Il donna un coup de coude à son voisin à moitié endormi. L'instant d'après, ils étaient tous entièrement réveillés, les yeux rivés sur ces individus armés jusqu'aux dents qui faisaient le guet sur le bas-côté. On n'avait pas encore arrêté le camion et le capitaine, le plus gradé d'entre tous, dit à mi-voix : "Les gars, c'est pas facile à admettre, je sais, mais c'est fini. Ça ne servirait à rien de mener une guérilla ici. Il faut qu'on se débarrasse de nos armes, sinon ils vont nous flinguer sans hésitation. On ferait bien aussi de détruire nos papiers." Il sortit son pistolet de son étui et l'inséra dans la fente entre la bâche et la paroi latérale du camion. Leeb saisit son pistolet-mitrailleur avec un pincement au cœur ; bien qu'il ne s'en fût pas souvent servi, il était très attaché à ses armes, mais la voix de la raison lui dictait de suivre cette proposition. Aussi jeta-t-il le MPi et le pistolet par-dessus bord, déchira ses papiers, y compris son livret militaire, laissa les lambeaux tomber en pluie fine sur la route, balança même sa croix du Mérite de guerre. Après quoi, il eut la sensation d'être nu comme un ver.

Cette décision avait manifestement été la bonne car, peu de temps après, le camion fut arrêté. Des francs-tireurs montèrent à bord et inspectèrent la surface de chargement à la recherche d'armes. Puis ils partirent en direction du village voisin, escortés par des combattants qui, juchés sur des motos volées, agitaient des drapeaux tchèques, polonais et soviétiques. Pendant leurs neuf heures de trajet de nuit, ils n'avaient parcouru que quarante kilomètres et, au lieu de faire route vers le sud, vers Prague, étaient allés vers l'ouest : c'était sur la place de Lomnitz-sur-la-Popelka que la guerre s'était définitivement terminée pour Wilhelm Leeb.

Il ne comprend pas comment les gens arrivent à dormir. Dehors, les Tchèques fêtent la victoire, ils beuglent, braillent et tirent des coups de feu à tout-va, un raffut qui fait douloureusement prendre conscience à Wilhelm que les rôles se sont inversés, et ce, de manière visiblement irrévocable. Son uniforme est en haillons, ses chaussures toutes crottées et ses poches aussi vides que son estomac, tandis que dehors, on fait la java et on picole. Leeb a un mauvais pressentiment : l'après-midi, il a vu des francs-tireurs en train de manipuler une mitraillette. Si on les massacrait, ici, à Lomnitz, il serait porté disparu et sa famille ne saurait jamais ce qui s'est vraiment passé. Il reposerait alors dans une fosse commune, et il est parfaitement conscient de ce que cela représente car, lorsqu'il était en fonction en Ukraine et sillonnait la campagne, il a souvent été témoin d'actions que l'on préfère passer sous silence.

Le bout de sa langue glisse vers son incisive branlante et, soudain, il a mal partout, ressent l'envie de pleurer : quel désastre. C'est l'enfer. Il passe ses doigts sales dans ses cheveux pour les ramener en arrière. Un empire en ruines, le pays à terre, mon Dieu, qui l'aurait cru.

La porte de la salle de classe s'ouvre de nouveau. Il se met à trembler, il sent une sueur froide sur son front, il se ramasse sur lui-même en rentrant les épaules, mais le chef de la meute, qui, plein comme une outre, agite son revolver Nagant dans tous les sens, veut uniquement des femmes, il semble avoir encore des cartouches à brûler. Ses sbires, trépignant parmi les gens épuisés et abrutis, empoignent trois jeunes filles et les font se lever, l'une d'entre elles ne doit pas avoir quatorze ans ; elles ne se débattent pas, semblent plutôt apathiques et ne disent pas un mot même lorsque la porte se referme derrière elles.

Coup de bol, se dit Leeb.

— Les pauvres, murmure le sergent allongé à côté de lui. Mais mieux vaut qu'elles se fassent sauter plutôt que tuer.

Tous sont plongés dans le silence, paralysés par la peur, presque personne ne se soucie du sort de ces toutes jeunes femmes, et quand bien même, on refoule toute pitié et tout scrupule. L'essentiel, c'est qu'elles puissent continuer de respirer, que leur cœur continue de battre. Si elles survivent à cette nuit, le pire sera passé.

Tout d'un coup, Leeb repense à son père qu'il a enterré en septembre dernier, il le revoit sur son lit de mort, avec sa grosse moustache grise, marqué par son infarctus mais lucide. "Qu'est-ce qu'on a passé de bonnes soirées ensemble, fiston, avait-il dit, et le fils, venu en permission, s'était soudain réconcilié avec son père. Face à la mort, ils avaient fait la paix, après toutes ces années de disputes et de rancœurs à l'égard du vieux qui, se retranchant derrière sa blessure de guerre, avait laissé une grande partie des tâches agricoles à la charge de sa femme et de son fils et n'avait jamais compris pourquoi celui-ci était passé du Parti allemand hanovrien aux nationaux-socialistes qui, par ailleurs, avaient ensuite dissous sa chère association d'anciens combattants.

C'est comme ça qu'on devrait mourir, se dit Leeb, à un âge avancé, réconcilié avec ses semblables et soi-même, pas comme un chien dans un fossé, menacé par des loups montrant les crocs. Il a encore tant à faire... Il veut remettre d'aplomb l'activité qui a végété pendant la guerre, et éduquer correctement ses fils afin d'en faire de bons travailleurs qui sauront continuer à faire fructifier la ferme, faisant figure d'exemple, parmi les cultivateurs du village. Les mains de Leeb se mettent à trembler lorsqu'il ramène ses jambes contre son ventre et les entoure de ses bras : il veut sortir d'ici, il veut rentrer chez lui. Il faut qu'il surmonte cette épreuve, mais dehors, ça continue de brailler, la nuit est loin d'être finie, et personne ne sait à quelle heure le jour va se lever, leurs montres ayant été la première chose dont on les a débarrassés, elles ornent à présent les poignets de ces crapules. Qu'est-ce qu'ils s'imaginent ? Ils se prennent vraiment pour des vainqueurs alors qu'ils n'ont jamais mis les pieds sur le champ de bataille. Bande de lâches ! Leeb est tellement furieux qu'il en oublie sa peur et son accablement, mais à cet instant, un camarade s'approche de lui en rampant dans le noir, un chef de bataillon qui chuchote avec un accent souabe :

— Bonne chance, camarade, moi je vais être fusillé cette nuit, ils n'ont que mon nom à la bouche !

— Ne dis pas de bêtises, rétorque Leeb, il n'y a que les femmes qui les intéressent et ils picolent comme des trous. Je crois qu'on va encore passer au travers.

Le chef de bataillon pose son regard sur lui puis dit tout bas :

— Ils veulent me buter, je le sais, camarade, tu ne te rends pas compte… Il faut que tu le dises à ma femme, sinon elle ne saura jamais ce qui m'est arrivé.

Il fond en larmes, fourre un poing dans sa bouche.

— On a voulu construire la tour de Babel, et, depuis, le Seigneur est en colère après nous, et maintenant on meurt, voilà notre punition, dit-il. Notre Père qui est aux cieux, que ton nom soit sanctifié. Que ton règne vienne. Que ta volonté soit faite sur la terre comme au ciel…

Il continue de prier. Leeb se détourne, appuie sa tête contre le mur en poussant un soupir de mépris. C'est ça, qu'il prie, cet homme ; lui, ça ne l'intéresse pas. Si sa famille a failli perdre la ferme, c'est à cause de la religion, à cause de ce bigot, le demi-frère de son grand-père, qui avait légué toute la propriété à la Mission Hermannsburg. Trois générations s'étaient alors retrouvées à devoir trimer pour racheter les terres et la ferme, qui appartenaient à la famille depuis 1699. Qu'elle aille au diable, l'Église, et Dieu, ce n'est pas lui qui le sauvera, non, il faut qu'il mise sur la chance qui lui a souvent souri, garde la tête froide et pense à l'avenir, à sa mère, à sa femme et à ses enfants.

Le Souabe se tait et Wilhelm Leeb, l'oreille bercée par les chants alcoolisés des Tchèques, sombre dans le sommeil comme dans un marécage.

LA MISSION

Un été humide, une calamité pour le lin et les céréales, pour le foin, sans parler des rhumatismes. Cet après-midi aussi, ça dégringole. Adossé à la porte du vestibule, sa pipe en argile à la bouche, Wilhelm August regarde les tourbillons de pluie se déverser sur la ferme, entre le châtaigner et le tas de fumier. Les poules sont allées se réfugier dans la remise, de temps à autre l'une d'elles passe à l'angle du poteau cornier sa tête agitée.

Tous ses ancêtres se sont appuyés contre cette porte, à commencer par celui qui a bâti la maison, son arrière-grand-père Hans Wilhelm Leeb, qui a laissé un petit livre à l'intention de ses descendants. Un croyant convaincu, vertueux, dur à la tâche, un modèle pour la famille ; Wilhelm August et ses jeunes frères et sœurs ainsi que ses demi-frères et sœurs, au nombre de onze, avaient appris à lire non seulement avec Zaart, le maître d'école, mais aussi à l'aide du magnifique abécédaire contenu dans cet ouvrage. Son arrière-grand-père dessinait merveilleusement bien, un don du ciel qu'il avait emporté dans la tombe, mais on a conservé son livre et, aujourd'hui encore, on se sert des meubles qu'il avait décorés – coffres, chaises, armoires, boîtiers d'horloge.

La pluie forme des bulles sur les flaques boueuses de la cour. Leeb glisse sa pipe refroidie dans la poche gauche de son gilet, sort de la droite une lettre, adressée au "Très honorable Wilhelm August Leeb", qu'il tripote d'un air songeur. La cloche de l'église du village, qui, dans un caveau placé sous son chœur, abrite les reliques des patrons, les comtes Schwicheldt, sonne quatre heures. Le bruit de la pluie assourdit ses tintements. Dans la lettre, son frère Ludwig, fils du second mariage de son père, lui annonce sa visite pour cet après-midi. Il a quelque chose à lui dire et Wilhelm August se doute de ce dont il s'agit. Il remet la pipe dans sa bouche, en mordille le bec avec colère. Sa décision étant irrévocable, il va décevoir son demi-frère, de seize ans son cadet, qui a fait l'effort d'effectuer le long trajet qui sépare sa métairie, près de Celle, de Klein Ilsede, son village natal.

— Temps de merde.

Sa domestique, Dorothee, la veuve de Jochen Thies, un petit fermier, arrive derrière lui. Âgée de soixante printemps, une bonne décennie de plus que lui, c'est une aide fiable qui fait la cuisine et le ménage et lui lave son linge, car il ne s'est pas marié et n'a donc pas de descendance. Il a choisi de ne servir que le Seigneur, et puis il a vu trop d'enfants dépérir : sa sœur et ses quatre frères biologiques sont morts en bas âge, sa mère, à même pas quarante ans. Son demi-frère Christian, qui travaillait comme commis agricole, un gaillard enjoué, mais bon à rien – toujours le fusil sous le bras, toujours une excuse éhontée à la bouche –, qui ne faisait aucun cas de la parole divine et avait été surpris à plusieurs reprises par le garde forestier Stegen en train de braconner, a rendu son dernier soupir il y a deux ans, il avait trente-cinq ans. Wilhelm August a l'impression qu'une malédiction pèse sur sa famille, une raison de plus pour se donner corps et âme à Dieu et renoncer à femme et enfants. Il connaît l'histoire de Job et elle le remplit de crainte.

— Comment vas-tu, Wilhelm ? demande Dorothee, l'air soucieuse. Tu as mal quelque part ?

— Rien de grave, marmonne-t-il en serrant les dents.

— Il y a du bouillon de poule sur le feu, tu pourras en manger avec Ludwig. À quelle heure arrive-t-il, au juste ?

— Il ne devrait pas tarder.

— En calèche, par le temps qu'il fait ? Oh, oh…

— C'est que ça doit être important.

Dorothee noue son foulard sous son menton.

— J'ai allumé le poêle du salon, à tout hasard. Ménage-toi un peu. Et tâche de ne pas encore t'énerver après Ludwig, tu sais bien qu'il est soupe au lait.

Wilhelm August acquiesce d'un signe de la tête.

— Il te faut la bâche, Doro, sinon tu vas être trempée jusqu'aux os.

D'un pas traînant, il va dans le vestibule prendre la bande de toile suspendue à un crochet en bois. Dans sa ferme règne l'ordre, chaque chose est à sa place, gare au valet ou au commis qui viendrait déranger quoi que ce soit ! Il pose la bâche sur les épaules de Dorothee. Elle le regarde avec gratitude en caressant sa joue pas rasée.

— À demain, August.

— Oui, à demain.

Puis il s'appuie de nouveau contre la porte et la regarde traverser la cour à vive allure, sous la pluie battante ; à chacun de ses pas, ses sabots font gicler de la boue qui vient salir sa robe sombre. Elle est encore sacrément alerte, cette brave Dorothee, la seule personne autorisée à l'appeler August, car il attache de l'importance à Wilhelm, le prénom traditionnel de la famille. Elle franchit le portail, tourne à droite et disparaît, engloutie par la pluie.

Cinq heures, c'est du moins ce que dit l'horloge ; le ciel est tellement sombre que chaque heure est noyée dans la grisaille, des gouttes de pluie perlent sur les vitres. Wilhelm August est assis dans le fauteuil en osier près du poêle où le feu craque et crépite ; aujourd'hui il se chauffe au bois, avant c'était à la tourbe. La plaque en fer du poêle, ornée du cheval de Basse-Saxe, exhale une chaleur bienfaisante. Quand il est né, cette région venait d'être attribuée au royaume de Hanovre. Il n'avait pas connu la période précédente, celle de l'occupation française, mais au village il y a des vieux qui continuent de dire "maire" pour "Bürgermeister". Maintenant, c'est Georges V qui est au pouvoir. On raconte qu'il est aveugle, que le royaume est ruiné, mais bon, le principal, c'est d'éviter une guerre contre les Prussiens ; il existe quantité de chansons qui se moquent d'eux et de nombreuses autres qui glorifient les Welf : *Jaune et blanc, bannière au vent…* Wilhelm August fredonne la mélodie. Puis il est pris d'une quinte de toux qui lui déchire la poitrine, il a du mal à reprendre son souffle.

La malédiction…, se rappelle-t-il tout à coup et il se met à transpirer. Il lève les yeux vers l'étagère à livres : un recueil de cantiques, que son père utilisait déjà, le livret de son arrière-grand-père, des ouvrages édifiants tels que le *Manuel des enfants de Dieu* et une édition volumineuse de l'Écriture sainte dont personne ne connaît la provenance.

Peut-être faisait-elle partie de la dot d'une épouse ; toujours est-il qu'elle est très ancienne, comme l'indique la gravure d'un margrave brandebourgeois insérée dans la préface. Tandis qu'il déclame des psaumes à voix basse, son regard reste collé sur le dos sombre d'un livre renflé de petits bourrelets horizontaux.

Des caquètements et hennissements l'arrachent à sa contemplation. Puis ce sont les vaches qui se mettent à beugler, la ferme semble en effervescence. Wilhelm August se lève avec peine de son fauteuil, poussant un soupir, les poumons sifflants, puis se met à traverser la maison – ça ne peut être que Ludwig. Ce jeunot adore se faire remarquer : il entre dans l'auberge de sa démarche chaloupée, salue l'assistance d'une voix de stentor, donne des bourrades sur les épaules comme s'il était Samson en personne. Il affiche une assurance remarquable mais il a les pieds sur terre, ce qui est tout à son mérite. Son point faible, ce sont les femmes, il n'arrive pas à se maîtriser, passant même pour un coureur de jupons, au grand dam de Wilhelm August, qui réprouve cette conduite dissolue, se demandant de qui il tient ce vice. Certainement pas de leur père ou de leurs aïeux, tous des hommes droits, mais sans doute plutôt d'une Ève pécheresse. Ludwig s'en fiche ; le bon Dieu, il siffle dessus, c'est ce qu'il avait dit un jour, se mettant alors à siffler la mélodie d'un refrain paillard. Il a le chic pour pousser son demi-frère aîné à bout.

Celui-ci ouvre la porte du grand vestibule pour que Ludwig puisse y détacher son attelage. Le cheval bai qui tire la voiture est en eau, mais ne semble pas fatigué du long trajet qu'il vient de parcourir. Ludwig a toujours su y faire avec les chevaux, il semble d'ailleurs avoir suffisamment de thalers, car ce jeune étalon, un Hanovrien, comme le révèle la marque au fer rouge, lui a coûté un certain prix, Wilhelm August lui-même le remarque aussitôt.

— August! s'écrie Ludwig, lançant ainsi sa première pique à l'héritier de la ferme paternelle.

Wilhelm August reste interdit, mais prend le parti de passer outre.

— Salut à toi, Ludwig, répond-il, Hinrich va soigner ton cheval.

— Ce brave Hinrich.

Ludwig Leeb ôte la peau de mouton qui couvre ses genoux et descend de son siège. C'est un homme petit et costaud aux cheveux blond cendré arrangés en rouleaux au niveau des oreilles. Sous sa redingote, il porte un foulard et un gilet avec une chaîne de montre en argent. Il serre la main de son frère.

— Comme tu es devenu maigre, dit-il, et gris! Dorothee ne s'occupe pas bien de toi?

Il fait un clin d'œil à Wilhelm August.

Celui-ci s'éclaircit la voix et lisse les revers de sa veste. Quelques instants plus tard, Hinrich, le valet, sort de l'écurie en criant :

— Ludwig!

— Hinrich, vieux coquin.

Tumulte d'embrassades, claques dans le dos. Wilhelm August n'approuve pas non plus ce genre de choses. Son demi-frère ne doit pas s'encanailler avec les domestiques, c'est en dessous de sa dignité, en dessous de son rang. Et pourtant, Ludwig en a passé du temps à l'auberge, à riboter avec les valets de ferme, et c'est pour cela que tous l'adorent, y compris Hinrich. Du vivant de l'arrière-grand-père, l'aubergiste intervenait lorsque quelqu'un buvait trop : il refusait de le resservir, bannissait les armes du péché, le jeu de quilles par exemple, et ne tolérait pas les propos blasphématoires. Aujourd'hui, c'est différent, et c'est d'un air agacé que Wilhelm August regarde Ludwig aider le valet, ni rasé ni coiffé, à dételer son cheval. Une fois dans l'écurie, il lui explique par le menu comment étriller et nourrir Harras, c'est le nom de l'étalon, tout en dialecte, bien sûr, et Hinrich, d'ordinaire d'humeur revêche, accueille toutes ces instructions d'un air radieux.

— Bon sang, je meurs de faim, dit Ludwig en sortant de l'écurie.

— Il y a du bouillon de poule.

— Formidable !

Ludwig se frotte les mains.

— Comment a été la récolte ? demande Wilhelm August.

— Gâchée par la pluie. Les céréales ont germé à plusieurs reprises. Les rendements n'ont pas été bons. Et pour toi ?

— Exactement pareil, répond son frère aîné en poussant la porte du couloir. Même le lin a souffert.

— Ma foi… (Ludwig racle ses bottes couvertes de boue sur le paillasson) on ne peut pas décider du temps qu'il va faire. Qu'est-ce qu'il disait toujours, père ? Qu'il faut prendre toutes ses précautions afin de survivre à une ou deux mauvaises années.

— Père était un homme intelligent.

— Plutôt un bigot un peu niais, non ?

Wilhelm August se contente d'émettre un grognement tandis qu'il entre dans la cuisine, il n'aime pas qu'on le provoque. Le bouillon mijote dans une casserole posée sur le fourneau, dans l'air flotte une délicieuse odeur.

— Voyons voir ce que ta bonne fée, Dorothee, a mitonné.

Ludwig enlève sa redingote, sort un peigne de la poche de son gilet, le passe délicatement dans ses cheveux. Après quoi, il s'installe à la table dressée et se coupe une épaisse tranche de pain de seigle.

— Tremper du pain dans la soupe, dit-il, c'est ça, le vrai bonheur !

— Pour les pécores, oui, bougonne l'aîné. Nous, on sait se tenir. Ça aussi, c'est père qui nous l'a appris.

Ludwig lui décoche un regard de dédain qui luit encore dans ses pupilles au moment où son frère commence à réciter le bénédicité. Après avoir dit amen, Wilhelm August sert la soupe fumante ; la lueur de la lampe à pétrole fait chatoyer des yeux de graisse flottant dans le liquide parmi des bouts de viande. Ludwig déchire sa tranche de pain en deux. Il trempe une moitié dans le bouillon puis suce la mie ramollie en détachant la croûte.

— Goûtue, cette petite soupe, dit-il. Dorothee est un cordon bleu. Et veuve, n'est-ce pas ? Pourquoi tu ne l'épouses pas ?

Son demi-frère, ce gringalet tout gris, un de ces cagots qu'a engendrés sa famille depuis le siècle dernier, lorsque le patronage a eu l'idée saugrenue de faire venir au village des pasteurs piétistes, lève la tête et le fixe d'un air à la fois ahuri et offensé.

— Bon d'accord, j'ai tendance à oublier ton âge, ajoute Ludwig en portant une cuillérée de bouillon à la bouche. Il n'y a plus le feu sacré, forcément.

Son demi-frère continue de le regarder. Ludwig a toujours eu cette capacité à le piquer au vif par ses propos, pour ensuite affirmer qu'il ne pensait pas ce qu'il avait dit. Wilhelm August baisse les yeux sur son assiette mais il n'a plus d'appétit. Peut-être lui faut-il se rendre à l'évidence que Ludwig lui est hostile et que ce qu'il a à lui révéler n'améliorera pas les choses. Au bout d'un moment, il dit :

— Nous parlons allemand tous les deux mais nous ne parlons pas la même langue, bien que nous soyons de la même famille.

— Tant que tu parleras par énigmes, il ne pourra pas en être autrement, répond Ludwig, en avalant goulûment sa soupe.

— Nous sommes maudits.

— Arrête tes sornettes.

Wilhelm August repousse son assiette et sa cuillère. La nappe de lin forme un pli que, contrairement à son habitude, il ne s'empresse pas de défroisser. Au lieu de quoi, il demande :

— Pourquoi es-tu venu ici, Ludwig ?

— Tu ne voudrais pas commander des meubles neufs à Jürries, le menuisier ? dit-il en guise de réponse. Elles sont à deux doigts de tomber en morceaux, ces chaises, vieilles comme elles sont.

— Elles viennent de nos arrière-grands-parents. Pourquoi prendre des neuves alors que celles-ci tiennent depuis cent ans ? Enfin bref, pour quelle raison es-tu venu ?

— Si tu avais une femme, tu aurais de bons meubles.

Et là, Wilhelm August sort de ses gonds. Il frappe du plat de la main sur la table.

— Réponds, crie-t-il à son frère, mais il est aussitôt pris d'une quinte de toux.

Ludwig a un petit sourire.

— Parce que, dit-il à son frère qui s'égosille dans son mouchoir, j'ai entendu dire que tu étais souffrant. Par précaution, je pense que nous devrions discuter de ce qui va advenir de cette ferme.

Et, s'octroyant une troisième assiette de bouillon, il ajoute :

— Moi, je dis ça en toute objectivité.

— Ma destinée est entre les mains de Dieu.

— Assurément. Mais la destinée de la ferme, elle, est soumise au droit de succession. Et moi, en tant que fils aîné du second mariage de monsieur notre père, je peux parfaitement faire valoir mes droits.

— Mais tu as une ferme, voyons.

— Oui, mais que je tiens à bail.

Wilhelm August hausse les épaules puis ressert de la bière.

— Et, en plus, je vais me marier.

— Oh ? (Son frère lève la tête.) Vraiment ?

— Tout à fait. Au printemps prochain.

— Et l'heureuse élue est...

— Elisabeth Breimann.

— Les Breimann de Groß Ilsede ?

Ludwig acquiesce.

— On s'adore, dit-il.

— Elle n'aura sans doute pas une grosse dot. Les Breimann ont également des fils, pas vrai ?

— Je ne me marie pas pour m'enrichir.

Wilhelm August fourre son mouchoir dans la poche de son gilet. Il est médusé, lui qui croyait son demi-frère, ce filou, plus calculateur.

— Bien, dit-il au bout d'un moment, nous en parlerons après manger.

Ludwig hoche la tête puis ils finissent leur bouillon en silence.

Enfin, le village est déjà plongé dans le crépuscule, la pluie s'est calmée. Les frères sont assis près du poêle, dans le salon. Deux lampes à pétrole, l'une en porcelaine, l'autre surmontée d'une cheminée en verre, font palpiter les ombres sur les solives. Ludwig fume un cigare, Wilhelm August tire sur sa pipe en argile, sirotant de temps à autre une gorgée d'alcool de grain. Ils ont encore parlé des récoltes et du temps, puis de politique, quoique brièvement, car pour ce qui est des Welf et des Prussiens, ils ne sont pas d'accord. Wilhelm August frotte sa poitrine douloureuse. C'est du vinaigre d'alcool qu'il lui faudrait, peut-être Dorothee sait-elle s'il y en a dans la maison. Ils n'échangent pas un mot pendant un moment. Puis Ludwig, qui a troqué ses bottes contre des sabots, dit :

— Pour en revenir à la raison de ma visite, cher frère... Je te souhaite, bien sûr, une longue vie, mais on ne sait jamais, et moi je pense que nous devrions régler rapidement cette affaire de succession. Tes frères et sœurs biologiques sont morts, les miens gagnent leur vie ou sont mariés. Par conséquent, si tu venais à décéder, c'est à moi que reviendrait la ferme – notre héritage à tous les deux – et, à mon avis, c'est la solution la plus raisonnable qui soit.

Wilhelm August est de nouveau bouche bée, car le sens des traditions n'est pas quelque chose qui le relie à Ludwig, et il se méfie de ces aveux, y subodorant une ruse destinée à l'endormir. Et puis, il a tout réglé auprès du notaire : ses dernières volontés sont officiellement actées, son frère Ludwig n'y figure pas.

— C'est une façon profane de voir les choses, répond-il, mais pour moi, le plus important, c'est de respecter les commandements divins...

— Qu'est-ce que ça veut dire ? le coupe Ludwig. C'est un sermon que tu veux me faire, là ?

— Tu ne vis pas selon la volonté de Dieu.

— Je suis un bon paysan, et c'est sûrement le plus important. Tu crois qu'il serait possible de cultiver ses champs en ayant la Bible sous le nez ? Tu veux que je lise des choses édifiantes à mes betteraves pour qu'elles poussent mieux ?

— Notre père...

— Vas-tu arrêter de parler de lui, à la fin ? C'était un homme bon, certes, mais toutes ces simagrées avec la religion... Bon sang, c'était insupportable au bout d'un moment ! Le royaume des cieux est sans doute splendide, mais à quoi me sert-il ici-bas ? S'il suffisait de réciter des prières pour que le travail se fasse, je m'y mettrais aussitôt, mais ce n'est pas ainsi que ça se passe. D'un côté, il y a l'église, de l'autre, il y a les étables et les champs, ce sont deux choses différentes.

— C'est ta mère qui t'a perverti.

— À d'autres. Ma mère était croyante, mais pragmatique. Elle était plus jeune que la tienne, avait une autre vision des choses, et ses parents ne passaient pas leurs journées à marmonner des psaumes.

Ludwig écrase son mégot et allume un autre cigare.

— Quand je t'entends parler ainsi, j'ai un mauvais pressentiment, frérot. Tu t'imagines vraiment pouvoir sauver le monde par la foi, c'est ça ?

Wilhelm August ne répond pas. Il est perplexe car, même s'il est parfaitement au clair sur ce qu'il veut et qu'il a fait tout le nécessaire, il éprouve un malaise pesant – il sait que sa décision va marquer un tournant décisif et il pressent qu'elle va susciter de l'incompréhension, et pas seulement auprès de sa fratrie. Il mordille le tuyau de sa pipe, réprime une nouvelle quinte de toux, change de position dans son fauteuil.

— Sache qu'après ma mort, s'emporte-t-il brusquement, tous mes biens iront à la Mission !

— La Mission ? (Ludwig baisse la main tenant le verre d'eau-de-vie.) Quelle Mission ?

— À Hermannsburg, répond son demi-frère, d'un ton plus calme. Ils ont un navire de mission, le *Candace*, et ils apportent la foi chrétienne aux Africains.

— Tu veux parler de Harms, le zélateur de la Lande ?

Ludwig est sidéré.

— Tu vas léguer notre ferme à ce charlatan ?

— Il y a un paysan du coin, un certain Behrens, qui a fait la même chose. Maintenant, il est missionnaire en Afrique.

— Mais tu plaisantes, ou quoi ? laisse échapper Ludwig. C'est de la folie… Tu vas sacrifier notre ferme pour que des sauvages cessent d'adorer leurs idoles ?

— Tout est écrit.

Ludwig Leeb s'avachit dans son fauteuil et dévisage son demi-frère comme s'il avait perdu la raison. Sa réponse le laisse pantois. S'il y a une malédiction qui pèse sur notre famille, songe-t-il, c'est bien cette bondieuserie à la noix ! Je vais en finir avec ça, moi. Je vais faire en sorte que mes enfants soient de ce monde.

— Wilhelm, tu commets là un crime envers notre famille et toute notre descendance, dit-il d'une voix blanche. Je te somme de modifier ton testament !

Wilhelm August, pipe à la bouche, se penche en avant et répond d'un ton sans appel :

— Non, Ludwig, je ne le ferai pas. La ferme reviendra à la Mission.

— Bigre !

Ludwig laisse tomber un poing sur le dossier du fauteuil, il est tout rouge, les veines de ses tempes se mettent à gonfler.

— L'aîné, c'est moi. L'héritier de la ferme, c'est moi. C'est ma décision et mon droit.

— Pour quelqu'un qui n'a que Dieu à la bouche, tu parles beaucoup de toi.

Wilhelm August se renverse de nouveau dans son fauteuil.

— Moi, je suis en harmonie avec le Seigneur. Quand tout cela sera réglé, je mourrai en paix.

Son jeune frère émet un grognement. Il vide son verre, se ressert. Ce n'est pas ce à quoi il s'attendait lorsqu'il avait entrepris ce long voyage sous la pluie pour venir jusqu'à son village natal. Cette loque qui toussait sans arrêt, dernier rejeton du premier mariage de leur père qui ne semblait avoir donné que des mauviettes, avait des réserves, ça, il le savait, mais il croyait que l'annonce de son mariage prochain apporterait la preuve qu'il savait maîtriser son tempérament sanguin. Et puis maintenant, cette nouvelle ! Peinant à contenir sa colère, il finit son verre et le remplit de nouveau tandis que son frère aîné tète sa pipe d'un air satisfait. Ce sont ces pharisiens de Hermannsburg qui auront la ferme et les terres ? Jamais de la vie ! Et il dit tout haut :

— Si tu fais ça, August, je contesterai ton testament et je récupérerai la ferme même si je dois mettre la main à la poche jusqu'à la fin de mes jours.

Son demi-frère le regarde d'un air serein, comme si plus rien ne pouvait troubler son calme.

— Je veux que tu m'appelles Wilhelm, dit-il. Et puis il n'y a rien à discuter. Si tu devais racheter la ferme… eh bien, soit. Ce ne sera plus mon affaire.

— Les vers auront alors commencé depuis un bon moment à se repaître de ton cadavre de poitrinaire, grogne Ludwig, conscient qu'il n'a plus rien à perdre.

— Mon âme sera auprès de Dieu.

À cet instant, Ludwig Leeb explose de colère. Il bondit de son fauteuil, fait voler son verre contre le poêle, le brisant dans un bruit cristallin, et se met à hurler :

— C'est un péché envers ton prochain que tu commets là !

— Le pécheur, c'est toi, Ludwig.

D'une chiquenaude, Wilhelm August ôte un éclat de verre sur la manche de sa veste.

— Ce que je fais, je le fais pour Dieu, notre Seigneur.

— C'est ce que tu t'imagines, mais en réalité, tu n'es qu'un fou bouffi de suffisance. Si tu avais femme et enfants, tu penserais autrement !

— J'ai consacré ma vie à la foi et au travail.

— Ce n'est pas étonnant, peste Ludwig. Quelle femme voudrait d'un homme qui passe son temps à prier ?

Wilhelm August tressaille mais garde son calme.

— Tu es un traître envers ta famille ! grogne Ludwig en abattant son poing sur la table, faisant trembler les verres.

— Non, mais dis donc, proteste l'aîné. S'il y a bien quelqu'un qui ne pense qu'à lui, c'est toi, Ludwig. Tu t'imagines que la ferme t'appartient parce que mes frères et sœurs sont morts, espèce de vautour, va. Tu sais quoi ? J'étais content que notre père se remarie, mais ta mère, elle, je ne

l'ai jamais aimée. Vous n'êtes qu'une bande d'impies fri-
voles. C'est pareil pour ton frère Christian – que Dieu ait
pitié de son âme. Vous vous croyez capables de vous affran-
chir des commandements et des lois. Vous n'êtes pas les
enfants de notre père, mais les sales rejetons de votre mère.

Ludwig en reste bouche bée. Il plante ses yeux dans ceux de
son frère, qui se remet à tousser, et a l'impression d'y voir briller la flamme de ce vieux fanatisme religieux, comme s'ils
vivaient encore au siècle dernier et pas en l'an 1864, dans un
monde nouveau dans lequel, non loin de là, à Telgte, on
exploite du minerai de fer qu'on va fondre à Groß Ilsede avant
de le transformer en acier, à Peine. Comme s'ils étaient encore
des serfs, contraints de trimer pour le comte. Mais bon, quand
il jette un regard circulaire dans cette pièce, meublée des vieilleries vermoulues de leurs ancêtres depuis longtemps putréfiés,
il a la nette sensation d'avoir atterri dans une époque reculée,
aussi grise que son demi-frère qui, un mouchoir pressé contre
sa bouche, tousse à s'en décrocher les poumons et, entre
chaque quinte, tente dans un râle de reprendre son souffle.
Cette bourrique ne modifiera pas son testament et rejoindra
sous peu sa fratrie de malingres dans l'au-delà, comme le
révèlent autant ses yeux troubles que ses joues livides et
creuses. Ludwig, dominant sa colère, lâche d'un ton glacial :

— Bon, si tu le dis… *August*.

Il écrase son cigare et se dirige vers la porte, droit comme
un *i*, la tête haute.

— Je vais voir comment va mon cheval, déclare-t-il
par-dessus son épaule. Nous nous verrons à l'ouverture de
ton testament.

Alors qu'il entend son demi-frère tousser de nouveau, le
voilà déjà devant la porte du grand vestibule.

Hinrich, en train de ronfler dans l'écurie, couché sur un sac de paille posé sur un banc, a bouchonné et étrillé Harras comme prévu, puis lui a donné du foin et de l'avoine. Ludwig pose la bougie, et lorsqu'il entre dans l'écurie, son étalon s'approche de lui dans un bruissement de foin et le flaire de ses naseaux.

— Mon brave, murmure Ludwig Leeb.

Il appuie sa tête contre la tempe de la bête dont les yeux pétillent à la lueur de la bougie, et lui flatte l'encolure.

— Estime-toi heureux de ne pas être un bipède

À l'instant où Harras baisse la tête pour manger, son maître fait un pas en arrière. La flamme vacillante et fuligineuse de la bougie n'éclaire qu'une petite partie du grand vestibule et Ludwig se surprend soudain à vouloir la jeter dans la paille – déclencher un incendie qui détruise tout ! Ce serait une pilule difficile à avaler pour son frère, et ces crétins de missionnaires ne se retrouveraient qu'avec un tas de ruines fumantes, ce serait bien fait pour eux.

Il se contient, c'est la meilleure chose à faire, et se met à scruter l'obscurité, comme s'il pouvait voir à travers ce rideau noir qui cache l'avenir. Il épousera Elisabeth, qu'il courtise depuis des mois – contrairement à son père, il n'a plus besoin de demander la permission au comte –, et il récupérera la ferme de sa famille, coûte que coûte, qu'importe les dispositions que cet idiot d'August a prises dans son testament. Je peux y arriver, se dit-il plein de détermination, avec une femme brave à mes côtés.

Ludwig croise ses bras sur le dos de l'étalon, pose dessus son menton puissant, les yeux fixant l'obscurité. Il sent la vie qui anime le corps de la bête, les palpitations de ses muscles, les battements de son cœur; tout cela lui procure de la confiance. Une dernière caresse, puis il sort de l'écurie, mais au lieu de retourner dans le salon où il pourrait dormir, allongé sur le sofa, il va se mettre à son aise sur le siège de son attelage.

— Qu'il aille se faire foutre, ce calotin, bougonne-t-il en se couvrant de la peau de mouton.

Et le voilà qui se couche, épié par une chouette effraie perchée dans un recoin sombre de la charpente, et lorsqu'au bout d'un moment elle s'envole, il dort déjà du sommeil du juste.

AOÛT 1962

LA DAME AUX MORTS

LE vieux chat rêve qu'il chasse une souris. Il a d'abord sauté sur des genoux, puis sur la table du jardin, et le voilà maintenant couché au soleil, entouré de tasses et de verres qui menacent de tomber chaque fois que sa queue en tire-bouchon gris et blanc s'agite dans son sommeil.

— Enlève-le de là, dit Lisbeth.

— Oh, laisse-le, répond Gerda. De la vaisselle cassée, ce ne serait pas bien grave.

Elle tire sur sa Juno, le soleil sur son visage.

— Merveilleux, murmure-t-elle pour elle-même. De la chaleur, du tabac et de la liqueur. Je pourrais passer ainsi le restant de mes jours.

Son amie ne répond pas.

— Qu'il est bête, ce chat, lâche-t-elle au bout d'un moment. On va encore attendre longtemps comme ça?

Haussement d'épaules.

Gerda finit d'écraser sa cigarette au moment même où l'on sonne à la porte. Elle se fige, se reprend puis, d'un pas alerte, rentre dans la maison pour aller ouvrir, tandis que

Lisbeth rajuste sa robe sur ses genoux et prend sa serviette pour se tamponner le front.

Lorsque retentit une voix entamée par les ans, mais néanmoins claire, elle pousse un soupir de soulagement et, se tournant brusquement vers la porte du jardin, elle aperçoit Mlle Bernhard. La femme, petite et menue, s'approche d'elle et lui pose la main sur l'épaule :

— Pendant tout ce temps, je n'ai pas arrêté de penser à vous. Vous permettez ?

La demoiselle s'assied sur la chaise vide.

— Mais bien sûr, dit spontanément Lisbeth.

Heini se remet sur ses pattes. Il fait le dos rond, pousse un bâillement grognant et saute de la table. Gerda, qui apporte une troisième chaise, voit son chat disparaître dans les buissons plantés devant la grange des Leeb.

— Du café ? demande-t-elle.

Mlle Bernhard acquiesce. Droite comme un *i*, elle tripote une de ses boucles d'oreilles tandis que l'odorant liquide noir coule dans sa tasse. Avant de la porter à ses lèvres, elle dit :

— La Mercedes du docteur Fröbe est garée dans la cour. Et aussi... (elle a une hésitation) une voiture de police !

Elle a de grands yeux, et ce n'est pas seulement à cause de ses lunettes.

— J'ai vu ça alors que je passais dans le coin, ajoute-t-elle, complètement par hasard. Ma foi... Bon, je me suis dit, je vais aller sonner chez Gerda car, si c'est vraiment grave, elle aura peut-être besoin d'un soutien.

Elle regarde les deux femmes tour à tour.

— N'est-ce pas ?

— Oh, que oui, approuve Lisbeth.

Gerda, elle, se contente de marmotter entre ses dents, elle sait à qui elle a affaire et elle n'est pas dupe de ce qui se cache derrière cette sollicitude de façade : une curiosité qui confine au pillage de cadavres, et aussi le goût des commérages, manifestement un élixir de longue vie pour beaucoup de gens. Cela a le don de mettre M. Mattenroth hors de lui ; l'autre jour, Gerda était encore à la bibliothèque, il lui a dit : "Ces gens qui cassent du sucre sur le dos des autres, ce sont des vampires, mademoiselle Derking. Ce que j'entends ici, même de la bouche de personnes qui empruntent des livres comme *Joseph et ses frères*, vous ne pouvez pas imaginer." Gerda l'avait regardé avec un air presque apitoyé et avait répondu : "Si, si, cher monsieur Mattenroth, j'imagine parfaitement."

Mlle Bernhard triture ses mains posées sur ses genoux, l'air chagrin, mais la petite étincelle derrière ses lunettes trahit cette soif dont parlait le bibliothécaire : la soif de sang frais qui revigore.

— Vous voulez vraiment nous aider ? laisse échapper Gerda. Dans ce cas, j'espère seulement que vous n'avez pas peur de la chair froide et des yeux vitreux.

Elle abat une main sur la table.

— Vous tiendrez le coup ? Si oui, vous pouvez nous accompagner.

— Oh...

Mlle Bernhard saisit sa tasse d'un geste fébrile.

Au bout d'un moment, Lisbeth dit tout bas :

---

* Tétralogie romanesque de Thomas Mann écrite entre 1933 et 1943.

— C'est sûr que ça ne va pas être une partie de plaisir. Mon Hermann, il disait souvent...

À cet instant, Gerda se lève, saisie d'une profonde inquiétude. Elle rentre dans la maison et, une fois dans sa chambre, se laisse tomber sur le lit. Se comprendre soi-même est souvent impossible. La seule chose qu'elle sait, c'est qu'elle a envie de pleurer, alors elle se met à chercher Heini du regard car cela la réconforterait de le caresser, mais cette vieille canaille est encore à traîner quelque part, peut-être dans la ferme des Leeb. Le regard de Gerda balaie la pièce : ici, il y a la tête de son lit, sculptée de fleurs ; là-bas, l'armoire en bois de frêne où sont accrochés quelques vêtements ; là, la commode où elle conserve des documents et souvenirs, par exemple les bijoux de sa mère, la pipe paternelle au tuyau mâchonné, les lettres du front de son fiancé mort au combat et quelques lettres de Wilhelm Leeb senior datant du temps où ils étaient encore jeunes, où lui rougissait en la voyant et elle se berçait de l'illusion qu'il pourrait la prendre pour femme, elle, la mignonne sans terre et sans argent. Peut-être avait-elle été trop indulgente à son égard, peut-être aurait-elle dû le faire mariner pour pouvoir le conquérir, elle n'a jamais eu l'esprit calculateur, et c'est encore le cas aujourd'hui.

Gerda, dans son inquiétude, prend sa mallette. Elle l'a depuis mai 1945. À cette époque, elle allait traverser la voie ferrée près de la gare de Peine lorsqu'un train de munitions avait explosé. L'onde de choc l'avait fait chuter et, tandis qu'elle était couchée à terre, c'est là qu'elle avait vu cette mallette, comme tombée du ciel, gisant sur les pavés où s'était déversé son contenu : rouleaux de gaze, pommade à l'oxyde de zinc, iode. Gerda s'en était emparée, avait relevé sa bicyclette et était repartie. Elle avait appris plus tard que c'était un train britannique ; de courageux cheminots avaient réussi à limiter les dégâts en raccrochant les wagons à un locotracteur qui les avait évacués plus loin. Et, désormais, c'était Gerda qui était en possession de cette mallette en cuir rigide équipée d'un fermoir à cliquet et revêtue d'un tampon indiquant qu'elle appartenait à la British Army. Elle avait soigné ses égratignures avec la *iodine* et utilisé cette mallette lors de ses visites aux morts ; chaque fois que des soldats passaient dans le village, elle regardait avec angoisse par la fenêtre, mais, mon Dieu, la guerre avait laissé des montagnes de détritus, et elle s'était servie. Personne ne se souciait de ce bout de cuir de cheval anglais qu'elle s'était approprié.

Elle ouvre la mallette. Le déclic du fermoir, le froid du métal, c'est merveilleux. Le parfum du cuir, une légère senteur de maquillage, de crème et de poudre de riz, effluves aigres de laiton, de lime à ongles, ciseaux et pince à épiler. Elle fait un tri ; c'est comme si elle mettait de l'ordre à l'intérieur d'elle-même et, une fois qu'elle a terminé, puis passé une dernière fois sa main sur le cuir tout grenu, la revoilà d'aplomb. Elle se lève du lit, pose la mallette sur la table de chevet, entre les livres et le réveil, et décide qu'après cette dernière visite, elle ne s'en servira plus que pour se rendre à la bibliothèque de Peine.

En entrant dans le jardin, elle est aveuglée quelques instants, tellement le soleil brille au-dessus de la grange des voisins. Lisbeth et Mademoiselle se taisent, comme prises en faute.

— Excusez-moi, mais j'avais besoin d'être un peu seule. (Gerda se rassied.) Je ne me sentais pas bien.

— Ce sont des choses qui arrivent, dit Lisbeth avec indulgence.

Et la demoiselle d'ajouter :

— Ça se comprend. Quand je pense à ce qui vous attend toutes les deux…

Gerda acquiesce – que répondre à cela ? Des moustiques et des cousins dansent devant les buissons, les oiseaux chantent ; les roses sont resplendissantes. Elle préférerait rester là toute la journée à profiter de ce spectacle, et soudain elle ressent le désir de vivre une vie dénuée de toute obligation.

— C'est sûr que… (Mlle Bernhard s'éclaircit la voix.) Comme je le disais à l'instant à Mme Bohlweg… Un homme aussi fringant et crâne que Wilhelm Leeb n'aurait pas dû déjà casser sa pipe, n'est-ce pas ?

Lisbeth jette un regard dans la direction de Gerda.

Celle-ci reste de marbre.

— Cette histoire de police, poursuit la demoiselle en faisant tourner une de ses bagues, ça, je n'arrive pas du tout à comprendre. Le docteur Fröbe, d'accord, mais le commissaire Klose ? Il ne s'agit quand même pas d'un… (elle regarde Gerda avec insistance) meurtre ?

Comme celle-ci ne répond pas, elle ajoute :

— Ce serait épouvantable ! Mais bon, à toujours vouloir se mettre en avant, on finit par se faire des ennemis et, bientôt, tout le monde ici aura un fusil dans son armoire, et pas que les chasseurs. Une pression sur la gâchette et…

Elle met une main devant sa bouche, effrayée par ses propres mots. Puis elle raconte :

— Chez nous en Poméranie, il y en avait un qui s'était fait tuer par accident pendant qu'il chassait, même sa femme n'avait pas été capable de le reconnaître parce qu'il s'était pris la balle en pleine figure, un si bel homme... il ne restait plus rien de sa splendeur... atroce. (Elle lève les yeux.) Vous n'êtes pas d'accord?

— Je ne le connaissais pas, dit Lisbeth d'un ton bref.

— Mais, madame Bohlweg, imaginez donc... ce que c'est!

— Bah, c'est la faute à pas de chance.

— Il y aurait vraiment un assassin parmi nous? Dans notre village? Il faut que je change mes serrures. Ces types qui me harcèlent... Vous vous rendez compte si c'était l'un d'eux le meurtrier!

— Avec tout le respect que je vous dois, mademoiselle Bernhard, l'interrompt Gerda, je crois que vous lisez trop de magazines à sensation.

Le regard de la demoiselle vacille légèrement, elle a en effet un faible pour ce genre de revues qu'elle achète "pour sa nièce" à l'épicerie de Wohlleben.

— Ma foi, murmure-t-elle, mais la police... Ce n'est pas normal. Non, pas normal du tout.

Elle jette un regard circulaire, comme s'il pouvait y avoir un dangereux pervers en train de les épier derrière les buissons.

Gerda échange encore un regard avec Lisbeth. Il faut qu'elle réfléchisse: si elle laissait la mère Bernhard rentrer au village dans cet état, celle-ci irait débiter ses balivernes à toute oreille attentive, et toute oreille, ou presque, serait attentive, et tout le monde se mettrait alors à colporter des histoires abracadabrantes de meurtre et de crime et, à la fin, on obtiendrait une version qui serait plus éloignée de la vérité que ne l'est la Terre de son satellite.

— Un de ces couche-dehors, lâche la demoiselle, un sale vagabond, c'est l'un d'eux qui a tué Wilhelm, bien évidemment.

Elle regarde les deux femmes d'un air triomphant.

— Mademoiselle Bernhard.

Gerda regrette d'avoir à hausser de nouveau le ton ; dans le fond, cette vieille dame est une personne délicate qui a du savoir-vivre, mais elle se laisse souvent emporter par ses émotions.

— Personne n'a été tué par un vagabond. C'est Wilhelm Leeb senior qui est venu sonner chez moi pour m'annoncer la nouvelle. Il se porte comme un charme.

Elle regarde l'ancienne Stettinoise droit dans les yeux.

— Je vous demande de ne pas répandre de rumeurs. Cela ferait des dégâts. Le mieux serait que vous gardiez le silence.

Voilà, c'est dit. Lisbeth se ratatine comme si elle avait desséché au soleil, son regard s'obscurcit et se met à errer dans le jardin.

La demoiselle reste immobile et silencieuse, les yeux rivés sur Gerda. Puis, avec son index, elle étale une tache de café sur la toile cirée. Son doigt tremble. Elle ne sent pas la trompe du moustique qui s'enfonce dans son cou.

— Oh, non, marmonne-t-elle.

Lisbeth hoche la tête, les lèvres frémissantes.

Elles n'échangent pas un mot pendant un moment. Mlle Bernhard, qui s'aperçoit qu'elle s'est fait piquer, se gratte le cou.

— Vous n'auriez pas une liqueur à m'offrir, mademoiselle Derking ? demande-t-elle.

Une fois servie, elle prend une petite gorgée prudente et dit :

— Il fallait bien que ça arrive.

Gerda est à deux doigts de s'emporter une fois encore, mais elle se retient et répond en marmonnant :

— Arrêtez de parler comme Lisbeth – de destin, de péchés et du bon Dieu.

— Ce n'est pas ce que je veux dire, se défend la demoiselle. Mais vous savez, la famille Leeb... On entend ceci et cela, et quand je pense à la façon dont le senior a traité son aîné... Qui peut supporter ça sur la durée ?

— Cet homme était un nazi, dit Gerda. Ça laisse des traces, ces choses-là.

— Ça remonte à loin, observe Lisbeth, et puis il a été dénazifié.

— C'était il y a dix-sept ans à peine, et tous les pistonnés se sont fait dénazifier, y compris Leeb senior. Tu crois qu'une bafouille officielle avec un tampon peut effacer les opinions d'une personne ?

Lisbeth demeure silencieuse. Puis elle dit :

— Par contre, le père du senior, le vieux Willi, il était différent, lui.

— Il n'était peut-être pas nazi, mais ce n'était pas non plus un partisan de la liberté. Je suis sûre qu'il dormait enveloppé dans le drapeau de son association d'anciens combattants.

Mlle Bernhard se met à rire tandis que Lisbeth rétorque :

— À part ça, tu l'adorais.

Gerda hausse les épaules.

— Le vieux Willi s'intéressait à plein de choses et je pense qu'il aurait aimé faire un autre métier. Ce qu'il y a de sûr, c'est qu'il n'était pas un paysan à tous crins. Et pourtant, les Leeb sont ultraconservateurs.

— Il paraît même qu'ils étaient très croyants autrefois, d'après ce qu'on m'a dit.

Mlle Bernhard balaie une miette de gâteau sur la nappe.

— Quasiment des fanatiques.

— Ça doit dater, dit Lisbeth. Les seules fois où le senior met les pieds à l'église, c'est pour la fête des moissons et pour Noël.

— Ça remonte à une éternité, murmure Gerda. Et ce n'est pas parce qu'on croit en Dieu qu'on est forcément un ange.

Les femmes – deux réfugiées et une fille d'ouvrier immigré, des étrangères donc – ruminent leurs pensées. Mlle Bernhard observe une mouche verte qui se promène d'une miette à l'autre sur la nappe.

Elle prend son verre vide et, d'un geste rapide comme l'éclair, le retourne sur l'insecte.

C'était tellement inattendu que les deux autres sursautent.

— Sacredieu! Mademoiselle, lâche Lisbeth.

Et Gerda d'ajouter :

— Mais vous avez encore des réflexes, chapeau bas.

La grosse mouche sautille dans tous les sens à l'intérieur du verre. Ses bourdonnements sonnent creux.

— Sale bestiole, marmonne la demoiselle.

— Là où il y a du bétail, il y a des mouches, dit Gerda. L'insecticide avec lequel les paysans enfument leurs étables ne fait jamais effet longtemps.

Toutes les trois regardent attentivement la mouche dans sa cage de verre.

— Mais c'est un être vivant, quand même, dit Lisbeth.

— D'ailleurs, elle vit encore.

Posant un index sur le verre retourné, la demoiselle sent les vibrations émises par la mouche. Au bout d'un moment, l'insecte se calme et ne bouge plus, chatoyant de reflets bleu-vert tel un joyau ailé.

À peine Mlle Bernhard a-t-elle retiré son doigt que Lisbeth tend la main au-dessus la table et soulève le verre. La mouche s'envole en bourdonnant.

— Non mais dites donc! C'est mon verre, proteste la demoiselle.

La mouche profite de sa liberté retrouvée pour explorer le *Streusel*.

— Ah, le voilà! s'écrie Gerda.

Elles se retournent et voient le chat sortir des buissons à petits pas pressés. Il vient se frotter contre la jambe de Gerda en ronronnant.

— Il n'était tout de même pas de l'autre côté, chez les Leeb? s'étonne Lisbeth.

— J'en ai bien peur. (Gerda caresse sa tête.) Il y a un trou dans le mur.

— C'est du sang? (Mlle Bernhard lève son index maigre.) Là, dans ses poils… cette tache foncée?

Gerda regarde de plus près. Heini a le pelage couvert de poussière et de toiles d'araignées et quelques-uns de ses poils sont collés, formant une masse sombre. Elle les frotte entre le pouce et l'index puis renifle. Ensuite, d'une voix sourde, elle dit :

— Je sens, je sens du sang humain.

— Oh…, fait la demoiselle, horrifiée.

— Du cambouis, conclut Gerda. Ça vient peut-être d'une prise de force. Donc pas de panique.

— Non mais, vraiment! On ne plaisante pas avec cette histoire, mademoiselle Derking.

— Vous avez parfaitement raison, mademoiselle Bernhard, dit Gerda d'une voix blanche. Pardonnez-moi.

Voyant dans quel état de tristesse se trouve la dame aux morts, la demoiselle fait un geste comme pour dire : laissez tomber.

La mouche se fait chasser par des guêpes, le chat se love sur les genoux de Gerda. Elle se met à le caresser, pour lui c'est un délice, pour elle un réconfort.

Et là, on sonne de nouveau à la porte.

SEPTEMBRE 1947

HITLEROWIEC[*]

ET là, un coup de sifflet strident, qui signifie : tu dois obéir car tu n'es personne ; tu ne reverras plus jamais ton pays ; tu l'as bien mérité.

Et c'est aussi l'annonce de la pause de midi. Dans le voile de brume flottant au-dessus de l'Oder scintillent les clochers d'Opole, marges de l'ici-bas, car ici, à l'ouest du fleuve, dans les champs de l'immense domaine agricole de Półwieś, converti en prison, ils se trouvent dans l'au-delà, lémures trimant comme des forcenés ; les cent soixante prisonniers de guerre ont été envoyés ici pour faire les moissons, maintenant c'est au tour des betteraves, et cela ne va sans doute pas s'arrêter là car il n'y a aucune perspective de libération.

Ils se rangent en colonne et, d'un pas pesant, s'engagent sur le chemin de terre qui mène à la prison, silencieux comme il sied aux *Niemcy*[**], même chanter est interdit ; dès qu'on ouvre la bouche, on essuie une bordée d'injures. Le gardien qui avance à la hauteur de Wilhelm Leeb, un

[*] Terme polonais signifiant "nazi".
[**] "Allemands" (terme formé à partir de l'adjectif "niemy" signifiant "muet").

Mosin-Nagant sur l'épaule, est un enquiquineur qui adore décocher des coups dans le creux des genoux ou marcher sur les pieds. Ce type, surnommé Żubr* par ses compères, n'est pas tendre avec Leeb, sans doute en raison de son gabarit ; lors de son arrestation, celui-ci avait déjà remarqué que les hommes de grande taille étaient des cibles privilégiées.

Żubr jette son mégot aux pieds de Wilhelm en lui adressant un clin d'œil, mais il n'est pas tombé sur la bonne personne. Wilhelm méprisait ces bidasses du camp de Lubań qui se ruaient sur le moindre résidu de tabac ou de nourriture : ce qu'on peut tomber bas ! Ce n'est pas l'envie de fumer qui lui manque, évidemment, mais il peut s'en passer. Un détenu marchant loin derrière arrive et se baisse pour ramasser le mégot, mais il se prend aussitôt un coup de crosse et chancelle, manquant de faire tomber un camarade.

Ricanements moqueurs qui jaillissent des gorges, et pas seulement de celles des gardiens. Le voisin de Leeb, un "Allemand ethnique**" du nom de German, rit lui aussi et dit tout bas : "Quel con !" Il a dix ans de moins que Leeb, un gringalet dépenaillé et à moitié chauve qui se dit paysan alors qu'il ne sait même pas tenir une bêche. Et c'est la même chose avec la plupart des prisonniers : on les a fait venir de différents camps pour cultiver les champs de Półwieś, mais Dieu seul sait d'où ils sortent ; sûrement pas de bonnes fermes où l'on apprend à faire du bon travail, car ils se comportent comme des valets qui n'arrêtent pas de la ramener alors qu'ils ne savent rien faire tout seuls, des types

---

* "Bison" en polonais.
** Désigne les minorités germanophones vivant en Europe de l'Est, qu'Hitler voulait regrouper au sein du Reich.

sans aucune fierté. En tout cas, c'est le point de vue de Wilhelm Leeb, aussi ne daigne-t-il pas répondre à la remarque de German, d'autant que Żubr, le gardien, lui lance de nouveau un regard torve, sans doute dans l'espoir de pouvoir lui asséner à lui aussi un coup de crosse. Leeb relève le menton. Ce n'est pas parce qu'il porte un flingue qu'il lui fera ce plaisir.

Ils longent les arbres du parc où se trouvent les ruines du château, puis le chemin tourne à droite et on voit apparaître le vaste domaine. Le soleil de midi effleure le crépi blanc de l'aile est du bâtiment, faisant luire le pignon à redents de la conciergerie – tout cela n'est qu'un mirage, car cette construction, en apparence si engageante, est une prison où se trouve la cellule dans laquelle Leeb croupit avec cinq autres compagnons d'infortune et toute une ribambelle de poux, puces et punaises, plongé dans l'obscurité totale à partir dix-neuf heures. L'aciérie de Chorzów où il avait été correctement traité, bien nourri et même payé, quoique chichement, c'était le paradis à côté ; là-bas, il avait de l'argent et des contacts et il avait réussi à se procurer beaucoup de choses ; il avait été obligé de laisser derrière lui un kilo entier de lard lorsqu'il avait été acheminé à Półwieś comme une pièce de bétail.

Le vent lui apporte les meuglements des bovins enfermés dans les étables situées à gauche et à droite de la conciergerie, et au moment où ils traversent le ruisseau qui coule devant le domaine, la porte émet un grincement, strident comme les coups de sifflet à roulette, un bruit qu'il aura encore dans l'oreille quand il sera sur son lit de mort. Mais il est en vie. Après avoir survécu à son arrestation sans une égratignure ou presque, il avait acquis la certitude qu'il

rentrerait chez lui sain et sauf, envers et contre tout,
puisqu'il était protégé par la Fortune. C'est cette croyance
qui le fait tenir debout.

Ils franchissent l'entrée d'un pas alerte et restent en for-
mation dans la cour jusqu'à ce qu'on ait verrouillé le portail.
À l'instant où les gardiens ôtent leur fusil de l'épaule et
sortent leurs cigarettes, la colonne se disperse ; les hommes
vont chercher leurs couverts dans leurs cellules. Leeb, qui en
a assez de la sempiternelle soupe à la choucroute, reste dans
l'immense carré en laissant errer son regard sur les granges,
les étables, les remises et le tas de fumier flanqué de mar-
ronniers qui se trouve du côté nord de la ferme. Un ciel d'un
bleu éclatant, des hirondelles fendant les airs. Fabuleux !
Diriger une exploitation de cette taille après la victoire,
c'était déjà son rêve quand il était en Ukraine, mais il avait
été obligé de l'enterrer, celui-ci ayant été massacré dans
toutes les règles de l'art.

Żubr, son fusil russe à l'épaule, lui dit en hurlant :

— Bouffe ta merde, *Hitlerowiec* !

Puis il lui lance une insulte en polonais, provoquant
l'hilarité de ses compères.

Leeb n'a pas d'autre choix que d'encaisser. D'une part, il
ne sait pas quoi faire de sa colère et, de l'autre, il se sent souvent lourd, au point que, le matin, aux aurores, il préférerait
rester couché car il n'a pas la force de sortir ses jambes de sa
paillasse couverte de poux. À cet instant, German s'approche d'un pas rapide et lui crie en agitant ses couverts :

— Wilhelm ! Viens manger !

Leeb fait un geste de refus.

Le pire, c'est la solitude. À Chorzów, il avait trouvé des
gens avec qui échanger, ici, en revanche, il est entouré de

crétins dont le baragouin commence à déteindre sur lui et qui regardent avec envie tous ceux qui ont un peu plus qu'eux. Le courrier aussi, c'est toute une affaire. Officiellement, ils peuvent écrire deux fois par mois, mais on ne leur donne ni stylo ni papier à lettres, et leurs enveloppes, ils sont obligés de les fabriquer eux-mêmes avec des emballages d'engrais chimiques. Aussi s'est-il mis en quête d'un intermédiaire, qu'il a trouvé en la personne du responsable des bêtes, un Allemand de souche qui a opté pour la Pologne, certes, mais quelqu'un de serviable. En contrepartie, Leeb a demandé à sa femme d'expédier de temps à autre un colis à M. Kossakowski, principalement de la charcuterie ou des conserves, car sans pots-de-vin, bien entendu, rien n'est possible.

Des codétenus passent devant lui d'un pas traînant et vont s'asseoir au soleil pour manger leur lavasse. Si au moins c'était de la *kapusta** ! On leur demande de travailler mais on ne leur fournit quasiment aucune substance nutritive, une aberration. Leeb se détourne et se dirige vers l'étable où il pense trouver Kossakowski. Il pousse la lourde porte en bois. Au moment où il entre dans le couloir d'affouragement, les odeurs de bétail, d'excréments et de litière humide lui montent au nez, des odeurs qu'il connaît depuis l'enfance et qui attisent son désir de rejoindre sa propre ferme. Les cloisons dont l'enduit blanc s'effrite, les châssis en métal rouillé des fenêtres, les vitres opaques à cause des chiures de mouches, les nids d'hirondelles sous le plafond – tout cela lui est familier. En revanche, il n'est pas habitué à de telles dimensions ni à une telle architecture : les vastes étables de

---

* Soupe polonaise à base de chou (*kapusta*) et de viande.

cet ancien domaine seigneurial comportent une voûte en croisée d'ogives reposant sur des piliers élancés, tableau que Leeb ne peut comparer qu'à la crypte de l'église de son village natal.

Dans le couloir, il prend garde aux vaches qui décochent parfois des ruades, resserre en marchant la corde qui lui sert de ceinture, ses sabots rendent un son creux sur le sol glissant. Il jette un œil dans la laiterie mais il n'y a personne, puis il longe les enclos des veaux pour gagner la réserve de nourriture par laquelle on accède à la porcherie. L'odeur aigrelette du lait fait place à celle, piquante et pénétrante, des porcs, ces habillés de soie dont il entend les grognements. Tout ce lard, et dire qu'on ne peut pas s'en mettre une seule lamelle sous la dent! La porte coulissante est ouverte et, comme il l'espérait, il voit Kossakowski, penché sur une caisse de farine grossière, un gourdin à la main. Visiblement, il y a une souris à l'intérieur en train de se gaver de farine, et Leeb reste sur le seuil tandis que le responsable des bêtes frappe plusieurs coups d'affilée comme s'il cherchait à réduire le petit animal en bouillie. Ensuite, il retire le cadavre de la caisse, se retourne le bras tendu, la queue de la souris coincée entre le pouce et l'index, et, lorsqu'il aperçoit Leeb, se met à bougonner:

— De la vermine! Faut éradiquer! *Psiakrew*[*]!

— Tout à fait, approuve Leeb. Ce qui ne sert pas doit disparaître.

Kossakowski baisse sa main tenant la souris dont le sang goutte sur le sol de pierre.

— Vous avez déjà mangé?

[*] Juron (Littéralement: *sang de chien*).

Leeb secoue la tête. On le vouvoie, cela fait du bien. Le préposé aux bêtes, qui, désormais, remplit aussi sa bedaine de victuailles en provenance de Basse-Saxe, est un type formidable ; sa grosse moustache à la Staline est bien entretenue, il porte une tenue adaptée et de robustes bottes en cuir qui font envie à Leeb. Lui est vêtu de haillons et ici, bien sûr, il vaut encore moins qu'un valet.

— Se pourrait-il que j'aie enfin reçu une réponse à ma lettre ? demande-t-il.

On perçoit dans sa voix une certaine humilité, mais il se tient droit comme un piquet.

Kossakowski examine la souris. Puis il pose le gourdin sur l'armoire à outils, s'approche de la fenêtre grillagée, jette le cadavre dehors, s'essuie les mains sur sa blouse de travail. Il prend son temps, ce Polonais de souche allemande. Au bout d'un moment, il dit :

— Oui, ça se pourrait. Il vous reste du lin chez vous, en Allemagne ? La mère a besoin de tissu. Pour les gosses.

Leeb repense aux coffres contenant le trousseau de mariage qu'il avait remisés dans son grenier, chargés de pièces de lin tissées à la main.

— Possible, répond-il. Je vais demander à ma femme de regarder et de vous envoyer quelque chose.

Kossakowski fourre ses mains dans ses poches avec un hochement de tête.

Leeb doit prendre patience. C'est le préposé aux bêtes qui a le pouvoir et, même s'il se montre serviable, il le fait bien sentir.

— Les rhumatismes de votre mère vont mieux ? s'informe Leeb, qui se soucie pourtant comme d'une guigne de l'état de santé de la vieille femme.

L'homme hausse les épaules. Il a des rapports ambigus avec sa mère. Parfois, il parle d'elle avec tendresse puis, l'instant d'après, il la couvre d'injures.

— *No tak…*, grommelle-t-il. Elle passe son temps à se plaindre.

— J'en sais quelque chose, répond Leeb. Mes vieux beaux-parents, par exemple, ils me rendent fou…

Kossakowski pousse un grognement, il veut de toute évidence mettre un terme à cette discussion. Lorsqu'il sort la main droite de sa poche, une lettre apparaît.

— Tenez, dit-il en tendant l'enveloppe à Leeb. Je peux transmettre votre réponse dès demain. Mais pensez au lin.

— Je n'y manquerai pas.

À la vue de l'écriture de sa femme, le cœur de Leeb se met à battre plus fort.

— Merci beaucoup.

Il glisse la lettre dans sa poche.

— Il faut que j'aille voir les bœufs, marmonne Kossakowski. Y a quelques cas d'ostéomalacie.

Arrivé à la porte, il se retourne et dit :

— Au fait, je me suis arrangé pour que vous reveniez dès maintenant travailler dans le grenier. Vous ne serez plus obligé d'aller aux champs.

Il esquisse un sourire paterne et s'en va, lançant par-dessus son épaule :

— Et si vous voyez des souris… Vous les liquidez !

En traversant l'étable, il donne une tape bienveillante sur le dos de quelques vaches.

Le bois de l'escalier grince tandis que Wilhelm Leeb monte au grenier. Une fois là-haut, il hume l'odeur du seigle et du blé en promenant son regard dans cet espace tout en longueur. Des lucarnes et des fenêtres placées juste au-dessus du sol en béton le baignent d'une clarté tamisée ; l'agencement géométrique des poutres qui soutiennent le toit a un côté réconfortant. Au milieu se trouvent les céréales, rassemblées en petits monticules.

Là-haut, Leeb doit concasser la nourriture des bêtes, nettoyer et traiter les semences, pelleter les céréales, des tâches, somme toute, supportables. À quarante-cinq ans, on n'est pas encore bon pour la casse, mais la dénutrition, ça épuise et, quand il est aux champs il est tout essoufflé. Pourtant, il n'a jamais envisagé de prendre la poudre d'escampette. Półwieś n'a beau être qu'à deux pas du Reich, il est encore sous le choc de son arrestation, et il serait risqué de prendre la fuite, car en Saxe, il pourrait se faire épingler par les Russes et se retrouver avec des ennuis dans son propre pays. Les Britanniques, désormais maîtres du jeu, ont fermé ses comptes car il était membre du NSDAP et de la SA, et iraient peut-être jusqu'à l'arrêter dès son arrivée. Un des préceptes auxquels il s'accroche est le suivant : "Qui n'a pas appris à attendre n'aura jamais de pouvoir". Aussi prend-il son mal en patience, même si c'est difficile.

Il traverse le grenier d'un bout à l'autre, cent vingt et un pas au total, il les a comptés. La récolte a été bonne, il s'arrête pour plonger une main dans les céréales. Elles sont sèches et picotent la peau et à l'instant où il retire sa main, sa paume se remplit de grains qui dégagent une odeur agréable, légèrement sucrée. Un délice ! En plus, il est tout seul, sans personne pour lui infliger des brimades ou l'abreuver de propos sans intérêt, et il s'épargne également les éternelles spéculations sur la date de sa libération. Son refuge, garni d'une couverture pour cheval, d'un tabouret et d'une caisse à munitions vide qui lui sert de support pour écrire, est dissimulé dans un recoin.

Leeb s'affale sur la chaise, sort la lettre de sa poche, examine l'enveloppe. La faim finit néanmoins par se faire sentir, vide béant qui crispe ses joues. Il arrive parfois à faire entrer des vivres clandestinement, mais ce n'est pas sans risques car s'il se faisait pincer, il se ferait fouetter au nerf de bœuf et envoyer au mitard. Cela ne l'empêche pas d'aller glaner dans les champs ; sa plus belle prise avait été un épi de maïs contenant pas moins de quatre cent cinquante-neuf grains. À présent, il mâchonne des grains de blé en regardant par la fenêtre la route déserte qui passe devant le domaine agricole ; désormais, elle s'appelle *Ulica Partyzancka*[*]. Il aimait bien le russe, il avait appris les principales expressions en un rien de temps, en revanche, il nourrit une profonde aversion envers la langue de ses geôliers polonais.

Il saisit son bien le plus précieux, un moignon de crayon à papier sans lequel il ne pourrait garder le contact avec sa famille, et il s'en sert aussi pour décacheter l'enveloppe, avec une délicatesse quasi solennelle. Après avoir de nouveau caché le crayon dans la fissure de la poutre, il sort la lettre de l'enveloppe. À cet instant, quelque chose atterrit doucement sur le sol. En le ramassant, il constate qu'il s'agit de deux photographies, et en voyant sa famille qu'il n'a pas revue depuis l'automne 1944, il ressent une si grande joie qu'il en a la tête qui tourne.

Sa mère est assise à une table, elle porte une robe sombre croisée, fermée au niveau du cou par cette broche qu'il lui avait offerte pour ses soixante ans, et elle le regarde. Leeb se ressaisit

[*] Route des Partisans.

mais sa lèvre inférieure tremble : du regard de la septuagénaire se dégage de la tristesse, le sang d'encre qu'elle se fait pour son fils adoré, retenu dans les fers, livré à lui-même, privé de joie, asticoté par la vermine, torturé par des crapules de Slaves – mon Dieu ! Leeb lutte pour contenir un sanglot. Cela fait deux ans et demi, depuis qu'il est en captivité, qu'il n'a pas versé une larme, mais maintenant il a les yeux qui brûlent. Sa bonne mère ! Elle qui l'a mis au monde et nourri au sein, elle qui reprisait ses chaussettes et le défendait toujours, y compris contre son père qui lui préférait Marthe, sa sœur. Cela réveille le ressentiment qu'il nourrissait à l'égard de Marthe, de six ans son aînée, qui le prenait de haut avec un malin plaisir au lieu de lui donner la main et de le protéger. Maintenant, elle vit comme un coq en pâte dans la ferme de son mari sans jamais penser aux souffrances qu'endure son frère.

Sa gorge se noue, son regard erre dans l'immensité du grenier. Seraient-ce des pas qu'il entend dans l'escalier ? Leeb se fige et tend l'oreille. Non, il a dû se tromper, la faim donne parfois des hallucinations.

Il examine la deuxième photographie, visiblement prise dans le verger de sa ferme. Comme les enfants ont grandi ! Son aîné, Wilhelm, en costume chic, sourit avec assurance à l'objectif. Qu'il est magnifique, le fiston. Sa fille Grete, dont le caractère rétif a souvent fait l'objet de plaintes, fait la gueule. Le petit Bruno, âgé de huit ans, son chouchou, est blotti contre sa mère, un grand sourire aux lèvres. Et là, c'est elle, sa Käthe, dans une robe à col montant, les cheveux attachés, elle a pris un sacré coup de vieux. Elle sourit, mais plus Leeb observe sa femme, plus il a l'impression de lire des reproches dans son regard, comme si elle voulait lui dire : "Ça, Wilhelm, ce sont tes enfants, ils ont besoin de toi. Pourquoi es-tu reparti à la guerre ? C'est moi qui porte tout sur les épaules et je suis une femme faible. "

Leeb commence à s'énerver. Ses éternelles jérémiades, sans parler de sa jalousie, à croire qu'il entretiendrait un harem derrière les murs de son cachot. Le jour de leur mariage, il faisait grand soleil, de la poudre aux yeux, car même des années plus tard, il n'était toujours pas parvenu à façonner sa femme comme il l'entendait, et il n'y parviendra jamais car elle a été mal éduquée, son hérédité est trop lourde.

Sa mère, en revanche – il prend sa photo – , il pourra toujours compter sur elle, elle est épatante. Une bouffée d'émotion lui étreint le cœur tandis qu'il étudie son visage, un visage noble, aimable, intelligent. Il repense au poème qu'il avait composé au printemps à l'occasion de la fête des Mères :

> Sois heureux et remercie Dieu d'avoir encore une mère
> Une telle chance n'est point donnée à tous sur terre.
> Par-delà rivières, monts et vallées, ma clameur s'exhale ;
> Ton fils te salue, je salue ma maison natale !

Ce sont les mots de la dernière strophe, et tandis qu'il les murmure, un sillon humide coule sur sa joue.

Il prend la lettre, mais marque un temps d'arrêt. Étaient-ce des rires ? Des bruits dans l'escalier ? Leeb tend l'oreille. Non, rien. Il fouille dans sa poche et en sort des grains de blé qu'il mâchonne tout en lisant afin de calmer sa sensation de faim.

Dans la lettre, il est question de surmenage et de problèmes à la ferme, d'amygdalite et de maux d'estomac, et il y repère tellement de fautes d'orthographe qu'il la repose.

Nom d'un chien! se dit-il. À Lubań, il ne pesait plus que cinquante kilos, était incapable de monter une marche d'escalier même avec deux cannes, mais s'était-il plaint pour autant, avait-il évoqué une seule fois sa maladie dans ses lettres? Non, car il ne voulait pas qu'on se fasse du souci. À Lubań, on lui avait également proposé de partir à Odessa pour deux ans mais, jugeant que cela aurait été irresponsable, il avait refusé, chose qu'il avait regrettée après coup, car il aurait peut-être eu plus de chances de rentrer chez lui s'il avait été là-bas. Maintenant, il est coincé ici, et à la maison, ça pleurniche? Que faire? Il est le jouet des événements du monde, un pion qu'on a fini par éjecter de l'échiquier. Les lamentations de Käthe l'horripilent: dans chaque lettre, on retrouve la même chose, des formules toutes faites, des phrases creuses, pas l'ombre d'une réflexion personnelle. Il y a de quoi s'arracher les cheveux! Dans le fond, c'est à cause d'elle s'il gâche ici de précieuses années de sa vie, s'il ne peut ni s'occuper de sa ferme ni éduquer ses enfants, car si elle était un peu plus élégante, un peu plus fine, un peu plus empathique, bref, si elle était plus racée, et si l'ambiance à la maison n'était pas aussi étouffante, sans doute serait-il resté auprès d'elle.

Il se frappe le genou du poing, sort un bout de papier glissé derrière le chevron. Le papier, il doit non seulement le cacher, mais aussi le chaparder, il écrit la plupart de ses lettres sur des supports destinés à d'autres usages, comme maintenant, tandis qu'il donne libre cours à sa frustration. Dans sa colère, il appuie tellement fort sur son crayon que la mine s'émousse rapidement. Il sort une lamelle de tôle tranchante de sa poche. Les couteaux sont interdits et, dans ce Tartare, un taille-crayon équivaut à une arme miraculeuse.

Une fois la pointe taillée, il poursuit: *Tu ne comprends pas ce qui se passe dans ma tête ni ce que je ressens, sinon tu aborderais les questions que je ne pose pas, mais même celles que je pose, tu n'y réponds pas. Jamais tu ne parles de personnes qui m'étaient proches, de gens extérieurs au village, ce qui prouve une fois de plus que tu ne t'es jamais intéressée à moi, que tu n'as jamais sondé mon âme, je te l'ai souvent dit, je t'ai souvent priée de faire un effort, mais c'était peine perdue, car ce qui fait une relation humaine, c'est quand deux âmes se comprennent. Arrêtons les frais, je prêche en vain...*

Encore un bruit sourd. Leeb tressaille, le mot qu'il veut écrire se solde par un gribouillis. En bas, dans l'étable, une vache meugle, une autre lui répond. Puis c'est de nouveau le silence, dans la lumière qui tombe par la fenêtre flotte de la poussière. Parfois, il découvre sur le sol un étourneau égaré, alors il pousse la porte de madriers surmontée d'une poulie et remet l'oiseau en liberté, et, un soir, c'était une chouette effraie qui était passée par l'œil-de-bœuf percé sous le faîte, un spectacle à couper le souffle. De temps à autre, c'est un chat gris tigré qui vient chasser et, bien entendu, il y trouve son butin, les souris, mais lui, il ne les "liquide" pas car il considère ces petites bêtes, à la fois amusantes et beaucoup trop agiles, comme de vieilles connaissances. Quant à Kossakowski, il passe rarement, ce qui donne à Leeb l'illusion d'être son propre maître en ce lieu.

Il écrit: *Je suis loin d'être un homme irréprochable, mais je n'ai jamais eu d'arrière-pensées, je me suis marié avec les meilleures intentions du monde, or des bourrasques ont jeté la barque de notre couple sur des écueils, toutefois, grâce au sang-froid quasi à toute épreuve de son timonier, il a toujours pu être remis à flot et dans la bonne direction, mais c'est à cause de ces bourrasques si j'ai échoué ici. Quand j'y pense, j'ai le cœur qui se serre...*

Oui, c'est ça. Sa main tremble si fort qu'il fait tomber le crayon, et il a un mouvement de frayeur. Il va pour le ramasser lorsque des bruits de pas résonnent dans les marches ; il se redresse, jette un regard inquiet vers l'escalier. Au moment de se lever, il est pris de vertige, il prend une profonde inspiration, coince le crayon dans la fissure, pose les lettres et les photographies sur l'entrait et sort de son coin. Il saisit le balai appuyé contre un poteau, et se met à balayer le sol de béton. Quelques secondes plus tard, une tête apparaît dans l'escalier, suivie d'un corps râblé.

C'est ce casse-pieds de gardien, Żubr, qui d'autre cela pourrait-il être, le fusil à l'épaule et une bouteille à la main, de la vodka sans aucun doute. Leeb s'arrête, enveloppé dans un nuage de poussière, et dirige son regard vers lui. Si le type est bourré, ça n'augure rien de bon.

— *Hitlerowiec!* hurle Żubr.

Leeb se fige, le balai dans les mains, et cligne des yeux à cause de la poussière. Żubr s'avance d'un pas lourd en jetant des regards à droite et à gauche comme s'il était venu inspecter les tas de céréales. Il paraît minuscule dans cette pièce haute, mais il est armé, et Leeb a conscience qu'il peut devenir violent d'un instant à l'autre.

— Toi ! *Hitlerowiec!*, répète Żubr avec colère en pointant l'index sur Leeb, en haillons.

Celui-ci, s'attendant à avoir des ennuis, agrippe des deux mains le manche du balai.

Żubr pousse des jurons, agitant sa main serrée sur le goulot de la bouteille. Il s'arrête à trois pas de Leeb, plante ses bottes sur le sol, arrache son fusil de l'épaule.

— J'ai été un partisan, moi! lâche-t-il brusquement comme quelqu'un qui, après s'être tu pendant un long moment, voudrait enfin décharger sa colère.

Leeb sent son haleine alcoolisée.

— Et toi... tu nous as traqués dans les bois pour nous tirer comme des lapins. J'étais là, moi. Je t'ai vu!

Sa grimace le fait paraître plus vieux qu'il n'est; Leeb lui donne à peine trente ans. Żubr actionne le levier de la culasse et arme son fusil, pose l'index sur la gâchette, s'approche.

— Tu as tué mes amis, *ty świnio**! Je devrais te buter.

Wilhelm Leeb blêmit. Oui, c'est exact, il avait pris part à la lutte contre les partisans, en juin 1944, à Tarnogród. Il se souvient de la forêt avec ses arbres immenses et son sous-bois touffu, splendide, et pourtant un lieu d'horreur et de mort. La sueur apparaît sur sa lèvre supérieure et il dit en balbutiant:

— On m'a donné l'ordre d'aller là-bas, mais je n'ai commandé personne, j'étais juste...

Cramponné au balai, il arrive presque à croire ce qu'il dit même si à l'époque, alors qu'il était encore responsable de l'agriculture, il s'était engagé volontairement dans cette intervention, après une attaque qui avait fait trois morts, cinq blessés et un disparu. Il est impossible que ce type le reconnaisse, lui, un soldat parmi tant d'autres, tous en uniforme et casque lourd; ils avaient passé au peigne fin une véritable forêt vierge, sombre et dense, et les partisans qu'ils avaient débusqués n'avaient pas été liquidés dans des combats au corps à corps, mais par des tirs de carabine, de

---

* Littéralement: sale porc.

mitraillette ou de mortier ; lorsqu'il lui arrivait de croiser des ennemis, ceux-ci étaient déjà morts ou déchiquetés, leur sang collé aux troncs et feuilles des arbres, Dieu que ce n'était pas beau à voir, on ne tolérait pas les embuscades, ces sauvages étaient allés jusqu'à massacrer des chevaux !

Leeb tourne son regard fébrile vers Żubr qui tient son fusil à hauteur de la hanche, prêt à tirer. Il baisse les bras, lâche le balai. Le bruit du manche tombant à terre résonne dans tout le grenier.

Żubr s'avance encore. Ses yeux lancent des éclairs de colère, mais ses lèvres serrées ont une expression de douleur, et à l'instant où Leeb s'en rend compte, sa peur vire à la panique : la colère, c'est déjà quelque chose, mais la colère nourrie par la souffrance attisée par une soif de vengeance, étayée par la conviction d'être dans son droit, constitue une menace plus grande. Il a le réflexe de reculer.

Cette fois, Żubr continue de s'approcher et lui enfonce le canon de son fusil dans le ventre.

Un petit cri s'échappe de la bouche de Leeb qui, bien que plié en deux, s'efforce de reprendre aussitôt contenance :

— Je…, dit-il, le souffle coupé, une main pressée sur son ventre. J'étais seulement…

— Tu es un menteur et un assassin.

Żubr place l'index sur la gâchette.

— Je n'ai rien fait à personne… jamais ! lâche-t-il brusquement. Au contraire… j'ai aidé mes gars, mes Ukrainiens…

— Tu mens comme tu respires, *dupek**! T'as même pas le courage de regarder tes crimes en face ! Vous avez

* Connard.

massacré des millions de personnes et mis la moitié du monde à feu et à sang, et toi, tu oses nier les faits et geindre ? Vous, les *Niemcy*, vous n'êtes qu'une bande de mauviettes ! Je t'ai vu dans la forêt comme je te vois maintenant !

Il sort la vodka de sa poche, prend une gorgée puis lève la main et balance la bouteille sur le sol de béton, la faisant voler en éclats.

— Ramasse, *Hitlerowiec* ! aboie-t-il en pointant son fusil sur le crâne de Wilhelm Leeb.

Au moment où celui-ci va pour prendre le balai, Żubr hurle :

— Non ! Avec les mains ! *Dalej*[*] !

Leeb s'accroupit et se met à ramasser les fragments de verre. Son cher refuge se révèle à présent incommode car personne n'entend quoi que ce soit. Il ne tarde pas à se faire une entaille à un doigt. Il voudrait examiner sa blessure, mais Żubr lui ordonne sèchement de continuer.

— Et toujours très consciencieux, ricane-t-il. C'est bien comme ça que vous êtes, hein ? Toujours consciencieux quand il s'agit de tuer et de piller, toujours consciencieux quand il est question de faire du ménage. Allant jusqu'à déterrer et incinérer vos victimes pour que règne l'ordre. Non, pas comme ça ! s'agace-t-il. Pas en tas. Les bouts de verre, tu les mets dans ta poche.

Hanté par la peur, Leeb ramasse les débris et les glisse dans la poche de son pantalon. Le principal est qu'il ne découvre pas le crayon, se dit-il soudain, le principal est qu'il ne farfouille pas dans mon coin. Quel dommage qu'à l'époque, cet homme

[*] Allez !

ait réussi à passer à travers les mailles. Il aurait été préférable que les Kalmouks lui tranchent la tête.

— On se relâche pas, aboie Żubr. Le travail rend libre, ça, tu le sais, hein ?

— J'ai été à Auschwitz, dit Leeb, par défi, mais il se mord aussitôt la langue.

Après avoir été remis entre les mains des Russes, qui avaient fait marcher jusqu'en Silésie les prisonniers, revenant à la Pologne en les faisant passer par les monts des Géants, il avait été interné quelque temps au camp annexe de Jawischowitz, mais ce type aurait sans doute pris la chose de travers. Leeb rentre les épaules et se remet à la tâche.

Et de fait, Żubr se met à grogner avec colère :

— Tu serais pas un de ces cochons de SS, des fois ? Remonte tes manches !

Il examine les bras de Leeb pour voir s'il porte un tatouage indiquant son groupe sanguin.

— Une chance pour toi, *Hitlerowiec*, grommelle-t-il. Continue.

En lutte contre un profond désespoir, Leeb ramasse les débris puant la vodka, débris qui perforent ensuite la toile de son pantalon et lui entaillent la cuisse à chacun de ses mouvements. Sadique ! songe-t-il. Et puis comment se fait-il qu'il parle aussi bien allemand ? Cinquième colonne ? Il a plusieurs doigts en sang tandis qu'il collecte les derniers bouts de verre ; il espère seulement que les plaies ne vont pas s'infecter.

Żubr pointe son fusil sur les débris oubliés et, un rictus aux lèvres, il regarde Leeb se déplacer en sautillant sur le sol de béton en position accroupie afin de les ramasser à leur tour. Puis il assène un coup de crosse sur l'épaule du prisonnier, le faisant basculer sur le côté droit, celui dont la poche est bourrée d'éclats de verre.

Leeb pousse un sifflement de douleur.

— Tu mériterais aussi quelques coups de pied au cul, *Hitlerowiec*, dit Żubr en remettant son fusil sur l'épaule, mais j'ai pas envie de salir mes bottes.

Et, se détournant, il ajoute :

— Crois pas qu'ici, tu vas pouvoir te planquer ! Je reviendrai bientôt, avec une autre bouteille. Ce sale vendu de Kossakowski, c'est pas lui qui va te protéger.

Puis il sort et redescend l'escalier, martelant les marches de ses bottes.

Au grand soulagement de Leeb, les pas s'éloignent et se perdent au loin. Il regagne son coin en se traînant, s'affale sur la chaise. Les bouts de verre dont sa poche est pleine lui entaillent la cuisse, mais il lui faut d'abord enlever ceux qui sont enfoncés dans ses doigts. Son épaule droite lui fait mal au moindre mouvement, il est comme devenu sourd et ne ressent plus rien, ni peur, ni colère, ni désespoir. Les seuls mots qui se bousculent dans sa tête sont : "Il n'y a pas meilleur remède qu'un crachat." C'est ce que disait toujours sa mère lorsque, enfant, il s'était fait une blessure au genou, mais sa bouche est tellement sèche qu'il n'arrive pas à produire de salive.

Il fixe son regard sur ses mains maltraitées.

— Connard, marmonne-t-il d'une voix étouffée.

Ses mains ensanglantées commencent à devenir floues.

Et là, un étourneau, égaré sur le sol du grenier, entonne son chant moqueur émaillé de cliquetis et de claquements.

PENTECÔTE 1949

L'HOMME DE LA MAISON

MÊME si les oiseaux ont salué le jour il y a déjà un bon moment, le jeune Wilhelm sommeille encore. Il se tourne de l'autre côté et reprend sa respiration dans un râle, un filet de salive s'échappe du coin de sa bouche et coule sur l'oreiller.

Lundi de Pentecôte. La veille au soir, il a commencé par aller faire la noce avec les autres garçons célibataires à l'auberge du village, puis, à une heure du matin, il s'est rendu dans la forêt avec son noyau dur d'amis, là où, comme chaque année, les vieux paysans surveillent le bois, un astucieux prétexte derrière lequel se cache une beuverie autour d'un feu de camp, saucisses grillées et œufs brouillés inclus. Là-bas, on avait continué de gobeloter car, selon le père Frieling, "qui travaille beaucoup peut boire beaucoup". Sauf que, hélas, on ne peut plus travailler quand on a trop bu, et maintenant Leeb junior est en train de cuver son ivresse, enfoui jusqu'aux oreilles sous sa couverture.

Les scènes qui se bousculent dans son esprit, il les discerne comme à travers une brume d'alcool; il reconnaît les gens bien qu'ils aient changé d'apparence, et il en est de même pour les lieux. Il sait qu'en rêve il danse sous le grand chapiteau dressé pour la *Schützenfest*, la Fête des tireurs, mais ce qu'il voit à travers la bâche de la tente, d'une transparence troublante, ne correspond pas à la réalité, car au lieu des champs qui bordent le village, c'est un désert qu'il distingue, avec des charrettes chargées de paille en train de flamber et des chevaux attelés à des herses qui courent dans tous les sens, pris de panique ; quant à lui, il ne porte ni sa tenue blanche de célibataire ni la veste galonnée d'un sous-officier avec le sabre et le colback, mais des bottes et une veste de treillis sale. Cela ne l'empêche pas de faire valser une jeune fille chic sur les planches au rythme de la musique, il s'agit de toute évidence de Sophia Wely, la fille du garde forestier, car elle a des cheveux châtains et des yeux verts comme l'aspérule. Tels Willy Fritsch et Lilian Harvey, ils se faufilent parmi des couples de danseurs enlacés ; tout en la faisant tournoyer, il l'entraîne hors du chapiteau puis ils traversent la place, passent devant la baraque de tir résonnant des pétarades des carabines à air comprimé et du cliquetis des cibles métalliques, dans un mouvement tout en élégance il saute par-dessus la clôture et l'emmène danser dans les champs. Bien que le crépitement des flammes couvre la musique, il continue de danser, Sophia blottie dans ses bras, aux anges, il la fait virevolter dans des nuages de fumée qui ni n'empeste, ni ne pique les yeux, jusqu'à se renverser avec elle sur un énorme tas de paille dans lequel ils se fondent, envahis de picotements de bonheur – et là, il se réveille.

Il pousse un gémissement en repliant ses jambes blotties dans sa chemise de nuit, entoure l'oreiller de ses deux bras.

Bougonne en ouvrant les yeux, la lumière l'aveugle, et son crâne… dans son crâne chantent les anges, mais avec des voix de crécelles. Certes, ce jour férié n'est pas un jour chômé, le printemps étant, en plus, une période très chargée, mais Josef peut s'occuper du nourrissage. Wilhelm Leeb junior regagne son petit nuage de bien-être, se replonge dans ses rêves.

La Fête des tireurs, qui avait eu lieu deux semaines plus tôt, avait été la deuxième après une interruption de neuf ans en raison de la guerre, et Wilhelm avait eu le coup de foudre pour la charmante Sophia Wely. On l'appelait la fille du garde forestier même si, à proprement parler, elle ne l'était plus puisque son père, qui fut le dernier garde forestier domanial avant que la forêt du comte ne fût vendue, était décédé prématurément. Parmi les filles du village, cette jeune fille élancée de dix-sept ans faisait exception. Chaque fois qu'elle riait, ses yeux pétillaient comme des émeraudes et Wilhelm se sentait tout chose. Pendant la fête, il l'avait dévorée des yeux et avait fait contre mauvaise fortune bon cœur lorsque ses amis, accoudés avec lui au comptoir, le gratifièrent de moqueries graveleuses.

— Elle est plate comme une limande, bougonna Horst Bulitta, persuadé que toutes les filles en pinçaient pour lui parce qu'il portait l'écharpe à carreaux du roi des célibataires. Et puis elle n'a rien à apporter en mariage, même pas un lopin de terre.

Wilhelm, gêné, murmura :

— Pourquoi tu parles de mariage ?

— C'est toi qui oses dire ça ? balbutia Karl-Otto Köhler. Toi qui as laissé tes terres en Silésie ! À moins que tu les aies emportées avec toi dans ta carriole pour ensuite les cacher quelque part ? Mais tais-toi donc.

— Toi, la ferme! siffla Bulitta. Encore une saloperie de ce genre et je te casse la gueule.

Köhler, fils d'un petit fermier, avala sa gnôle d'un trait et se mit à rire.

— Tu vas me casser la gueule? Toi qui es encore tout essoufflé d'avoir couru pour échapper aux Russes? Espèce de mauviette, va.

Il lui décocha un regard méprisant.

— Et puis dis donc... (il pointa le doigt sur la couronne que le nouveau roi des célibataires portait sur son écharpe) comment on danse avec un gros machin pareil sur la poitrine? Tu sens rien quand tu te colles.

— Si tu étais une meilleure gâchette, tu le saurais! rétorqua Bulitta, mettant les rieurs de son côté.

— Ouais, dit, légèrement ivre, Balduin Frieling, lui-même fils de paysan. Elle est pas mal, la petite Wely, un joli petit lot. Les autres filles, à côté, on dirait des barques prises dans une tempête.

— Des barques prises dans une tempête! (Köhler fit une grimace.) T'es un poète, ou quoi? N'empêche qu'il a raison, Bulitta. Regarde Pauline... elle, elle a de la chair sur les os, elle est facile à prendre en main. Je vais l'emballer, celle-là, vous allez voir, les gars.

— On croirait entendre un boucher qui jauge des escalopes, dit Frieling.

— Jouer les fiers-à-bras en restant au comptoir à picoler, quelle lâcheté, dit Bulitta. Si tu en avais dans le ventre, tu irais lui faire un brin de causette, à la Pauline. Mais il y aurait de fortes chances qu'elle détale en criant au moment où tu lui dirais que tu t'appelles Karl-Otto.

Il regarda Köhler d'un air narquois.

Celui-ci le menaça du poing.

— Drôlement mignonne, la fille du garde forestier, murmura Frieling, se tournant vers Wilhelm. Si tu réussis à l'alpaguer... Chapeau !

Wilhelm marmonna quelque chose, toujours dans ses petits souliers.

— Ah, les femmes... C'est aussi capricieux que le temps.

Bulitta donne l'impression d'avoir vécu plus d'expériences qu'il ne l'aurait souhaité.

— Il faut savoir les prendre. Et puis Pauline, elle a déjà un gars ou pas ?

Köhler, qui se sentit blessé dans son amour-propre, rétorqua :

— Peuh, passons à l'action ! Vous allez voir ce que vous allez voir, bande de chiffes molles.

Il fit claquer son verre sur le comptoir et s'éloigna d'un pas énergique.

Les autres le suivirent du regard, intrigués. La tente était pleine à craquer, l'air saturé de la fumée des cigarettes et des cigares, le niveau sonore élevé car l'orchestre, qui alternait airs populaires et valses, était déchaîné. Il faisait plus chaud que dans n'importe quelle étable, la sueur coulait à flots sur la piste de danse et les gens se trémoussaient comme des fous, comme s'ils devaient toujours rattraper ce dont ils avaient été privés pendant la guerre. En approchant de la table à laquelle se trouvaient Pauline Bunk et ses amies, Köhler ralentit l'allure et se retourna pour voir ses amis. Constatant qu'ils l'observaient toujours, il s'avança d'un pas ferme de la table. Six paires d'yeux de jeunes filles se portèrent sur le jeune homme vêtu de blanc et les cheveux coiffés en arrière.

— Ça y est, c'est parti, dit Bulitta, appuyé contre le comptoir, un verre de bière à la main. Voyons voir si on peut en tirer quelque chose d'instructif.

Ils regardèrent Köhler rouler des mécaniques et, les yeux rivés sur Pauline Bunk, agiter les mains comme un chef d'orchestre. Puis il se pencha en avant pour lui caresser la joue, ce qui fit sursauter les six filles. Pauline fit une grimace mais Köhler continua de lui déverser son baratin, lui montra la piste de danse et la prit par le bras.

— Oh, oh, murmura Wilhelm.

— Il va se ramasser une veste, notre Don Juan, dit Frieling d'une voix sombre.

Köhler regarda de nouveau par-dessus son épaule, il était plus rouge qu'une betterave. Il était toujours agrippé à Pauline, ce qui ne semblait pas du tout convenir à celle-ci, qui secouait son bras en maugréant quelque chose, et comme il ne la lâchait pas, elle saisit tout de go son verre et lui balança le contenu en pleine figure. Les autres filles partirent d'un rire strident et Köhler battit en retraite.

— Alors? demanda Bulitta, une fois que le pauvre éconduit fut revenu se réfugier au comptoir. Mais qu'est-ce qu'elles peuvent boire, ces dames là-bas?

— Une odeur de moisi, pas trop désagréable, dit Frieling. Du vin de Hesse rhénane, sans l'ombre d'un doute.

— Quelle garce. (Köhler s'essuya le visage avec son mouchoir.) Il y en a d'autres qui l'invitent à danser? Elle aurait dû être contente!

— Maintenant à ton tour, Wilhelm, dit Bulitta. Montre-lui, à notre godelureau, comment il faut s'y prendre.

— Moi?

Wilhelm se sentit pris au dépourvu.

Les trois autres l'encouragèrent du regard.

— Non mais, dites donc! s'exclama Köhler. Je vais être le seul à me ridiculiser?

Il émit un petit ricanement.

Le regard de Wilhelm parcourut fébrilement la tente. Il se sentait contraint d'obéir mais n'avait pas envie de se couvrir de honte.

— Je ne la vois nulle part. Je pense qu'elle est déjà partie, dit-il d'une voix atone.

— Mais si, elle est là-bas! objecta Bulitta en pointant le doigt vers Sophia Wely qui discutait avec un jeune homme. Elle est en train de se faire draguer par Haastick.

— Mais il est bien trop vieux pour elle, dit Frieling. Il doit déjà avoir la trentaine, pas vrai?

— Wilhelm, il faut que tu l'arraches des pattes de ce vieillard, dit Bulitta en gratifiant son ami d'une petite tape. Taïaut! Taïaut!

— Vous n'êtes qu'une bande de fumiers.

Wilhelm prit une profonde inspiration et se mit en mouvement.

Rictus aux lèvres, ses amis le regardèrent se faufiler parmi la foule pour rejoindre la fille du garde forestier, à l'autre bout du chapiteau.

— Il va avoir une drôle de surprise, Leeb, dit Köhler d'un ton goguenard, passant une main dans ses cheveux poisseux de vin blanc.

Ils le virent s'approcher de Sophia. Son soupirant, Heinrich Haarstick, fut obligé de lever les yeux pour regarder son indésirable rival car il faisait une tête de moins.

Une expression de mécontentement apparut sur son visage lorsque Wilhelm s'inclina profondément devant la jeune fille, lui dit quelque chose avec un sourire et adressa même quelques mots à Haarstick. Celui-ci, qui semblait à la fois stupéfait et flatté, ne broncha pas quand Wilhelm offrit son bras à la jeune Sophia et l'entraîna sur la piste de danse.

Köhler ouvrit de grands yeux ronds.

— Un sacré séducteur, ce type, dit Frieling en riant.

— Mais qu'est-ce qu'il a pu dire à Haarstick? s'étonna Bulitta. Regardez-le… Il sourit béatement alors qu'il vient de se faire siffler sa petite amie sous son nez.

Ils parvenaient à voir la tignasse blonde de Wilhelm car celui-ci était plus grand que la plupart des autres danseurs. L'orchestre jouait inlassablement et le jeune Leeb ne semblait nullement disposé à s'arrêter de danser ni à laisser Sophia Wely se défaire de son étreinte. À un moment, ils apparurent au bord de la piste et Wilhelm décocha un sourire en coin à ses amis soudés au comptoir.

— Mais c'est qu'il a l'air fou amoureux, les gars, jugea Frieling.

— C'est aussi l'impression que j'ai, approuva Bulitta. Je ne l'ai jamais vu comme ça.

— Quelle grande perche, dit Köhler. La Wely est beaucoup trop petite pour lui. Pour l'embrasser, il faudrait qu'elle monte sur un escabeau.

Wilhelm, qui n'avait rien entendu, disparut dans la foule avec sa cavalière. Ils dansèrent jusqu'à l'aube.

Des voix de femmes stridentes. En bas, ça piaille et ça se dispute. Puis un grondement sourd retentit, suivi d'un cri.

Wilhelm s'extrait péniblement de sa couverture, interprétant ce bruit comme le signal de se lever. Il a le crâne qui bourdonne, et une fois debout, à côté de son lit, il chancelle – cette maudite *Goldwasser**! C'est Egon Luditschek, un gars originaire de Prusse-Occidentale, qui, tard dans la nuit, en avait sorti une bouteille comme par magie. Assis autour du feu, ils l'avaient vidée puis avaient jeté de la terre sur les braises avant de rejoindre le village en titubant. Personne ne se souciait des anciens qui, complètement soûls, s'étaient assoupis sur les bancs, on les avait tout bonnement laissés dans la forêt.

Au rez-de-chaussée, la dispute continue et Wilhelm – qui, dans l'état où il est, a du mal à supporter les voix stridentes – descend l'escalier en se cramponnant à la rampe. Les cris viennent de la cuisine. Il ouvre la porte et s'écrie :

— Nom de Dieu, mais vous pouvez pas vous taire à la fin ?

Puis il entre. Il a tout de suite les pieds mouillés car il y a de l'eau sur le sol de pierre. Son regard se pose sur la baignoire en zinc renversée, devant laquelle se tient Grete, sa sœur âgée de quatorze ans, nue comme Dieu l'a créée, mais néanmoins drapée dans une serviette, et quelques pas plus loin, Mme Dignatz, une Silésienne logée avec sa famille dans la laiterie de la ferme et qui aide aux tâches domestiques. Elle a les mains sur les hanches, les yeux brillant de colère. À la vue de Wilhelm, elle explose :

— Une sale gosse gâtée ! Ça renverse la baignoire parce que l'eau n'est soi-disant pas assez chaude ! Elle mériterait une bonne raclée, non mais franchement !

---

* Liqueur à base de racine et d'herbes, appelée aussi vodka de Dantzig.

— C'était froid, rétorque Grete avec morgue. Glacial. Je ne vais quand même pas me tremper dans cette baignoire pour attraper la grippe.

— On lui passe trop ses caprices, à cette gamine, se plaint Mme Dignatz en se tournant vers Wilhelm. Tout le monde ici lui obéit au doigt et à l'œil. Les enfants, il faut leur imposer des limites, sinon on en fait des bons à rien. Moi, je ne tolère pas un manque de respect pareil. Et ce n'est pas moi qui nettoierai cette cochonnerie !

— Vous travaillez pour nous, déclare Grete, tenant fermement sa serviette des deux mains. C'est donc vous qui allez nettoyer ça.

— Je suis la fille d'un entrepreneur de transport, moi, pas une boniche, espèce de petite chipie.

Puis elles se remettent à se disputer comme des chiffonnières tandis que Wilhelm, toujours les pieds dans l'eau, se gratte la tête ne sachant quoi répondre.

Au bout d'un moment, ses pieds sont déjà refroidis, sa mère débarque en courant. Dès l'instant où elle pose ses semelles dans l'eau, des traînées de saleté se forment derrière ses chaussures, car elle était à l'étable. Elle est toute rouge et dans tous ses états parce qu'elle a entendu du bruit mais ignore ce qui se passe. Elle s'arrête net au milieu de la cuisine et découvre la scène : la baignoire renversée, sa fille à moitié nue, son fils qui a mal aux cheveux et Mme Dignatz, qui se met aussitôt à aboyer.

— Ça ne va pas du tout, madame Leeb, cette jeune fille mériterait une bonne paire de claques. Elle a renversé la baignoire, comme ça ! Non mais, on est où, là ? Moi, je ne nettoierai pas cette flaque, c'est à la gamine de le faire. Il faut qu'elle assume les conséquences de ses actes !

Käthe Leeb tente de prendre un air sévère, mais son visage n'exprime que désarroi et tristesse, et sa remontrance manque de fermeté :

— Grete, c'est quoi ces bêtises ? Tu es vraiment mal élevée.

Sa fille pince les lèvres.

— Cette femme n'a pas chauffé l'eau, répond-elle d'un air buté.

Mme Dignatz lâche un rire jaune.

— N'importe quoi. Mais bon... La prochaine fois, j'attendrai que ça fasse de la vapeur et des bulles, comme ça la petite sera enfin à la bonne température.

— Willem, dit Käthe Leeb s'adressant à son fils, mais dis quelque chose ! Tu n'es pas fichu de faire entendre à ta sœur qu'elle ne peut pas faire ça ?

Wilhelm hausse les épaules. Grete n'écoute jamais ses remarques puisqu'il n'est que son frère, et puis elle lui lance un regard empreint d'une telle candeur qu'il est tout bonnement incapable de dire quoi que ce soit.

Les yeux rivés sur le sol de la cuisine, sa mère dit tout bas :

— Bon, je vais m'en occuper. Mais... (elle regarde sa fille en agitant l'index) si cela se reproduit, alors... alors...

Aucune parole de menace ne lui vient à l'esprit.

Grete réprime un ricanement. Mme Dignatz les regarde d'un air à la fois déçu et méprisant.

— Voilà une bien drôle de famille, marmonne-t-elle. Il manque un homme dans cette maison.

— L'homme de la maison, c'est mon fils ! objecte Käthe Leeb en désignant Wilhelm.

La Silésienne rit doucement.

Wilhelm sort de la cuisine et remonte l'escalier en maudissant sa bourrique de sœur. Parfois, il en a plein le dos, autant de sa famille que de la ferme, il aurait envie de prendre le large pour un nouveau départ ailleurs, mais il a des responsabilités auxquelles il ne peut se soustraire.

De retour dans sa chambre, il s'appuie des deux mains sur la plaque de marbre du meuble de toilette et se regarde dans le miroir : ses cheveux blonds sont tout emmêlés, il a l'air exténué. Il verse de l'eau de la cruche dans la bassine pour se laver le visage, passe à plusieurs reprises ses doigts mouillés dans sa chevelure puis se peigne en dessinant une raie sur le côté.

C'est déjà mieux. Il a les yeux vitreux, quelques vaisseaux ont éclaté dans le gauche. Il repose le peigne et, à l'instant où la corne heurte le meuble, il lui revient tout à coup à l'esprit qu'aujourd'hui, lundi de Pentecôte, il a un rendez-vous – il en a convenu hier avec Sophia, littéralement entre deux portes, car les garçons étaient restés entre eux à l'auberge, les filles n'étant pas admises.

Son pouls s'accélère.

— Merde, grogne-t-il, essayant fébrilement de se rappeler l'heure et le lieu.

Il a un trou de mémoire et les Wely n'ont pas le téléphone. Au moment d'enfiler sa chemise qu'il a prise sur le montant du lit, il constate que celle-ci empeste la fumée du feu de camp ; il la jette dans un coin, va en chercher une propre dans l'armoire, marque une hésitation : elle n'a pas été repassée. C'est Grete qui est censée s'occuper du repassage mais, bien évidemment, elle n'en a aucune envie.

— Quelle garce, fulmine-t-il en enfilant malgré tout la chemise, et sitôt chaussé de ses bottes et de ses éperons, il prend la direction des latrines.

Il passe devant la cuisine où le calme est revenu, sort de la maison en passant par le grand salon puis traverse la cour pour rejoindre le porche où se trouvent les fosses d'aisances. Il a les jambes en coton, se précipite dans l'un des obscurs cabinets. Les interstices entre les lattes laissent passer un peu de lumière et son regard, posé sur les lambeaux de journaux qu'il a piochés sur la pile de papier, s'arrête sur une annonce accompagnée de la photo d'un mannequin bien proportionné qui relève des deux mains sa magnifique chevelure bouclée ; en dessous il est écrit : *Pour une dégaine qu'on dégrafe, choisissez les gaines de Graff.*

Wilhelm pousse un gémissement : si seulement il savait à quelle heure ils se sont donné rendez-vous... Il a encore l'impression de tournoyer avec Sophia sur la piste de danse, un bras passé autour de sa taille ; tout comme il se souvient du regard réprobateur qu'elle lui avait lancé lorsque sa main s'était retrouvée sur ses fesses, en fait ce n'était pas une erreur, il n'avait tout simplement pas pu résister à la tentation de sentir le galbe de ses formes sous ses doigts. Plus ils dansaient, plus il l'avait attirée à lui, et elle n'avait opposé aucune résistance, laissant même tomber sa tête contre sa poitrine. Quel délice, d'autant plus que Sophia dansait avec la légèreté d'une plume et se laissait guider avec la même aisance ; ils n'avaient qu'à aller se faire voir, ses amis toujours prompts à la raillerie. C'était comme une ivresse, une ivresse qui, en plus, ne coûtait pas le prix qu'il paie à présent pour avoir trop picolé : nausées, vertiges et une fatigue qui l'enserre dans ses griffes osseuses.

Comme il aurait aimé l'embrasser, la fille du garde forestier...

À cet instant, on tambourine à la porte, des coups si fort que les trous percés dans les lattes se mettent à tousser de la poussière de bois. Arraché à sa transe, Wilhelm rend le morceau de journal à son ultime destination. De nouveaux coups, puis une voix qui s'exclame :

— Tu es là, Willem ? Sors, je crois qu'il y a un goret qui a crevé.

C'est Josef.

— Une minute, grogne Wilhelm.

— Quoi ? s'indigne Josef.

Wilhelm se met à crier :

— Une minute ! On peut pas chier en paix, bordel ?

Ce bref accès de colère lui donne de nouveau le tournis.

— Le porcelet a l'air raide mort, insiste Josef, qui attend devant la porte.

— Bah, dans ce cas, y a rien qui presse.

— Willem ? Tu viens ?

Le jeune homme fait claquer ses bretelles sur ses épaules. En sortant des cabinets, il est ébloui par le soleil mais la chaleur lui fait du bien : le soleil, il est comme Sophia, quant aux latrines, étroites et lugubres, elles sont à l'image de cette maudite ferme, et puis il y a aussi les caprices de sa sœur, les lamentations de sa pauvre mère, et son frère, ah, lui, il a décroché le coquetier puisqu'il passe des semaines entières à se faire dorloter et choyer chez l'oncle et la tante, pendant que lui, Wilhelm, doit diriger la ferme. Ce ne sont pas quelques menus travaux qui le tueraient, le petit Bruno, âgé de dix ans, mais sa mère, sans cesse sur la brèche, n'a pas envie de l'avoir dans les pattes. Ce gamin a vraiment de la chance, Wilhelm l'envie ; lui aussi aimerait être encore petit même si, bien sûr, il n'aurait alors pas eu la possibilité de danser avec Sophia.

— Bon, qu'est-ce qu'il y a, Josef? grogne-t-il. Il est mort
ou pas, ce porcelet?

— Viens voir.

Josef, une tête et demie de moins que Wilhelm, ouvre la
marche en passant sous le porche qui mène à la cour. Il dit
par-dessus son épaule:

— Avec Martin et Pawel c'était mieux, ils m'aidaient, eux.
Et puis les Ukrainiennes, elles étaient toujours très gentilles.
Ils sont où maintenant?

— La guerre est finie, répond Wilhelm, tu le sais, ça,
quand même. Ça fait longtemps qu'ils sont rentrés chez eux.

— Et le chef, c'est quand qu'il rentre? veut savoir Josef.
Pour lui aussi, la guerre est finie.

Lorsqu'il se retourne de nouveau, il a les yeux qui papil-
lotent, Wilhelm ne peut s'empêcher de se demander s'il a
conscience que la stérilisation contrainte dont il a fait
l'objet pour "débilité congénitale" a été menée à l'instiga-
tion de son chef. Josef continue d'avancer en trottinant,
traverse la cour en direction de la porcherie, sans laisser
entrevoir qu'il était au courant ou en voulait au senior.
Depuis son opération, qui a eu lieu six ans plus tôt, il va
se cacher chaque fois que le docteur Fröbe vient à la
maison, et toujours dans la porcherie. Wilhelm ne sait pas
quoi en penser. Josef n'est sûrement pas débile et ce n'est
pas de sa faute s'il ne sait ni lire ni écrire; il n'y avait tout
simplement personne pour lui apprendre à aller sur le pot
et l'envoyer à l'école. Sa tête, où Sophia occupe la plus
grande place, cogite encore; il chasse les pensées mal-
saines, et les voilà déjà dans la porcherie.

L'odeur âcre qui sature l'air, c'en est trop pour Wilhelm
– il se sent à deux doigts de vomir.

Les bêtes grognent dans leurs enclos. Deux d'entre eux, au fond de la porcherie, sont équipés de lampes chauffantes rouges ; c'est là que logent les truies et leurs petits. Josef marche toujours en tête, mais il a ralenti le pas car le sol dégage de l'humidité. Ils s'arrêtent devant l'enclos du fond et Josef montre la truie avec ces cinq porcelets en train de téter en poussant de petits couinements.

— Mais ils sont tous en parfaite santé, murmure Wilhelm, encore aux prises avec la nausée.

L'endroit lui inspire du dégoût : le plafond bas garni de madriers où l'on voit des brins de paille dépasser des fissures car au-dessus se trouve une réserve de foin ; les cloisons humides dont le crépi est tout bosselé ; les auges couleur de sang coagulé, garnies de leurs treillages de bois ; les tas de fientes sous les nids d'hirondelles ; les toiles d'araignées sales et les mouches qui se posent sans vergogne sur ses joues. Wilhelm ne se sent pas à sa place. Comment, se demande-t-il, une fille aussi raffinée que Sophia Wely pourrait-elle aimer quelqu'un qui passe ses journées à trimer dans cette satanée porcherie et rentre chez lui en puant le cochon ? Le désespoir supplante sa nausée – qui resurgit néanmoins lorsque Josef déclare :

— Mais tu ne vois pas, Willem ? Là, sous son dos. C'est mort, ça, non ?

Dans la lumière rougeâtre de la lampe chauffante, Wilhelm distingue une petite boule livide, à la fois enfouie sous la truie et recouverte de paille. Puis, ouvrant grands les yeux, il découvre une petite queue en tire-bouchon et une extrémité figée, sans doute une patte arrière.

— Oh, flûte, murmure-t-il.

— Faut virer ça, dit Josef.

— C'est pour ça que tu m'as fait venir ? Tu aurais pu le faire toi-même ! aboie Wilhelm.

Josef lève vers lui un regard contrit, hausse les épaules. Wilhelm, qui ne porte pas la tenue adéquate pour aller dans une porcherie, passe ses longues jambes par-dessus le treillage et s'approche de la truie qui émet des grognements de panique. Les porcelets arrêtent de téter pendant quelques instants mais s'y remettent aussitôt, leur soif étant plus forte que la peur. Wilhelm se plante derrière la truie pour observer la pauvre petite chose qui, à la lueur de la lampe, paraît toute rose comme si elle était en vie, et pourtant elle est morte, étouffée sous sa mère, écrasée par sa mère. Ce n'était pas un acte prémédité ; la truie a eu six petits et ne peut avoir un œil sur chacun. Peut-être celui-là était-il trop téméraire, peut-être trop faible aussi, et les faibles, il faut qu'ils périssent, c'est la loi, en tout cas d'après son chef d'unité aux Jeunesses hitlériennes, qui leur avait enfoncé ce précepte dans le crâne, et puis d'autres du même genre.

— J'ai besoin de la fourche, dit-il à Josef.

Celui-ci va dans la réserve de nourriture et revient avec la fourche à quatre dents qu'il lui tend par-dessus le treillage. Wilhelm la saisit et fait couler sa main fermée le long du manche usé jusqu'à ce qu'il transperce la litière et heurte le sol de pierre. Puis il prend son courage à deux mains, saisit la patte du porcelet et tire dessus – en vain. Wilhelm pose la fourche contre le mur, s'approche de la truie et tente de déplacer son corps pesant en le poussant avec ses jambes.

— Allez, grogne-t-il, bouge-toi, la grosse ! Il pousse à nouveau, un effort qui ravive sa migraine.

240 LES PÉCHÉS DES PÈRES

La truie demeure immobile, les cinq porcelets continuent de téter activement. Wilhelm plonge la main dans
la paille souillée d'excréments, saisit le cadavre des deux
mains et tire de toutes ses forces, toujours en vain. Il se
redresse, de la sueur perlant sur son front.

— Ah, la grosse, ce que tu peux être têtue, grogne-t-il
en prenant la fourche.

Puis il se retourne un instant et voit Josef planté dans le
grand vestibule, les yeux écarquillés.

— Bon Dieu, mais viens m'aider, Josef! crie Wilhelm.

Josef secoue la tête puis ôte sa casquette et passe la main
dans ses cheveux.

— Non, Willem, non, murmure-t-il. J'aime pas toucher
ce qui est mort. Ça me file la chair de poule.

Wilhelm pousse un soupir irrité. Puis il se met à piquer
le dos de la truie avec les quatre dents de la fourche. Elle
émet un grognement, tourne brusquement la tête, faisant
vibrer ses petites oreilles, mais ne fait aucun effort pour
bouger. Wilhelm pique de nouveau, plus fort cette fois-ci.
Avec un couinement strident, la truie se dresse sur ses
pattes, manquant d'écraser les autres porcelets. Ceux-ci se
mettent à courir partout dans leur enclos, Wilhelm a enfin
le champ libre.

Le porcelet étouffé apparaît sous ses yeux, son petit groin,
devenu bleuâtre, paraît violet à la lueur de la lampe chauffante. Ses yeux sont éteints, une de ces pattes avant est
tordue. Wilhelm veut prendre la bête, mais au moment de
se baisser, il est envahi de nausées. Il tournoie sur lui-même,
fait deux pas maladroits en avant et se met à vomir devant le
mur. Puis plié en deux, les mains posées sur les genoux, il
est saisi d'un haut-le-cœur et expulse un second jet de vomi

nauséabond. Les porcelets virevoltent autour de lui, la truie grogne en le fixant de son air renfrogné. Lorsque Wilhelm ôte les mains de ses genoux, son beau pantalon est couvert d'excréments.

— Nom de nom! jure-t-il en regardant ses mains souillées.

Puis il crache, prend une profonde inspiration, saisit la fourche et glisse les dents sous le porcelet mort. Il s'aide du pied pour pouvoir le soulever correctement, et quand il se redresse, blanc comme un linge, un goût de bile dans la bouche, il lance un regard noir à Josef.

— Tiens, prends ça, dit-il. Je peux pas sortir avec ce truc dans les mains.

Josef le déleste de la fourche tout en tenant le cadavre le plus loin possible de son corps. Il fait une grimace de dégoût.

— On a les jetons d'un porcelet mort? dit Wilhelm d'un ton moqueur. Tu es un vrai gaillard, toi. Vas-y, donne.

Il sort de la porcherie, le porcelet gisant sur les dents de sa fourche. Lorsqu'en se retournant une dernière fois, il voit la truie se jeter sur son vomi, il doit faire un effort pour réprimer un haut-le-cœur. Il jette le cadavre sur le tas de fumier, le recouvre de quelques pelletées de déjections fraîches.

— T'as pas une clope? demande-t-il à Josef.

Celui-ci sort un bout de cigarette tordu de la poche de poitrine de sa veste et le tend à Wilhelm, lui donne du feu.

— Oh, nom de Dieu!

Wilhelm lâche ces mots en même temps que son premier panache de fumée.

— Pauvre petite chose.

Josef hoche la tête.

— La grosse, dit-il, c'est une sacrée garce. (Il allume lui aussi une cigarette.) Bah, elle en a encore cinq, des petiots. Ils regardent l'un et l'autre le lisier qui recouvre le porcelet. Une petite créature reposant dans une tombe de litière souillée de merde. Un jour ou l'autre, il finira dans le champ et les corneilles ou les renards viendront se repaître de son cadavre. C'est comme ça, on peut difficilement enterrer cette bête au cimetière et lui dresser une sépulture. Wilhelm baisse les yeux sur sa cigarette. Il n'est pas évident de dire si c'est à cause du tabac, mais en tout cas, il se ressaisit, il a les idées plus claires. Et puis il a purgé son estomac, ce qui lui procure une sensation de légèreté. Sauf que maintenant, il est dégoûtant à voir, avec sa cigarette fichée entre ses doigts tout sales. Il la laisse tomber par terre, l'écrase et dit à Josef :

— Je rentre. Il faut que j'aille me laver et me changer.

Josef, fumant avec délectation, acquiesce.

Avant de regagner la maison, Wilhelm laisse errer son regard sur le tas de fumier et l'étable, sur les arbres du verger et le pâturage derrière lequel passe la voie ferrée. Et plus loin, il voit les prés qui scintillent au soleil et, par-delà la rivière, le village voisin, sous la voûte d'un ciel bleu strié de lambeaux de nuages indolents. Comme c'est paisible, songe-t-il. La guerre est finie depuis longtemps, les chiens du village ont cessé d'imiter de leurs aboiements la sirène des attaques aériennes qui, inaudible pour l'homme, retentissait à Hanovre, à quarante kilomètres de là. Wilhelm, les yeux fixés sur ses chaussures et ses vêtements souillés, est furieux contre son père mais il en a aussitôt honte car ce n'est pas de son propre gré que son paternel est devenu prisonnier. Il n'empêche que son absence pèse, et ce, depuis bientôt dix ans. Sans les photos, il y a bien longtemps que Wilhelm aurait oublié à quoi il ressemble ; il n'a déjà plus sa voix dans l'oreille.

En sortant du porche, il prend à droite, passe devant l'écurie et entre dans le grand vestibule.

C'est dans un coin de cette vaste pièce qu'il avait fabriqué ses fusils en bois, il a l'impression que c'était il y a une éternité, à une époque où il était obligé de donner des coups de main mais n'avait pas encore de responsabilités. Il regarde l'établi tout en désordre et couvert de toiles d'araignées lorsque la porte du couloir d'entrée s'ouvre. Puis une exclamation.

— Oh, Willem, mais dans quel état tu t'es mis ?

C'est grand-mère Kruse, qui le regarde avec de grands yeux.

— Tes beaux habits de fête. Tout salopés ! Mais qu'est-ce que tu as fait ? Aujourd'hui, c'est la Pentecôte.

Comme si les jours fériés avaient déjà eu un impact sur le travail, songe Wilhelm. Il dit :

— Il a fallu que j'aille enlever un porcelet mort dans la porcherie.

— Oh là là, la truie en a écrasé un ? Soit, mais ce n'est pas une raison pour te salir comme un petit garçon !

Il en reste tout penaud, son regard se vide puis il ressent une douleur dans le dos comme s'il avait chargé tout seul une charretée de foin.

— Josef ne voulait pas le faire, répond-il, alors c'est moi qui ai dû m'y coller.

Il se frotte les reins.

Grand-mère Kruse a beaucoup maigri avec l'âge. Elle a un aspect maladif et son nez, autrefois gros et rond, est désormais effilé tel le bout d'une racine de betterave. Peut-être pressent-elle qu'il ne lui reste plus beaucoup de temps à vivre, mais elle veut tenir jusqu'au retour de son gendre – elle ne pourra, dit-elle, mourir en paix que lorsqu'il sera revenu.

— Tant que ton père sera absent, c'est toi l'homme de la maison, Willem, déclare-t-elle. Il faut que tu sois un modèle, surtout pour ta sœur et ton frère.

L'homme de la maison… Ces mots, il se les entend sans cesse répéter, aussi bien par ses grands-parents que par sa mère, et ils commencent à lui sortir par les oreilles. Il a fait une croix sur le lycée afin de pouvoir se consacrer entièrement à la ferme, et il fait ce qu'il peut, mais parfois il aurait juste envie de faire la noce avec ses amis ou de voir Sophia… Cette pensée lui donne des frissons. À quelle heure ont-ils rendez-vous ? Et à quel endroit ? Comment a-t-il pu l'oublier ? Furieux contre lui-même, il demande avec un désespoir quasi enfantin :

— Il est quelle heure, grand-mère ?

Elle fait une grimace, comme prise de douleurs.

— On va bientôt manger, bougonne-t-elle. J'ai cuisiné pour tout le monde.

Midi et demi. C'est l'heure du déjeuner. À quatre heures, c'est le café, à sept, le souper. Le petit déjeuner est prêt à six heures. Tel est l'ordre éternel, irrévocable.

En posant de nouveau son regard sur grand-mère Kruse, immobile, les lèvres crispées, Wilhelm remarque à quel point elle ressemble à sa mère, surtout quand celle-ci est soucieuse.

— Ça ne va pas, grand-mère ? demande-t-il. Je peux t'aider à faire quelque chose ?

— Oh, que non ! dit-elle avec colère. Va te changer. Et lave-toi. Tu ne peux pas te présenter à table dans cet état.

Et puis… (elle se redresse et le fixe de ses yeux gris-bleu, troubles) il faut que tu sois raisonnable. Laisse tomber la fille du garde forestier. Elle n'est pas pour toi. Elle n'a pas de terres. Elle n'a pas d'argent. Elle ne vaut point mieux qu'une réfugiée.

Wilhelm se fige. Il est rouge cramoisi.

— Mais…, balbutie-t-il, c'est pas du tout…

Après un bref silence, il demande :

— Qui t'a raconté ça, au juste ?

— La mère de Horst. À la boulangerie.

— Bulitta ? Le salaud. Ah, il va m'entendre, celui-là !

— Alors, c'est vrai ? (Sa grand-mère agite l'index.) Ça, je te préviens tout de suite, ça ne va pas plaire à ton père. S'il a vent de cette histoire, attends-toi à passer un sale quart d'heure, Willem.

Il reste abasourdi quelques instants puis il éclate de colère :

— Mais qu'est-ce que vous me voulez tous, à la fin ? Il va toujours falloir que je file doux, c'est ça ? Et puis il est où, mon père ? En Pologne, derrière les barbelés, et ce, depuis quatre ans parce qu'il tenait absolument à repartir à la guerre, mon père. L'homme de la maison, c'est moi, c'est ce que vous n'arrêtez pas de dire, pas vrai ? Eh bien, en tant qu'homme, je fais ce qui *me* convient.

Maintenant il se sent adulte, d'autant plus qu'il a l'impression de devoir défendre Sophia. Et la colère qui bouillonne de nouveau en lui réveille enfin sa mémoire : à trois heures à côté de l'étang ! Le voici soudain réconcilié avec tout, ses maux de dos s'envolent comme par magie.

— Je vais me changer, grand-mère, dit-il et, passant devant elle, il se glisse à l'intérieur de la maison.

— Pense à ce que je t'ai dit ! lui crie-t-elle en se retournant mais il est déjà presque arrivé à l'étage.

Herta Kruse reste plantée derrière le seuil du vestibule, pliée en deux car il y a quelque chose en elle qui lui fait mal ; son regard erre dans cet espace haut et sombre – qu'est-elle venue faire ici ? Elle ne sait plus. Alors elle retourne à la cuisine car, pour délester sa fille, c'est elle qui se charge de préparer les repas. Quant à son mari, il passe ses journées couché sur le canapé. Ah, ces hommes, ils ont la belle vie, se dit-elle en prenant la cuillère pour remuer la soupe à la queue de bœuf.

— La petite Wely, murmure-t-elle d'un ton renfrogné lorsqu'elle entend Wilhelm faire du bruit à l'étage. Il va y avoir de la bisbille, le gamin va en prendre pour son grade.

Après le déjeuner, Wilhelm va de nouveau s'allonger afin de chasser définitivement sa migraine. Il regarde plusieurs fois sa montre comme s'il craignait qu'elle rende l'âme. Une heure et demie. Il somnole.

Le repas était succulent, surtout le rôti de porc, mais l'ambiance morose. Sa sœur était de mauvaise humeur, la mère murée dans le silence ; les grands-parents Kruse – grand-mère Leeb est en visite chez sa fille – étaient également taciturnes, tout comme Wilhelm. Josef a été le seul à ne pas ouvrir la bouche que pour manger, mais comme personne ne semblait intéressé de savoir si ce que Castor, le bœuf, avait sur la fesse gauche était un furoncle ou juste un abcès, il s'était tu à son tour.

Le silence et la morosité sont la règle. Quand, se demande Wilhelm, a-t-on ri pour la dernière fois dans cette maison ? Il ne se souvient plus. Boulot, déjeuner, boulot, souper.

Comme si le but de la vie était d'ingérer les aliments nécessaires au travail.

Dans les brumes de l'ivresse, il voit Sophia en train de danser, blottie dans ses bras. Son visage est rayonnant, ses yeux, verts comme la forêt, pétillent de joie. C'est vrai qu'elle est toujours gaie, et chic en plus, bien que sa mère soit sans doute obligée de compter chaque sou. Elle ne se départit jamais de sa bonne humeur et sa présence le libère de son train-train. Il souhaite que son père revienne enfin, pour le décharger d'une partie du travail, mais dans ses moments d'abattement, il se surprend à avoir des pensées complètement différentes, pour ainsi dire blasphématoires, comme celle où il se dit que son senior, désormais absent depuis si longtemps qu'il semble n'avoir jamais existé, aurait mieux fait de mourir au combat, comme ça personne n'aurait eu à se réfugier dans l'espoir, la peur et l'attente.

Wilhelm se tourne sur le dos, regarde de nouveau sa montre. Deux heures et cinq minutes. À trois heures moins dix, il enfourchera sa bicyclette et pédalera à toute vitesse jusqu'à l'étang, situé à l'ouest du village, à la lisière des champs.

Soudain, des bruits parviennent jusqu'à lui. Il met un certain temps pour comprendre que ce sont des pleurs. La mère ! songe-t-il aussitôt. Il saute à bas du lit, dévale l'escalier. S'arrête quelques instants au milieu du couloir pour écouter de nouveau puis entre brusquement dans le petit salon. Sa mère est blottie sur le canapé dont le dossier sert non seulement d'appui, mais se termine aussi, un mètre et demi plus haut, en une étagère flanquée de têtes de renard en bois sculpté. Ce monstre capitonné couleur vert de mousse fait paraître sa mère minuscule. Elle est appuyée sur l'un des accoudoirs, le visage enfoui dans ses bras. Sur la table il y a une bouteille d'esprit de mélisse *Klosterfrau* et le sucrier en porcelaine, et, à côté, une cuillère à soupe posée sur une enveloppe dont dépasse une lettre. En passant devant, Wilhelm reconnaît l'écriture de son père. Fulminant intérieurement, il s'avance vers sa mère, qui lève la tête et le regarde de ses yeux gonflés.

Wilhelm s'assied à l'autre bout du canapé.

— Qu'est-ce qu'il y a, maman ? demande-t-il.

— Ah, mon garçon…

Elle triture son mouchoir.

Il lui prend la main et la caresse.

— Toujours des reproches, dit-elle en désignant la lettre. Mais qu'est-ce que je fais de mal ?

— Maman, dit-il avec tendresse, père est en captivité, il ne peut pas avoir un œil sur tout.

— Je ne lui ai jamais suffi. Il aurait épousé Gerda Derking si elle avait eu des terres. Ou de l'argent. Gerda est plus intelligente et plus fringante que moi.

Sur son visage se dessinent les mêmes rides d'inquiétude que sur celui de grand-mère Kruse ; sous l'effet de la pesanteur, ses traits donnent l'impression de s'affaisser vers le bas.

Wilhelm, tiraillé entre sa compassion pour sa mère et sa colère envers son père, lui enserre la main droite, usée par le travail, et déclare :

— Il peut s'estimer heureux que tu fasses tenir la baraque. Qu'est-ce qu'il a donc encore à râler, ce salaud ?

— Je t'interdis de parler comme ça de ton père.

— Pourquoi ? Il est injuste. Avec toi, j'entends. C'est de sa faute s'il est encore derrière les barbelés. Il avait le choix, maman.

— Oui, oui, soupire-t-elle, et son regard erre dans la pièce. Tu as sans doute raison.

Puis elle est prise d'un nouvel accès de larmes, déclenché par la vue de l'étagère de la crédence, de la porcelaine fine à petites fleurs et liseré doré, un cadeau de mariage de sa sœur.

— Ah, Willem, dit-elle. Parfois je n'en peux plus. Et, en plus de ça, Grete qui ne sait pas se tenir…

Elle retire sa main de celles de Wilhelm, s'avance vers la table pour prendre une cuillérée d'esprit de mélisse qu'elle accompagne comme d'habitude d'un morceau de sucre afin de l'adoucir. Au bout d'un moment, elle se rassied sur le canapé, laissant sa tête tomber sur l'épaule de son fils aîné.

— Ah, Wilhelm, murmure-t-elle, qu'est-ce que je ferais sans toi ?

Il l'enlace de son bras et, tout d'un coup, il se sent de nouveau très adulte. Il faut qu'il la soutienne et la protège, dût-il pour cela se briser le dos à la tâche. Dès qu'il remarque qu'elle s'est un peu calmée, il se défait de son étreinte en lui caressant encore la tête, se lève du canapé et saisit la lettre que, dans son élan de colère, il chiffonne en boule.

— Non ! s'écrie sa mère. Ton père veut que nous conservions ses lettres. Il met un numéro à chacune. S'il en manque une, il s'en rendra compte.

Wilhelm, à son corps défendant, défroisse le papier du plat de la main. Qu'est-ce qu'il s'imagine, son père ? Se croit-il vraiment capable de juger de l'extérieur ? Son regard tombe sur un paragraphe de la lettre posée sur la nappe brodée :

Ces gentilles lettres que nombre de mes camarades ici reçoivent de leurs femmes, elles sont tellement pleines de cœur, de chaleur et d'émotion que j'en aurais parfois envie de pleurer.

Dans tous les domaines il faut trouver des petits plaisirs
compensatoires, je n'ai dit à personne comment je me sens.
Pourquoi en est-il ainsi, à qui la faute ? Je t'ai déjà écrit
des lettres, profondes, riches, et je ne peux pas m'empêcher
d'avoir l'impression qu'elles prennent la poussière quelque
part dans un coin sans que tu les aies comprises. Jamais tu ne
m'as laissé entendre que tu faisais des efforts pour t'adapter
un peu à moi. En voici aujourd'hui les effets, peut-être même
les limites. Cela a assez duré…

Wilhelm frappe la lettre du plat de la main. Oui, ça suffit.
Qu'est-ce qu'il veut, le paternel ?

Ils se démènent comme des forcenés pour faire marcher la
ferme, et lui se plaint d'être incompris ? C'est lui, son père,
qui ne comprend rien. Il se tourne vers sa mère et lui dit :

— Fais pas attention à ces conneries, maman. Il connaît
rien à rien.

Il secoue la tête d'un air dégoûté, jette un œil à sa
montre : trois heures moins le quart.

— Tu repars déjà, mon garçon ?

Käthe Leeb se lève à son tour. Elle glisse son mouchoir
dans la poche de sa blouse, noue son foulard à son menton.

— Oui. J'ai… un rendez-vous, répond-il d'un ton évasif.

Sa mère pose une main sur sa joue et lève les yeux vers
lui.

— Avec une fille ? demande-t-elle et il croit déceler une
certaine acrimonie dans sa voix.

Il tourne autour du pot, dansant d'un pied sur l'autre.

Le regard de sa mère se rembrunit.

— Ne te laisse pas embobiner, Willem, l'avertit-elle. De
nos jours, les filles n'ont plus aucune morale. Il ne faudrait
pas que… (elle marque une courte hésitation) que tu te

retrouves à te marier comme ton grand-père Leeb. Ne te laisse pas gâcher la vie.

Wilhelm hoche la tête, troublé. Il ne peut pas en vouloir à sa mère mais il est agacé – Sophia a de la morale, elle ne "gâcherait" la vie de personne. Mais qu'est-ce que c'est que ces discours ? D'abord grand-mère Kruse, maintenant sa mère. Le prendraient-ils tous pour un toqué ?

— Maman, je sais très bien ce que je fais, répond-il, peinant à dissimuler son irritation.

Elle prend un air consterné, presque inquiet.

— Oui, Willem, je sais que tu es un bon garçon. Allez, va donc.

Elle remet la lettre du père dans l'enveloppe puis la range avec les autres dans la boîte qu'elle va poser dans le bas du buffet.

Lorsque Wilhelm referme la porte derrière lui, sa colère envers son père grossit jusqu'à former une boule qui pèse lourdement sur son estomac.

La bicyclette, dont grand-père Leeb se servait déjà pour aller au village, est appuyée contre un pilier du grand vestibule. Wilhelm doit d'abord essuyer la poussière sur la selle, le guidon lui aussi est tout sale, comme il le constate en le prenant dans ses mains. Trois heures. Il va être en retard et cela le met en rage. On n'arrête pas de lui répéter qu'il est l'homme de la maison alors qu'il n'est pas son propre maître, on le traite comme un bleu : *pas mieux qu'une réfugiée… Les filles d'aujourd'hui…*

Quelle journée !

Les choses ne peuvent que s'améliorer, songe-t-il une fois dehors, en sautant sur sa selle. La ferme est située en contrebas de la route et le chemin pour y accéder est tellement raide que même les bœufs ont souvent du mal à tirer leurs chargements. Chaque fois que Castor et Pollux manifestent des signes de faiblesse, Josef pique une colère parce qu'il se sent blessé dans sa fierté envers ces bêtes, il se met alors à jurer comme un charretier et à leur tordre la queue pour leur redonner de l'allant.

Wilhelm a lui aussi une baisse de régime tandis qu'il grimpe la côte, sans doute un dernier effet de sa nuit bien arrosée, mais ensuite il pédale si vite sur les pavés que sa vieille bécane brinquebale dans un bruit de ferraille. En arrivant au niveau de la forge, il tourne à gauche et, une fois dépassées les dernières maisons, il aperçoit, à l'orée des champs, l'étang bordé de bouleaux. La plupart des villages possèdent des bassins comme ça, ils servent de dépotoir où l'on jette tout, y compris les meubles et les outils défectueux. Le père Frieling y a fait disparaître tout un manège à chevaux. Depuis longtemps, Wilhelm voudrait savoir ce qui se cache là, sous le sable et la terre. Tout en cahotant sur le chemin de terre, il imagine ce qu'il trouverait s'il y plantait sa bêche : des artefacts en état de décomposition ou rouillés, des ossements, un écrin contenant des lettres d'amour, des secrets condamnés à pourrir sur place...

Soudain, sa roue avant heurte un nid-de-poule. Le choc lui fait lever le regard au ciel et là, il voit des nuages noirs se former vers le sud-est, au-dessus du Brocken*. Mais ils sont encore loin, l'étang est en plein soleil, tout comme une petite silhouette. Son cœur fait un bond dans sa poitrine, cela ne peut être que Sophia ! Elle l'attend, les bras croisés

---

* Point culminant du massif du Harz (1141 m d'altitude).

dans le dos, et le regarde avec un sourire descendre de bicyclette.

— Excuse-moi, dit-il, tout essoufflé, mais à la maison… J'ai été retenu.

— Tu es un paysan, toi, répond-elle. Tu n'es pas obligé d'être ponctuel comme un maçon.

Wilhelm a un petit rictus.

— Nom d'un chien! dit-il. Il y a des moments où ma famille me court vraiment sur le haricot, tu n'as pas idée.

Sophia, debout devant un bouleau dont le feuillage printanier danse dans la brise, est ravissante dans sa robe cintrée à carreaux rouges et blancs, et il le lui dit après une brève hésitation.

Son compliment lui fait plaisir. Si, depuis la réforme monétaire, les magasins sont de nouveau approvisionnés, chez elle, en revanche, on est à court d'argent, raison pour laquelle elle a confectionné elle-même sa robe avec du linge de lit qu'Annemarie Haarstick, une amie de sa mère, avait mis de côté. Elle aurait préféré de la toile de lin fine de couleur blanche mais celle-ci a toujours été réservée aux seuls paysans; les étoffes grossières quadrillées, c'était pour les domestiques. Mais elle est néanmoins satisfaite de son travail, d'ailleurs elle aime bien la couture, ce qu'elle crée et coud elle-même ayant plus de valeur à ses yeux que la robe de prêt-à-porter la plus chère qui soit.

Wilhelm pose son vélo contre un arbre.

— On ne peut jamais avoir la paix, même un jour férié, murmure-t-il.

Mais dès l'instant où il se tourne de nouveau vers Sophia, il éprouve un sentiment d'apaisement, comme cela ne lui était pas arrivé depuis longtemps.

— On va parler d'autre chose, dit Sophia.

— D'accord, répond-il, puis, se tenant à une distance pudique l'un de l'autre, ils s'en vont se promener dans la campagne.

À leur droite s'élève le Lahberg aux épaules plantées de peupliers, au fond se découpe la silhouette du Harz. Ils prennent la direction de la forêt où Wilhelm a passé la nuit à biberonner, et il lui vient cette pensée : c'est trop con. C'est là-bas qu'on aurait dû se retrouver. Ici, on est exposés à tous les regards… Il dit à haute voix :

— Je parie que les anciens sont encore en train de cuver.

— Dans le Gräwig ? Sophia rit. Ils ne sont pas rentrés chez eux ?

— Ils étaient pleins comme des outres. On aurait dû les traîner, mais personne n'avait envie de le faire.

— Au fait, pourquoi cette forêt s'appelle Gräwig ?

— Bonne question

Wilhelm réfléchit, le regard concentré sur les aspérités du chemin.

— Peut-être que ça vient de "gräflich"*, vu qu'elle a longtemps appartenu au comte. Ou bien… (il lève les yeux) de "Gräwing". Un terme ancien pour désigner un blaireau.

— Le bois aux blaireaux, dit-elle. C'est joli comme nom.

— Bon, répond Wilhelm, ce n'est qu'une hypothèse.

Sophia lève les yeux et lui sourit.

— Heureusement que tu ne fais pas partie de ces gens qui prétendent avoir réponse à tout.

— Vraiment ?

* Adjectif dérivé du nom "Graf" (comte).

— Oui, vraiment, confirme-t-elle et elle lui prend un instant la main.

Wilhelm rougit et fixe son regard sur le champ. Il met un certain temps à comprendre que celui-ci appartient à sa famille ; les jeunes pousses issues des graines d'orge qu'il a semées forment un grand tapis d'un vert tendre. C'est ici qu'il labourait autrefois, avec ses orteils fraîchement opérés. Une fois qu'ils sont arrivés à la lisière de la forêt, Sophia lui montre un mirador de chasse en disant :

— Allez, on grimpe.

En haut, il n'y a pas beaucoup de place et ils sont assis l'un contre l'autre. Cette proximité, quoique ardemment désirée, paralyse Wilhelm et il demeure silencieux.

— Formidable, cet affût, fait Sophia au bout d'un moment. Ça te dirait d'aller à la chasse ?

Il s'éclaircit la voix.

— Je ne crois pas que ce soit mon truc, répond-il. Mon père chassait mais maintenant ses fusils sont dans la fosse à purin.

— Sérieux ?

— Oui. C'est ma grand-mère qui les a jetés dedans, avant l'arrivée des Amerlots.

Sophia éclate de rire.

— Mais elle est épatante, ta grand-mère. (Et elle ajoute :) Quelle horreur, les armes. C'est une bonne chose d'avoir fait disparaître ces machins-là.

Elle détache une feuille du chêne sous lequel ils sont assis et la roule sur elle-même, regarde à travers comme s'il s'agissait d'une minuscule longue-vue.

Wilhelm a un rire gêné. La cuisse de Sophia est posée contre la sienne et il la sent qui brandille les jambes. Le poids qui l'oppressait se dissipe comme par magie tandis qu'il est assis sur le mirador à côté de la fille du garde forestier qui sent si bon dans sa robe amidonnée rouge et blanc. Elle a des petits cheveux qui frisottent dans la nuque, quelques mèches châtain flottant dans la brise. Au village, il n'est pas de fille qui soit plus jolie, plus agréable, plus coquette, plus gaie. Sa présence à elle seule le revigore. Et c'est parce que cela fait bisquer sa grand-mère que sa mère se sent obligée de le mettre en garde ? Comme c'est ridicule ! Elles finiront par se rendre à l'évidence que Sophia est une jeune fille formidable, et il en sera de même pour son père. Qui ne tomberait pas sous son charme ?

Wilhelm, ravi, sourit sous cape, sans remarquer que Sophia l'observe.

— Ah, te voilà qui souris !

— Comment ça ? fait-il, surpris. Parce que je fais toujours la tête, c'est ça ?

— Tu as souvent l'air renfrogné. (Elle fait une grimace pour le taquiner.) Et ça ne te va pas du tout.

Il hausse les épaules.

— J'ai tellement de boulot. Et puis mon père qui est encore en captivité.

— Les journaux parlent de plus en plus de ces prisonniers rapatriés, dit Sophia. Il va bientôt rentrer, c'est sûr.

Wilhelm hoche la tête. Puis il lâche :

— Lui aussi il va t'apprécier !

Sitôt qu'il se rend compte de ce qu'il a dit, son visage étroit s'empourpre et il commence à se tortiller, embarrassé, ce qui, vu le peu d'espace dont ils disposent, accentue leur contact physique. Sophia ressent de la gêne à son tour. Elle tripote sa robe, se détourne pour regarder les champs qui séparent la forêt du village. Au bout d'un moment, elle dit :

— Moi aussi je t'aime bien.

Elle continue de regarder droit devant elle, mais les commissures de ses lèvres se relèvent en un sourire.

Une buse variable qui décrit des cercles au-dessus des champs suspend brusquement son vol.

Wilhelm l'observe afin de concentrer son attention sur autre chose. Il n'ose réfléchir plus avant à ce que Sophia vient de lui dire car il n'a pas envie de se bercer de faux espoirs, mais il n'empêche que quelques battements de cœur plus tard, il est envahi d'une joie irrépressible. Lorsqu'enfin il passe un bras timide autour de sa taille, elle laisse tomber sa tête contre son épaule. La buse recommence à tournoyer puis poursuit son vol ; sa proie semble lui avoir faussé compagnie.

Et les deux jeunes gens demeurent assis sans bouger, sans dire un mot, complètement absorbés dans la contemplation des semailles.

AOÛT 1962

LA DAME AUX MORTS

TANDIS que Gerda se dirige vers la porte avec l'impression de patauger dans une boue visqueuse, ses amies restent immobiles, s'attendant au pire. Mlle Bernhard respire faiblement, Lisbeth triture nerveusement sa blouse. Quant à Heini, le chat aux taches de cambouis, il se prélasse sur les dalles de pierre chauffées par le soleil en faisant onduler sa queue.

— Ah, s'il n'y avait pas les humains, murmure Lisbeth en le regardant, le monde serait si merveilleux.

Mlle Bernhard pousse un soupir. Ses doigts pianotent sur la table, faisant cliqueter ses bagues. Lorsque Gerda revient, Lisbeth se fige à nouveau, mais elle s'aperçoit du coin de l'œil que son amie semble soulagée. L'instant d'après, elle voit arriver une jeune femme aux cheveux châtains et en robe d'été.

— Mademoiselle Wely, dit Mlle Bernhard. Ah...

— Excusez-moi de vous déranger, mais... (Sophia, les mains crispées sur un mouchoir, se laisse tomber sur la chaise) je ne sais pas où aller et on ne veut pas de moi à côté.

Mlle Bernhard l'observe d'un œil approbateur : si charmante, si élégante. Cette fille n'est pas une campagnarde, ça non, on la verrait tout aussi bien flâner dans les rues de Stettin, le nez au vent. Alors elle demande :

— Jeune dame, comment faites-vous donc pour tenir les hommes à distance ?

Lisbeth et Gerda lui adressent des regards tellement indignés qu'elle rentre machinalement la tête dans les épaules.

— Je voulais juste dire que… souffle-t-elle. Je ne voulais pas…

— Bon, taisez-vous maintenant, grogne Gerda. Zut, alors !

La demoiselle fait silence, confuse.

— On n'a que de la liqueur de sureau, dit Gerda. Vous en voulez un petit verre ?

La jeune femme acquiesce.

— Volontiers.

— Alors comme ça, vous ne pouvez pas aller à côté ? demande Gerda d'un ton sceptique.

— C'est le père de Wilhelm qui l'a interdit.

Sophia prend une petite gorgée et se tamponne les lèvres avec son mouchoir. Ensuite, elle étire celui-ci des deux mains et garde les yeux fixés dessus pendant un si long moment que Gerda se dit avec inquiétude : mon Dieu, elle est blanche comme du lait de baratte.

— J'avoue que cet homme est un bourreau, bougonne la demoiselle malgré la remontrance de Gerda.

Le chat bâille en poussant un petit couinement puis il roule sur le dos, les pattes en l'air, mais personne ne vient lui caresser le ventre.

Et personne n'ouvre la bouche. Les quatre femmes sont plongées dans le silence, leurs yeux des miroirs ternis. Au bout d'un moment, Gerda s'arrache à son hébétude et observe Sophia à la dérobée. La demoiselle a raison, cette jeune femme est exceptionnelle, et pas seulement au physique, car elle garde son calme, du moins, elle s'y efforce. Peut-être sait-elle composer avec les pertes, elle, vu que son père est mort jeune. Gerda se souvient bien d'Ernst Wely, c'était un bon garde forestier, mais aussi un homme de convictions, imperméable à la propagande inhumaine des nazis. Il est décédé des suites d'un infarctus, c'est bien regrettable, mais sa fille est un vrai bijou, et voilà le vieux Wilhelm qui se met à jouer les rustres ? Ça vient de son snobisme, aussi absurde que vieux jeu : l'héritier d'une ferme se doit d'épouser une femme de rang égal, de préférence une fille de cultivateurs dont l'exploitation fait la même taille. Une orpheline dépourvue d'une dot correcte, c'est hors de question, Gerda en sait quelque chose.

Sophia a le regard vitreux, ses yeux sont rouges. Elle sort un papier de sa poche et le fait glisser entre l'index et le majeur comme pour le défroisser. Elle fait ce geste d'un air absent, Gerda se détourne.

Au moment où la demoiselle ouvre la bouche, elle est presque soulagée.

— Soit dit entre nous : ce qui est arrivé aux Leeb, c'était inéluctable.

— Allons bon, objecte Gerda. Vous exagérez, comme toujours.

— Il arrive aussi qu'on soit trop indulgent, rétorque la mère Bernhard. Tout n'est pas excusable.

— Tout à fait, mais il ne faut pas non plus considérer les choses sous un seul aspect.

— Je suis d'accord, intervient Lisbeth. "Celui d'entre vous qui n'a commis aucun péché, qu'il lui jette la première pierre."

— Quel péché aurais-je pu commettre, moi ? s'indigne la demoiselle. Je n'en vois pas un seul.

— Assez, ordonne Gerda en lançant un regard dans la direction de Sophia. Vous ne pensez donc qu'à vous ?

— Non, murmure Mlle Bernhard, Lisbeth, elle, ne dit rien.

Le chat est étendu au soleil et les moustiques dansent, un merle pousse ses trilles dans le verger des Haarstick et un nuage flotte doucement dans le ciel. On entend le vrombissement des voitures et des camions sur la nationale qui coupe le village en deux, au nord, des volutes de fumée s'échappent des cheminées de l'aciérie et, au sud, de celles de la forge.

Lorsque Gerda regarde de nouveau Sophia, celle-ci est avachie sur sa chaise, le visage et la poitrine dissimulés par ses cheveux, et est occupée à chasser une mouche.

— Racontez-moi donc, mademoiselle Wely.

Gerda prend la main de la jeune femme.

— Ça peut peut-être vous soulager.

— Mais vous raconter quoi ?

Sophia retire ses doigts. Elle se redresse, écarte les cheveux qui tombent devant ses yeux et les jette derrière ses épaules.

— Vous aussi vous avez peur des frelons ? demande-t-elle brusquement.

— Oh… (Gerda est stupéfaite). À mon avis, si on ne les excite pas, il n'y a rien à craindre.

..

— Moi, j'ai une peur bleue des frelons. Rien que le nom sonne comme une menace, vous ne trouvez pas ? Vous avez un nid chez vous ?

— Pas à ma connaissance, répond Gerda.

— Et à côté ? (La jeune femme la regarde d'un air apeuré.) Il y en a un chez les…

D'un geste fébrile, elle saisit le bout de papier qu'elle a posé sur la table.

— Sept piqûres tuent un cheval, c'est ce qu'on dit.

— Une éponge imbibée de vinaigre, glisse Lisbeth d'un ton pragmatique. Ça calme la douleur et ça aide à désenfler. C'est ce que j'ai appris dans mon ancien pays. Là-bas, on a…

Gerda la coupe :

— Il y a très peu de frelons ici, mademoiselle, vous n'avez aucune inquiétude à avoir.

— Mais j'ai tellement peur de ses horribles bestioles, insiste Sophia.

Elle se tait, peinant visiblement à garder son sang-froid.

— Vous, vous avez vécu deux guerres, dit-elle après un long silence, laissant son regard errer sur les trois femmes. Vous connaissez la vie.

Lisbeth hoche la tête d'un air attristé.

— Ma foi, répond Gerda, ça permet d'acquérir de l'expérience, c'est sûr. Mais de là à savoir si on en tire des leçons, ça, c'est une autre histoire.

— Possible.

Sophia Wely se remet à défroisser le bout de papier.

— Mais peut-être pouvez-vous quand même me dire… Est-ce que la vie, c'est juste du chagrin et de la souffrance ?

Mlle Bernhard se redresse, droite comme un cierge, et déclare :

— De l'espoir, ma chère. Moi, en fuyant mon pays, je suis tombée bien bas – j'ai perdu mon statut de fille de commerçant et ma vie de citadine pour me retrouver dans ce village, mais l'espoir, je ne l'ai jamais perdu

Elle regarde autour d'elle d'un air triomphant.

— Oui, tout à fait, murmure Lisbeth. Moi, je continue d'espérer que mon Hermann rentrera.

— Sûrement pas que du chagrin, s'empresse de préciser Gerda afin de réconforter la jeune femme, mais on encaisse des revers. Beaucoup tiennent le coup, mais certains ne s'en relèvent jamais.

— C'est on ne peut plus vrai, confirme la demoiselle. Ça demande une force intérieure.

Et la voilà qui s'enflamme.

— De l'orgueil, de la détermination, de la persévérance. C'est ce que disait souvent mon père. Je le revois dans le salon, assis dans son fauteuil, cigare à la main, avec son col cassé, sa cravate, son gilet et sa moustache bien taillée. De l'autodiscipline ! Ma mère, c'était pareil…

Elle se tait car elle remarque que le regard de Sophia est de nouveau égaré dans le vide. Les joues de la jeune femme ne sont plus blêmes, mais rouges comme sous l'effet de la fièvre.

Cela frappe également Gerda. Elle va aussitôt dans sa chambre chercher sa mallette. Une fois revenue, elle se met à fouiller à l'intérieur en demandant :

— Vous voulez une aspirine, mademoiselle Wely ?

Celle-ci fait non de la tête.

— Août…, dit-elle comme se parlant à elle-même. Il n'y en a plus pour longtemps, après viendra l'automne et ce sera le début de la chasse au renard.

— Ah, oui, marmonne Mlle Bernhard, mal à l'aise. C'est vrai. La chasse au renard. Hallali et son du cor. J'avoue que ce n'est pas trop ma tasse de thé.

— Nous, on a toujours été à la chasse au renard. Jamais à cheval, non, raconte Sophia, l'air pensive, mais très souvent à pied, parfois à bicyclette. C'était magnifique, les champs enveloppés dans la brume, et les odeurs... si âpres, ces odeurs de feuilles et de terre. Et après, la pause près de l'ancienne briqueterie dans le bois d'à côté. Et là, même si on n'était venus qu'en simples spectateurs, on avait nous aussi droit au casse-croûte, et quand on grimpait le Lahberg à bicyclette, Wilhelm me poussait un peu pour me donner de l'élan. Ah, que c'était formidable.

Elle pose ses mains sur ses joues en feu.

— Vous êtes jeune, mademoiselle Wely, dit Gerda d'une voix hésitante. Vous avez toute la vie devant vous.

Sophia prend une inspiration en frissonnant.

— Quel salaud, lâche-t-elle soudain.

— Oh...

Mlle Bernhard prend un air horrifié.

— Sale con.

Sophia fixe son regard sur la vieille Stettinoise.

— Et vous... Vous êtes là, les bras croisés. Vous attendez quoi ? Qu'on vous donne l'ordre d'intervenir ? De commettre un massacre ?

Elle serre les poings puis explose :

— Vous me dégoûtez tous. Toute votre génération d'assassins et de suivistes. C'est de votre faute si mon père est mort.

Lisbeth et Gerda sont plongées dans un silence gêné. Quant à Mlle Bernhard, elle s'indigne :

— Modérez-vous. Vous croyez que je vais me laisser insulter sans raison ? Vous me décevez profondément, jeune dame.

Elle se lève et, pour la deuxième fois de la journée, s'en va, vexée, se contentant de faire un petit signe de la tête à ses amies abasourdies.

Gerda cherche Heini des yeux mais lui aussi a disparu. L'instant d'après, elle découvre une taupinière fraîche sur sa pelouse. Quelle taupe peut bien creuser à cette heure-ci ? Le monde, se dit-elle, ne tourne vraiment plus rond.

Lisbeth glisse d'une voix timide :

— Mademoiselle Wely, vous êtes toute chamboulée, et cela se comprend, mais calmez-vous, je vous prie.

La jeune femme n'y songe pas. Sa douleur s'est muée en une colère qu'elle distille à présent à l'aveugle. Des éclairs jaillissent dans ses yeux rougis lorsqu'elle dit :

— Mon père… il a été poussé à bout par les nazis, tout ça parce qu'il avait des opinions différentes – saines –, et personne dans ce village ne lui est venu en aide, personne ! Ne rien faire, non seulement c'est lâche, mais c'est aussi une forme de violence. Vous ne vous êtes jamais interrogées là-dessus au cours de votre si longue vie ?

Puis elle se met à rire, mais d'un rire un peu trop strident, désagréable à entendre.

En ce qui concerne son père, elle n'a pas tout à fait tort, se dit Gerda, mais elle se garde bien de dire quoi que ce soit afin de ne pas exciter davantage Sophia.

— Tous des suivistes, reprend la jeune femme, et, en même temps, ça roule des mécaniques. Vous n'imaginez pas à quel point cette sempiternelle vantardise me dégoûte, surtout celle des hommes. Tous des sempiternels voyous qui se prennent pour de valeureux gaillards alors qu'en fait, ce ne sont que des petits garçons… (Elle froisse le papier dans ses mains.) C'est pitoyable.

Là, Lisbeth est quand même un peu hagarde. Elle perd de plus en plus contenance, se tortille sur sa chaise, jetant des regards tout autour d'elle.

— Mon Wilhelm, éructe Sophia, les poings serrés sur ses genoux, lui, il n'était pas comme ça, mais ces voyous, ils l'ont usé, ces fumiers qui cognent dès qu'ils flairent la moindre faiblesse, alors qu'ils sont vieux et gris et qu'après toutes ces années, ils auraient dû apprendre de leurs erreurs.

Elle serre les dents, son visage redevient blanc comme un linge.

Gerda, qui se doute de qui elle parle, se sent néanmoins obligée d'intervenir.

— Ma chère mademoiselle Wely, vous avez peut-être raison sur pas mal de points, mais ça ne sert à rien de s'énerver.

Et, faute d'inspiration, elle ajoute :

— Buvez donc une autre gorgée de liqueur de sureau.

Sur quoi, Sophia envoie valser son verre posé sur la table. Celui-ci vient heurter le mur et se brise en mille morceaux. Le bruit du choc la fait sursauter. Son regard s'illumine comme si elle reprenait ses sens, mais l'instant d'après, son visage se révulse, se couvrant de rides tel celui d'une vieillarde. Elle jette le papier réduit en boule et se lève.

— Pardonnez-moi, dit-elle, s'appuyant sur le dossier de sa chaise. J'ai abusé de votre hospitalité. Pardon, je…

Elle se tait, tourne les talons et s'éloigne d'un pas lent comme si elle ne pouvait plus avoir confiance en ses jambes.

— Mais restez, voyons, lui crie Gerda. On comprend, vous savez. On n'est pas du tout…

Mais la porte se referme.

Après que les deux femmes sont restées un moment sans échanger un mot, Lisbeth dit tout bas :

— La pauvre petite.

Gerda frappe la table du plat de la main.

— Moi, je peux la comprendre, cette jeune femme, dit-elle. Et puis pourquoi on nous fait attendre aussi longtemps ? C'est insupportable !

Elle se lève, se dirige vers le débarras donnant sur la terrasse et en ressort avec une pelle. Puis elle avance d'un pas lourd sur le gazon et, faisant fi de sa douleur à la hanche, se met à pelleter la taupinière, jetant la terre par-dessus son épaule, sans se préoccuper de savoir où elle atterrit. Lisbeth la regarde avec des yeux ahuris, puis elle se secoue et va chercher la balayette et le ramasse-miettes afin d'enlever les débris du verre à liqueur, et pendant ce temps-là, Heini surgit au milieu des plates-bandes et se faufile discrètement dans la maison, un campagnol dans la gueule.

Gerda s'active à la tâche, des mèches grises de son chignon défait lui pendant dans les yeux, elle enfonce la pelle dans le sol comme pour creuser un trou, elle commence à transpirer et tandis qu'elle décharge sa colère, elle se remémore un incident qui remonte à quelques années. À l'époque, elle venait donner un coup de main au restaurant, situé à un petit kilomètre au nord du village ; on l'appelait le Moulin d'Ilsede vu qu'à cet endroit se trouvait autrefois un moulin sur pivot. Elle n'aimait pas travailler au comptoir car il y avait du bruit et beaucoup de fumée, et bien qu'elle ne fût plus toute jeune, plus d'un lui faisait des avances dès qu'il avait un petit coup dans le nez. Et un soir…

Un soir d'octobre, Wilhelm Leeb senior était attablé dans l'avant-corps avec ses compagnons de beuverie, et ça trinquait allègrement. Était-ce le repas des chasseurs ? Toujours est-il qu'ils étaient plongés dans une discussion enflammée, au début sur la politique, et Gerda dressa l'oreille pour la refermer presque aussitôt, n'entendant que des bavardages réactionnaires. Au bout d'un moment, Leeb senior, légèrement enivré, commença à exposer son projet de construire un manège d'équitation. Face aux réponses, soit sceptiques, soit hostiles, de l'assemblée, il devint plus virulent et se mit à appuyer ses arguments en tapant du poing sur la table.

— Il faut avoir des visions d'avenir, gronda-t-il. Hé, qu'est-ce que vous avez à faire les timorés ? En tant que président du club d'équitation, je vous le dis : on a besoin d'un manège. Où voulez-vous que nos enfants apprennent la voltige ? Dans une grange à pommes de terre ? Un club comme il faut a besoin de locaux comme il faut. Il faut faire les choses comme il faut, les gars, comme il faut !

Et il s'octroya un autre verre d'eau-de-vie.

— Tu as raison, Wilhelm, répondit quelqu'un. Mais ça va coûter cher, et où veux-tu qu'on trouve l'argent ? À moins que tu aies ce qu'il faut dans la caisse ?

— Des subventions. Des prélèvements. Des dons. Qu'est-ce que j'en sais, moi ? Ça va marcher, il suffit juste de le vouloir.

Tollé général.

— Tu n'as qu'à passer faire la quête à la messe. Moi, c'est hors de question que je fasse ça, dit un autre.

— Toi aussi, tu montes à cheval, n'est-ce pas ? avança Leeb senior. Tu es des nôtres. Il faut que tu le comprennes.

Vous n'avez donc rien dans le ventre ? Il faut foncer, un point c'est tout. C'est comme ça qu'on faisait à l'Est − à l'époque, en Ukraine −, vous n'imaginez pas tout ce qu'on a fait sortir de terre, là-bas. Ça a marché. Pourquoi pas ici ?

— Pendant la guerre, on devait obéir aux ordres, mais ce n'est plus comme ça, Wilhelm, les temps ont changé. Aujourd'hui, on ne fait plus ça gratuitement. Aujourd'hui, tu ne trouveras pas de travailleurs forcés à qui demander de fabriquer ton manège avec des matériaux confisqués, objecta Heinrich Haarstick.

— T'as fait la guerre, toi, espèce de planqué ? lâcha Leeb d'un ton haineux. Non. Alors tu ferais mieux de te taire.

Haarstick, doté d'une grande assurance, se contenta de rire.

— Si c'est toi qui le dis, toi, le faisan doré…

— Je n'étais pas un faisan doré !

Leeb, indigné, passa à l'offensive.

— Tu as de l'argent, toi. Tu pourrais faire un don. Pour le bien de tous. N'est-ce pas ?

— Peut-être pour le bien de tous les cavaliers, riposta son adversaire, mais je ne monte pas à cheval, moi. Les chevaux ne m'intéressent qu'en tant que bêtes de labour, mais bientôt ce sera fini, tout ça. Dans quelque temps, on sera tous motorisés, nous autres cultivateurs, et tu pourras alors envoyer ton Terek et ton Bubi à l'équarrissage.

— Je serai le premier du village à avoir un tracteur, moi, fanfaronne Leeb, et j'aurai toujours des chevaux. Attends de voir ça !

— On n'y est pas encore.

— Mon plus jeune fils… (la voix de Leeb frôle les aigus) c'est un cavalier épatant, avec son cheval il va sauter par-dessus ton portail pour venir cracher sur ton crâne d'œuf.

Haarstick passa une main dans ses cheveux rares ; là, il avait quand même été piqué au vif. Il saisit sa bière.

— Construis-le tout seul, ton manège à la con, grogna-t-il en vidant son verre.

Autour de la table, la discussion s'échauffa.

En revenant au comptoir, plateau à la main et torchon sur le bras, le patron glisse tout bas à Gerda :

— Bon sang, ce Leeb. Et puis, on dirait qu'il est cloué à sa chaise. Il est presque onze heures. Il ne devrait pas rentrer chez lui ? Haarstick est parti, lui, voilà un homme de bon sens.

— Une chance que ces deux-là ne se soient pas encore disputés pour savoir qui aurait le plus grand enterrement, dit-elle.

— Il n'y a donc personne pour le remettre à sa place ?

Le patron pose violemment son plateau sur le comptoir.

— La même chose, dit-il. On dirait qu'ils cherchent à se suicider.

Plus le temps passait, plus l'auberge se vidait, mais Leeb senior, lui, continuait de parler aux deux autres membres du comité directeur du club équestre, le noyau dur de sa bande. Il l'aura, son manège, songea Gerda tout en astiquant les verres, même si ça prend des années. Il y a beaucoup à dire sur lui, mais c'est quelqu'un qui sait ce qu'il veut.

Vers onze heures et demie, le patron commençait à bâiller et à jeter des regards agacés aux trois derniers buveurs, la porte s'ouvrit et un jeune homme pénétra dans le nuage de fumée de tabac qui flottait dans la salle. Gerda le vit s'arrêter et cligner des yeux puis se diriger vers la table dans l'avant-corps. C'était Wilhelm Leeb junior, alors âgé de presque trente ans, grand échalas tout maigre aux cheveux blond foncé séparés par une raie sur le côté. Il était d'un tempérament calme mais, à cette heure avancée de la soirée, il semblait hors de lui. Il s'approcha de son père qui ne remarqua pas sa présence, et se mit à lui parler.

— Père, entendit Gerda, rentre avec moi à la maison. Il est bientôt minuit et la mère se fait du souci. Je suis venu à pied, je peux prendre le volant.

Leeb senior se tourna vers lui.

—Hé, regardez-moi ça, le fiston, dit-il en baissant sa cigarette. Tu vois bien que je suis en pleine discussion avec Walter et Rudolf. On est en train de planifier la construction du manège.

— Je te ramène tout de suite à la maison, père. Il est assez tard comme ça. Maman ne trouvera pas le sommeil tant que tu ne seras pas rentré. Viens, s'il te plaît.

Le senior écrasa son mégot, saisit le paquet d'Atika et en sortit une nouvelle cigarette, qu'il alluma à l'aide d'une allumette. Il exhala la fumée et dit à ses amis :

— Encore dans les jupes de sa mère, ce garçon.

Gerda le vit faire un geste.

— Une dernière tournée, mam'zelle !

— Moi, je commence à en avoir assez, avoua Rudolf Bartels, un fermier du village voisin. Et ma femme, elle…

— Allons donc, le coupa Leeb senior. Tu as un petit coup de pompe ? Tu ne peux pas renoncer à cette dernière tournée que t'offre ton supérieur. Pense à la gloire que nous allons récolter pour avoir été les initiateurs de la construction de ce manège. Ça mérite un toast.

Gerda vit Leeb junior se tourner vers elle en secouant la tête. Son père, remarquant son geste, se mit à hurler :

— Reste en dehors de tout ça, Wilhelm. C'est moi le chef, ici comme à la ferme. Ta mère n'a qu'à me préparer une collation car j'aurai sûrement faim à mon retour. Après elle pourra s'endormir, bercée par ses larmes.

Il regarda ses amis en riant, ceux-ci gardèrent un silence gêné.

Gerda échangea un regard avec le patron et au moment où elle s'apprêtait à tirer la bière, il lui fit non de la main. Voyant son geste, Leeb senior s'écria :

— Hansi, tu nous apportes de la bière et de la gnôle, et plus vite que ça ! Imagine le chiffre d'affaires que tu vas réaliser quand il y aura un manège ici. Ça va se bousculer au portillon chez toi.

Le patron adressa à Gerda un signe de tête résigné.

— Bon. Vas-y. Le client est roi.

Gerda se mit à tirer la bière, une pils produite dans la brasserie locale. Elle jeta un regard en direction de Leeb junior qui ne savait pas quoi faire de ses mains. Il finit par les glisser dans ses poches :

— Viens, père, s'il te plaît. Tu as assez bu. Pense à la mère.

— Tu veux parler de ma mère à moi ? Elle, elle n'a rien contre le fait que je sois ici. Elle apprécie d'avoir un fils énergique qui tient bien l'alcool. Toute ma vie elle m'a soutenu, même face aux critiques mesquines de ta maman chérie. Rentre à la maison, Wilhelm, et caresse la petite tête de mon épouse, comme ça elle sera contente. C'est une âme simple.

Il regarda ses deux amis comme s'il attendait un signe d'approbation de leur part.

L'un d'eux, Walter Bock, responsable de l'agence de la banque Raiffeisen et passionné d'équitation, dit en revanche :

— Tu sais, Wilhelm, il est déjà tard. Je pense qu'on devrait annuler cette tournée. On trouvera bien une autre occasion de bavarder.

— Tu entends ça, père ? M. Bock veut s'en aller. Tu vas régler l'addition et je te raccompagne à la maison.

Leeb junior voulut aider son père à se lever mais celui-ci le rabroua.

— Fiche-moi la paix, tu veux ? grogna Leeb senior. Tu crois que je suis pas capable de me mettre debout tout seul ? Allez, on la prend, cette tournée !

— Wilhelm..., commença Rudolf Bartels.

— Père, quémanda le jeune Wilhelm.

— Père, père, le singea celui-ci. Ça connaît rien de la vie et ça se permet de donner des ordres. Ah ça, si tu n'avais pas arrêté l'école, peut-être que tu serais arrivé à quelque chose, mais, t'es quoi, finalement ? Tu sais faire quoi ? Tu as fait quoi ? Toujours à se cacher derrière sa mère. C'est une chance que je sois rentré pour te serrer la bride et t'éduquer, et je ne suis pas au bout de mes peines. Bon, assez parlé, moi je reste. Et si vous deux... (de l'index, il désigna tour à tour Walter et Rudolf) vous avez envie de déserter, allez-y, je vous retiens pas. Moi, j'ai pas fini de boire ! Je suis mon propre maître. Allez-vous faire voir.

Gerda, qui était en train de tirer la troisième bière, sentit de l'impatience dans son regard. Tandis qu'elle raclait la mousse, Walter Bock se leva.

— Je m'en vais, Wilhelm. À la prochaine. Toi aussi tu ferais bien de rentrer.

Wilhelm Leeb senior répondit par un geste de dédain. Rudolf Bartels en profita pour se libérer à son tour.

— Au revoir, Wilhelm. Excellente idée, le manège équestre, ajouta-t-il pour l'apaiser. On en reparlera dans le détail.

Il fit un signe de tête amical au jeune Wilhelm et alla payer au comptoir.

Les deux hommes partis, le silence s'installa pendant un moment. Puis Leeb senior dit:

— Des mauviettes. Et les visions, dans tout ça? Il faut avoir des visions, Hansi, avouez que j'ai raison!

Il se tourna vers le patron.

— Ici, j'en ai vu qui en avaient, des visions, répliqua celui-ci à mi-voix. Certains se sont même mis à dégueuler en cadence.

— Qu'est-ce que tu racontes là? aboya Leeb. Bon, peu importe. La bière, Gerda!

— Allez, père, viens, pria son fils. Sinon il sera bien trop tard. La mère...

— Arrête avec ta mère! Celle-là... (il tendit le bras dans la direction de Gerda qui apportait la bière et la gnôle) cette femme-là, elle est extra! Jolie et robuste à la fois. (Il fit un clin d'œil à Gerda, qui l'ignora, agacée.) Fiston, faudrait que tu t'en tailles une tranche, d'un beau rôti comme ça, ça tient bien au corps! Ta fille de garde forestier, ta dulcinée, à côté on dirait une tranche de cervelas. (Il vida sa gnôle.) Ouais, Gerda, à côté...

Celle-ci s'était déjà éloignée discrètement.

— Laisse tomber, chuchota-t-elle à l'oreille du jeune Wilhelm. La meilleure chose à faire, c'est de ne pas l'écouter. Il est toujours comme ça quand il a bu.

— Je sais, répondit-il, et on pouvait lire sur son visage qu'il était blessé. Si j'ai quitté l'école, c'est pour m'occuper de la ferme, se justifia-t-il, se tournant vers son père. Parce que toi, tu n'étais pas là.

— C'est vrai, acquiesça Leeb senior, je n'étais pas là. J'étais en captivité et pendant que vous, vous étiez comme des coqs en pâte, moi je crevais de faim et je trimais comme un âne !

Son fils sortit brusquement ses mains de ses poches et serra un poing.

— Tu nous fais du tort, s'écria-t-il.

— C'est à moi qu'on a fait du tort, aboya le père. Et puis ta fille de forestier, tu peux l'oublier, il faudra me passer sur le corps pour l'épouser. Tu crois que moi, j'ai toujours pu faire ce que je voulais ? Non. C'est comme ça, la vie. Il faut aussi savoir encaisser. Ce qui compte, c'est la détermination et la ténacité.

Debout derrière le comptoir, Gerda observait le fils en train d'essayer d'extorquer au père une marque de reconnaissance ou de bienveillance, vaine tentative, car le senior ne voulait rien entendre, préférant accabler son junior de réflexions désobligeantes. Gerda se demanda s'il était aigri. Sans doute que non ; ses propos, son attitude trahissaient plutôt une blessure narcissique, peut-être aussi des regrets qu'il ne voulait pas s'avouer. En tout état de cause, cela lui faisait de la peine de voir le fils se briser contre son père comme contre un écueil.

Gerda plongea la main dans la poche de sa blouse et fit tinter les capsules de bouteilles d'eau-de-vie qu'elle y avait glissées au fil de la soirée. Elle en saisit une poignée et serra très fort au point que leurs dents s'enfoncèrent dans sa peau, c'était un peu douloureux. Le patron était maintenant assis, le menton baissé ; il avait envie de se coucher, mais il ne fallait pas mettre Wilhelm Leeb de mauvaise humeur. À vrai dire, celui-ci commençait aussi à flancher. L'eau-de-vie et la bière faisaient peu à peu leur effet, et là où les prières du jeune Wilhelm avaient échoué, la fatigue et l'ébriété eurent du succès : le senior se mit sur ses jambes en chancelant, paya la note et laissa son fils le guider dans la nuit. La porte de l'auberge se referma. Un moteur de voiture démarra, des pneus crissèrent dans la cour et, par une fenêtre, Gerda vit des feux arrière rouges s'éloigner en direction du village.

Le nuage de fumée de tabac, brassé par le bref courant d'air, s'apaisa de nouveau.

— Tu remets tout en ordre ? demanda le patron à Gerda. Elle fit oui de la tête.

— Quel cirque, ajouta-t-il. Moi, si j'étais le fils, je l'aurais planté là, le grand président. Demain, il aurait eu l'air bien ridicule.

Gerda rétorqua :

— C'est tout à l'honneur de Wilhelm de ne pas l'avoir fait.

— Peut-être, mais c'est pas comme ça qu'il gagnera le respect de son vieux, dit le patron.

Il souhaita bonne nuit à Gerda.

Elle mit les chaises sur les tables, passa le balai et la serpillière puis aéra, et au bout d'une heure à peine, on aurait dit que jamais un ivrogne n'avait mis les pieds dans la salle. Gerda éteignit les lumières et sortit. Tandis qu'elle tournait la clé dans la serrure, elle sentit sur sa nuque la fraîcheur de cette nuit d'automne.

Le soleil tape fort à présent, et Gerda fait une pause, appuyée sur sa pelle. Peine perdue, se dit-elle. Si vraiment il y a des taupes, alors je peux creuser jusqu'à la Saint-Glinglin, à moins de les noyer, ces bestioles, ou de les enfumer. Mais elle ne le fera pas. Il est impossible de l'emporter à long terme sur la nature, elle obtient toujours gain de cause car, contrairement à l'homme, elle a tout son temps. Gerda jette un œil vers Lisbeth qui, debout sur la terrasse, le ramasse-miettes dans une main, la balayette dans l'autre, continue d'observer sa vieille amie d'un air hagard.

— Oui, oui, s'écrie Gerda. C'est bon, j'arrive.

Et, tout en marchant, elle prend conscience du trou qu'elle a creusé, de la terre éparpillée autour, et elle secoue la tête. Avant d'aller ranger la pelle dans le débarras, elle la nettoie avec sa main.

— Mais qu'est-ce qui t'a pris ? demande Lisbeth.

— Je ne sais pas, répond Gerda en essuyant ses doigts à l'aide d'un chiffon. On dirait que je suis aussi tourneboulée que la petite Wely.

— Hélas, soupire Lisbeth, elle ne sait plus à quel saint se vouer, la pauvre. Elle est complètement perdue.

— Peut-on lui en vouloir ?

— Bien sûr que non.

— Bon, tu vas les jeter, ces bouts de verre ?

Lisbeth baisse le regard sur le ramasse-miettes plein de débris brillant au soleil. Parmi eux se trouve un morceau de papier chiffonné.

Gerda reste interdite.

— C'est le papier que Sophia n'arrêtait pas de tripatouiller ? demande-t-elle.

— Je crois que oui, répond son amie.

Et alors qu'elle tourne les talons, Gerda prend le papier et, tandis que Lisbeth se dirige vers la cuisine pour mettre les éclats de verre à la poubelle, elle s'affale sur une chaise et cligne des yeux, éblouie par le soleil. Ensuite, elle déplie le papier et l'étale sur la toile cirée pour le défroisser. Il s'agit de la moitié d'une feuille de papier à lettres, visiblement découpée avec un couteau car le bord inférieur est tout fibreux. Elle tâte sa blouse à la recherche de ses lunettes et à peine les a-t-elle chaussées qu'elle entend Lisbeth pousser une exclamation d'effroi dans la cuisine.

— Heini a attrapé une souris! Elle vit encore!

Gerda fait la sourde oreille. Sa main droite, celle qui tient le papier, tremble légèrement. *Ma chère Sophia*, lit-elle, et ses yeux s'ouvrent tout grands comme si elle avait besoin de verres plus puissants. C'est une lettre du jeune Wilhelm, peut-être la dernière qu'il a écrite à sa chère et tendre. Gerda parcourt le texte, elle est moins ébranlée par son contenu que par sa concision, le ton quasi neutre de quelqu'un qui se résigne à son sort, croyant qu'il ne pourra jamais y échapper.

— Gerda! Lisbeth crie à présent. Viens vite! Ton chat est en train de manger la souris. Qu'est-ce que je fais?

D'abord la tête, se dit Gerda, il commence toujours par la tête. Un léger craquement. Et le foie, il n'y touche pas. C'est pour moi, ça.

La main tenant la lettre tombe sur ses genoux et son regard se met à errer sur la pelouse dévastée.

JUIN 1949

RAGOÛT DE LANGUE

Soudain, son humeur change du tout au tout. Une fois passé le port fluvial, le train prend un virage, et voilà son village qui apparaît au loin. De part et d'autre de la voie ferrée, les prairies et les pâturages, les peupliers, frênes et saules aux troncs éclatés, ah, ce paysage si familier, comme il lui a manqué. Il ramène son balluchon vers lui, de crainte qu'on lui dérobe son peigne en bois, sa gamelle, sa cuillère et ses quelques autres biens, de piètres objets, mais qui, durant sa captivité, s'étaient avérés plus précieux qu'une parure de bijoux. Personne dans ce compartiment ne semble le connaître ou l'avoir reconnu ; en cette fin d'après-midi, les voyageurs n'accordent que des regards curieux et légèrement apitoyés à cet homme aux allures de vagabond, la guerre en ayant laissé plus d'un comme lui sur le carreau, des types déracinés et dispersés qui n'ont plus rien sur eux à part leurs frusques en lambeaux. Il éprouve de la honte, mais pourquoi ? Qu'est-ce qu'ils savent, ces gens ? Rien, ils ne savent absolument rien ! Il sent sa colère se réveiller, mais il réussit à chasser le souvenir de ces années perdues.

Wilhelm Leeb regarde par la fenêtre tandis que le train ralentit et s'arrête dans une petite gare. Il se lève et descend. Reste sur le quai. Les quelques wagons qui circulent entre Peine et Groß Ilsede, à quelques kilomètres plus au sud, pour relier la forge à l'aciérie, se mettent en branle dès que la locomotive reprend ses halètements, et après le passage de la dernière voiture, il a l'impression d'être face à un décor de théâtre. Cinq années se sont écoulées depuis sa dernière permission, et il ne se lasse pas de regarder, ses yeux glissant le long du village qui commence juste derrière la voie ferrée. À sa droite, il découvre les peupliers qu'il a plantés devant la clôture de sa ferme, ils ont désormais atteint leur pleine maturité. Il serre son balluchon contre son veston élimé ; son pantalon est retenu par une corde ; ses pieds sont fourrés dans des chaussettes reprisées et des sabots. S'il a décidé de conserver toutes ces affaires, c'est pour pouvoir un jour les sortir du coffre où il les aura rangées et les montrer à ses amis et invités en disant : voilà ce qu'ils ont fait de moi, un gueux, ils m'ont volé quatre années de ma vie, ces vauriens ! Son cœur se met à battre à tout rompre, il prend une profonde inspiration.

Les voyageurs descendus se sont dispersés, tant mieux, car il veut éviter d'être vu dans cet accoutrement par des personnes de connaissance. Comme il n'a pu annoncer l'heure de son arrivée ni eu la possibilité d'envoyer un télégramme, sa famille n'est pas sur le quai pour l'accueillir. Le seul témoin de son retour est le garde-barrière, le vieux Kreuder, qui, depuis sa guérite, observe d'un œil méfiant l'ancien prisonnier, qu'il ne semble pas reconnaître. Leeb lui adresse un salut de la tête. L'autre lui répondant par un regard morose, il s'empresse de traverser la voie ferrée et se retrouve sur la route. Celle-ci n'a pas changé, à part qu'elle se trouve désormais dans un nouveau pays, et bien qu'on soit à l'aube d'une nouvelle ère, Wilhelm Leeb arpente les pavés en sabots, comme en portaient ses ancêtres.

L'a-t-on aperçu de loin ? Les enfants le guettent-ils ? Il regarde tout autour de lui. Rien, pas un chat. Et là, tandis qu'il arrive au niveau de la grand-route, un garçon tout blond apparaît à l'angle du mur. Wilhelm Leeb, qui a reconnu son fils cadet, s'apprête à faire un signe, mais l'enfant fait une grimace puis détale.

Son père est abasourdi, puis irrité : en voilà, un accueil ! Et, spontanément, il accélère l'allure, faisant claquer ses sabots sur le trottoir. Au bout d'une cinquantaine de mètres, il bifurque pour prendre la direction de sa ferme et marche d'un pas décidé vers sa maison. Parvenu au jardin, il reste figé sur place : mais qu'est-ce qu'il a fait ? Il aurait dû faire son entrée de manière digne et fière ! Au lieu de quoi, il a marché jusqu'à la ferme d'un pas impétueux, comme si ce n'était pas la sienne, à croire qu'il était une canaille, tels ces deux voleurs qui avaient voulu cambrioler la maison du temps où le bailli y résidait encore ; l'un d'eux s'était fait prendre puis avait été battu à mort et enterré dans la forêt dont l'extrémité sud porte toujours son nom : Hilmars Hagen. En effet, il aurait pu faire son entrée en maître des lieux, mais il s'est privé de cette possibilité.

Tandis qu'il reste là sans bouger, promenant son regard sur les granges, les bâtiments abritant les bestiaux et le marronnier planté à côté de la porte du grand salon, il est envahi d'un sentiment d'abandon : personne n'a orné la porte de la maison de feuilles de chêne pour fêter son retour et personne n'est sorti sur le seuil, son fils – *sa* chair et *son* sang – s'est même enfui. À côté, il ne voit personne non plus, la rue est déserte. Que faire ? Toquer à la porte de sa propre maison, comme un étranger ? Son pouls s'accélère de plus belle et il commence à transpirer bien que le ciel soit couvert de nuages.

Soudain, du coin de l'œil, il voit s'ouvrir les rideaux de la fenêtre du salon, et un visage apparaît, celui de Herta Kruse, sa belle-mère. Elle le regarde fixement comme si elle ne connaissait pas cet individu planté dans le jardin, rongé de douleur. Au bout d'un moment, ses yeux s'illuminent. Elle tire les rideaux. Wilhelm Leeb l'entend qui l'appelle. Quelques secondes plus tard, la porte s'ouvre et sa femme se présente sur le seuil.

Ils sont face à face, à quelques pas l'un de l'autre, lui en haillons, elle en robe à fleurs à col blanc, chacun s'efforçant de retrouver en l'autre l'image qu'il avait gardée en mémoire pendant ces cinq dernières années. Ils demeurent silencieux et ne bougent même pas d'un pouce lorsque les enfants surgissent dans la pénombre du couloir et s'agglutinent derrière leur mère, comme s'ils voulaient faire une nouvelle photo pour leur prisonnier de père : Wilhelm, le jeune homme de dix-huit ans, grand et maigre, Grete, confirmée depuis le printemps, et Bruno, dix ans, qui, jusqu'à présent, n'a vu son père que lors de ses courtes visites et se cache derrière sa mère.

Leeb est brusquement traversé d'une terrible pensée : où se trouve sa mère à lui ? Elle n'est quand même pas morte depuis la dernière lettre qu'il a reçue d'elle ?

Il doit vraiment avoir l'air effrayé car, pour le rassurer, sa femme lui dit :

— Ta mère fait un petit somme, elle va arriver.

— Oh, mon Dieu, et moi qui pensais que…

Ce sont les tout premiers mots qu'ils échangent après presque cinq années de séparation. Käthe va pour s'approcher de lui mais, au même moment, son mari se met en mouvement. Il s'avance jusqu'à la porte, pose son balluchon et se laisse prendre dans les bras de sa femme, sans un mot, juste une poignée de secondes.

— Les enfants, dit Käthe Leeb après s'être détachée de son étreinte. Dites bonjour à votre père. Il est rentré !

À ces mots, son visage s'égaye. Elle lève la tête vers son époux, examine ses loques en plissant les yeux.

Le jeune Wilhelm s'avance et tend la main à son père.

— Père, dit-il d'un ton gêné, n'étant plus habitué à prononcer ce mot. Je suis content que tu sois revenu.

— Oui, mon garçon, confirme Leeb senior. Ça m'a demandé une patience infinie.

Sa fille se jette à son cou mais a aussitôt un mouvement de recul.

— Tu pues, papa, bougonne-t-elle.

Sa mère agite l'index en guise d'avertissement.

Pétri de crainte, Bruno, le plus jeune, reste où il est, blotti derrière sa mère.

— Mon Bruno, dit Wilhelm Leeb, cherchant à prendre la main de son fils.

Celui-ci la retire, mais dit d'un ton poli :

— Bonjour, tonton.

Son père, mi-ahuri, mi-déçu, baisse la main.

— Mais entre donc, Wilhelm, dit sa femme pour détourner son attention. Entre dans ta maison, dans ton beau salon. Tout est prêt. On ne savait pas à quelle heure tu arriverais, on attend depuis ce matin.

Son mari, désormais satisfait, acquiesce d'un signe de tête et va pour saisir son balluchon, mais son fils aîné le devance.

— Il ne faut rien jeter, Wilhelm, l'avertit son père. Je veux tout garder, même mes vêtements.

Grete fait une grimace.

— Allez, rentrez! ordonne la mère, et elle suit ses enfants d'un pas lourd en se retournant plusieurs fois vers son mari.

Dans le couloir, Wilhelm Leeb perçoit les odeurs de sa maison avec une acuité surprenante que seule une longue période d'absence peut générer : le sol de pierre, humide et froid, les boulets de charbon qui se consument dans le fourneau, le chapelet de saucisses de porc en train de sécher au bout d'un crochet, les émanations de personnes âgées, légère odeur de renfermé, un peu âcre mais agréable car elle lui rappelle sa mère chérie, son réconfort et son soutien durant sa période de captivité. Elle semble dormir encore et il n'ose pas la réveiller ; après soixante-dix ans de rude labeur, elle a bien mérité sa tranquillité. Sa femme l'aide à ôter sa veste, un don de la Croix-Rouge qui a dû attendre le printemps de l'année précédente pour obtenir l'autorisation d'entrer dans la prison de Półwieś, et la suspend à un crochet, lui présente des pantoufles. Tandis qu'il retire ses sabots avec gratitude, Herta Kruse apparaît à la porte de la cuisine et bien qu'il n'ait jamais eu de très bons rapports avec ses beaux-parents, le visage ridé de la vieille femme est tout rayonnant et elle le salue avec une joie et un soulagement qui éclipsent l'accueil que lui ont réservé femme et enfants.

— Maintenant je peux mourir en paix, conclut-elle, et il lui fait gentiment part de son espoir qu'elle puisse atteindre un âge très avancé.

Les enfants attendent dans le couloir et, lorsque sa femme s'en va en hâte chercher de l'eau chaude pour qu'il se lave, il dit:

— Je devrais peut-être aller me changer.

Il se dirige vers l'escalier.

— À tout de suite dans le grand salon, les enfants.

Il s'efforce de sourire.

Arrivé dans la chambre, il regarde le lit conjugal. Privé d'un vrai lit pendant plus de quatre ans, et surtout privé de femme – et maintenant, voilà sa Käthe. Il secoue la tête comme pour chasser, telles des mouches, les pensées qui le hantent, sa morosité, le souvenir de son séjour en Ukraine, une période de joie sans faille, et, à cet instant, sa femme entre avec la cruche remplie d'eau fumante et va la poser à côté du meuble de toilette. Elle dit:

— Je t'ai déjà préparé des vêtements, là… (elle désigne le valet de nuit) j'espère qu'ils te vont encore. Tu as tellement… tellement maigri, Wilhelm.

— La lavasse et les épluchures de patates, ça a au moins le mérite de ne pas faire grossir, répond-il.

Elle baisse les yeux sur son ventre en rougissant comme si ces propos lui étaient destinés.

— Je retourne en bas, dit-elle. Le repas…

Son mari hoche la tête et fait un effort pour la remercier.

— J'arrive tout de suite, ajoute-t-il.

De nouveau seul, il scrute, dans le miroir ovale au-dessus du meuble de toilette, ses joues creuses, le chaume grisonnant de sa barbe de trois jours, ses tempes dégarnies et toutes ces rides et entailles que la guerre et la captivité ont laissé à la surface de son corps. Quant à l'intérieur… Bon, bref, le voilà délivré, le jour tant attendu est arrivé, il n'en revient pas lui-même.

— Maintenant, tu vas revivre, Wilhelm, promet-il à son reflet dans la glace.

Puis il se met à enlever la crasse accumulée depuis des années.

Ils ont mangé, un déjeuner festif et copieux, et cela, en plein milieu de la semaine et, de surcroît, dans le grand salon qui ne sert que pour les grandes occasions. Il y a eu le plat préféré du père, des pommes de terre à l'eau et du ragoût de langue accompagné de zieschen, petites saucisses relevées, au dessert, de la Welfenspeise*, suivie d'un café et de Streusel et, pour terminer, de l'eau-de-vie. On est fourbu car ce qui s'est amassé dans l'estomac, ces belles portions de viande, de patates et de gâteau, il faut à présent les digérer. Grand-père Kruse a du mal à garder les yeux ouverts, il se contient pour ne pas piquer du nez en présence de son gendre fraîchement rentré au pays, et sa femme, rouge comme une pivoine, pousse de temps à autre un gémissement comme si elle avait des crampes d'estomac. La mère n'a presque rien mangé, elle est nerveuse, passe son temps à vérifier si son mari a suffisamment à boire et à manger, disparaît furtivement dans la cuisine puis revient, tel un oisillon effarouché. Grand-mère Leeb, en revanche, c'est le calme en personne ; son regard est rivé sur son fils et un petit sourire effleure ses lèvres. Voilà les seuls indices de ce qui passe en elle.

Le jeune Wilhelm se tient raide comme un *i* sur sa chaise. Son bras gauche est posé devant son ventre, sa main

---

* Littéralement : "mets des Welf". Dessert composé de deux couches, l'une à base de crème à la vanille (jaune), l'autre d'œuf battu (blanche), le jaune et le blanc étant les couleurs de la dynastie de la maison des Welf.

droite tripote l'anse de la tasse à café. Quand il regarde son père, désormais bien habillé et rasé de frais, il est envahi de sentiments contradictoires. Il a de quoi être content, et il l'est, mais en même temps, cet homme qui, après tout ce temps, est apparu comme par enchantement sur le seuil de la maison, il le perçoit comme un corps étranger, bien que celui-ci, le maître des lieux, assis en tête de table, ne soit pas très bavard et semble mal à l'aise. Lorsque grand-mère Kruse lui demande de raconter sa captivité, il se contente de répondre qu'il lui est difficile de parler de ces années de privation devant un beau gâteau plein de crème fouettée.

— Et l'Ukraine, Wilhelm, pendant la guerre ? Ça devait être bien, non ? Raconte !

Son père secoue la tête.

— J'ai écrit des lettres, marmonne-t-il. Je n'ai rien à dire de plus.

L'instant d'après, il se met à crier sur sa fille qui a les coudes posés sur la table :

— Grete, assieds-toi correctement !

La sœur de Wilhelm se redresse.

— Mais qu'est-ce qu'on s'en fiche de la façon dont je suis assise ! grogne-t-elle.

— On s'en fiche pas du tout ! rétorque son père. Je crois que je vais commencer par mettre de l'ordre dans tout ça, moi.

— Tes lettres, glisse sa femme en se frottant nerveusement les mains, elles sont toujours là – sur le buffet là-bas, dans le joli coffret. Et aussi le portrait qu'on a fait de toi. (Elle lui sourit.) Et à côté – tu le vois ? –, il y a ta photo. En uniforme. Je l'ai cachée avant que les Américains et Britanniques n'arrivent.

Son mari approuve d'un signe de la tête.

— Et mes fusils de chasse?

Sa femme tourne autour du pot, mais sa mère, elle, répond franchement:

— Ils sont dans la fosse à purin, Wilhelm.

Il fronce les sourcils comme s'il n'avait pas bien entendu.

— Ils sont où, mère?

— Dans la fosse à purin, Wilhelm.

— Mes fusils?

Grand-mère Leeb passe au dialecte pour lui expliquer calmement:

— Il a fallu s'en débarrasser. Tout devait disparaître. On n'avait pas le choix. J'en assume l'entière responsabilité. Si tu es en colère, Wilhelm, c'est à moi seule que tu dois t'en prendre.

Elle jette un œil dans la direction de sa bru.

Celle-ci affiche un air de gratitude, ce qui n'échappe pas à son fils. Il sait que sa mère se sent souvent débordée, mais il ne l'a jamais vue aussi fébrile, on dirait qu'elle cherche à tout prix à faire plaisir à son mari. Cela contrarie le jeune Wilhelm, mais il n'a pas envie de se mettre son père à dos, il grille au contraire du désir de lui raconter ce qu'il a fait pendant les années passées, car après tout, c'est lui qui, instruit par ses grands-pères, a dirigé la ferme.

— Tu es né merde et tu redeviendras merde!

Cette phrase vient de sortir de la bouche de Bruno qui continue de se gaver de *Streusel* alors que tout le monde a fini de manger depuis un bon moment.

Grete pouffe de rire mais son père, chagriné par ce qui est arrivé à ses fusils, rabroue son fils:

— Bruno! Pour qui tu te prends? Ça ne se dit pas, des choses pareilles, et encore moins dans le grand salon.

Le garçon répond, la bouche pleine:

— Mais c'est tante Gerda qui l'a dit.

Il plante son regard ingénu dans les yeux du père.

— Tante Gerda? Quelle Gerda?

— Gerda Derking, précise grand-mère Kruse.

— Elle est fringante, celle-là, observe grand-père Kruse d'un ton mordant. Et elle a pas sa langue dans sa poche.

Wilhelm Leeb rougit mais s'abstient de répondre. En revanche, il demande à sa mère:

— Et mes poignards? Et les... (il baisse la voix) les pistolets?

Grand-mère Leeb a une brève hésitation puis hausse les épaules.

Son fils reste de marbre. Difficile de dire ce qui se passe dans sa tête, mais il ne va pas disputer sa mère car elle est tout pour lui.

Leeb senior prend sa serviette de lin étalée sur ses genoux et la fait claquer sur la table.

— Dans la fosse à purin...! siffle-t-il entre ses dents. On perd la guerre, on manque de peu de se faire fusiller, on végète des années derrière les barbelés, et là, tout ce qu'on possède finit dans la fosse à purin, comme de vulgaires babioles?

Il enfonce ses doigts dans le tissu.

— Tout ça en vain, pour des prunes, comme effacé d'un coup de gomme. Savez-vous au moins ce qu'on a réalisé là-bas, à l'Est? Ce qu'on a fait...

Il se tait comme si un souvenir lui avait scellé les lèvres.

— Oh oui, Wilhelm, raconte, dit grand-mère Kruse. On est drôlement curieux de savoir, tu n'imagines pas, on a envie d'entendre tes exploits.

Elle regarde son gendre.

Celui-ci l'examine attentivement comme pour vérifier si elle ne se fiche pas de lui, mais ce n'est pas le genre de Herta Kruse. Il fait rouler sa mâchoire, tourne brusquement la tête et regarde par la fenêtre.

— De l'ordre! profère-t-il. Il va falloir mettre de l'ordre dans ce foyer de bonnes femmes. Fini le laisser-aller! Vous jetez tout? Très bien, sauf qu'avec moi, ça va changer de ton, vous allez voir, et je vais commencer par… (il désigne ses enfants l'un après l'autre) par vous.

Il tend son verre à sa femme, qui lui sert docilement un double verre d'eau-de-vie. Tous ont machinalement rentré la tête dans les épaules, tous à part grand-mère Leeb, qui reste assise bien droite, observant son fils d'un air énigmatique à travers ses lunettes en nickel. Ses mains reposent sur ses genoux, sur sa serviette de lin portant le monogramme tissé; elle fait tourner ses pouces rapidement l'un autour de l'autre, comme si c'étaient eux qui mettaient en branle les rouages de son cerveau.

Mais cela, seul le jeune Wilhelm le voit, assis à côté d'elle. Il ne prête guère attention au propos de son père qui, venant à peine de rentrer, ne peut pas comprendre ce qu'ils ont accompli, eux, mais ça, il ne va pas tarder à s'en rendre compte. Prenant modèle sur sa grand-mère, Wilhelm se cambre sur sa chaise.

— On a fait du bon travail, père, objecte-t-il, vu la situation difficile pendant la guerre. Et après, ça a été exactement pareil et c'est d'ailleurs encore le cas aujourd'hui, car il y a beaucoup de choses qui restent compliquées, par exemple se procurer des semences ou des plants de pommes de terre, sans parler de l'engrais, et…

Son père le coupe.

— Moi, après tout ce temps, après ces quatre années d'*humiliation*... (il fait jaillir le mot entre ses dents) je ne suis pas revenu là pour entendre tes leçons de morale, Wilhelm! Si je suis rentré, c'est pour agir. Pas pour rester à l'écart, mais... (il tape sur la table) pour occuper la place qui me revient. Je me fous de ce que vous avez fait. Ce que *moi* je fais à partir de *maintenant* – voilà ce qui compte. Ça et rien d'autre. Tu as compris, fiston?

Il le défie du regard.

Le jeune Wilhelm reste interdit.

— Oui, bien sûr, murmure-t-il. Mais...

— À partir de maintenant, il n'y a plus de "mais" qui tienne. On ne discute pas. À partir de maintenant, on obéit. Et c'est la même chose... (son père balaie l'assistance d'un regard circulaire) pour tout le monde!

Lorsque ses yeux tombent sur sa mère, il se tait.

Et grand-mère Leeb fait tourner ses pouces, encore et encore, comme tourne la terre.

Le soir, dans son lit, le jeune Wilhelm entend des voix venant de la chambre de ses parents. Avant, seules y grinçaient les lattes du plancher lorsque sa mère allait se coucher, mais maintenant... Tandis qu'il est allongé là, l'oreille aux aguets, incapable d'intercepter le moindre mot, il est envahi par le pressentiment que plus rien ne sera comme avant. La présence du père, rentré il y a un peu plus de cinq heures, est aussi inhabituelle que perturbante, on dirait qu'il a jeté son ombre sur toute la ferme. Wilhelm entend un bruit sourd suivi des couinements feutrés des ressorts du lit. Au bout d'un moment, le silence se fait.

Un silence oppressant. Tel un étang sous la voûte de la nuit, au fond duquel vit une créature, insaisissable et menaçante, qui, à la pointe du jour, va hisser sa masse hors de l'eau, se traîner sur la terre ferme, s'introduire dans la maison pour y prendre ses aises, une créature imposante, visqueuse, avec une gueule de brochet armée de dents tranchantes et une haleine qui empeste.

Voici le genre d'images qui défilent dans l'esprit du jeune Wilhelm tandis qu'il plonge dans le sommeil. Il est presque endormi lorsqu'une violente secousse le traverse et le réveille en sursaut. Il tend l'oreille, croyant entendre des murmures, des chuchotis dans la maison, semblables aux bruissements des feuilles de peuplier ou à des grattements de souris. Dans la pénombre, il distingue la chaise sur laquelle sont posés ses vêtements, en désordre et chiffonnés comme si celui qui les avait portés s'était évaporé. Puis il se rendort.

Il se réveille au petit matin, comme toujours, car il doit aller à l'étable : les bêtes mangent en premier, les humains après. Lorsque Wilhelm entre dans le bâtiment, Josef est déjà là, en train de fumer une cigarette dans la laiterie tandis que les vaches, pressées d'avoir leur gruau, leur pulpe de betterave et leur foin, grattent le sol de leurs sabots nerveux en poussant des mugissements étouffés.

— J'ai déjà nourri les chevaux, dit-il. On l'a attendu un temps fou, le chef, mais il est de retour maintenant...

Un large sourire éclaire son visage.

Wilhelm se contente d'un hochement de tête. Ils effectuent leur tâche en silence. Josef se charge du gros de la traite, se propose également de transporter les bidons jusque devant le portail. Lorsque Wilhelm sort de l'étable et se retrouve dans la cour, il fait encore un peu nuit, et il regarde autour de lui, croyant que son père va surgir dans un coin, puis il entre dans le grand vestibule. Il se déchausse à l'aide du tire-botte, suspend sa veste de travail au crochet près de la porte. Ensuite, il monte faire un brin de toilette dans sa chambre puis descend à la cuisine.

Sa mère l'y avait attendu chaque jour, des années durant. La table était garnie de pain, de beurre, de saucisson et de confiture, et sa mère lui servait la chicorée, qu'il détestait, et plus tard le café, qu'il adorait. Ils discutaient des tâches de la journée puis son frère et sa sœur, Josef et les grands-parents venaient les rejoindre ; pendant la guerre il y avait eu aussi Martin, Pawel et les deux Ukrainiennes. Assis tous ensemble autour de la table, on causait ou on se taisait, c'était selon.

Ce matin, tout est différent.

La mère et les deux grands-mères sont en train de préparer le petit déjeuner de son père. Tandis qu'elles font cuire les œufs brouillés, découpent le jambon et le salami, elles se marchent dessus, chacune se battant pour être celle qui servira au fils, gendre et époux prodigue le repas matinal le plus copieux qui soit. À l'instant où Wilhelm s'installe, on pose sans précaution la cafetière sur la table, renversant quelques gouttes. Et puis, il se fait rabrouer par sa mère :

— Pas sur cette chaise, Willem, désormais c'est ton père qui est assis en tête de table.

Wilhelm change de place, il ressent cela comme une déchéance. Il n'a plus d'appétit, se contente de quelques gorgées de café.

— Mais vous attendez qui, au juste ? finit-il par demander. L'empereur de Chine avec sa cour ?

— Ton père a besoin d'un bon petit déjeuner, répond grand-mère Kruse, les joues en feu. Après quatre longues années où il n'a eu que de la lavasse et du pain moisi.

— Il en est pas mort, dit Wilhelm.

— Certes, mais regarde-le, il faut qu'il se remplume !

— Je ne le vois pas, bougonne-t-il d'une voix quasi inaudible et, se renversant sur sa chaise, il observe les femmes qui n'arrêtent pas de se bousculer.

C'en est fini de la calme routine matinale, et en ce qui le concerne, il a le sentiment de ne plus exister. Tout tourne autour de cet homme qui tenait absolument à repartir à la guerre. Wilhelm vide son café d'un air morose. Sa mère le ressert néanmoins, pousse même une tartine de saucisse de porc vers lui, mais il préfère se retirer dans sa chambre. Au bout d'un moment, il entend son père entrer dans la cuisine. S'élèvent des gloussements et des cris dignes d'un troupeau d'oies effarouchées, c'est du moins l'impression qu'il a, puis lui parviennent les voix de son frère et de sa sœur – ils ont école tous les deux. Assis à la fenêtre, le regard rivé sur l'aube, il sirote son café, mâchonnant sa tartine sans appétit. Tout l'agace et il envoie son père au diable. Seule une pensée le réjouit – Sophia. Quand il l'imagine éclatant de son rire joyeux, il ne peut s'empêcher de sourire, baissant le regard, l'air gêné, comme si elle se tenait devant lui, et il se met à gratter avec l'ongle les chiures de mouches sur l'appui de la fenêtre. Tandis que son café refroidit et que la saucisse posée sur la tranche de pain à moitié grignotée commence à attirer les insectes, lui, plongé dans ses pensées, jette de temps à autre un œil vers le lit, imaginant ses désirs se concrétiser – au mépris de toute bienséance, de tous les usages et conventions qui lui interdisent même de rendre visite à Sophia chez elle ou de l'inviter chez lui, vu que cela équivaudrait à des fiançailles. Il finit par se lâcher complètement la bride pour s'adonner sans entrave à ses rêveries.

Qui s'interrompent brusquement, au moment où entre son père. Sans avoir frappé, comme s'il détenait le pouvoir d'inspecter chaque pièce de sa maison comme bon lui semblait. Et de fait, il regarde attentivement autour de lui avant d'interpeller son fils.

— Wilhelm, dit-il, j'ai envie de voir à quoi ressemble ma ferme.

— D'accord..., fait l'interpellé, mais il lui faut un moment pour réaliser que son paternel vient de lui demander de l'accompagner.

— Oui, bien sûr, dit-il en se levant, et il ajoute : ... père.

Celui-ci le regarde. Wilhelm ne l'a jamais vu rire, en tout cas, il ne s'en souvient pas, il est donc difficile de dire si la courbe de ses lèvres minces exprime un sourire ou une autre émotion. Il tranche : un sourire, et il le lui retourne aussitôt.

— Bien, dit son père en pivotant sur ses talons.

Son fils le suit en jetant un coup d'œil sur le lit fait à la va-vite et le linge qui traîne sur le plancher.

— Il me faut impérativement des bottes d'équitation neuves, grogne Leeb senior lorsque, parvenu dans le grand vestibule, il enfile des chaussures dont le cuir est devenu terne et rêche durant son absence. Ces godasses sont bonnes à jeter dans l'étang. Je passerai aujourd'hui chez Lembke, le cordonnier.

Il commence par aller voir les chevaux. Wilhelm arpente à sa suite le sol de terre battue de l'aile agricole, éclairée par l'ouverture de la petite porte percée dans la grande. On distingue à peine les chevrons, le toit est plongé dans l'obscurité, interrompue par quelques rayons de lumière solitaires qui s'infiltrent entre les interstices des tuiles. Il règne ici une pénombre constante, une odeur de bois sec, de poussière, de foin et de litière et, bien sûr, celle des chevaux qui se trouvent du côté est du bâtiment. À cet instant, Josef sort de sa chambre, voisine de l'écurie. En voyant son patron, il sourit puis, sans un mot, ouvre la marche. La guerre leur a laissé deux chevaux, plus tout jeunes ni l'un ni l'autre, ainsi qu'un bœuf ; un jour, l'autre a été retrouvé mort dans l'étable. Personne n'en connaissait la cause, peut-être ses forces étaient-elles tout simplement épuisées.

— Je les étrille tous les jours, explique Josef en flattant l'encolure d'une jument. Et Kühne leur a mis des fers neufs avant les semis du printemps. Ils sont encore gaillards, chef.

— Exactement comme toi ! répond le senior.

Josef tâte son biceps.

— Tout à fait ! dit-il. Mais il faut dire aussi que je mange beaucoup de graisse, ça fait pousser les muscles.

Wilhelm le dévisage d'un air sceptique, mais la joie que lui procure le retour du père semble sincère.

— Où est ta montre de poche ? demande celui-ci en désignant le gilet de Josef.

Il manque la chaîne.

— Cassée.

— Tu as encore forcé en voulant la remonter ?

Josef hoche la tête, l'ai contrit.

— Tu en auras une neuve, déclare Leeb senior.

Il passe tendrement sa main sur les naseaux de l'étalon.

— Brave Terek, murmure-t-il, tu es gentil, toi.

Lorsque le second cheval, Bubi, s'avance vers lui lentement, il lui caresse également les naseaux, sous le regard fier de Josef.

Le jeune Wilhelm le regarde faire d'un air circonspect : c'est bizarre… Le père se comporte différemment avec les chevaux – il est plus affectueux. Qu'avait-il dit lors de sa dernière permission de guerre ? Que les humains étaient soit une menace, soit une source d'ennuis, qu'on ne pouvait avoir aucune confiance en eux. Oui, quelque chose dans ce style. Eh bien, il va lui montrer, à son père, qu'il est digne de confiance, lui.

Ils laissent Josef et vont dans la cour. Ce qui suit revient à une véritable inspection : étable, porcherie, poulailler, grenier à blé, grenier à paille, grenier à foin et grange. Le père examine chaque recoin, évalue l'état des toits, gratte les jointures des murs extérieurs, humides, et, la mine désabusée, reste un moment devant la fosse à purin où l'urine et la merde sont en train de ronger ses fusils et autres bijoux. Pour finir, il va dans le verger afin d'expertiser les arbres et pointe le doigt sur ceux qui, trop vieux, méritent d'être abattus et dessouchés. Il laisse tomber le potager, celui-ci étant la chasse gardée des femmes.

— Dans les kolkhozes de Russie, raconte-t-il, debout devant un poirier, ils travaillaient avec des machines comme dans les domaines situés à l'est de l'Elbe, car les surfaces sont immenses. Ils avaient même des tracteurs.

Il laisse errer un regard méprisant à l'arrière de sa propre ferme.

— Bon…, grogne-t-il, je vais moderniser tout ça. Vous avez travaillé comme à l'époque de l'empereur, mais ça ne peut pas continuer ainsi. Qui toujours stagne, jamais ne gagne. Il faut qu'on reste dans la course.

Wilhelm se réjouit que son père n'ait fait aucune critique. Après le rôti de porc servi ce midi par grand-mère Kruse, la cuisinière de la maison, un plat concocté "avec amour", comme elle l'a souligné, il est convoqué dans son bureau. Son père s'assied derrière la grande table décorée du cheval de métal cabré sur son socle de marbre. Wilhelm prend place. C'est ici, dans la partie est de l'aile agricole, que se trouvait autrefois le bureau de la SA, désormais vidé de son mobilier et reluisant de propreté. Wilhelm sent la nervosité le gagner à mesure que son père inscrit des notes sur un bout de papier, une longue liste visiblement. Son regard se promène dans la pièce, il tend les jambes puis les croise, joint les mains sur ses genoux, s'agrippe aux accoudoirs. Enfin, au bout d'une éternité, le père lève les yeux de sa feuille toute griffonnée et plante son regard dans celui de son fils.

— Une planification prévisionnelle, précise-t-il, c'est fondamental.

Wilhelm acquiesce de la tête.

— Seuls les hommes savent planifier de la sorte.

Wilhelm reste interdit un instant, mais acquiesce de nouveau.

— Les femmes en sont incapables, tout comme... (il pointe le menton vers son fils) les gosses.

— Je ne suis plus... commence Wilhelm mais son père lui coupe la parole d'un geste de la main.

Puis il lève la feuille :

— Ceci, explique-t-il, est la liste de tout ce qu'il y a à faire dans la ferme. Et c'est aussi la liste de tout ce que vous avez négligé de faire. Et je n'ai pas encore vu les champs ni les prairies. (Il se renverse dans son fauteuil.) Vous n'avez même pas été fichus de préserver le minimum de ce qu'on avait. Cette ferme court à sa perte. Mais je vais redresser la barre, moi !

Une fois ressaisi, Wilhelm lui objecte :

— Certes, père, mais c'était la guerre... Il n'y avait rien. On n'avait aucun moyen de rénover quoi que ce soit. Et après la guerre, tes comptes ont été gelés et le budget était serré. Et puis, l'an dernier, est arrivée la réforme monétaire et la mère s'est retrouvée avec seulement le dixième des économies qu'elle avait placées à la banque. Tu ne vas quand même pas nous reprocher de...

— Les femmes et les gosses! coupe son père. Ta mère n'a jamais été de taille à diriger cette ferme, et toi non plus. Dorénavant, tu peux te considérer comme apprenti, tu iras d'ailleurs te former pendant un an dans une autre ferme – quand tu seras prêt. À cause de ta mère et toi, cette ferme, pendant mon absence, est devenue l'ombre d'elle-même!

Les yeux rivés sur le cheval de métal battant l'air de ses sabots antérieurs, Wilhelm répond:

— Nous avons fait tout notre possible. Et même plus, père. Et ton absence... (il regarde son père même s'il sent une légère crainte monter en lui) c'est toi qui l'as cherchée. C'est toi qui nous as abandonnés ici. Tu n'aurais pas...

Le regard glacial du senior le réduit au silence. Celui-ci se redresse, croise les mains sur son ventre et dit d'un ton cassant:

— Je te conseillerais juste de ne pas trop la ramener. Tu n'es encore qu'un gamin. Tu n'es encore rien et tu ne sais encore rien faire. Un jour peut-être, ça reste à voir, mais pas encore. Je vais avoir pas mal de choses à corriger, à commencer par l'éducation laxiste de votre mère, qui n'est pas assez cohérente et énergique.

Il se tait. Sort un paquet de cigarettes de sa poche de poitrine et en allume une tandis que son fils reste assis sans dire un mot.

— Quatre années durant, j'ai payé pour avoir répondu à l'appel du Reich, reprend son père. Quatre années d'humiliation et de dénigrement. Tout ça pour quoi ? J'ai été à deux doigts de me faire massacrer, comme mon cher ami Verweyen. J'aurais pu tout bonnement me faire liquider. J'ai survécu. J'ai surmonté toutes les épreuves.

Il ne parvient qu'à grand-peine à se contenir, son visage est un masque.

Un spectacle angoissant, juge Wilhelm, qui préfère regarder le cheval de métal. Lorsqu'il lève les yeux, son père a retrouvé son calme et tire sur une nouvelle cigarette ; il a écrasé la première dans la douille d'obus convertie en cendrier, avec ses encoches à cigares et cigarettes et un support à boîtes d'allumettes. Le laiton est poli et Wilhelm peut y voir le reflet de son visage, large comme s'il avait été aplati d'un coup de marteau.

— Oui, toutes les épreuves ! insiste son père, même si c'est plutôt à lui-même qu'il s'adresse. Grâce à ma volonté et à mon autodiscipline. J'étais chef de chambrée. C'est moi qui organisais les soirées de Noël et les fêtes d'anniversaire. Je me rasais. Je ne me baladais pas fagoté comme ces troupiers qu'on aurait crus sortis d'un dépotoir.

Il écrase sa cigarette, en allume une troisième. Après quelques bouffées, il se dit de nouveau à lui-même :

— Les poux. C'était le pire. Un fléau absolu. Je les éclatais entre mes doigts et je les comptais. Un jour, il y en a eu plus de mille… (il regarde son fils) plus de mille de ces saloperies de poux ! Et c'est vous qui me faites des reproches, qui me faites la leçon ? J'ai écrabouillé mille poux et vous, que faisiez-vous pendant ce temps-là ? Vous laissiez cette ferme partir à la dérive. Un manque d'argent, de semences ?

Foutaises ! Un manque de dynamisme, d'audace, d'ambition – voilà votre problème.

Il jette la cigarette allumée dans la douille. La fumée s'élève en volute dans l'air puis s'effiloche sous les solives.

— C'était incroyable, tout ce qu'on avait ! s'exclame-t-il. Et puis notre drapeau, traîné dans la boue... du jour au lendemain. Comment cela a-t-il pu se produire... Je ne sais pas comment cela a pu se produire.

De nouveau son visage de marbre, brusquement traversé par une expression de terreur.

— Eh oui, dit-il en contractant ses traits pour répéter : Je ne sais pas comment cela a pu se produire... Je ne sais vraiment pas.

Wilhelm, incapable de suivre les propos de son père, secoue sa torpeur, y voyant la possibilité d'arriver à arranger certaines choses. Son père vient de rentrer, il lui faut d'abord retrouver ses repères. Rien d'étonnant à ce qu'il soit un peu perdu. Aussi dit-il sans hésiter :

— Père, nous avons vraiment fait tout ce qui était en notre pouvoir. Tous sans exception. La mère te le confirmera. Ainsi que les grands-parents. Ç'a été une période difficile, surtout qu'on manquait de tout. On ne pouvait pas faire de miracles, ça, il faut que tu le comprennes...

Les lèvres de son père se courbent vers le bas. Il répond :

— Taratata. Vous aviez Martin et Pawel et aussi Tania et Larissa. Il y avait suffisamment de bras. Tu aurais mieux fait de continuer l'école.

— Mais la mère...

Son père le coupe d'un geste de la main.

— Qu'est-ce qu'ils ont pu devenir, Alex et les deux femmes ? Tu n'y as jamais pensé ? Ils ont été obligés de retourner chez eux et ils se sont sûrement fait abattre par les Soviétiques pour avoir travaillé pour nous.

Wilhelm se souvient vaguement du jour où son père est revenu avec les trois, il y a quelques années, de sa main posée sur les fesses de Larissa, mais il se contente de dire :

— Sans doute, mais...

À cet instant, son père hausse le ton. Il frappe du poing sur la table.

— *Mais, mais.* Arrête de discuter. Tu connais ta place maintenant. Tu sais comment je vois les choses. Tu es au courant de ce que je compte faire. Dans quelques années, il y aura une porcherie neuve et après, une maison neuve. Je vais leur montrer, au village, de quoi je suis capable ! Grâce à ma clairvoyance et mon ardeur. Bon, là il faut que je continue de réfléchir. (Il saisit son crayon, fait glisser la feuille vers lui.) Afin de réparer vos négligences.

Son fils reste un moment sans bouger. Lorsqu'il comprend qu'il doit se retirer, il se lève et se dirige vers la porte, et là, il se tourne une dernière fois. Son père garde la tête baissée ; celle-ci est appuyée sur sa main gauche, entre ses doigts rougeoie une cigarette. Wilhelm referme la porte derrière lui. Sitôt qu'il se retrouve dans le grand vestibule, seul sous le vieux toit haut et sombre, sa stupeur vire à la consternation, puis à la colère. Mais pour qui se prend-il, le vieux ? Il prétend qu'ils sont restés à se tourner les pouces alors que lui, pendant ce temps, faisait la vie à des milliers de kilomètres de là, pour en faire plus tard les frais, en captivité.

— Le salaud ! se dit Wilhelm. Il faut que j'en parle à maman. Je veux qu'elle sache ce qu'il pense de nous. Ça ne va pas se passer comme ça.

Il retire ses bottes d'un geste brusque, pousse violemment la porte du couloir et, en chaussettes, se met à chercher sa mère. Dans l'air flotte une odeur de chou-fleur et de rôti, mais la cuisine est déserte. En entrant dans le salon, Wilhelm découvre sa mère étendue sur l'énorme canapé, visiblement endormie. Comme d'habitude, la bouteille de *Klosterfrau* trône sur la nappe brodée.

Wilhelm observe sa mère, vêtue de sa robe-tablier sombre et coiffée de son foulard. Elle semble lessivée, des mèches grises dépassent de son foulard, sa bouche entrouverte donne l'impression qu'elle est morte. Cette pensée le fait tressaillir et il s'avance d'un pas vers elle.

— Ah, c'est toi, mon gars, dit-elle en ouvrant les yeux. Je faisais juste une petite sieste.

Puis elle demande :

— Qu'est-ce que tu as fait de tes pantoufles ?

Elle baisse le regard sur ses chaussettes ; pour celle du pied gauche, la laine est quasiment percée au niveau du gros orteil. L'instant d'après, Wilhelm est de nouveau envahi par la colère.

— Tu sais ce qu'il dit, père ? demande-t-il. Il nous reproche, avec le plus grand sérieux du monde, de nous être tourné les pouces et d'avoir ruiné la ferme. On ne peut pas tolérer ça. Tu sais aussi bien que moi ce que nous avons accompli durant toutes ces années.

Il reste planté devant elle, indigné, les bras croisés.

Sa mère se redresse à moitié. Elle pousse un profond soupir. Puis, sans regarder son fils, elle dit :

— Eh oui… Il est de retour, ton père. Désormais, c'est lui l'homme de la maison. C'est comme ça. C'est son rôle.

Elle pose son regard sur fils, qui dépasse maintenant son père de quelques centimètres.

Wilhelm, médusé, tente d'interpréter l'expression de son visage – elle semble vraiment penser ce qu'elle dit. La petite horloge posée sur la crédence, un héritage de la famille Kruse, frappe deux coups.

— Maman, dit Wilhelm, on ne peut pas accepter ça, un point c'est tout.

— Oh, répond sa mère en se rallongeant, ton père finira bien par reconnaître ce que nous avons fait. Mais il est comme ça. Il a ses opinions et il sait ce qu'il veut. C'est ce que j'ai toujours admiré chez lui. Et puis maintenant… (elle se frotte les yeux) nous sommes de nouveau une vraie famille. Chaque chose réintègre sa place et chacun doit occuper la place qui lui revient – comme cela a toujours été le cas, Willem.

Son fils reste sans voix. Il baisse le regard sur son pied gauche, celui dont les orteils ont été opérés. Et moi qui ai sué sang et eau pour cette satanée ferme, pense-t-il avec colère. Mais il dit :

— Maman, je travaille et assume des responsabilités depuis l'âge de quatorze ans. Et père, il peut balayer ça, comme ça, d'un revers de la main ? Tu ne comprends donc pas ce que cela signifie ?

— C'est ton père, dit-elle d'un ton las, tu es son fils et moi je suis sa femme. Notre devoir, c'est ça.

À l'instant où Wilhelm prend conscience que sa mère lui refuse son soutien, sa colère se mue en désespoir. Il s'apprête à répondre quelque chose mais il serre les lèvres, les yeux rivés sur elle. Il ne lui en veut pas, il ne peut pas lui en vouloir, pas après tout ce qu'ils ont enduré et surmonté ensemble – n'est-ce pas ? Au bout d'un moment, il lâche d'une voix étranglée :

— Dans ce cas, gère-la toute seule, cette ferme! Où est-il écrit que c'est à moi de la reprendre? Bruno n'a qu'à s'en occuper, lui.

— Mais, Willem, c'est toi l'aîné et donc le successeur, comme le veut la tradition. C'est une loi non écrite. Calme-toi, je t'en supplie.

Mais il est déjà sorti de la pièce. Depuis le couloir, il s'exclame:

— Et puis arrête de m'appeler Willem! Mon nom, c'est *Wilhelm*! Et il claque la porte derrière lui.

Il file au grenier, n'ayant envie de voir personne de sa maudite famille. Il se sent enchaîné – enchaîné à cette misérable ferme. Il devrait prendre exemple sur cet ancêtre qui avait disparu à tout jamais après s'être fait humilier par son paternel, peut-être s'était-il sauvé en Amérique, où il avait acquis une fortune qui lui avait alors permis de jeter un regard plein de mépris de l'autre côté de l'Atlantique, vers ce patelin dans lequel il aurait pu rester sous la coupe de son père jusqu'aux calendes grecques.

Wilhelm est assis sur un fauteuil en osier, bancal mais finement ouvragé, parmi des meubles, des caisses, des malles et toutes sortes de bibelots qu'on a remisés ici au fil des générations. On conserve beaucoup de choses parce qu'on a beaucoup de place, c'est à la fois un avantage et une malédiction, car ce qui s'accumule et s'entasse ici, objets superflus datant de plus de deux siècles, ne servira plus jamais. La lumière qui tombe par la fenêtre du fronton fait briller le pommeau de laiton d'un sabre de dragon qu'on avait un jour accroché à un poteau pour ensuite l'oublier, comme tout le reste. De la poussière partout, des toiles d'araignée partout, des moisissures et cette odeur de renfermé. Wilhelm aime néanmoins séjourner en ce lieu car ce grenier lui donne le sentiment d'être délivré de ses tâches quotidiennes, de surplomber le monde, ainsi juché sur ce vénérable fauteuil sur lequel, comme en témoignent d'anciens clichés, s'asseyait déjà son arrière-grand-père Ludwig Leeb, un vieil homme aux lèvres pincées et au crâne énorme et à moitié dégarni.

Wilhelm demeure immobile, les yeux baissés sur ses chaussettes usées, les bras sur les accoudoirs, les mains sur les genoux. En effet, il devrait ficher le camp ou, du moins, changer de métier, le principal étant qu'il échappe à cette satanée famille, surtout à son père. Celui-ci se tenait tel un roc derrière son bureau, pédant, impérieux, hautain. Quelle horreur! Et pourtant... il ne peut pas partir car cela signifierait délaisser sa mère. Seule, elle n'oserait pas affronter son père, et puis elle a raison: en tant qu'aîné, c'est à lui de reprendre la ferme. C'est son devoir. De toute façon, quand il y réfléchit, il ne voit pas ce qu'il pourrait faire d'autre. Travailler à l'usine de laminage? Dans une entreprise? Là-bas, il aurait affaire à un patron qui l'asticoterait, l'infantiliserait ou agiterait sans cesse la carotte et le bâton, et, par-dessus le marché, il n'aurait rien, rien du tout! Ici, en revanche, il sera son propre maître, il possédera des champs, des pâturages et une forêt, du bétail et des chevaux, sans parler d'une maison et d'une ferme. En tant que cultivateur, il serait indépendant, personne ne se mêlerait de ses histoires, personne ne viendrait lui donner des ordres.

Au moment où il lève la tête, laissant de nouveau son regard errer sur cet héritage de plusieurs siècles, celui-ci lui apparaît sous un autre jour: toutes ces choses, ces meubles et artefacts, ces objets vermoulus, poussiéreux, témoignent de l'existence et du travail de tous ces gens qui l'ont précédé dans cette ferme. Doit-il rompre avec ce long passé ? Couper le cordon sinueux qui relie celui-ci au présent, sans la moindre cassure ? Non, cela serait présomptueux, songe-t-il. Il faut serrer les dents et aller de l'avant, le père va réfléchir tranquillement, il a juste besoin d'un peu de temps pour reprendre ses marques. Il vient de passer quatre ans en captivité, il faut déjà qu'il se remette d'aplomb – mille poux écrasés... Bon sang, qui donc voudrait avoir des poux ?

Wilhelm se lève, secoue la poussière qui couvre ses fesses. Il faut que je rassure la mère, elle doit se faire de la bile car elle croit que je vais la laisser en plan. Tout en se dirigeant vers la porte du grenier, il se redresse, prend une profonde inspiration. Bon, le voilà qui se sent mieux, il a retrouvé espoir : tout va s'arranger ! Lorsque, arrivé à la porte, il se tourne une dernière fois pour jeter un regard vers le grenier, le soleil vient de passer devant la fenêtre et, dans la pénombre qui emplit la pièce, tous les objets entreposés là se fondent en une masse grise, informe.

MARS 1956

DEUX-ROUES ET LISIER DE PORC

BIENTÔT, le village aura l'eau courante, et ce sera le paradis ! On pourra enfin dire adieu aux bassines et baignoires de zinc où tout le monde se lave à tour de rôle, le dernier arrivé se retrouvant dans un bouillon trouble et glacial dont il ressort encore plus sale qu'il n'y est entré, plus besoin d'aller chercher l'eau pour la faire bouillir. Ici aussi, dans cette maison, ce sera alors le début des temps modernes. Ne plus se raser à l'eau froide – le rêve !

C'est ce que se dit Bruno Leeb, dix-sept ans, en allant jeter un œil à son Heinkel Tourist, un joli scooter à l'arrière duquel, il l'espère bien, viendra bientôt s'asseoir une jolie pépée, un petit bijou dont il prend grand soin, car c'est lui qui l'emmène au lycée, situé à Hildesheim, à vingt kilomètres de là. Comme tous les week-ends, l'engin est garé dans l'aile agricole, rutilant et dévoré par les regards émerveillés de Josef à qui Bruno a un jour donné une tape sur les doigts car son Heinkel, pas question qu'il y touche, ce vieux bonhomme, qu'il aille plutôt étriller les chevaux. Ce dont Bruno ne se doute pas, c'est que son père, qui lui a donné sans hésitation l'argent pour qu'il s'achète ce scooter, déduira cette somme de sa part d'héritage sans l'en avertir, tout comme les autres dépenses, jusqu'au moindre crayon à papier ou la moindre gomme. Bruno lui en voudra profondément, même s'il a conscience que pour le caser dans ce lycée, le vieux avait fait jouer ses relations de guerre.

Lorsque, tard dans la soirée, Bruno pénètre dans le couloir, tout est plongé dans le silence. Son frère Wilhelm doit déjà être couché et sa sœur Grete est partie en excursion pour le week-end, il ne sait plus ni où ni avec qui, et puis ce ne sont pas ses affaires. Il va pour monter l'escalier lorsqu'il aperçoit de la lumière dans la cuisine. Il s'arrête, surpris, et glisse un œil par la porte entrebâillée.

Il voit sa mère en train de préparer une collation à la lueur du plafonnier. Assise à la table, elle découpe des tranches de boudin noir, les presse bien fort sur une grosse tranche de pain gris, tartine une autre de beurre puis la colle sur celle couverte de boudin. De quoi se décrocher la mâchoire. Ensuite, elle prépare une tartine de pâté de campagne et, à l'instant où elle s'attaque à la suivante, celle-ci garnie de pâté de foie, Bruno entre dans la pièce. Elle sursaute, tant elle est concentrée sur sa tâche, mais, à sa vue, elle sourit.

— Mon garçon, dit-elle. Tu n'es pas encore couché ?

— Je suis allé voir mon Heinkel.

Il s'assied à côté d'elle.

Elle fait un signe de tête. Elle se fiche de son scooter, elle a juste peur qu'il arrive quelque chose à son fils. Mais quoi ? Il y a plus de voitures à Hildesheim qu'ici, et sur la route, circule de temps à autre quelque camion poussif, mais le trafic est globalement faible, si bien que plusieurs de ses copains n'hésitent pas à prendre la route même s'ils sont ronds comme des barriques ; au pire, on se ramasse une bûche, et puis quelques égratignures, mais de préférence sur le visage plutôt que sur le vernis de la carrosserie.

— Toi non plus, tu n'es pas encore couchée, dit-il en regardant sa montre – dix heures et demie. Qu'est-ce que tu fabriques ? Pourquoi tu fais à manger à une heure pareille ?

— C'est pour ton père.

Bruno reste muet. Il récupère les miettes qu'elle a faites en tranchant le pain, puis en forme une boule. La lame du couteau posé près de la planche est couverte d'une croûte d'un gris brunâtre, et les doigts lui démangent de l'enlever de la partie dentelée. On ne peut rien couper avec ce truc-là ! se dit-il brusquement.

— Ton père est à une réunion, ajoute sa mère. Il aura sûrement faim après.

— Club d'équitation ?

Elle secoue la tête.

— L'assemblée des paysans.

Tout en examinant sa petite boule de pâte striée de minuscules fissures, Bruno tend l'oreille.

— Au Moulin d'Ilsede ?

— C'est ça.

Sa mère étale le pâté de foie comme si elle caressait le pain de son couteau, elle fait glisser celui-ci dans tous les sens pour former une couche lisse et brillante.

— Tu vas me chercher les cornichons, Bruno ?

Il porte son regard vers le garde-manger près duquel pend encore un ruban de glu plein de mouches desséchées, puis vers le fourneau, puis vers l'étagère. Puis vers sa mère :

— Balance ces tartines à la poubelle !

Elle prend un air surpris.

— Comment ça ? C'est pour ton père. Et puis... (elle termine sa tartine de pâté de foie) on ne jette pas la nourriture.

— Vu qu'il est déjà rentré tard de la guerre, il ne faut pas s'attendre à ce qu'il rentre tôt, rétorque son fils. Et à son retour, ça va barder. Tu le connais, maman, c'est toujours la même chose, quand il a un coup dans le nez, y a rien à faire, même avec un repas. Il t'engueule et toi, tu fonds en larmes, puis il se met à hurler et à claquer les portes, et le lendemain il fait comme s'il ne s'était rien passé. Combien de fois encore vas-tu subir ça ?

Elle hausse les épaules.

— C'est une assemblée de la communauté paysanne. Pour décider de ce que va devenir le pré des cochons. C'est important, et ton père est quelqu'un d'engagé, dit-elle. Il siège à toutes les tables, même pour les sujets politiques. Tu devrais être fier de lui.

— Je le serais peut-être, maugrée Bruno, s'il n'y avait pas toujours autant de gnôle sur les tables. (Il saisit l'assiette contenant les sandwichs.) Je vais jeter tout ce bazar !

Elle lui retire l'assiette des mains.

— Au club des célibataires, il vous arrive de boire un coup, non ? réplique-t-elle sans conviction.

— Maman, répète Bruno, jette ces sandwichs. Pourquoi tu t'écrases sans arrêt ? Tu ne peux pas passer ton temps à faire la boniche ! Si tu ne fais rien, il ne comprendra jamais.

Käthe Leeb observe attentivement son benjamin. Presque avec une pointe de fierté, mais ses yeux bleu-gris semblent fatigués, ses traits relâchés. Au bout d'un moment, elle se lève, passe sa main sur son tablier pour le défroisser et dit :

— Peut-être que tu as raison, mon garçon. Va jeter ces tartines, il faut bien que les cochons aient à manger. Je suis vannée. Je vais me coucher.

Elle ébouriffe son épaisse chevelure, lui dit "bonne nuit" puis sort de la pièce.

Bruno entend l'escalier gémir sous ses pas. Il connaît chacune des marches, sait à quel endroit elles craquent et où il doit poser le pied pour monter et descendre en silence. Il y a sept ans, le père venait juste de rentrer, il avait, comme d'habitude, dévalé allègrement l'escalier, et là, l'homme qu'il apprenait petit à petit à appeler "père" était sorti du salon pour le houspiller : "Tu peux pas faire moins de bruit ?" Le petit Bruno avait rentré la tête dans les épaules. "Tu vas t'entraîner tout de suite", avait lâché son père en lui ordonnant de redescendre les escaliers. "Encore trop de bruit, dit-il, recommence !" Bruno avait dû monter et descendre sept ou huit fois, d'un pas gauche, jusqu'à ce que le père fût enfin satisfait ; il ne comprenait plus rien, mais l'escalier, depuis lors, il le connaît par cœur.

Il se dirige vers la poubelle avec les sandwichs. C'est trop bien pour les cochons, songe-t-il en les laissant tomber sur un tas de feuilles de chou. Mais c'est trop bien aussi pour le vieux. Il rabat violemment le couvercle de la poubelle, éteint la lumière et grimpe l'escalier en sautillant : rien ne craque, rien ne gémit. Il s'apprête à entrer dans la chambre qu'il partage avec sa sœur lorsqu'il entend justement quelque chose craquer. Faisant volte-face, il voit la tête de son grand frère dépasser de la porte de sa chambre.

— C'était quoi ce bruit de métal ? demande Wilhelm. C'était toi ?

— Oh, dit Bruno. C'était la poubelle pour les cochons… Désolé.

— Tu peux pas faire moins de bruit?

Bruno hausse les sourcils.

— Si, sûrement, murmure-t-il. J'y suis peut-être allé un peu trop fort.

Son grand frère a un petit sourire. Il a l'air d'avoir dormi puisqu'il porte une chemise de nuit et a les cheveux en désordre.

— Pas grave, fait-il. Et puis, ça tombe bien car j'ai un service à te demander.

Bruno pousse soudain un énorme bâillement.

— C'est quooooi? fait-il, la bouche grande ouverte.

— Demain soir, j'ai rencard avec Sophia, mais si je nourris les bêtes avant, je vais puer l'ensilage. Tu pourrais t'en occuper?

Wilhelm a les yeux rivés sur son frère, de huit ans son cadet.

Celui-ci commence à se tortiller.

— Hmm… C'est que moi, demain soir, je dois rentrer à Hildesheim. Et moi non plus, j'ai pas envie de puer.

— Mais dans ton école vous avez des douches, non?

— Bien sûr, mais le bahut est exceptionnellement fermé le dimanche et dans ma piaule il y a même pas de baignoire. Ma logeuse, quand elle veut se doucher, il faut qu'elle se mette sous la pluie.

— S'il te plaît, supplie Wilhelm, rends-moi ce service.

— C'est plutôt à ta dulcinée que je le rendrais, en lui épargnant ta sale odeur.

Bruno marque une pause puis déclare:

— Bon, d'accord, je vais m'en occuper. Une fois sur mon scooter, je pourrais toujours m'aérer.

— Merci. (Wilhelm semble sincèrement ravi.) Le père est rentré ?

— Du Moulin ? (Bruno fait la grimace.) Ah, ah !

Les deux frères échangent un regard.

— Bonne nuit, dit Wilhelm en refermant la porte.

— Itou, murmure Bruno.

Et, de retour dans sa chambre, il réfléchit à la façon dont il va pouvoir asticoter Josef lors du nourrissage, histoire de se rendre la tâche un peu moins désagréable.

Il a fait de superbes rêves et se réveille avec une sensation de bien-être. Son réveil a rendu l'âme pendant la nuit, le petit marteau est resté coincé entre les deux cloches, et sa montre s'est elle aussi arrêtée. En voyant la bassine dans laquelle il doit se laver, Bruno pousse un gémissement mais bon, tout ce fourbi antédiluvien ne sera bientôt plus que de l'histoire ancienne. D'un pas traînant, il s'avance vers le meuble de toilette, s'humecte le visage, se rince la bouche puis ouvre la fenêtre pour cracher l'eau. Gris, gris, gris, même le ciel a perdu la notion du temps.

Au bout d'un moment, il descend au rez-de-chaussée, dans sa tenue de lycéen : chemise, pantalon à pinces, pull-over, il ne manque que le veston et la cravate. Il entre dans le salon pour mettre sa montre à l'heure, la vieille horloge étant toujours minutieusement remontée, c'est elle la gardienne du temps de toute la ferme. 9 h 25, bon, ça peut encore aller, pourvu que la housse ait gardé le café à la bonne température. Mais peut-être va-t-il devoir en refaire, si son frère a déjà tout sifflé.

Grand-mère Leeb est assise dans la cuisine en train de lire le journal. La pièce sent la fumée du poêle et celle de cigarette, et tout un mélange d'effluves de nourriture qui se sont incrustés dans les poutres et les murs. Et une odeur de café. Lorsque Bruno ôte la housse pour toucher la cafetière, celle-ci est chaude.

— J'en ai refait, dit grand-mère Leeb. Oh, mais tu es tout chic. Tu vas où comme ça ?

Bruno rit.

— Bonjour, grand-mère ! dit-il en se servant une tasse de café.

— Bientôt dix heures, ronchonne-t-elle. Dame, on ne reste pas aussi tard sous la couette !

— Aujourd'hui c'est dimanche, grand-mère.

— Ne me dis pas que tu vas à la messe.

— Non, sûrement pas.

Bruno saisit le couteau à pain et examine la lame encroûtée, l'air de nouveau renfrogné, mais il l'utilise quand même.

— Hmm ! grogne grand-mère Leeb.

Puis, à travers ses lunettes en nickel, elle épluche les avis de décès. Sa canne noire à pommeau droit et embout en caoutchouc est posée sur ses genoux.

Les grands-parents Kruse sont décédés ; la grand-mère quelques mois après le retour du gendre, le grand-père trois ans plus tard. Il manque beaucoup à Bruno. Quand celui-ci était petit, il passait des heures entières à peigner les cheveux blancs du vieil homme allongé sur son canapé, c'était sans doute en partie pour cela qu'ils s'étaient encore éclaircis par la suite, mais grand-père Kruse le laissait faire.

— Où est la mère ? demande-t-il entre deux bouchées.

Grand-mère Leeb, retranchée derrière son journal, répond :

— Aucune idée.

Cela montre à Bruno qu'il y a quelque chose qui cloche. Comme il a dormi comme un loir, il n'a rien pu remarquer, mais la mère est toujours affairée à droite et à gauche et elle dit toujours ce qu'elle va faire et où elle va ; si la grand-mère fait celle qui ne sait pas, c'est que quelque chose ne tourne pas rond. Immobile, le *Peiner Allgemeine Zeitung* sous le nez, elle ne laisse transparaître aucune émotion ; son visage impassible aux lèvres minces n'a jamais trahi grand-chose. Bruno aime cette vieille femme, mais il a conscience que, quoi qu'il arrive, elle sera toujours derrière son fils : ces deux-là sont tellement proches qu'on ne pourrait glisser une feuille de papier entre eux, c'est incroyable. Comment grand-père Willi, dont il se souvient à peine, voyait-il cette alliance ? Soudain pris d'inquiétude, il engloutit sa tartine de pâté puis s'en prépare une autre, cette fois avec de la confiture de quetsches. Le goût lui rappelle sa tante, la sœur aînée de son père, qui la faisait à la perfection, et il se revoit assis à la table de sa cuisine, encore petit, ses pieds ne touchant pas encore le carrelage ; devant la fenêtre, les plates-bandes, bordées de buis arrivant à hauteur du genou, derrière, l'église. Et derrière encore, quoique invisible, le château de leur village. Chez l'oncle et la tante, les pièces sont immenses, hautes et claires, la cour avec son noyer forme un carré ouvert sur la route... Ce souvenir le rend nostalgique car il adorait aller chez eux, il y était traité et choyé comme un fils. Peut-être peut-il s'estimer heureux d'avoir pu, quand il était petit garçon, passer autant de temps chez son oncle et sa tante, à l'abri de la pression et des tensions qui ici, dans la ferme parentale, rendait l'atmosphère irrespirable ; un plaisir dont ni Wilhelm ni Grete n'avait bénéficié, du moins pas dans cette mesure.

Bruno avale sa dernière bouchée, boit une gorgée de café pour la faire descendre. Sa grand-mère s'est assoupie sur sa chaise, le journal sur sa poitrine, et un gros titre saute aux yeux du jeune homme : *La nouvelle armée portera le nom de "Bundeswehr". Proposition de M. Manteuffel, député fédéral du FDP.* Cela pique sa curiosité, mais il ne sait comment faire pour subtiliser le journal à sa grand-mère sans la réveiller. Aussi vide-t-il sa tasse puis il se met en quête de sa mère en espérant ne pas la trouver de nouveau soucieuse, voire en pleurs.

Pour finir, il va dans le grand vestibule pour changer de chaussures et poursuivre ses recherches dehors. Il est inquiet – qui sait ce que son paternel lui a fait à son retour de l'auberge. Tout en longeant le vestibule, il regarde tout autour de lui, glisse aussi un coup d'œil furtif sur son scooter : un engin ultra-moderne à l'intérieur d'un bâtiment ultra-vieux. C'est grâce à lui qu'il va pouvoir partir d'ici, son engin va d'abord l'emmener jusqu'à Hildesheim, puis en d'autres lieux, il sent qu'un vent nouveau est en train de souffler, et il est hors de question qu'il finisse sa vie dans cette ferme, peu importe ce qu'attendent son frère et son père. Quand il entend Wilhelm parler, il a parfois l'impression que celui-ci est persuadé qu'il lui servira plus tard de commis, mais il peut toujours courir, le grand, car le monde a plus à lui offrir que des champs et une étable.

Au moment de franchir le portail, Bruno voit Josef en train de balayer la cour, avec son habituelle casquette vissée sur la tête, sa veste de travail verte et le mégot au coin de la lèvre. Josef lui fait un signe auquel il répond, il s'apprête à l'interpeller pour lui demander s'il a vu la patronne, quand, soudain, il entend des voix venant de l'arrière-cour – une dispute a éclaté sous le porche. Son frère, qu'il ne voit pas mais qui doit se trouver à la porte de la porcherie, semble s'être disputé avec le père. Ça chauffe dur, alors Bruno ralentit le pas. Son père, planté devant le tas de fumier, porte comme d'habitude sa culotte et ses bottes d'équitation ainsi que sa veste de treillis, ses cheveux grisonnants flottent dans tous les sens, alors que Bruno ne sent pas le moindre souffle d'air. Des corneilles tournoient au-dessus du pâturage et les cimes des peupliers se balancent. Là non plus, il ne voit pas sa mère ; peut-être est-elle allée chez la voisine, Annemarie Haarstick, pour épancher son cœur, ce ne serait pas la première fois.

— … la céder ! entend-il son frère crier.

Son père, capable d'afficher un visage de pierre comme grand-mère Leeb, rétorque :

— Je ne céderai et ne quitterai cette ferme que lorsque j'aurai quitté ce monde, mon fils.

Il prononce ce dernier mot avec un sous-entendu mordant dans la voix.

Soudain, Bruno, qui n'a pas bougé d'un pouce, sent lui aussi une bourrasque ; celle-ci chasse la vapeur du tas de fumier vers la porcherie et la fait se disperser le long du mur. C'est à cet instant que le découvre son père, dont le coin gauche de la lèvre se met à trembler comme s'il existait entre eux un accord tacite. Bruno ne réagit pas.

— Je vais avoir vingt-cinq ans, j'ai été apprenti dans une ferme et, malgré ça, je travaille encore pour une misère. Je suis obligé de mendier le moindre sou. Ça ne peut plus durer. J'ai besoin d'une perspective. Il faut que tu me cèdes la ferme, père !

— Je sais, mais c'est comme ça. Et puis l'argent qu'a ta mère, il vient aussi de moi.

Bruno, mal à l'aise, se gratte la tempe droite, celle avec la tache de vin qui, lorsqu'il était petit, lui avaient souvent valu des railleries, mais il avait tôt fait de réduire les moqueurs au silence. Maintenant, les gens n'y prêtent plus guère attention.

— J'ai fait mon apprentissage et, en plus, je suis un homme, pas une ménagère! s'exclame Wilhelm, que son jeune frère ne voit toujours pas.

— Ça, ça reste à prouver, rétorque son père. Si ça ne te convient pas, tu n'as qu'à partir, il y aura toujours ton frère.

À ces mots, il regarde de nouveau dans la direction de Bruno.

Jamais de la vie! pense celui-ci en baissant les yeux.

— Et laisser la mère seule avec toi? grogne Wilhelm.

— Ta mère est une femme adulte. Ce qui te fait sans doute davantage peur, c'est de perdre ta petite chérie.

À cet instant, Wilhelm sort de la porcherie, rouge comme une pivoine, une fourche à quatre dents dans les mains, prêt à se jeter sur son père qui demeure immobile, droit comme un *i*, les mains croisées dans le bas du dos, devant le pilier de béton où figurent ses initiales et l'année de construction du tas de fumier. On dirait une statue le représentant lui-même, se dit Bruno : constructeur d'un système d'évacuation pour le fumier, bâtisseur d'une porcherie d'avant-garde, président de diverses associations – le voilà, le fameux "Général", chaussé de ses rutilantes bottes.

— Laisse Sophia en dehors de tout ça!

Wilhelm semble vouloir s'élancer sur lui, mais il se retient et se met à l'insulter d'une voix qui vire soudain dans les aigus.

Celui-ci écoute ce qu'il dit sans sourciller et, selon Bruno, semble même s'en amuser. C'est toujours la même histoire : le père sait exactement où appuyer pour faire sortir son aîné de ses gonds. Quant à Wilhelm, il n'ose pas mettre sa menace à exécution, préférant s'écraser comme la mère, passer des journées entières muré dans le silence, à faire la lippe jusqu'à ce qu'une nouvelle dispute éclate et que ce soit encore le même bazar. Les yeux rivés sur son frère en furie, Bruno se dit : mais balance donc ta fourche à ses pieds, au vieux ! Qu'il se débrouille tout seul une fois que ses deux fils auront pris le large. Et Grete, qu'elle aille épouser un fils de cultivateur sans terre qui reprendra la ferme, mais, bien sûr, Grete a des exigences, personne n'est assez bien pour elle.

Wilhelm jette en effet sa fourche sur le sol, mais il la ramasse aussitôt et, la mine renfrognée, rentre dans la porcherie d'un pas traînant. Le père hausse les épaules puis regarde encore une fois dans la direction de son cadet. Bruno, gêné par ce qui vient de se passer, demeure cloué sur place. Au bout d'un moment, son père entre dans l'étable où les bêtes, perturbées par le bruit, poussent des mugissements sourds et rauques.

Tant mieux que je me tire ce soir à Hildesheim, songe Bruno qui, depuis le porche traversant, regarde la vapeur du fumier se disperser au vent, ce lisier de porc que Wilhelm enlève de la porcherie tous les saints dimanches. Il peut difficilement venir en aide à son frère, il ne sait pas non plus s'il en a envie ; en effet, ils ne sont pas très proches et puis ils ont une trop grande différence d'âge. À cinq ou six ans, Bruno était très accaparant et suivait Wilhelm partout où il allait, et un jour, alors qu'il voulait jouer avec ses copains sans se coltiner cette petite sangsue, le grand frère avait mis son canif dans la main de Bruno et lui avait demandé d'aller tailler une baguette dans une branche de noisetier. Bruno avait obéi et lorsqu'il avait présenté son œuvre à son grand frère, celui-ci s'en était servi pour lui flanquer une dérouillée. Bruno ne s'en est jamais remis ; aujourd'hui encore, il sent les coups sur son postérieur.

Il finit par entrer dans la porcherie. Wilhelm, occupé à enlever le lisier, lui lance un regard courroucé.

— Tu as vu la mère ? demande Bruno, faisant fi de tout le reste.

— Elle est à côté.

— Ah. C'est ce que je me disais. Je commençais à me faire du souci.

— Sérieux ?

Wilhelm charge une fourchée de fumier sur la brouette.

— C'est pas toi qui as jeté les tartines dans la poubelle des cochons ?

Le regard de Bruno balaie fébrilement les bêtes en train de cogner leurs groins contre les lattes des boxes.

— Si, c'est moi, avoue-t-il d'un air de défi. Et alors ? Il n'est pas normal de servir un repas à monsieur notre père quand il rentre tard et complètement beurré.

— C'est vrai, dit Wilhelm, dont le visage n'a pas dérougi depuis la dispute. Mais c'est mère qui en fait les frais. Père est arrivé juste au moment où elle allait les sortir de la poubelle. Il a piqué une crise. Tu n'as rien entendu ?

Bruno secoue la tête.

Son grand frère pousse un soupir de mépris.

— Toi, frérot, tu dors vraiment du sommeil du bienheureux. C'est à toi qu'il aurait dû passer un savon, mais toi, tu passes toujours à travers les mailles parce que toi, tu es un cavalier.

Il prononce ce dernier mot du même ton cinglant que son père avait employé pour "fiston".

— C'est pour ça que tu es dans ses petits papiers.

— N'importe quoi ! proteste Bruno. Oui, c'est vrai que je suis au club d'équitation, mais je suis aussi le seul à lui tenir tête, au paternel. Vous, vous vous écrasez tout le temps.

— Ferme-la ! aboie Wilhelm. Tu n'as pas idée de ce que c'est, toi ! Tu as toujours été le préféré. Tu peux faire tout ce que tu veux, toi. Qui c'est qui a fait tourner la ferme pendant que notre père était en captivité ? Toi et ton bouc qui pue ? Non – c'était *moi*.

De colère, il plante la fourche dans la litière.

Bruno roule les yeux. C'est vrai, certes, mais c'est toujours la même rengaine, qu'est-ce qu'il y peut, lui ? Il était encore petit à l'époque.

— Des fois, j'ai envie de le tuer, le vieux ! lâche Wilhelm en chargeant péniblement le fumier sur la brouette.

Son frère éclate de rire.

— D'un coup de fourche ?

Wilhelm le fixe d'un regard noir.

Comme il ne s'explique pas davantage, Bruno poursuit :

— Je te comprends, mais ce que je ne pige pas, c'est que tu sois là en train de collecter le fumier… Je croyais que tu avais un rencard et que tu ne voulais pas sentir mauvais.

Son grand frère soupire, appuyé sur sa fourche.

— Tu nourris les bêtes ce soir, hein ? demande-t-il, cette fois d'un ton presque suppliant.

— Oui, confirme Bruno. Tu veux que je t'aide à nettoyer ?

Wilhelm fait non de la tête.

— Va plutôt voir ce que fait la mère. Elle ne va sûrement pas tarder à rentrer de chez les Haarstick.

Bruno acquiesce. Il se tient juste derrière la petite fenêtre du grenier à paille, par laquelle on lance les ballots dans la porcherie ; il y a encore des fétus coincés dans les fissures. Le long couteau ébréché qui sert à couper les cordons en sisal a été enfoncé au sommet du treillage en bois qui protège une auge. Bruno sort de la porcherie et va voir les chevaux, il les caresse en leur parlant avec douceur. Oui, il pratique l'équitation, et alors ? Il ne le fait pas pour s'insinuer dans les bonnes grâces de son père. Lui prend plaisir à être en selle et à participer à des tournois. Wilhelm pourrait lui aussi monter à cheval mais il s'y oppose, par défi envers son père, qui a une passion pour ces animaux. C'est toujours le même cirque ! se dit-il, agacé. Il passe une dernière fois sa main sur les naseaux de Bubi et Terek puis retourne dans la cuisine.

Il boit une autre tasse de café, désormais tiède. La mère n'est toujours pas rentrée et grand-mère Leeb s'affaire bruyamment dans le cellier. En allant jeter un coup d'œil, Bruno constate avec stupéfaction qu'elle cherche à décoller le garde-manger du mur, une tâche herculéenne pour cette femme perclue de rhumatismes.

— Mais qu'est-ce que tu fabriques ? demande Bruno, sa tasse à la main.

Elle lâche le meuble, frotte ses mains endolories, prend sa canne. Elle semble mal à l'aise ; c'est la première fois qu'il la voit ainsi.

— Ah, dit-elle, je voulais juste regarder ce qu'il y a derrière.

— De la crasse et des toiles d'araignée, que veux-tu qu'il y ait d'autre ? s'étonne Bruno. Ça doit faire un siècle que ce machin-là n'a pas été déplacé.

Sa grand-mère, appuyée sur sa canne, le dévisage à travers ses lunettes en nickel.

— Si, dit-elle en passant au dialecte, il y a quelque chose derrière, mon garçon.

Elle sort un bonbon de la poche de sa blouse et le lui offre comme si elle voulait l'appâter.

Bruno l'accepte en riant, le fourre dans sa bouche.

— Bon d'accord, allons voir ça.

Il doit rassembler toutes ses forces pour déplacer le meuble surmonté d'un compartiment vitré, et lorsque celui-ci bouge enfin, les plats et les bocaux de verre se mettent à tinter. Accroupi, les deux mains glissées sous les côtés, il tire l'armoire vers lui, l'écartant, centimètre par centimètre, du mur qui est d'une propreté inattendue.

— Pourquoi veux-tu faire ça maintenant ? fait-il, essoufflé. Aujourd'hui c'est dimanche, et on doit tous trimer ? C'est complètement débile. (Il lève les yeux vers la grand-mère.) Mais qu'est-ce qu'on ne ferait pas par respect pour les anciens.

La vieille ne peut réprimer un sourire.

— Ça m'est revenu tout à l'heure au réveil, raconte-t-elle. Je les avais oubliées, ces affaires. Pendant près de vingt ans.

— J'espère que ce n'était pas juste un rêve, dit Bruno, qui a réussi à écarter suffisamment le garde-manger.

Il se relève et fait un pas en arrière. Grand-mère Leeb examine la cloison puis s'introduit tant bien que mal dans l'ouverture. Plonge la main dans une niche et en sort divers objets qu'elle tend à Bruno.

Celui-ci ouvre des yeux grands comme des soucoupes au moment où il les réceptionne : combien de fois il a mis les pieds dans cette pièce sans avoir la moindre idée de ce qui se cachait derrière ce meuble ! Il observe les objets puis les pose sur la table d'équarrissage. Il s'exclame :

— Et moi qui croyais que tout ça avait fini dans la fosse à purin !

— Mais c'est le cas.

Sa grand-mère continue d'explorer la niche à tâtons.

— Et on va en faire quoi, de ces trucs-là ?

Au bout d'un moment, elle réapparaît, la poitrine couverte de toiles d'araignée, s'avance vers la table pour examiner les objets : deux poignards, trois albums de photos, une boîte contenant médailles et insignes.

— À l'époque où les Américains sont arrivés, j'ai eu envie de conserver certains objets pour ton père, avoue-t-elle puis, sous le coup de la gêne, elle ajoute, cette fois en dialecte : Tu sais bien à quel point il tient à ce genre de choses. Mais c'était sans doute une erreur.

— Comment ça ? demande Bruno, occupé à feuilleter un des albums dont les photos montrent son père pendant la guerre.

— Ces vieux nazis, peste grand-mère Leeb. Ton grand-père, ce fainéant, il avait raison : ils n'ont apporté que des malheurs.

Bruno est surpris car sa grand-mère est généralement taciturne, n'exprime jamais ses opinions politiques, et voilà que celles-ci divergent de celles de son fils.

— Oui, c'est vrai, approuve-t-il, mais ces albums de photos, ça n'a rien de bien méchant, et les poignards, on peut toujours les jeter dans la fosse.

Elle frappe le sol de sa canne, hausse les épaules.

— Il manque quelque chose, dit-elle. Là, il manque quelque chose !

Bruno, prenant la dague d'officier dans sa main, demande :

— Quoi donc ?

Grand-mère Leeb s'appuie contre la table d'équarrissage.

— Le pistolet, dit-elle. J'ai gardé un pistolet. Avec son étui et... (elle donne un autre coup de canne) ses munitions.

— Peut-être que tu te trompes, grand-mère.

Bruno repose la dague, qui lui fait brusquement peur.

Elle lui lance un regard noir à travers ses lunettes.

— Je suis peut-être décatie, mais pas gâteuse. À l'époque, j'avais vidé le bureau et caché les affaires ici. Et personne... (elle frappe encore le sol) personne, personne n'était au courant !

Elle ponctue sa phrase d'un juron en dialecte qui heurte les tympans de Bruno. Puis elle sombre dans le silence.

Son petit-fils cogite pendant un moment, laissant son regard errer dans le cellier bien rempli : saucisses fumées et jambons, des étagères garnies de conserves, de compote de pommes et de fruits au sirop, confitures, pâté en boîte, mais aussi des réserves de farine, de sucre ainsi que des bouteilles d'alcool fort et même une caisse de bières. Et, il en a l'eau à la bouche, du sirop de framboise qu'on dilue avec de l'eau. Non, songe-t-il, ce n'est pas possible. Et il dit :

— Ne t'inquiète pas, grand-mère. Une arme, ça ne peut pas disparaître comme ça. Je vais ouvrir l'œil, et si je la trouve, je la balance dans la fosse.

— Exactement, murmure-t-elle. Tu t'en débarrasses.

Une fois seul, Bruno va lui-même jeter un œil dans la niche, puis sous l'armoire, et même à l'intérieur, inspecte chaque recoin du cellier – en vain. Ce qui est étrange, c'est la propreté de la cloison ; les toiles d'araignées ne sont pas anciennes… Peut-être la mère a-t-elle glissé son plumeau à cet endroit. Oui, c'est bien possible, elle qui se plaît à qualifier le ménage de bienfait pour l'âme.

Il remet l'armoire à sa place. Maintenant, l'eau courante, songe-t-il en regardant ses mains sales. Il les essuie avec un chiffon puis range tout ce qui se trouvait dans la niche dans le bas du garde-manger. À la fin, il prend une bouteille de sirop de framboise sur l'étagère et sort du cellier.

La cuisine est vide. Grand-mère Leeb s'est retirée, la mère doit être encore chez la voisine Annemarie Haarstick, et les représentants du sexe fort, eux, ne peuvent se passer de travailler, même le dimanche. Bruno secoue la tête : on vit à l'ère des vélomoteurs et du be-bop, et eux, ils triment comme à l'âge de pierre. Il porte son jus à ses lèvres et ferme les yeux en sentant le goût sucré de la framboise sur ses papilles – un délice ! Tandis qu'il le déguste à petites gorgées, il se rappelle l'inquiétude de sa grand-mère. C'est incroyable, les choses que cette brave femme peut imaginer, se dit-il avec un sourire puis, une fois son verre vide, il s'en va d'un pas tranquille vers le grand vestibule pour encore une fois repaître ses yeux de son Heinkel Tourist.

Dans le cellier richement garni, derrière le garde-manger, les araignées domestiques continuent de couvrir la cloison de leurs toiles. Dans quelque temps, ce sera comme si cette niche n'avait jamais rien contenu d'autre que l'obscurité et la crasse.

AOÛT 1962

LA DAME AUX MORTS

DANS quelques heures, quand les uns auront terminé le travail et que les autres prendront la relève, les voitures traverseront le village dans les deux sens, mais pour l'instant, la grand-route est calme. Gerda, la main agrippée à la poignée de sa mallette en cuir, suit Josef qui s'éloigne de son pas claudicant, Lisbeth ferme la marche, tête baissée, les mains enfouies dans les poches de son gilet. En haut de la côte, devant l'épicerie, est garée une Borgward Hansa bordeaux et, tandis que Gerda observe la grosse berline, un chat noir qui s'était caché dessous sort furtivement et traverse la rue en sautillant. C'est la première fois qu'elle voit cette bête à laquelle manquent une patte antérieure et la queue.

Au bout de quelques mètres, ils atteignent le portail. Les battants en fer forgé s'ouvrent sur la cour que Wilhelm Leeb senior a fait goudronner il y a deux ans et, par la même occasion, surélever afin de faciliter la sortie des bœufs et des chevaux. Dans le même temps, on a démoli le bunker du village, un petit abri qui n'avait pratiquement jamais servi et dont on a aussitôt jeté les débris dans l'excavation des Leeb.

Les blocs de béton sommeillent désormais sous le revête-
ment en asphalte et finiront par sombrer dans l'oubli.

Le regard de Gerda tombe sur la Mercedes-Benz du
médecin et la Coccinelle du commissaire de police, garées
juste derrière le portail. Son père, un mordu d'automobiles,
bien qu'il n'en eût jamais possédé une seule, connaissait
toutes les marques et tous les modèles et avait transmis sa
passion à sa fille. Le brave docteur Fröbe conduit une 300
SL, plus toute neuve mais bien entretenue, une superbe
automobile, une rareté dans le coin, il fait certainement des
envieux, mais comme il est un médecin apprécié et respecté,
personne ne trouve à redire.

Elle ne sort de ses pensées qu'au moment où Josef, qui
s'est arrêté devant les voitures, se tourne vers elle et Lisbeth comme pour leur dire quelque chose. Mais il se
contente de désigner la maison d'un geste vague, tire un
paquet de Lux de la poche de sa veste, allume une cigarette et dit en bafouillant :

— Else, la pie noire va bientôt faire son veau. Faut que
j'aille la voir.

Il montre de nouveau la maison, le mégot entre les
doigts, puis il traverse la cour en boitant et disparaît dans
l'étable comme s'il cherchait à se cacher. À l'instant où il
tire la porte derrière lui, un chien blanc et marron se précipite dehors et file dans la direction de l'aile agricole. Les
femmes ont à peine le temps de l'apercevoir qu'il a déjà
disparu.

Gerda connaît la maison des Leeb depuis son enfance et
pourtant, elle lui est étrangère : elle semble écrasée par son
toit de tuiles et son grenier, dans lequel doivent s'entasser des
montagnes de vieilleries vu que les paysans gardaient tout ce

qu'ils avaient, comme si un collier de traction complètement pourri était un bien de valeur ou qu'une faux dévorée par la rouille pouvait servir d'offrande funéraire. Les ouvriers, eux, n'auraient jamais eu l'idée de conserver les meubles délabrés de quelconques ancêtres; le père de Gerda les aurait jetés, ces objets, ou, plus probablement, il les aurait réparés afin de les réutiliser. Son regard glisse sur le colombage hourdé de brique, sur la porte flanquée de fenêtres à croisillons et surmontée d'une plaque en émail indiquant le numéro de la maison, puis sur la rangée de fenêtres garnies de rideaux qui continue à droite, sur toute la longueur de l'aile agricole. Dans le coin se dresse le marronnier, telle une sentinelle qui ordonne aux inconnus de s'arrêter.

Et, de fait, Gerda s'immobilise comme si on lui avait de nouveau interdit d'entrer. Lisbeth marmonne:

— J'ai pas envie.

— Ne fais pas l'enfant, répond Gerda. C'était ton choix de venir, maintenant tu assumes.

Tandis qu'elles se frayent un passage entre les voitures, le docteur Fröbe et le commissaire Klose sortent de la maison, suivis de Leeb senior, à peine plus grand qu'eux. Les trois hommes échangent quelques mots et une poignée de main puis le médecin et le policier prennent la direction de leurs véhicules. Klose salue les deux femmes d'un signe de tête silencieux mais poli, puis monte dans sa Coccinelle.

Le docteur Fröbe s'arrête pour leur serrer la main, on se connaît. Lui non plus n'est pas très bavard, mais lorsqu'il ouvre la portière de sa Mercedes, il laisse échapper un soupir mi-irrité, mi-affligé.

Soudain, Gerda sent un changement s'opérer en elle, mais, à sa grande surprise, elle ne se laisse pas abattre; au contraire, elle se ressaisit, la vue de l'uniforme de police, du costume et du homburg, un signe caractéristique de Fröbe, lui rappelle qu'elle aussi a son devoir à remplir. Confortée par cette pensée, elle continue d'avancer tandis que Klose sort de la cour au volant de sa Coccinelle et que la Mercedes du médecin effectue un demi-tour en faisant crisser ses gros pneus puis s'engage à son tour sur la route.

Leeb senior, qui s'est écarté de la porte comme s'il ne voulait pas être vu, attend les femmes dans le long couloir, boyau plongé dans la pénombre. Lisbeth s'arrête à deux pas du seuil, Gerda, en revanche, entre et déclare, la mallette remontée près du ventre :

— Nous voici, Wilhelm.

Le propriétaire croise les mains dans son dos.

— Vous avez attendu longtemps, dit-il. Klose a fait son cirque, c'est pour ça que ça a traîné.

Gerda reste interdite car le mot "cirque" lui semble déplacé mais, bien évidemment, cet homme n'est pas du genre à s'excuser. Tandis qu'elle le dévisage, depuis ses bottes jusqu'à son crâne clairsemé, elle ne peut s'empêcher de repenser aux vaines espérances qu'elle avait placées en lui plus de trente ans auparavant. Finalement, elle se contente d'acquiescer :

— Je comprends, dit-elle, d'un ton très calme.

Il tourne les talons, mais avant que Gerda ne lui ait emboîté le pas, Magda Leeb sort de la cuisine, appuyée sur sa canne. Sa bouche est encore plus mince que d'habitude, ses lunettes en nickel sont de travers comme si elle les avait chaussées à la hâte.

— Ils sont enfin partis ? demande-t-elle en dialecte à son fils.

À l'instant où son regard tombe sur Gerda, elle explose :

— Crébleu! Je t'ai dit d'aller en enfer, tu es sourde, ou quoi?

— Mère, la reprend son fils, s'il te plaît.

Pendant un instant, il fait l'effet d'être un petit garçon mais il se ressaisit: rentrer le ventre, bomber le torse, redresser la tête.

La vieille femme de quatre-vingt-cinq ans, encore tyrannique le matin même, est visiblement au bout du rouleau. Appuyée sur sa canne noire dont l'embout en caoutchouc fait un bruit de succion sur le sol de pierre à chacun de ses pas, elle se dirige en boitant vers la porte du grand salon et se poste devant comme pour barrer le passage à la dame aux morts et à son assistante.

Lisbeth et Gerda échangent un regard. Elles savent désormais dans quelle pièce leur rude tâche les attend.

Leeb senior observe sa mère puis dit aux deux femmes:

— Allez d'abord dans la cuisine. Vous aurez sans doute besoin d'eau chaude.

Il ouvre la marche d'un pas ferme, passant devant l'étagère du couloir sur laquelle trônent ses reliques: le casque d'artilleur de son père, un calot et une gourde, une pipe à tabac munie d'un long tuyau et d'un fourneau en porcelaine peinte, une baïonnette et autres curiosités de ce style. Il va pour entrer dans la cuisine lorsque sa mère s'écrie:

— J'ai commis une grave bêtise.

Lorsque Gerda se retourne, Magda Leeb, ployée sur sa canne, lance un regard à son fils. Derrière les verres de ses lunettes, ses yeux sont méconnaissables.

— Tu voulais réussir, Wilhelm, dit-elle, et tu as réussi, mais...

Elle s'arrête. Puis ajoute:

— Si ton père était encore en vie, cela ne serait jamais arrivé.

Son fils ne se retourne pas. Il s'agite partout dans la cuisine, en quête d'une casserole ou d'une marmite.

Lisbeth lance à Gerda un regard qui veut dire : cet homme n'a jamais mis les pieds dans cet endroit et encore moins préparé de repas, à l'exception des fameuses épluchures de pommes de terre pendant sa période de captivité.

Wilhelm Leeb senior finit par trouver son bonheur, mais au moment où il pose la casserole sur le fourneau, la poignée lui échappe des mains. Le fracas que fait l'ustensile en tombant sur le sol résonne un long moment.

— Ces hommes, grogne Lisbeth, puis elle se baisse pour ramasser la casserole et va jusqu'à l'évier.

Gerda lève la tête vers le senior, qui semble troublé mais s'abstient de commenter son malheureux accident, les yeux rivés sur Lisbeth qui remplit la casserole d'eau pour ensuite la mettre sur le feu.

— Pourquoi Klose a-t-il fait "son cirque" ? s'enquiert Gerda, à la fois par curiosité et par désir de faire sortir Wilhelm de sa réserve.

Elle n'arrive pas à comprendre qu'avec tout ce qui s'est passé en cette journée, il reste figé comme une statue de marbre.

Sans la regarder, il répond :

— Des instructions. Des questions. C'était presque… (il semble vexé) un interrogatoire.

Et, passant sa main droite dans ses cheveux, il ajoute :

— Comme si j'y étais pour quelque chose, moi.

Son regard se tourne vers le couloir devant la porte duquel se tient encore sa mère, qui fait rouler sa mâchoire.

Il ne dit plus rien, et Gerda réalise à quel point les propos et l'attitude de sa mère, qui est toujours de son côté, peuvent le troubler.

— Klose, quel procédurier, celui-là, grogne-t-il. Et Fröbe, il ne vaut guère mieux. Ils n'arrêtent pas de me faire des reproches, des insinuations – quel culot. J'ai été en captivité, moi ! J'en ai rien à cirer, moi, de leur paperasserie.

Les deux femmes restent là, sans bouger, Lisbeth devant le fourneau et Gerda devant la porte. Elle aimerait bien poser sa mallette, mais après, elle ne saurait plus quoi faire de ses mains. Ainsi, elle peut au moins se cramponner à la poignée.

— Où sont Bruno et Grete ? demande-t-elle, histoire de dire quelque chose.

Leeb senior se secoue.

— Grete est à Hanovre. Elle travaille dans une agence de voyages. Et Bruno, il est dans sa caserne.

— Ah oui, c'est vrai, murmure Gerda, qui a oublié que le jeune homme est dans l'armée de l'air.

L'eau dans la casserole commence à frémir et là, Gerda sursaute, le chien, taché de marron et de blanc, arrive en trombe dans la cuisine et regarde tout autour de lui comme s'il cherchait quelqu'un.

— Oh, mais qui c'est, ça ? s'étonne Lisbeth, ravie de cette distraction inattendue. Vous avez un chien maintenant ?

— Ah... (Leeb senior reste interdit.) Il n'a pas le droit d'entrer dans la maison. Comment a-t-il réussi ? C'est... (il a une hésitation) c'est Wilhelm qui l'a ramené ici. Un bâtard, bon à rien. (Il ordonne :) Fritz, au pied !

Le chien recule en grognant et va se réfugier derrière Lisbeth qui lui caresse la tête.

— Fritz, dit-elle tout bas. Tu m'as l'air coquin, toi. Tu es un coquin, mon petit ? Oui, tu es un coquin, ça se voit.

Elle lève les yeux vers le maître de maison.

— Il a quelque chose du fox-terrier.

— Fichez-le dehors, commande Leeb. Un cabot n'a rien à faire dans la cuisine.

— Non mais, dites donc ! s'indigne Lisbeth. Pour qui vous vous prenez ? Je ne suis pas à vos ordres, moi.

Gerda est saisie d'un sentiment d'irréalité – elle a fréquenté plein de maisons endeuillées, fait l'expérience du chagrin, des larmes, parfois du soulagement et, quoique rarement, de l'indifférence, mais jamais de la rudesse. Elle lance un regard à Magda Leeb, figée comme une statue de sel.

Soudain, Fritz fonce dans le couloir. Il jappe après la vieille femme, la bouscule pour passer puis se dresse sur ses pattes arrière, plaquant celles de devant contre la porte du grand salon. Magda Leeb, perdant l'équilibre, s'appuie sur sa canne qu'elle agite ensuite pour maintenir à distance le chien qui, avec ses griffes, gratte le bois de la porte en gémissant.

Leeb senior s'élance au secours de sa mère. Il est arrivé à la moitié du couloir lorsque s'ouvre la porte du deuxième salon, celui qu'on utilise tous les jours. Käthe Leeb fait son apparition. Elle se dirige vers son mari en balayant de la main les reliques posées sur l'étagère. Le casque et la gourde atterrissent avec fracas sur le sol, le fourneau de la pipe se brise en mille morceaux, tout comme la cheminée de la lampe à pétrole, un hémisphère de verre, et tandis que Magda se plaque contre le chambranle de la porte et que Fritz recommence à japper, Käthe se met à tambouriner de ses poings la poitrine de son époux, totalement pris de court.

— Du calme ! crie-t-elle. Je veux du calme ! Du calme, du calme, du calme ! Vous allez vous taire, à la fin ?

Leeb senior se recroqueville pour se protéger des coups qu'elle distribue à l'aveugle, avec cette force étonnante que procure le désespoir. Ses lunettes sont projetées à terre au moment où il lève son bras plié.

— Käthe ! s'exclame-t-il. Arrête !

— Ordure ! hurle-t-elle, couvrant les aboiements du chien. Tu n'es qu'une sale ordure !

Elle se baisse pour ramasser la baïonnette qui, elle aussi, a fini sur le sol de pierre, un trophée de la Grande Guerre, et, telle une furie, elle se met à frapper son mari.

Lisbeth et Gerda, trop stupéfaites pour pouvoir intervenir, suivent depuis la cuisine la scène qui se joue dans le couloir plongé dans la pénombre, tandis que derrière elles, l'eau est en train de s'évaporer. Gerda s'apprête à s'interposer mais elle renonce ; Lisbeth, quant à elle, ne peut cacher sa satisfaction.

— La voilà enfin qui se défend, chuchote-t-elle, malgré le bruit, mais d'une voix suffisamment audible. Mais c'est trop tard. Beaucoup trop tard.

— Tu penses qu'on devrait faire quelque chose ? demande Gerda à mi-voix.

— Œil pour œil, dent pour dent, dit Lisbeth. C'est ce qui est écrit, et ainsi soit-il.

Tout au début du couloir, devant la porte d'entrée, le pandémonium continue. Le chien, excité, court dans tous les sens en aboyant. La vieille Magda ordonne en braillant de le mettre dehors. Käthe, toujours déchaînée, agite la baïonnette, heureusement glissée dans son fourreau.

— C'est de votre faute si mon fils est mort, hurle-t-elle d'une voix brusquement suraiguë. C'est vous qui l'avez tué, vous deux, avec votre mépris et votre méchanceté et ce maudit pistolet que toi… (elle pointe la baïonnette sur sa belle-mère) tu as gardé. C'est toi qui as caché cette saloperie, espèce de vipère. C'est toi qui lui as mis cette arme entre les mains !

— Maintenant ça suffit ! hurle son mari en lui arrachant la baïonnette qu'il balance un peu plus loin.

Celle-ci glisse sur le sol jusqu'à la porte de la cuisine où Gerda l'arrête, posant un pied dessus – on ne sait jamais.

Käthe se dégage de son étreinte.

— Ne me touche pas ! crie-t-elle. Ne me touche plus jamais ! Jamais !

Elle est blanche comme un linge, fait quelques pas en arrière, et tandis que Leeb senior ramasse ses lunettes, elle se dresse droite comme un piquet et déclare :

— Je voulais partir. Oui, je voulais te quitter. Mais j'ai décidé de rester. Je veux qu'en me voyant vous vous souveniez de ce que vous avez fait. Tous les jours. Du matin jusqu'au soir. Et ton nom, plus jamais je ne le prononcerai, tu ne le mérites plus, tu l'as perdu en même temps que tu as perdu ton fils.

Son mari sourit, au grand effroi de Gerda. Il lisse ses cheveux en bataille mais, au même moment, son sourire se fige en une grimace puis s'efface.

Käthe tourne les talons. Elle enjambe les débris de la lampe à pétrole et évite le calot de feu son beau-père. Son mari la suit des yeux. L'espace d'un instant, on dirait qu'il va lui emboîter le pas mais aussitôt après, il se baisse pour ramasser le casque ; la jugulaire et la cocarde aux couleurs de la Prusse se sont détachées. Il cherche à les remettre en place, en vain. Il lâche un juron à mi-voix puis laisse son regard errer sur les vénérables objets que sa femme a jetés à terre, certains irréparables. Gerda distingue des égratignures sur sa joue ; et puis il doit être couvert d'hématomes vu la quantité de coups que sa femme lui a infligés.

Käthe Leeb s'arrête devant la porte du salon. Ses bras pendent mollement le long de son corps, son regard et son visage ne trahissent aucune expression. Elle jette un regard dans la direction de Gerda et Lisbeth, puis monte l'escalier d'un pas traînant. Les deux femmes l'entendent fermer le verrou de sa chambre.

Lisbeth sort de sa torpeur à l'instant où Fritz vient se coller contre ses jambes. Le chien s'est calmé, se contentant de pousser de petits gémissements, et elle le retient par le collier parce qu'encore une fois, il cherche à courir vers la porte du grand salon. À cet instant, la vieille Magda se détache du bras de son fils qui lui sert d'appui. Quelques secondes plus tard, Lisbeth chuchote, affolée :

— L'eau !

La fenêtre de la cuisine est couverte de buée, la casserole est tellement brûlante qu'on ne peut la prendre qu'à l'aide de chiffons pliés plusieurs fois, son fond est rouge comme la braise. L'eau s'est complètement évaporée. Lisbeth la pose dans l'évier et la remplit de nouveau, ce qui provoque un sifflement et un panache de vapeur. Puis elles restent là, à regarder Wilhelm Leeb senior qui ramasse ses objets de famille et les remet sur l'étagère tout en les bougeant dans tous les sens et reculant à plusieurs reprises pour vérifier qu'ils sont correctement disposés.

Gerda ne sait pas quoi en penser. Essaie-t-il de se distraire comme il peut ou de trouver du réconfort au contact des reliques de son histoire familiale, ces témoins d'une continuité sur plusieurs générations qui s'est brusquement interrompue en ce jour ? Il va même chercher un balai et un ramasse-miettes dans la cuisine – sans un mot, les yeux baissés – et se met à ramasser les morceaux de verre et de porcelaine.

Gerda regarde Lisbeth avec un haussement de sourcils.

Soudain, la porte claque et lorsqu'elles se retournent, elles voient Magda Leeb qui s'avance vers la table de la cuisine et s'affale sur une chaise. Elle est toute courbée, les deux mains sur le pommeau de sa canne. Au bout d'un moment, elle dit :

— Prends le chien avec toi, Lisbeth. Tu aimes les animaux, n'est-ce pas ?

Fritz est couché par terre, la tête posée sur ses pattes avant, les yeux rivés sur la dame aux morts et son assistante.

Lisbeth va pour protester, mais la vieille Magda reprend la parole, cette fois en dialecte, sa langue maternelle.

— Merci d'être là, dit-elle. Ne m'en voulez pas de vous avoir chassées.

Après un bref silence, elle poursuit :

— Tout ça, c'est de ma faute. Klose était tellement en colère que j'ai cru qu'il allait m'arrêter.

Lisbeth et Gerda échangent encore un regard, Magda étant d'un naturel taciturne. Gerda veut poser une question mais la vieille femme déclare d'une voix cassée :

— Nous aurions dû accorder plus d'attention à ce garçon. Il y a deux ans… (un sillon humide brille sur sa joue ridée) Käthe a coupé in extremis la corde qu'il s'était passée au cou. Ça s'était passé sous le porche. Ça a mis son père dans une rage folle – oh, la crise qu'il a piquée… Le gamin a dû faire la promesse de ne plus jamais recommencer. Mais qu'est-ce qu'on a fait de mal ?

Lisbeth fixe la casserole dans laquelle l'eau commence à frémir, et Gerda répond, le cœur serré :

— Désolée... Je ne le savais pas.

— Et quand il était petit, ajoute la vieille Magda, il s'est couché dans la mangeoire pour se faire dévorer par les bœufs. Ça nous avait fait bien rire à l'époque...

Sa voix s'étrangle de chagrin et elle baisse la tête.

L'eau bout. Lisbeth en verse une petite quantité dans une cuvette, va ensuite prendre des serviettes de lin propres dans le buffet. Gerda saisit sa mallette. Magda Leeb est avachie sur sa chaise, toujours en train de frotter ses mains rhumatisantes.

— Comment cela a-t-il pu arriver ? murmure-t-elle. C'est moi qui devrais être morte, c'est ça qui serait juste. Mais ça – non. Non, non et non.

Les deux femmes ne savent pas quoi répondre. Fritz se lève, se dirige vers la vieille Magda en trottinant et pose sa tête sur une de ses cuisses. Elle tente de le repousser mais finit par le laisser faire, et lorsque Gerda, le doigt pointé vers la porte, déclare : "Nous devons maintenant...", elle se contente d'un hochement de tête.

Lorsque la dame aux morts et son assistante ouvrent la porte de la cuisine et pénètrent dans le couloir, celui-ci est désert, le sol balayé, l'étagère bien rangée. Dans la pénombre, elles se dirigent vers la porte du salon sans se regarder et entrent. Cette pièce, réservée aux grandes occasions, est elle aussi propre et en ordre, mais sur la grande table dont on a installé les rallonges, elles distinguent un drap et, dessous, une forme allongée. Elles restent sans bouger, tête baissée, les mains croisées sur le ventre.

Au bout d'un moment, Lisbeth va fermer la porte. Gerda prend une profonde inspiration et pose une main sur l'épaule de sa vieille amie.

— Allez, Lisbeth, dit-elle tout bas, c'est la dernière fois. Elle ouvre sa mallette.

Quelques semaines plus tard, le feuillage des bouleaux commence à jaunir, Gerda se rend à Peine à bicyclette. Elle a choisi de passer à travers champs car elle a peur chaque fois qu'une voiture la double sur la route nationale ; les bourrasques produites par le déplacement de l'air la déstabilisent. Gerda pédale tranquillement afin de ménager sa hanche. Sur le porte-bagages de sa vieille bécane est fixée la mallette en cuir de la British Army, remplie de livres qu'elle va rendre à la bibliothèque municipale.

À peine a-t-elle atteint la carrière d'équitation, située tout à l'ouest de la forêt, qu'un claquement sec fouette l'air. Elle donne un coup de frein, pose sur le chemin de terre ses pieds chaussés de souliers à lacets, jette un œil vers la lisière de la forêt. Entre les arbres, rien ne bouge. Puis un deuxième coup retentit, suivi d'un troisième, et elle comprend que cela provient d'un chasseur – c'étaient des tirs de carabine ; un animal vient de perdre la vie, sûrement un chevreuil ou un sanglier. Elle se remet en selle. Elle en a assez des coups de feu, elle en a eu sa dose pour deux vies, et elle appuie si fort sur les pédales qu'elle en a mal à la hanche, elle file à toute allure vers la petite bourgade dont la silhouette est dominée par les trois cheminées de l'aciérie et le clocher de l'église Saint-Jacques, pour enfin s'arrêter devant le passage à niveau où, dix-sept ans plus tôt, la mallette de cuir de la British Army lui était tombée du ciel.

Elle aime les odeurs de cette petite ville : les émanations sulfureuses des hauts-fourneaux qui se dressent à sa droite, l'arôme âcre des malteries et, en automne, les exhalaisons douceâtres de la fabrique de sucre. Aux yeux de Gerda, c'est ça, la civilisation. Ici, on n'entend ni coups de fusil ni coups de pistolet, et une fois que le signal a retenti et que les barrières se sont levées, elle repart, passant devant l'hôtel de ville ultra-moderne et l'imposante brasserie en briques rouges, et arrive à la bibliothèque.

Il y a quelques personnes dans le hall, en train de consulter les fiches cartonnées à l'intérieur des boîtes rangées dans les meubles à hauteur de poitrine. La responsable des prêts, une jeune femme avec une coiffure en ruche, lui fait un signe de tête lorsqu'elle accroche son manteau à la patère. Ensuite, elle va rendre ses livres.

— Vous êtes vraiment une grande lectrice, vous, constate la jeune femme qui réceptionne les romans, les tamponne à l'arrière puis les pose sur le chariot.

Gerda lui donne dix-neuf ou vingt ans, ce qui veut dire qu'elle n'a pas connu directement la guerre ni la barbarie nazie. Quelle chance, songe-t-elle. Puis elle dit :

— Oui, c'est vrai. Et puis j'adore le parfum des livres.

— Le parfum ? répète l'employée.

Gerda remarque ses ongles soignés, vernis de rouge, encore une chose qu'elle associe à la ville.

— Quand je prends un livre, je commence par l'ouvrir au milieu pour en renifler l'odeur, précise-t-elle. Les livres, ça sent si bon. Et leurs odeurs sont tellement variées. Une question de papier, je suppose. Celle des magazines est plus pénétrante. Eh oui, ajoute-t-elle quand elle croise son regard amusé, ça peut paraître bizarre comme habitude, mais pour moi, c'est indispensable.

L'employée a un petit rire.

En regardant par-dessus son épaule tandis qu'elle se dirige vers la salle de lecture, Gerda remarque que la jeune femme a ouvert un roman et glissé son nez entre les pages : les deux moitiés du livre cachent ses joues, le dos du livre est posé sur son nez, on voit seulement sa choucroute de cheveux bruns.

Gerda entre dans la salle garnie de tables et d'étagères. Ce lieu, imprégné du silence du papier imprimé, offre un espace infini ; il s'agit autant d'un labyrinthe où elle a plaisir à se perdre, que d'un carrefour dont les chemins mènent dans toutes les directions possibles. Elle flâne dans les rayons, les mains dans le dos. Elle n'est jamais partie de son village, mais ici, c'est le monde entier qui s'ouvre à elle. Être seule, indépendante, lire, jardiner : c'est ça, le bonheur ! Elle poursuit sa déambulation, le regard en quête de lectures, lorsque M. Mattenroth apparaît à la porte de son bureau. Il ne peut réprimer un sourire à la vue de sa fidèle lectrice, puis l'invite à entrer. Gerda se réjouit de le voir mais ressent aussi un peu de gêne, assise là, avec ses grosses chaussures et sa robe toute simple, ses cheveux grisonnants noués en chignon – les lectrices raffinées ont certainement une tout autre allure. Ne sachant pas trop quoi faire de ses mains, elle éprouve du soulagement lorsque M. Mattenroth lui propose un café.

Une fois rassis à sa table de travail, le bibliothécaire lui demande :

— Vous permettez ?

Il prend une cigarette.

— Si vous me permettez d'en prendre une aussi, dit-elle en guise de réponse.

M. Mattenroth tapote le fond du paquet et lui présente la Camel qui dépasse, se penche au-dessus de la table pour lui donner du feu.

— Comment allez-vous, mademoiselle Derking?"

Un bureau bien ordonné, juge Gerda. Des étagères où chaque chose est à sa place, des placards à volet roulant, les murs garnis des portraits de Heinrich Mann, Alfred Döblin, Heinrich Heine, Georg Büchner et Friedrich Bodenstedt. La table, en revanche, respire le travail; M. Mattenroth a été obligé de ranger des papiers pour pouvoir poser la tasse de café.

— Je n'ai pas à me plaindre, répond Gerda avec prudence, car bien qu'il leur arrive de discuter, ils abordent rarement des sujets personnels.

— Vous vous occupez toujours des défunts de votre village? s'enquiert le bibliothécaire.

Elle secoue la tête. Comme il continue de la regarder, elle précise:

— Ça, c'est terminé. Le dernier cas a été… (elle baisse la tête, ne sachant pas si elle est en mesure de maîtriser ses mimiques) affreux.

Après un bref silence, elle ajoute:

— Oui, affreux. C'est plus un travail pour les agents des pompes funèbres car ils ont une certaine distance avec les proches concernés. Moi, ça m'affecte trop. Peut-être que je suis maintenant trop vieille pour ce genre de choses.

— Vous connaissiez la famille?

— Depuis des décennies. Ce sont mes voisins.

— On ne s'habituera jamais à la mort.

— Ma foi, parfois c'est un pur gâchis, une injustice criante. Ah, que vous dire, monsieur Mattenroth ? Ne le prenez pas mal, mais j'en ai assez. Je n'ai pas envie de parler de ça.

— Je vous comprends. Excusez-moi de vous avoir posé cette question.

Absorbés dans leurs pensées, ils fument en silence. Gerda sent que le bibliothécaire, qui a été soldat pendant des années, est encore plus familier de la mort qu'elle-même. Et, de fait, son visage s'assombrit. Il écrase énergiquement sa cigarette dans le cendrier, se racle la gorge, prend une gorgée de café.

— J'ai besoin de nouvelles lectures, dit Gerda au bout d'un moment. Vous auriez quelque chose à me conseiller ?

M. Mattenroth frappe dans ses mains comme si le côté sombre de sa vie était une volée de corbeaux qu'un bruit sec suffit à effaroucher.

— Mais bien sûr. Je peux vous recommander pas mal de choses. Vous lisez de la poésie ? J'ai là un formidable recueil de poèmes écrits par un certain Bobrowski, paru l'an dernier : "Dans mon souffle, / Le feu et la neige, / Je vis." Réjouissant, n'est-ce pas ?

Gerda repart chez elle bien ravitaillée : le recueil de poèmes, quatre romans et un livre sur l'histoire de la Grande-Bretagne. Il faudrait qu'elle la connaisse dans les grandes lignes, elle qui possède tout de même une mallette de la British Army.

Elle prend le même itinéraire qu'à l'aller. Pas un bruit dans le Gräwig, le chasseur a vraisemblablement brûlé toutes ses cartouches. Le chemin, criblé de nids-de-poule, avec une bande d'herbe au milieu, demande toute sa concentration. Elle roule néanmoins sur un caillou, perd l'équilibre et s'arrête pour vérifier l'état de sa roue avant – elle semble intacte. En levant la tête, elle aperçoit un champ qu'elle reconnaît pour y avoir souvent travaillé ; il appartient aux Leeb. Les betteraves à sucre de cette année sont couvertes de mauvaises herbes : des colonies de chardon partout, les fanes envahies de grateron. De quoi se retrouver coincé avec son arracheuse. Ce spectacle est inhabituel, et il en va de même pour le chaume de blé d'en face, également propriété des Leeb, il n'a été ni scarifié, ni labouré ou encore hersé. Bien que la campagne des betteraves débute bientôt, les travaux n'avancent pas ; dans la ferme, le temps donne l'impression de s'être arrêté, personne ne fait rien, tout le monde semble plongé dans la torpeur.

Gerda ressent l'envie de descendre de bicyclette et d'arracher les tubercules tout secs et tout laids pour faire un peu de ménage, mais elle se retient : ce n'est pas sa responsabilité. Elle ne veut plus s'occuper de tout cela, ni du sort d'autrui, sauf sur le papier, dans des histoires comme celles qui se trouvent à l'intérieur de sa mallette. Elle prêtera une oreille attentive à ses amies et à tous les gens qu'elle apprécie, mais toutes ces années pendant lesquelles elle a été confrontée de près à la vie et à la mort de ses semblables, elles font désormais partie du passé.

Et la voilà qui repart, le cœur plus léger ; au sud on distingue le Lahberg, avec ses épaules plantées de rangées de peupliers, au loin, derrière, on devine les collines bleu-vert du massif du Hartz, dominé par le Brocken, bien visible aujourd'hui. Le chemin semble y mener directement, alors

Gerda le suit – telle une promesse hors d'atteinte, et c'est ce qui la rend d'autant plus attrayante. Sa robe se soulève, les cheveux qui se sont détachés de son chignon flottent au vent. Au bout d'un moment, elle bifurque et prend la direction du village, disparaissant parmi les maisons.

AOÛT 1962

LE TEMPS DU COCON

À L'AUBE, un voile de brume couvre la Fuhse, qui, sur cette portion de son cours, s'écoule de l'Oderwald jusqu'à l'Aller corseté dans son lit ; ce n'est qu'une fois parvenue au nord de la ville de Peine qu'elle peut de nouveau se mouvoir librement. Les algues au fond de la petite rivière désertée par la vie font des signes à l'eau, jour après jour, inlassablement.

Le vent d'ouest chasse la brume vers les prairies et les puits cylindriques, vers les fossés puis, par-delà barbelés et pylônes, vers la chaussée, jusqu'à ce qu'elle s'arrête sur le pâturage de la ferme des Leeb. Personne ne remarque le chat noir à trois pattes et à la queue raccourcie qui surgit de ce voile gris puis disparaît dans l'herbe du verger attenant.

Dans l'arrière-cour, un jet de pomme plus loin, règne déjà une activité fébrile. Barthold Klages et son compagnon, maîtres hautement considérés en leur métier, aiguisent les lames. Leur tablier blanc, leur chemise blanche et leur cravate leur donnent un petit air festif, sur leur hanche gauche repose l'étui de leur couteau. Pendant ce temps, la truie fait entendre ses grognements dans un enclos installé entre la

porcherie et le tas de fumier. Elle a été engraissée afin de
remplir les estomacs des humains, et tout ce que son corps gras
peut donner confine au miracle : jambon de derrière et jambon
de devant, saucisse à tartiner dans l'intestin grêle, boudin noir
et saucisse de foie dans le gros intestin, fromage de tête dans la
vessie, mais aussi du pâté en boîte, de la saucisse fumée et des
côtelettes, sans parler du lard et des pièces de viande et, surtout, du jambonneau, un délice que, même au paradis, vous ne
trouveriez pas dans votre assiette ; ah, ça met l'eau à la bouche,
Dieu sait que cette truie ne mourra pas pour rien. L'échaudeur
et la bassine sont prêts, on a apporté la table d'équarrissage
dont le plateau de chêne présente les stigmates de nombreux
coups et entailles, on a sorti plats en bois et cuves en argile,
acheté épices, ficelle et boîtes de conserve. Maître Klages est
content, mais il s'étonne qu'on l'ait fait venir si tôt car, dans
cette ferme, la tuerie a lieu, par tradition, après que les choux
frisés ont subi le premier gel. Mais tant pis, le client est roi, et
le client en question, c'est le vieux Leeb qui aura certainement
ses raisons de rompre avec la coutume ancestrale. Il s'affaire
quelque part ; probablement dans la buanderie où l'on est en
train d'allumer le grand chaudron dans lequel on va mettre à
cuire la chair pour préparer les différents pâtés.

Klages passe une dernière fois son couteau sur la pierre à
aiguiser. Au moment de vérifier le tranchant de la lame avec
son pouce, il sursaute en entendant un cri. Il examine son
doigt – intact – et lève les yeux : c'est le jeune Leeb qui vient
de pousser un juron parce qu'il a glissé sous le porche qui
relie les deux côtés de la ferme.

— Vas-y doucement, lui lance le compagnon. Les
pierres sont glissantes, je l'ai moi aussi remarqué, c'est la
pluie. Il y a de quoi se casser la figure.

Barthold Klages voit s'approcher Wilhelm, âgé de trente et un ans. Pâle comme un linge, le garçon a l'air renfrogné, il marche le dos voûté comme s'il traînait quelque chose.

— Bonjour, Wilhelm, dit-il en faisant glisser le couteau dans son fourreau.

Au lieu de lui rendre son salut, Leeb junior lâche en grognant :

— Saloperie de bottes ! La semelle s'est décollée. Il m'en faudrait des neuves mais mon vieux veut pas débourser un rond, il n'arrête pas de répéter que quand il était en captivité, il portait ses chaussures jusqu'à ce qu'elles tombent en lambeaux.

Il sort des cigarettes de la poche de sa veste de treillis.

Klages se contente de faire un signe de tête, surpris de voir le jeune homme de si mauvaise humeur.

Leeb junior lève les yeux.

— Il est où, d'ailleurs ? demande-t-il en allumant une cigarette.

— Dans la buanderie, je crois, murmure le compagnon.

— Ils sont comme ça, les vieux, observe Klages. Quand on a connu le manque et la faim, on regarde à la dépense jusqu'à la fin de ses jours. Ton père ne le fait sûrement pas méchamment.

— Hmm !

Wilhelm exhale une bouffée de fumée comme pour tenir tête à la brume qui enveloppe les arbres fruitiers ; au fond du pâturage, les cimes des peupliers flottent dans les airs comme si ceux-ci s'étaient détachés du sol, et tout ce qu'il y a derrière semble s'être dissous.

— Quelle purée de pois, ronchonne-t-il.

— Moi, je parie qu'on va avoir une belle journée, dit le compagnon. Les araignées le sentent aussi.

Il montre une toile, brillante de rosée, tendue entre un poteau et la palissade du tas de fumier. On voit aussi sa propriétaire, une épeire diadème grosse comme l'ongle, elle guette ses proies, abondantes en raison de la présence de bétail. Wilhelm a les doigts qui le démangent de l'écraser mais l'araignée, sortant brusquement de sa torpeur, va vite se mettre à l'abri.

Quelques secondes plus tard, des voix et des bruits de pas se font entendre. Plusieurs personnes sortent de la buanderie et se dirigent vers le porche.

Elles font un joyeux raffut : la tuerie du cochon est une fête, rien que d'y penser, on est tout excité.

— Le chaudron est sur le feu, s'exclame Wilhelm Leeb senior.

— Nous aussi on est prêts, répond maître Barthold Klages.

— Eh bien, dans ce cas : taïaut, taïaut !

Dans la bouche du propriétaire, ce mot résonne comme un ordre.

Le jeune Wilhelm observe les personnes présentes, qui semblent n'avoir d'yeux que pour la truie, son père, sa mère et grand-mère Leeb. Il y a aussi Josef, et même plusieurs ouvrières agricoles, certaines accompagnées de leurs enfants ; ils ont le teint pâlot mais l'œil pétillant parce qu'ils savent qu'après, ils obtiendront une tranche de délicieux saucisson et leurs mères un bidon de bouillon.

Le maître et son compagnon entrent dans l'enclos et s'emparent de la truie qui pousse des couinements paniqués. Un coup de pistolet entre les tempes, et l'habillée de soie passe de vie à trépas. Une entaille, et le sang jailli de la gorge pour être recueilli dans la cuve. Une fois qu'on l'a vidé de son sang, on soulève l'animal pour le mettre dans l'échaudeur et on lui retire ses soies à l'aide d'un grattoir. Tout s'enchaîne vite et bien; le maître de maison regarde avec satisfaction Klages découper la tête. La truie finit suspendue à une échelle en bois et là, on lui ouvre la panse, on la vide. Ensuite, les ouvrières nettoient les boyaux pendant que Josef brasse le sang pour l'empêcher de coaguler. De temps à autre, on s'envoie un petit verre d'eau-de-vie, même la liqueur d'œuf de la mère Siedentopp, la voisine, trouve grâce auprès des bouchers bien que la liqueur, ce soit un truc de bonnes femmes, mais peu importe, on boit quand même, la fumée du tabac du mégot fiché au coin de la lèvre en dissipe rapidement l'arrière-goût.

La vieille Magda Leeb observe la scène sans remarquer qu'un petit garnement a épinglé la queue tire-bouchonnée de la truie à l'arrière de sa robe, ce qui provoque des ricanements, car le bout de chair livide s'agite sur son derrière dès qu'elle fait un mouvement. Même Käthe Leeb se met à rire, elle qui n'est pourtant pas très friande de ce genre de niaiseries. Son regard tombe alors sur son fils: si pâle, si grave. Mais qu'est-ce qu'il a, ce garçon, il ne manque de rien, il est en bonne santé, il devrait être bien, c'est quand même un bel événement que le tue-cochon! Elle pose une main sur son épaule mais il la repousse, alors elle enlève son bras, avec le sentiment d'avoir été rejetée. Son mari, en revanche, en pleine conversation avec maître Klages, semble se porter comme un charme et se fondre totalement dans le rôle du propriétaire, si ce n'est qu'il a déjà un coup dans le nez, comme le trahit le rouge de son visage. Il devrait penser à sa santé, mais il a jeté la bouteille de tonique *Doppelherz*, son cadeau d'anniversaire. À cet instant, il se tourne vers elle ; la vue de la mère et du fils lui arrache une grimace.

Käthe Leeb esquive son regard. Elle ne sait pas non plus ce qu'a son mari. Il pourrait être content et fier d'être revenu sain et sauf de captivité, mais non, il éprouve de la rancune, non seulement à l'égard de son fils, mais aussi envers elle, bien qu'il lui soit redevable de la moitié de ses terres – mais peut-être est-ce ça, la raison ? Elle ne comprend pas, elle ne comprendra jamais, et il y a des moments où elle songe au divorce. Un sacrilège, certes, mais même elle, la femme docile, ne va plus tenir longtemps : soit elle agit, soit elle tombe malade, c'est, en tout cas, la sombre intuition qu'elle a.

— Willem, fais donc un sourire, dit-elle à son fils.

— Mais c'est dégoûtant, marmonne-t-il.

— Quoi donc ?

— Ben, ça.

Il pointe le doigt vers la cuve pleine de sang, la chair et les entrailles qu'il faut encore nettoyer, puis vers la truie, qui n'est plus qu'un cadavre éviscéré, une chose. Dont on tirera profit jusqu'au dernier bout de cartilage.

— C'est de la nourriture, Willem. Et toi aussi, tu aimes ça, répond sa mère, étonnée.

— J'ai horreur de ça, grogne-t-il, tandis qu'elle a peur qu'il lui en veuille.

Il tourne alors les talons et s'éloigne en faisant de tout petits pas comme s'il craignait de tomber.

— Oh, mon garçon…, murmure Käthe Leeb.

Wilhelm ne l'écoute plus, il veut juste partir – loin de sa famille, loin de ces abatteurs qui découpent la chair froide, loin de tout. Le porche traversant, où il s'engage, grande bouche bordée de murs de briques coiffée d'un palais de poutres et de planches, relie le grenier à foin à un réduit isolé abritant un traîneau à cheval et une vanneuse, livrés en pâture aux vers, des équipements qui ont fait leur temps et moisissent peu à peu dans l'oubli. Wilhelm lève les yeux. Il sait ce qui se cache dans ce réduit, et là, il sourit.

En fin d'après-midi, le travail terminé, tout le monde est assis autour de la table d'équarrissage. À l'aide de leurs couteaux, Klages et son compagnon découpent des tranches de saucisson, si fines que l'on peut voir au travers l'univers opaque qui se trouve derrière, la cuisine étant envahie de fumée de tabac, les verres se lèvent, on parle tous en même temps, on rit, on tape sur la table ou sur l'épaule de son voisin, qui crache aussitôt sa bière. Comme d'habitude, Leeb senior a tenu un discours. Il a fait l'éloge de la truie, cette manne de viande et de charcuteries, a vanté le savoir-faire des bouchers et la précision de leurs entailles, et déclaré que Klages pourrait même devenir professeur de chirurgie à l'école de médecine de Hanovre, ce à quoi l'homme, mal à l'aise, a répondu que la place des feuilles de laurier n'était pas sur sa tête, mais dans le chou rouge.

Tout le monde est réuni à la table, y compris la vieille Magda Leeb, désormais sans sa queue torsadée dont l'a libérée une âme charitable ; elle ne peut réprimer un sourire car, dans le temps, cette farce était toujours l'œuvre de son petit-fils Bruno, c'est donc un peu une tradition.

Il ne manque qu'une seule personne, et c'est Wilhelm.

Voulant être seul, il s'est chargé d'aller nourrir les bêtes. Ensuite, au lieu de revenir dans la maison, il est allé dans la remise où sont rangés les outils, les charrettes et les machines, dont le convoyeur de balles avec sa longue cuvette de métal aux parois obliques. Wilhelm a grimpé dessus en s'agrippant aux bords. La machine s'est mise à vaciller tandis qu'il avançait d'un pas mal assuré sur les fourches à trois dents de la chaîne rotative. Une fois arrivé en haut, il s'est accroché à une poutre pour se hisser dans le fenil. Là, il s'est un peu empêtré dans les fétus éparpillés sur le sol, en dessous, dans l'étable, les vaches vidaient leurs auges, et pour terminer, il a marché au-dessus du porche, en équilibre sur une poutre.

Le voilà maintenant dans le réduit. Dans la lumière de cette fin d'après-midi qui tombe des deux lucarnes, il aperçoit le traîneau et la vanneuse sur la plinthe du mur du fond. D'autres outils ont trouvé en ce lieu leur dernière demeure, une herse et une charrue, une fourche et des baquets. Wilhelm sait que les autres font la fête dans la cuisine, mais il ressent un tel dégoût qu'il ne peut se joindre à eux ; il préfère le silence.

Il allume une cigarette. Sa main se met alors à trembler et il la regarde avec étonnement, car il n'est ni bouleversé ni abattu, au contraire : il ne s'est jamais senti aussi calme et apaisé. Il a déjà trente piges, quand même. Mais quand il regarde en lui, il est bien obligé de reconnaître qu'il a souvent l'impression d'être toujours le garçon de dix ans qu'il était au retour de son père, cet adolescent qui dirigeait la ferme avec sa mère. Il aime à se remémorer son enfance, cette période d'insouciance, ce cocon protecteur.

Tout ça, c'est du passé. Désormais, il a une responsabilité et des devoirs, et il ne peut s'y soustraire. En effet, cette responsabilité, il faut qu'il l'assume, et il sait comment s'y prendre ; c'est clair dans son esprit.

Il s'agenouille devant la saillie du mur et glisse sa main sous la vanneuse qui servait à séparer le grain de la glume. Le dessous est percé d'une ouverture par laquelle les céréales s'écoulaient dans un tamis, et il enfonce sa main à l'intérieur pour prendre le paquet qui y est dissimulé. Il a un peu de mal à l'en extraire, mais l'instant d'après, le voilà sur la saillie : une boîte à cigares dans un sac en tissu fermé d'une ficelle. Wilhelm ôte le tissu et soulève le couvercle.

La boîte contient un calepin à reliure marbrée de noir et blanc, un crayon à papier, un étui à pistolet en cuir et vingt-trois cartouches, calibre 7.65. Il sort de sa poche le pistolet à canon court qu'il a découvert dans le cellier, place le chargeur dans la poignée et pose l'arme qu'il a régulièrement graissée – il faut prendre soin des choses, c'est ce qu'on lui a appris – sur le tissu. Puis il prend le calepin.

Wilhelm écrit rarement. Parfois des lettres, notamment pour les anniversaires ou autres événements. Dans ses cahiers, il se contente d'inscrire des éléments sur le temps qu'il fait, sur les travaux, les récoltes et les rémunérations, comme le faisaient déjà ses ancêtres, son arrière-arrière-arrière-grand-père par exemple, dont les notes, rédigées dans la graphie de l'époque, ont été conservées, tout comme son petit livre pieux. Pour Wilhelm, ce calepin est un cas à part ; il espérait que coucher ce qui le hante sur le papier lui permettrait de prendre des décisions plus rapidement, mais il lui est difficile d'en déduire des directives, et il le feuillette en faisant la grimace car, comme le montre chaque page, c'est toujours la même rengaine : le père autoritaire, la mère chancelante ; son frère, qui, lui, a réussi à se soustraire à la ferme, ce qui l'agace et le sidère à la fois – Bruno est fait d'un autre bois, il n'a cure des attentes d'autrui et suit son propre chemin, et ce qui déprime le plus Wilhelm, c'est que c'est pour cela que le père le respecte lui, alors qu'il ne témoigne guère de considération envers son aîné et successeur. Tout cela, Wilhelm n'a cessé de le ruminer ces dernières années, que ce soit sur le papier ou dans sa tête, et la seule conclusion qu'il en a tirée était la suivante : épouser Sophia. Quand il se sent triste, il voit en elle son ange sauveur ; cet ange qui, par quelques battements énergiques de ses ailes, pouvait l'extirper de ce bourbier familial, lui n'étant pas en mesure d'y parvenir par ses propres moyens.

Par ailleurs – il repose le calepin, allume une autre cigarette –, Sophia ressent de l'insatisfaction, d'une part parce qu'il n'arrête pas de se plaindre dans le vide, d'autre part parce qu'il n'arrive pas à décider son père à lui céder la ferme. Elle en a assez de fréquenter un homme qui n'a aucun revenu bien qu'il travaille tous les jours pour faire, de facto, tourner la ferme. Elle le prend de moins en moins au sérieux, et il perd ainsi son dernier bastion. Il se rassied sur la saillie, les bras noués devant la poitrine, les jambes croisées. La cigarette fichée entre le pouce et l'index de la main droite, la braise tournée vers la paume.

Wilhelm revoit soudain la truie sans tête, suspendue à son échelle, la panse béante : de la chair et du sang, du sang et de la chair.

Oui, il sait ce qu'il a à faire, il n'y a pas d'autre solution. Il hoche la tête comme pour acquiescer à sa propre pensée, baisse le regard sur le pistolet : *Modèle Unique*[*]. Une arme française pour officiers allemands, et donc pour son

---

[*] En français dans le texte.

paternel, qui l'a probablement laissée ici à la fin de l'été 1944 avant de repartir à la guerre, avant de se retrouver en captivité et d'y rester pendant cinq ans. C'est Bruno qui lui a raconté que grand-mère Leeb l'avait dissimulée à cet endroit à la fin de la guerre. Son frère, pour qui ce pistolet n'est qu'une chimère, ne se doute pas qu'il est caché dans la vanneuse ; ce secret, Wilhelm l'a gardé pour lui : lui seul est au courant, cela lui procure force et sérénité, c'est comme si l'*Unique* était l'atout qu'il pourrait sortir de sa manche au dernier moment, quand il serait aux abois.

Il écrase son mégot sous son talon jusqu'à ce qu'il ne soit plus qu'un méli-mélo de miettes de tabac, de lambeaux de papier et de résidus de filtre. Glisse le pistolet dans la poche gauche de son pantalon, range le reste dans la boîte à cigares qu'il replace à l'intérieur de la vanneuse. Puis il ôte sa casquette pour se donner un coup de peigne, la remet sur sa tête, un peu de travers, cela lui donne un petit air coquin, et fourre le peigne dans sa poche de poitrine. Ici, dans le réduit, la lumière argentée du crépuscule s'infiltre par les lucarnes ; dans le grenier à foin, en revanche, l'obscurité s'épaissit déjà sous le toit, et les balles libèrent un parfum qui lui rappelle celui des prairies au cœur de l'été. Il descend avec quelque difficulté du convoyeur, sentant à chacun de ses pas le métal froid du pistolet à travers l'étoffe de son pantalon.

Une fois en bas, il boutonne sa veste pour dissimuler sa poche bombée, et s'apprête à retourner dehors lorsque Josef apparaît dans l'embrasure de la porte coulissante qui relie la grange et l'étable.

Wilhelm sursaute. Il pensait que Josef, qui n'a rien à faire à l'étable, était en train de faire ripaille avec les autres dans la cuisine.

— Bon sang, Josef, qu'est-ce que tu fabriques là ? lâche-t-il. Le travail est terminé.

— Tu étais là-haut ? demande-t-il en guise de réponse, levant les yeux vers le jeune homme.

Wilhelm, se sentant pris en faute, secoue mécaniquement la tête. Il perçoit l'odeur aigrelette du lait, le bruit des vaches qui ruminent le foin, distingue derrière Josef leurs croupes maculées de bouse séchée. Et là, il se ravise.

— Si, si, j'étais là-haut. J'avais cru entendre une martre, ment-il. Il y avait comme des petits bruits, alors je suis allé voir ce que c'était.

— Il y a parfois des matous qui traînent là-haut, Heini par exemple, mais il n'y a pas de martre, dit Josef.

— Heini ?

— Le chat de Gerda. Gerda Derking. Et l'autre jour, alors que j'étais en train de jeter le foin, j'ai vu un chat noir comme du charbon – avec une patte en moins, et sans queue.

Wilhelm fait un signe de la tête. Josef sent la gnôle, il était donc bien dans la cuisine ; il porte un pull gris sans manches, reprisé à plusieurs endroits, gonflé au niveau de la poitrine par le paquet de cigarettes glissé dans la poche de sa chemise, un détail qui trouble Wilhelm.

— Bon, Josef, dit-il, j'y vais.

Le bon et fidèle valet pose une main sur son avant-bras.

— Tu peux pas faire ça, le prévient-il. Il faut que tu laisses tomber, Willem, c'est pas bien.

Le jeune homme sent le feu lui monter aux joues.

— Mais… mais de quoi tu parles ? balbutie-t-il.

Josef ôte ses doigts de son bras, fait un geste éloquent en balançant sa paume ouverte à droite et à gauche, puis répète :

— Fais pas ça !

Wilhelm racle le sol avec la semelle de sa botte en caoutchouc, d'avant en arrière tel un cheval qui piaffe. Josef l'aurait-il percé à jour, cet analphabète qui prend tous les styles de musique passant à la radio pour des airs de fanfare parce qu'il ne connaît rien d'autre ? Wilhelm le considère tout à coup d'un regard différent : qui sait ce que Josef a pu apprendre durant sa jeunesse, quand il était porcher – par des oncles ou de vieilles tantes, au cœur de la forêt, parmi les chênes et les ormes, peut-être a-t-il une espèce de sixième sens.

— Ne t'inquiète pas, Josef, finit-il par répondre d'un air évasif, je ne le ferai pas. Toi, il vaut mieux que tu retournes à la cuisine, la fête ne doit pas être finie.

Le valet agite alors son index et Wilhelm réalise qu'il est tout simplement pompette.

— Ne passe pas sous le porche, Willem, il faut pas, c'est tout pourri là-bas, tu vas tomber et te tuer.

— Tu as raison, Josef. Je laisse tomber. Ce n'est pas nécessaire, après tout.

— Le réduit, là-haut, le réduit, ça fiche la trouille comme endroit. Moi, j'ose pas y aller.

Wilhelm, à la fois soulagé et réjoui, donne une tape sur l'épaule du brave gars.

— Va rejoindre les autres, ils doivent bien encore avoir un verre de gnôle pour toi.

— Mais avant je vais voir les vaches, affirme Josef en tournant les talons.

Arrivé à la moitié de l'étroit corridor qui passe entre les bêtes et la cloison, il lance par-dessus son épaule :

— Ma montre de poche s'est arrêtée !

— Eh bien, remonte-la, répond Wilhelm, s'apprêtant à sortir de la grange.

— Mais elle est cassée !

— Encore ? Bon, tu n'as plus qu'à attendre Noël pour en avoir une neuve.

Il tend l'oreille. Aucune réaction. Josef est probablement en train de caresser une vache ou de murmurer des mots doux dans le creux d'une oreille piquée de taches noires. Une fois dans la cour, Wilhelm palpe son *Unique*. Celui-ci pèse agréablement dans sa poche. Il attrape sa veste et, d'un pas rapide, traverse la cour en direction de l'aile agricole, s'introduit furtivement dans le grand vestibule, disparaît.

Les heures passent. Wilhelm, assis dans sa chambre, fixe par la fenêtre l'obscurité croissante. À un moment donné, sa mère vient frapper à la porte pour lui demander pourquoi il n'est pas à la cuisine, on s'y amuse bien, Klages raconte d'excellentes blagues et anecdotes, mais Wilhelm la chasse. Dans le cendrier posé devant lui sur l'appui de la fenêtre s'entassent des mégots. Une petite eau-de-vie ne lui ferait pas de mal, mais il n'ira pas s'asseoir aux côtés de son paternel éméché, jamais de la vie, pas question de s'infliger une chose pareille. Il entend un brouhaha venant de la cuisine, mais il ne comprend pas ce qu'on raconte ni de quoi on rit ; pour les hommes, la tuerie du cochon est une occasion bienvenue de pouvoir une fois de plus se rincer la dalle, et les femmes, elles, sont tout simplement contentes de voir leur garde-manger rempli.

De la fumée de cigarette flotte dans sa chambre, formant de petits nuages au-dessus de l'armoire, du valet et du lit.

Sur la table de chevet est posé un livre dont il n'a lu que vingt pages. Il a du mal à se concentrer, étant trop fatigué la plupart du temps. Sophia, qui lui a prêté ce roman, lui a dit qu'il valait mieux lire que ruminer, mais cela ne fonctionne pas vraiment. En plus, il n'accroche pas tellement avec cette Pearl S. Buck, il ne sait même pas comment se prononce son nom, et puis qu'est-ce qu'il en a à faire de la Chine ? Il a suffisamment de soucis ici et maintenant. En portant la cigarette à ses lèvres, il remarque que sa main tremble encore un peu. Vivement que la fête en bas se termine !

Soudain, la fatigue le submerge. Son menton tombe sur sa poitrine et il s'assoupit, assis à sa table, dans la clarté du plafonnier.

Une quinte de toux l'arrache à son sommeil. Il a du mal à respirer, se frappe le torse, se frotte les yeux et constate que les mégots dans le cendrier sont en train de se carboniser lentement. Il se lève en titubant, va ouvrir la fenêtre pour vider dans le jardin ce foyer d'incendie dont l'odeur est abominable. "Oh là là !" lâche-t-il. Ses esprits retrouvés, il s'aperçoit que le silence est revenu dans la maison. La tablée s'est-elle dispersée ? Ou bien ces ivrognes ont-ils roulé sous la table ? Il regarde sa montre – arrêtée, comme la montre de poche de Josef –, s'approche de la table de chevet pour consulter le réveil, toujours fiable : minuit et demi passé. Wilhelm ouvre la porte et tend l'oreille. Pas un bruit. Il s'introduit dans le couloir sombre, presque en automate, comme s'il obéissait à un ordre qu'il s'était donné à lui-même, descend l'escalier à pas feutrés et va jeter un œil dans la cuisine. Tout est obscur, silencieux, désert. Sa mère semble avoir tout nettoyé car la table luit comme un sou neuf. Sur la crédence sont posés des saladiers, chacun recouvert d'une assiette, ainsi que deux ou trois bouteilles. Wilhelm, qui a désormais une faim de loup, se faufile doucement sans allumer la lumière, engloutit une grosse portion de salade de cervelas avec la cuillère du saladier et, une fois rassasié, se sert un petit verre de double eau-de-vie. Bien chauffé à l'intérieur, il s'en ressert un autre puis se coupe une tranche de pain gris qu'il déguste sans garniture. Le pain, frais, est délicieux. Au moment où il s'essuie les mains sur son pantalon, il sent le pistolet. Il regarde autour de lui, le sort de sa poche et serre ses doigts sur la crosse rainurée. Une bonne tenue en main, ce flingue. Il lève le bras, vise dans le noir. Cela lui arrache un sourire et il se met à agiter le bras dans tous les sens comme s'il dézinguait des ennemis imaginaires, puis pose le pistolet sur la crédence et s'octroie un troisième verre d'eau-de-vie. C'est étonnant qu'il en reste encore, la coutume voulant qu'on vide les bouteilles jusqu'à la dernière goutte. Il va pour poser le verre sur la crédence lorsqu'une porte claque à l'étage. Quelques instants plus tard, quelqu'un descend l'escalier à tâtons. Le cœur de Wilhelm propulse plus vite son sang alcoolisé dans ses veines. Il saisit le pistolet comme pour se défendre d'une menace, puis se fige tandis qu'une silhouette en chemise de nuit passe devant la cuisine d'un pas traînant. Wilhelm prend une inspiration en sifflant entre ses dents : son vieux… Aussitôt, il se glisse hors de la pièce pour le suivre.

Le senior, ivre de sommeil et de gnôle, traverse, en pantoufles, le grand vestibule. Il chancelle mais garde le cap, il a parcouru ce chemin tant de fois qu'il ne peut s'égarer. Arrivé dans la cour, il prend la direction du porche, et son fils, qui ne le quitte pas d'une semelle, comprend qu'il va aux cabinets extérieurs.

Il a pourtant un pot de chambre, se rappelle soudain Wilhelm, en jetant un regard vers le porche où la truie a été égorgée le matin même. Il regarde son père entrer dans l'un des deux petits cabanons de planches accolés à l'étable, entend les charnières rouillées grincer au moment où la porte se referme. Et là, Wilhelm s'approche discrètement. La porte coulissante de l'escalier qui mène au grenier à blé est ouverte, Dieu merci, et il se tapit dans l'ombre du mur, quasiment en face des cabinets.

Le moment est arrivé, se dit-il en levant le pistolet. C'est maintenant que je vais flinguer le vieux. Qu'il se vide de son sang, comme la truie. Depuis l'obscurité de sa cachette, Wilhelm guette le moment où son père sortira, mais cela dure plus longtemps que prévu. Une plainte se fait entendre ; puis une salve de pets qui le font sursauter car ils donnent l'impression de déchirer le senior. La salve se répète, accompagnée d'un long gémissement de douleur et d'un juron bafouillé. S'ensuivent un vacarme, des trépignements et, comme Wilhelm le constate à sa grande stupéfaction, des sanglots. Puis son paternel se met à geindre, il geint d'une voix étouffée, mais comme un veau.

Puis le silence.

Wilhelm applique le canon du pistolet sur ses lèvres. Et s'il était mort ? songe-t-il. Crise cardiaque ? Apoplexie ? Mort en chiant – ça, ce serait la meilleure... Il ravale un rire.

La chaleur du tas de fumier en décomposition situé juste derrière les cabinets forme une légère brume blanchâtre, vacillante, qui se découpe sur le ciel nocturne. Le silence se prolonge, seulement entrecoupé par la respiration rauque de Wilhelm.

Soudain, le père renâcle et le regard de Wilhelm se tourne vers les latrines. Il faut qu'il disparaisse, se dit-il, le vieux doit disparaître. Il aurait mieux valu qu'il tombe à la guerre ou soit porté disparu ou qu'il crève en captivité, pourquoi n'est-il pas mort au front, ça nous aurait épargné bien des souffrances… Son bras droit est crispé, et le pistolet lui semble lourd, lourd comme du plomb.

À cet instant, la porte du cabanon s'ouvre et son père sort en titubant, dans sa chemise de nuit il fait penser à un spectre. Il s'arrête, chancelant, les yeux dans le vide, pousse un profond soupir comme s'il venait d'accomplir une tâche de forçat. Il ne remarque pas la présence de son fils, ne se doute pas que celui-ci braque sur lui l'arme qu'il portait à son ceinturon à l'époque où il était en Ukraine et en Pologne.

Wilhelm guette son père. À la clarté de la lune, il distingue les sillons qui encadrent la bouche du vieux, les rides sur son front, ses tempes dégarnies et sa chevelure clairsemée, la courbe de son ventre sous sa chemise de nuit, ses pieds nus glissés dans ses pantoufles. Il fait presque peine à voir et, pourtant, Wilhelm glisse le doigt sur la détente : allez, du balai, qu'il dégage le vieux ! Mais il ne tire pas, non, pas comme ça, c'est impossible, par derrière ce sera sans doute plus simple.

Le père se met en mouvement, d'un pas titubant. Dès qu'il a le dos tourné, son fils lève son pistolet et vise l'omoplate gauche. Et tandis que, d'une main désormais sûre, il s'efforce de ne pas dévier de sa cible, il aperçoit, à hauteur de ses fesses, une trace sombre. Son paternel, le "Général", président d'association, conseiller municipal et doyen des notables du village, s'est carrément chié dessus... Wilhelm a une hésitation. Et baisse son arme car il a brusquement envie de pleurer – il ne peut se résoudre à abattre cet homme qui, dans sa chemise de nuit souillée d'excréments, regagne son lit en chancelant. Il met son poing dans sa bouche, se laisse glisser à terre le long du mur. Il y a plus d'une raison pour laquelle le vieux aurait mérité de mourir, et pourtant... Surgissent la colère et le chagrin, Wilhelm tremble de tout son corps : il est incapable d'agir, il manque de détermination et de fermeté, et au moment où il pose le pistolet sur une marche de l'escalier qui mène au grenier, il se rend compte, pour comble de misère, que celui-ci n'est pas armé et que le cran de sûreté n'est pas levé, ce qui l'anéantit : il a échoué.

Wilhelm est assis dans l'entrée du grenier, les bras serrés autour de ses jambes repliées, les yeux fixés sur sa montre qui dépasse de sa manche. Le cadran indique invariablement deux heures moins vingt, il ne sait donc pas l'heure qu'il est, mais l'arrière-cour est maintenant baignée de la clarté de la lune ascendante. Son père est recouché et, demain, sa mère va devoir laver la literie et la chemise de nuit, ce qui lui aurait été épargné si son aîné avait eu plus de cœur au ventre. Mais celui-ci, lui, Wilhelm, a échoué sur toute la ligne, et il se sent coupable. Coupable envers sa mère, coupable envers Sophia dont il a déçu les espoirs puisqu'il restera un ilote jusqu'à ce que le senior avale son acte de naissance, et qui sait à quel moment cela se produira ? Peut-être ce salaud atteindra-t-il l'âge de quatre-vingts ans, ce qui signifierait que lui, Wilhelm, devrait

attendre d'en avoir près de cinquante pour pouvoir voler de
ses propres ailes. Cinquante ans! Que serait-il encore bien
capable de faire à cet âge-là? Il serait lui-même quasiment
au bout du rouleau. Effrayé par cette pensée, il range le pistolet dans sa poche et se lève, traverse l'arrière-cour d'un pas
modéré jusqu'au verger, franchit la palissade pour aller marcher dans l'herbe humide du pâturage. En s'engageant dans
le chemin qui passe derrière celui-ci, près de la voie ferrée, il
ressent une forte envie de retrouver Sophia, cela fait un bon
moment qu'il ne l'a pas vue, cela fait des mois qu'il ne l'a pas
emmenée au café ou à une soirée dansante, alors qu'elle
adore ça; elle se fait d'ailleurs si rare qu'il a l'impression
qu'elle l'évite, aussi, il y a quelques jours, s'est-il résolu à lui
écrire une lettre, brève mais sincère, dans laquelle il lui a
exposé ce qui le tourmente. Elle n'y a jamais réagi.

Il ne s'est pas rendu compte qu'il a oublié sa casquette
devant l'escalier du grenier. Les saules marsault et les
peupliers blancs qui poussent au-delà les rails, il les distingue aussi vaguement que le chat noir qui rôde à pas
feutrés sur l'asphalte fissuré par des racines, à quelques
mètres devant lui. Il veut voir Sophia, et il emprunte ce
chemin afin d'éviter le village. Ici, le soir, tout est mort,
mais peut-être y a-t-il une vieille insomniaque qui guette
à sa fenêtre en se demandant ce qu'il fait dehors à une
heure aussi tardive.

Après avoir parcouru une bonne centaine de pas, Wilhelm tourne à droite dans la direction du village dont les
maisons sont baignées du clair de lune. Arrivé au bout du
chemin, là où se trouve, fixé au mur d'une ferme, un automate qui, pour quelques pièces, crache des boules de
chewing-gum et des gadgets en plastique, il s'arrête. En

face, de l'autre côté de la grand-route, se dresse la maison de l'ancien garde forestier dont le sommet du pignon est orné d'une tête de cerf. Les lumières sont éteintes, y compris à l'étage où Sophia vit avec sa mère. Wilhelm jette un œil à la maison voisine, bâtie pendant la guerre de Sept Ans pour loger des veuves de pasteurs et de professeurs, mais tout est mort, tout le monde dort la conscience tranquille et satisfait de soi-même. Il traverse la chaussée déserte et, sans faire de bruit, fait le tour de la maison, la chambre de Sophia donnant sur le jardin.

Planté au milieu des buissons à baies, il pose son regard sur sa fenêtre. Le village est plongé dans le silence, même le vent semble s'être calmé, on entend seulement le chant d'un grillon tardif. L'ombre que la clarté lunaire jette sur la maison dressée face à lui telle une citadelle emplit le jardin, l'enveloppe : impossible de réveiller Sophia, et encore moins d'entrer. Les baisers, les mots tendres, réconfortants – tout cela est hors d'atteinte. En voulant passer sa main dans ses cheveux, un geste qui l'apaise toujours, il remarque, cherchant à ôter sa casquette, que celle-ci n'est plus sur sa tête, ce qui le rend mal à l'aise, car sans couvre-chef il a l'impression d'être un malpropre, un type bizarre. Il baisse le bras. La fenêtre reste sombre. Sophia dort. Elle ne se doute pas une seule seconde qu'il est là et elle ne se réveillera pas, et tandis qu'il prend conscience qu'il ne peut compter ni sur les encouragements ni sur le soutien de quiconque, qu'il est livré à lui-même, il passe malgré tout une main, puis l'autre, dans ses cheveux, sort même son peigne afin de les remettre un peu en ordre – sa casquette lui manque, où a-t-il pu la laisser ? –, fait ensuite glisser son pouce sur les dents du peigne qui se plient avec un léger bruit puis se redressent, et il répète ce geste jusqu'à ce qu'il ressente un picotement dans le bout du doigt.

Le chat qui l'observe sans bouger, il ne le voit qu'à l'instant où il range le peigne dans sa poche de poitrine : une ombre toute noire piquée de deux points verts. Après être resté un bon moment dans l'obscurité du mur, celui-ci reprend son chemin, mais d'un pas étrangement maladroit, et quand il apparaît dans la clarté de la lune en sautillant, Wilhelm constate que sa patte antérieure gauche est un moignon, sa queue tronquée. Il jette un dernier regard vers la fenêtre sombre, inaccessible, puis quitte son abri de buissons. Il n'a plus rien à faire ici puisqu'il est tout aussi peu capable de satisfaire aux attentes de Sophia qu'à celles qu'il a envers lui-même.

La petite porte émet un grincement lorsqu'il sort du jardin et se retrouve sur le trottoir.

Et là, arrive le chat noir, il passe devant lui en faisant de petits sauts. Remis de la première frayeur à la vue de ses mutilations, Wilhelm trouve que sa présence lui fait du bien, lui dont les chaussettes lui procurent une sensation de dégoût à chacun de ses pas parce qu'elles ont glissé jusqu'au talon à l'intérieur de ses bottes. C'est admirable, la façon dont cet éclopé se déplace sur ses trois pattes, il devrait en prendre de la graine : solide comme le cuir, dur comme l'acier Krupp, c'est bien ce qu'on lui avait rabâché, n'est-ce pas ? Ce qui ne nous tue pas nous rend plus forts ; béni soit ce qui rend dur ; un Indien ne connaît pas la douleur ; le jour de ton mariage, tout sera guéri, mais il ne faut pas que ta part de gâteau se renverse, sinon tu écoperas d'une furie de belle-mère, et puis il faut finir sa soupe, sinon demain il va pleuvoir.

Wilhelm suit le chat qui marche docilement devant lui comme s'il le promenait, ce qui justifierait d'autant plus son vagabondage nocturne – une pensée qui lui arrache un sourire. Ils passent devant plusieurs fermes, le chat et lui, devant le magasin où Bölsche vend ses téléviseurs puis devant l'épicerie de Tebben, et au moment où la grand-route pentue fait un virage sur la gauche, il voit *sa* ferme apparaître juste en face – oui, *sa* ferme à lui ! –, et le chat, lui obéissant au doigt et à l'œil, traverse la chaussée. Une fois arrivé sur le trottoir, à proximité du portail de la ferme, il s'arrête et se retourne, le fixant de ses yeux verts comme s'il attendait quelque chose.

Wilhelm se trouve au milieu de la chaussée lorsqu'une Borgward bordeaux surgit dans le virage en faisant un bruit de tonnerre. En deux bonds, il va se mettre à l'abri sur le trottoir. La berline passe devant lui à toute vitesse puis ses feux arrière, d'un rouge flamboyant, disparaissent au sommet de la côte.

"Il est fou, ou quoi ?" murmure Wilhelm tandis que le vrombissement du moteur se perd au loin. Se tournant vers son compagnon à trois pattes, il voit celui-ci, effrayé par la voiture, s'éclipser à l'angle de la maison de Gerda Derking.

Lui aussi le laisse donc en plan.

Wilhelm franchit le portail et entre dans la cour. D'un pas traînant, parce que ses chaussettes forment maintenant une boursouflure au niveau du coup de pied, et que ses talons nus butent contre le caoutchouc à chacune de ses enjambées, c'est vraiment désagréable, comme sensation. Derrière lui, sur la chaussée, retentit de nouveau un grondement de moteur, et lorsqu'il se retourne, il voit passer la Borgward en sens inverse, remarque à l'arrière une petite lueur rougeoyante, comme si quelqu'un allumait une cigarette. Il continue de marcher, secouant la tête d'incompréhension. Parvenu au bout de l'aile agricole, il cale ses pieds l'un après l'autre dans l'échancrure du tire-botte et les libère, remonte ses maudites chaussettes. Il suspend sa veste de treillis à un crochet en bois, retire ses cigarettes et son briquet de sa poche intérieure et, en palpant celles de son pantalon, sent l'*Unique*. Il le sort, le pistolet est chaud et lourd dans sa paume, le chargeur plein, il lui suffirait juste d'armer.

Il arme.

Prend le pistolet dans sa main droite et, posant son regard dessus, renifle fortement : il peut le faire, oui, il peut encore y passer, le vieux. Wilhelm ouvre la porte de la maison et monte l'escalier à pas de loup, envahi d'une gaieté incongrue, car il a l'impression d'être le même qui jouait autrefois au cow-boy et aux Indiens avec ses copains, le Pimpf* qui faisait des exercices militaires aux Jeunesses hitlériennes, sauf que là, il tient un pistolet chargé dont le cran de sûreté n'est plus engagé, une arme capable d'anéantir des vies, et, à cet instant, il s'arrête devant la chambre de ses parents, entend son père ronfler bruyamment. Avec un raffut pareil, la mère a dû aller dormir ailleurs ; elle est sûrement dans le lit de Bruno, ce qui se confirme lorsque Wilhelm jette un œil dans l'ancienne chambre de son frère. Il revient doucement vers la porte de la chambre parentale. Sa tête est comme vide, son cœur bat très fort et il sent la chaleur du pistolet dans sa paume. Un seul coup, songe-t-il, ou bien deux, et là... Il serre la poignée de la porte dans sa main gauche, la tourne lentement, très lentement, et sent déjà une résistance, lorsque derrière lui retentit un grognement.

---

* Les "Pimpfs" étaient les membres les plus jeunes des Jeunesses hitlériennes.

Sa main lâche la poignée qui se relève aussitôt, et il se retourne brusquement en essayant de cacher l'arme.

— Grand... grand-mère..., bégaie-t-il.

— Qu'est-ce que tu fais là? À une heure pareille? demande grand-mère Leeb, de manière inarticulée car elle a enlevé son dentier.

Ses cheveux gris en désordre se découpent sur la lumière de sa chambre. Wilhelm a de nouveau le sentiment d'être l'enfant-cow-boy d'antan, petit et, maintenant, tout penaud. Il reste sans voix.

Le regard de sa grand-mère, qui porte un gilet de laine par-dessus sa chemise de nuit, tombe sur le pistolet mal dissimulé.

— Ah, le voilà, dit-elle. J'avais demandé à Bruno... Oh, ça fait tellement longtemps... C'est toi qui l'avais, Willem?

Son petit-fils, qui se tient courbé pour ne pas se cogner la tête une fois de plus contre les poutres basses de cet étage, a les yeux rivés sur le gilet de sa grand-mère. Celui-ci est boutonné de guingois: le deuxième bouton est dans le trou du bas et elle en a oublié un autre en haut, si bien que la laine bouffe sur sa poitrine affaissée.

— Qu'est-ce que tu veux faire avec ça? Que fais-tu devant cette porte? Donne, Willem... (elle lève sa canne) donne-moi cette abominable chose, je vais la jeter.

— Je m'appelle *Wilhelm*, grand-mère, lâche-t-il, agacé.

— Allez, donne-moi ce vieux pistolet et va te coucher, insiste-t-elle. Tu dois... Tu dois aller te coucher, Willem, tu sais l'heure qu'il est? Demain tu travailles et ton père n'aime pas que tu traînes au lit. Pense à ton père, Willem, et donne-moi cette chose.

Elle tend sa main en agitant les doigts.

Ce geste, mais surtout cette tentative d'intimidation, irrite Wilhelm.

— Je peux aller le jeter moi-même ! siffle-t-il entre ses dents, sans pouvoir détacher son regard de son gilet boutonné de façon troublante.

Grand-mère Leeb, surprise de voir cette colère flamber dans ses yeux, tente de l'apaiser :

— Bon, d'accord, mon garçon, c'est toi qui vas le jeter. Dans la fosse à purin, de préférence. Tu vas le faire ?

— Oui, oui, dit-il.

— Et le plus tôt sera le mieux. (Elle resserre son gilet sur sa poitrine comme si elle avait froid.) Tout de suite. Tu me promets ?

Il acquiesce à contrecœur et glisse le pistolet dans sa poche.

— Bon. J'attends que tu sois arrivé au bas de l'escalier, Willem.

Sur ces mots, elle recule vers la porte de sa chambre.

Wilhelm secoue la tête. Elle refuse de comprendre qu'il s'appelle Wilhelm et, l'espace d'un instant cruel, il envisage de liquider toute la bande, la grand-mère, le père, la mère, car tant qu'ils vivront, il n'y aura rien qui changera, personne ne reconnaîtra ce qu'il endure ici, même Sophia qui ne cesse de le rappeler à la raison et a longtemps espéré que son père finirait par se laisser fléchir.

Il s'arrête au pied de l'escalier et lève la tête vers sa grand-mère qui cligne de ses yeux myopes. Il est à deux doigts de lui lancer : boutonne ton gilet correctement ! C'est horrible, lorsqu'elle lui glisse à voix basse :

— Willem, sois un bon garçon !

L'œil fixe, il la regarde rentrer dans sa chambre et refermer la porte. Peu après, il entend les ressorts du lit grincer.

Silence. Obscurité et silence. Wilhelm renifle, réfléchit un instant, se mouche dans son mouchoir qui sent le tabac.

— Quelle vieille peau de vache…, chuchote-t-il en remettant le mouchoir dans sa poche.

Le froid du sol de pierre qui transperce ses chaussettes reprisées le contraint à recourber et tendre alternativement les orteils et cela lui rappelle le déplacement à Peine qu'il avait effectué une vingtaine d'années plus tôt pour se faire opérer. À l'époque, il ne portait pas de bonnes chaussures, et c'est encore le cas aujourd'hui, du moins pour ce qui est de ses bottes en caoutchouc, le senior adorant lui faire des tracasseries et le berner. Wilhelm, qui n'est désormais plus que colère et rage, tire le pistolet de sa poche. Le jeter? Oh, non, la grand-mère va entendre quelques coups, car lui, il en a marre.

L'instant d'après, toute sa haine se décharge sur son père. Pour qui se prend-il ce salaud? Il n'arrête pas de faire languir son fils aîné, son successeur, pendant que la mère, qui s'écrase tout le temps, reste les bras croisés et que la grand-mère l'appelle "bon garçon, brave garçon", comme s'il était un cabot docile comme son Fritz, couché dans sa niche.

— Bon garçon, brave garçon, bon Willem, brave Willem, grogne-t-il en entrant dans la cuisine, mais il ne reste plus d'eau-de-vie.

Il revient sur ses pas et pénètre dans le grand salon, il crépite, il bouillonne, pas moyen de dormir. Il laisse tomber bruyamment son arme sur la grande table en noyer, s'avance vers le buffet, ouvre les portes du compartiment du haut en espérant y trouver des bouteilles, mais il est vide.

— Bon, peu importe, bougonne-t-il.

Puis il saisit son pistolet ainsi que le cendrier rond à encoches, les balance l'un et l'autre sur le plateau de laiton du guéridon et s'affale dans un fauteuil.

— Dans la fosse à purin..., grogne-t-il. Mais la fosse à purin, elle est là, dans cette maison, et tous les jours je m'embourbe dedans.

Tout en fumant, il observe les meubles qu'il connaît depuis des décennies. Boutonné de guingois..., se rappelle-t-il soudain, et il se secoue pour comprendre, au bout de quelques instants, qu'ici aussi, tout est de travers – les meubles sont disposés n'importe comment, loin de former un ensemble harmonieux, ils se disputent la meilleure place ; ils cherchent à se damer le pion les uns aux autres, chacun essayant d'attirer l'attention sur lui, surtout le buffet, ce mastodonte tout fiorituré. Non, songe Wilhelm, ça ne va pas, il faut que j'arrange ça, c'est le grand salon, quand même. Même l'horloge dont les aiguilles avancent en faisant tic-tac sur le cadran en émail orné de fleurs, même elle n'est pas à la bonne place !

Alors Wilhelm se met au travail. Dans sa colère impuissante, il commence à changer la disposition du mobilier. Il met les petits meubles au milieu de la pièce – commode, secrétaire, colonne florale, etc. – pour ensuite bouger les plus grands en calant d'un côté un tapis sous les pieds avant de pousser ou de tirer. Il déploie une force herculéenne, parvenant même à déloger le buffet de l'emplacement qu'il occupe depuis des décennies.

De temps en temps, il guette les bruits dans la maison, mais tout demeure silencieux. Il essuie avec son mouchoir la sueur qui perle sur son front, fume une cigarette, inspecte la pièce d'un regard circulaire : quand il aura terminé, tout sera en équilibre, il ne lui restera plus qu'à déplacer le tableau avec les laboureurs, la nature morte aux fleurs et les photographies des arrière-grands-parents, une pure bagatelle.

Lorsqu'au bout d'un moment il s'affale sur le fauteuil, désormais disposé près de la fenêtre, tout comme son pendant et le guéridon, il brûle littéralement, envahi d'une immense satisfaction. Le sourire aux lèvres, il regarde le buffet qu'il a relégué à un endroit où il n'écrase plus les autres. Et puis l'horloge, elle aussi, se fond mieux dans le décor – mis à part que son tic-tac n'est plus aussi régulier, probablement du fait qu'elle est un peu de travers, mais bon, il réparera ça en temps voulu.

En temps voulu, ah ! ah ! Wilhelm, cigarette aux lèvres, laisse échapper un petit rire. Il n'est toujours pas fatigué, qui sait s'il arrivera à redormir un jour. Il hoche tranquillement la tête, balançant le pied de sa jambe croisée. Et tandis qu'il est assis là, souriant à l'obscurité, il sent sa poitrine se serrer peu à peu, car plus il regarde le nouvel agencement plus il se rend compte que les choses ne se sont pas améliorées. Ce colosse de buffet domine encore tout l'espace, et le secrétaire n'est pas non plus à la bonne place, il jure avec le canapé. C'était n'importe quoi d'avoir entrepris ce boulot de forçat. Dans le salon règne encore la discorde, et pour y créer l'harmonie, il lui faudrait sans doute encore tout réagencer. Remplacer le mobilier changerait peut-être la donne, et s'il était le propriétaire de cette ferme, il le ferait sur-le-champ : il achèterait des meubles modernes et charrierait jusqu'à l'étang tous ceux sur lesquels ses ancêtres réduits en poussière avaient écrasé leurs fesses.

Toutefois, il se pourrait qu'il s'agisse tout simplement de la pièce elle-même. Peut-être les dimensions et les proportions ne sont-elles pas les bonnes, sans doute faudrait-il aussi déplacer la porte et les fenêtres afin de pouvoir disposer les meubles de manière harmonieuse. Mais, si l'on pousse un peu la réflexion, cela voudrait dire que cette maison a une tare — depuis sa construction — liée à un plan erroné, voire malsain, qui a permis au déséquilibre de se nicher dans les pièces et d'insuffler laideur et désaccord à l'ensemble du bâtiment.

Oui, c'est ça! C'est cette maison qui est pourrie. Il faudrait la démolir et en construire une autre, dans laquelle régneraient l'harmonie et l'immensité — l'immensité, parfaitement — et où il y aurait de l'air — de l'air respirable!

Pourtant, l'euphorie de Wilhelm retombe vite: cela ne servira à rien; il aura beau se démener comme un diable, rien ne changera. Il a le sentiment que tous se sont conjurés contre lui, il n'a le soutien de personne, lui, l'ancien "homme de la maison".

Le tic-tac de l'horloge est devenu erratique, c'est comme si le temps s'était arrêté, et au moment de sonner, elle n'émet qu'un tout petit *ding...*, puis un cliquetis métallique suivi d'un claquement doux, comme si l'un de ses ressorts à spirale s'était cassé. Wilhelm se lève péniblement du fauteuil et va à la fenêtre, l'ouvre: "Ah!" lâche-t-il, puis il inspire à pleins poumons l'air frais de la nuit dont l'odeur de soufre donne l'impression qu'un train transportant de la fonte brute vient de passer. Au bout d'un moment, voulant refermer la fenêtre, il découvre son compagnon de route, le chat. Perché sur le mur du jardin, celui-ci l'observe de ses grands yeux et Wilhelm répond à son regard. Et ils restent ainsi tous les deux, la bête et l'homme, comme s'ils cherchaient à se sonder l'un l'autre, jusqu'à ce que le chat se mette sur ses trois pattes et, tout en s'étirant, pousse un bâillement rauque. Il saute du mur et se fond dans la nuit.

Une fois la fenêtre refermée, Wilhelm retourne s'affaler dans le fauteuil et pose son regard sur le buffet. Si celui-ci se renversait, il pourrait l'abattre sans problème, ce meuble face auquel il se ratatine littéralement : il a de nouveau le sentiment d'être le gentil bambin en culotte courte qui batifolait dans le jardin et le verger avec son fusil de bois. Ça ne servira à rien, songe-t-il, à rien du tout, je suis en train de gâcher ma vie et c'est ma faute, à moi seul. En fouillant dans les poches de son pantalon, il constate qu'il a oublié son peigne dans sa veste. Alors il passe sa main droite dans ses cheveux, une fois, deux fois, puis une troisième et quatrième fois.

Oui, à moi seul, se répète-t-il. Mais il est capable de prendre des décisions, et puis il a le courage de les mettre à exécution, ils vont voir, ces gens qui sont là, derrière la porte du salon. Wilhelm tire une cigarette de son paquet, l'allume puis ramène l'*Unique* vers lui. Il fume calmement, avec délectation, en regardant la fumée du tabac former un nuage dans la pièce plongée dans la nuit. Il repense au chat – il se débrouillera, le vagabond noir, il n'est pas du genre à se laisser facilement abattre. Il a appris à explorer le territoire sur trois pattes et à sauter des murs sans queue. C'est ce qui s'appelle être intrépide.

Wilhelm tire une dernière fois sur sa cigarette. Exhale une dernière bouffée de fumée. Il écrase son mégot dans le cendrier et reste sans bouger, les jambes ramenées contre son ventre, le menton posé sur ses genoux. Parfois, un

LES PÉCHÉS DES PÈRES

sourire passe sur ses lèvres, et ensuite, une éternité plus tard, peut-être juste l'espace d'un battement de cils, le grand salon s'emplit d'une lumière argentée – puis un coup de feu retentit dans le noir.

LA FAMILLE LEEB

Enfants
Wilhelm ("Willem") Leeb junior, 1931-1962
Bruno Leeb, 1939-
Grete Leeb, 1935-

Parents
Käthe Leeb (née Kruse), 1903-, et Wilhelm Leeb senior, 1902-

Grands-parents
Herta Kruse, 1871-1949, et Gustav Kruse, 1869-1952
Magda Leeb, 1877-, et Carl Wilhelm ("Willi") Leeb, 1870-1944

Ancêtres
Ludwig Leeb, 1831-1910
August Wilhelm Leeb, 1815-1865
Catharina Sophie Leeb, 1722-1758, et Hans Wilhelm Leeb, 1705-1777

Les péchés des pères raconte le passé de ma famille – dans une certaine mesure. Car, d'une part, les personnages de ce roman tendent à façonner eux-mêmes leur propre caractère et, donc, à s'émanciper. Et, d'autre part, je me suis référé à des ancêtres que, pour nombre d'entre eux, je n'ai jamais connus. Je suis parti de mon arrière-arrière-arrière-arrière-arrière-grand-père (alias Hans Wilhelm Leeb) pour redescendre jusqu'à mon père (Wilhelm Leeb junior). Les lieux, professions, etc. sont réels, les personnages, en revanche, n'ont pas grand-chose en commun avec leurs modèles.

Le suicide qui constitue le cœur de ce récit s'est réellement produit, mais en 1989. Je l'ai décalé à l'année 1962, car tout individu concerné éprouve et juge un tel acte d'une manière différente ; c'est pour cela qu'il m'est difficile de fixer mon vécu (mon point de vue) sous une forme littéraire et qu'il m'a semblé déplacé de mettre en scène des personnes de mon entourage proche. Comme le suicide ne peut en général s'expliquer par une cause unique, je me suis concentré sur ses aspects historiques (et familiaux) et sur le conflit entre le père et son fils.

Lorsque nous nous réunissions le dimanche après-midi pour boire le café et manger le gâteau, nous avions plaisir à nous raconter des souvenirs et anecdotes de famille et j'en ai intégré certains dans ce roman. Les chapitres qui traitent de l'époque où Leeb était *Sonderführer*, de son arrestation et de sa période de captivité s'inspirent tantôt de journaux tenus par mon grand-père, tantôt de lettres qu'il a écrites, et dont je cite certaines phrases. Les passages relatant l'entraînement militaire dans la cour de la caserne proviennent d'un fragment de texte laissé par mon arrière-grand-père (Willi Leeb dans le roman). Le *Manuel du bon chrétien* ("Christliches Lehrbuch"), dont je fais mention, a été composé dans la deuxième moitié du XVIIIe siècle par mes ancêtres, fort imprégnés de piétisme.

Pour décrire la sensation de faim (p. 207), je me suis inspiré, faute d'expérience personnelle, des phrases tirées du roman de Heinrich Böll *Le Silence de l'ange*. L'expression "monstre bureaucratique" servant à désigner la bureaucratie de la Wehrmacht, je l'ai empruntée au récit d'Albrecht Goes *Jusqu'à l'aube*.

Mes remerciements vont tout particulièrement à :

Mon oncle, Manfred Ahrens, le vieux baroudeur aventurier, et ma tante, Almut Ahrens, qui ont accompagné ce projet dès son commencement. Nombre de scènes n'auraient pu voir le jour sans les souvenirs de mon oncle. Je le remercie également de m'avoir permis d'emprunter des extraits des lettres et journaux de bord de son père.

Ma mère, Edith Ahrens, qui m'a fourni des termes et tournures locaux ainsi que des souvenirs parfois sidérants.

Horst Ahrens, pasteur à la retraite, notre généalogiste, dont le travail a joué un rôle important dans la genèse de ce roman. J'ai souvent consulté le livre *Klein Ilsede – Histoire d'un village* qu'il a rédigé en collaboration avec Alexander Rose, ainsi que l'ouvrage en trois tomes d'Artur Zechel, *Histoire de la ville de Peine.*

Le *Deutscher Literaturfonds* (Fonds allemand pour la Littérature) de Darmstadt qui, par l'octroi d'une bourse, m'a généreusement soutenu dans la rédaction de ce roman.

"Les plumes de Léon" et Béatrice Ottersbach, qui m'a donné la possibilité de passer huit semaines fructueuses dans le calme merveilleux des bords de la Vézère.

Et Isabel : pour toutes ces belles années qui sont derrière nous et pour celles que nous avons encore devant nous.

DERNIÈRES PARUTIONS

Andy Davidson, *La Fille du batelier*
William Boyle, *Éteindre la Lune*
Jennifer Haigh, *Mercy Street*
Cedar Bowers, *Astra*
John Gierach, *Debout dans la rivière*
James Crumley, *La Contrée finale*
Craig Johnson, *Le Cœur de l'hiver*
Paul Tremblay, *Le Chant des survivants*
Barry Lopez, *À ciel ouvert*
Lizzie Pook, *La Fille du pêcheur de perles*
Andrew J. Graff, *Le Radeau des étoiles*
Piergiorgio Pulixi, *L'Illusion du mal*
Joe Wilkins, *La Montagne et les pères*
Tiffany McDaniel, *L'été où tout a fondu*
Larry McMurtry, *Adieu Cheyenne*
Peter Swanson, *Chaque serment que tu brises*
Jake Hinkson, *Rattrape-le!*
Gregory Brown, *Les Jours sombres*
Jenny Lund Madsen, *Trente Jours d'obscurité*
Aldo Leopold, *Almanach d'un comté des sables*
Chris Offutt, *Les Gens des collines*
Giulia Caminito, *L'eau du lac n'est jamais douce*
Todd Robinson, *Les Morts de Riverford*
JoAnne Tompkins, *Ce qui vient après*
Christina Sweeney-Baird, *La Fin des hommes*
Larry Watson, *L'Un des nôtres*
Elliot Ackerman et James Stavridis, *2034*
Ellen G. Simensen, *La Vertu du mensonge*
Phil Klay, *Les Missionnaires*
Pete Fromm, *Le Lac de nulle part*
Larry McMurtry, *Cavalier, passe ton chemin*
James Crumley, *Les Serpents de la frontière*
John Gierach, *Nature morte avec truite*

Retrouvez l'ensemble de notre catalogue sur
www.gallmeister.fr

*Cet ouvrage a été imprimé sur du papier
dont les fibres de bois proviennent
de forêts durablement gérées*

ACHEVÉ D'IMPRIMER SUR ROTO-PAGE
PAR L'IMPRIMERIE FLOCH À MAYENNE
EN DÉCEMBRE 2022
POUR LE COMPTE DES ÉDITIONS GALLMEISTER
13, RUE DE NESLE
75006 PARIS

DÉPÔT LÉGAL : FÉVRIER 2023
1ʳᵉ ÉDITION
N° D'IMPRESSION : 101587
IMPRIMÉ EN FRANCE